Schattenmörder – Trigger
Dany Frost

Psychothriller

Schattenmörder
Trigger

Dany Frost

Bibliografische Information der Deutschen Nationalbibliothek:
Die Deutsche Nationalbibliothek verzeichnet diese Publikation
in der Deutschen Nationalbibliografie; detaillierte bibliografische
Daten sind im Internet über http://dnb.dnb.de abrufbar. Die auto-
matisierte Analyse des Werkes, um daraus Informationen insbesondere über Muster, Trends und Korrelationen gemäß §44b UrhG
(„Text und Data Mining") zu gewinnen, ist untersagt.

© 2025 Dany Frost
ISBN: 978-3-7693-3996-3

Lektorat: Anke Kott – www.schreib-mit-anke.de
Korrektorat: Ilka Sommer – postfach@autorin-ilka-sommer.de
Cover- und Umschlaggestaltung: Laura Newman – design.lauranewman.de
Buchsatz: Mary Kuniz – marykuniz.de/herzblut-buchsatz

Verlag:
BoD • Books on Demand GmbH, Überseering 33, 22297 Hamburg,
bod@bod.de
Druck: Libri Plureos GmbH, Friedensallee 273, 22763 Hamburg

Für John

Prolog

Benommen, bewegungsunfähig und nackt lag Annie Walker bäuchlings auf einem maroden Kellerboden. Der beißende Gestank von Schweiß und Blut drang in ihre Mundhöhle und überzog ihre Zunge mit dem Geschmack des Grauens, das sie in dieser Nacht durchlebte.

Ihre Schläfen pulsierten im Gleichklang mit ihrem Herzschlag und entfachten ein grelles schmerzendes Licht hinter ihren verschlossenen Lidern. Gleichzeitig verstärkte ihre staubtrockene Zunge, schwer wie ein unbezwingbarer Eisenklotz, die Qualen in ihrem Kopf. Doch trotz des Leuchtfeuers in ihrem Inneren krochen die Erinnerungen der letzten Stunden, wie eine Spinne aus einem dunklen Loch, hervor.

Der Einbruch ins Haus.

Der Kampf!

Eine Nadel, die sich in ihren Hals bohrte.

Die Einstichstelle kribbelte und pochte gegen ihre zarte Haut. Sie sehnte sich danach, sich zu kratzen, doch ihre Hand blieb wie angewurzelt auf dem nach Schimmel riechenden Fußboden liegen. Die Erkenntnis, wie eine Maus in der Falle ihrem Schicksal ausgeliefert zu sein, versetzte sie in Panik. Ein erstickter Laut entrann ihrer Kehle, bei dem Versuch, ihre Finger zu bewegen. Doch es war vergebens.

Sie starrte in die Dunkelheit und überlegte, wie sie sich befreien konnte. Doch kein Ratschlag aus den Polizei-Handbüchern fiel ihr in diesem Moment ein, außer dem, auf Verstärkung zu hoffen.

Klick.

Jemand öffnete ein Türschloss. Annies Nackenhaare stellten sich auf.

Klack.

Eine Tür quietschte beim Öffnen.

Sie hielt den Atem an, spitzte die Ohren und konzentrierte sich auf Geräusche, die hinter jener Tür lagen, die geöffnet wurde. Sie hörte das Knarren der ersten Treppenstufe und dann die raue seelenlose Stimme, vor der sie sich so fürchtete.

Dann zerriss eine Melodie die Stille. Der Song *Enjoy the Silence* von Depeche Mode, den sie in ihrer Jugend so oft gehört hatte, grölte ihr wahrgewordener Albtraum Marc Mason, Vergewaltiger und Serienmörder, der jetzt die Treppenstufen zum Keller hinabging. Der Mann, der Memphis in Angst und Schrecken versetzte und weiter ungehindert Menschen abschlachten würde, da sie und ihr Kollege, Leo Bruckheimer, kläglich gescheitert waren.

Angst überrollte jede Zelle ihres Körpers wie eine Planierraupe. Eine Ader an ihrer Schläfe pulsierte ohrenbetäubend mit ihrem Herzschlag um die Wette. Nicht nur seine Worte holten die qualvollen Erinnerungen der letzten Nacht hervor, seine bloße Präsenz ohrfeigte sie ebenfalls. Erinnerte sie an ihr Versagen.

»Eh …«, krächzte Annie und wollte ihren Mund öffnen, nach Leo rufen. Doch ihr Aufschrei erstickte in ihrer Mundhöhle.

Mason trällerte unaufhaltsam ihren geliebten Jugendsong, während er weiter die Kellertreppe hinabging und sich darauf freute, Annie Walker zu vernichten.

Konzentriert lauschte sie seinem Gesang und stellte mit bitterer Erkenntnis fest: Sie war in seiner Welt gefangen.

Das Knarzen des Holzes unter seinen Füßen verstummte und kündigte seine Ankunft vor der Tür, keine fünf Meter von ihr entfernt, an. Er drückte eine knirschende Türklinke herunter. Die Tür öffnete sich einen Spalt und kaltweißes Licht durchflutete den stockfinsteren Raum, bohrte sich wie ein Eispickel in ihre müde Netzhaut. Selbst ihre Lider gehorchten ihr nicht. Der stechende Schmerz hinter ihrem rechten Auge raubte ihr den Atem. Sie zählte im Geiste in Zweierschritten von einhundert hinunter und erstickte so ihre Qualen.

Splitterfasernackt stand Mason lächelnd im Türrahmen. Er neigte seinen Kopf zur Seite, kniff die Augen zusammen und beobachtete sie. Sein Blick wanderte über ihren muskulösen Körper und die Haare, die in Wellen auf ihren Rücken fielen. Beides berauschte ihn. Er leckte sich über seine Lippen und seine Augen flackerten auf. Aber was ihm am meisten Freude bereitete, war ihre Angst.

Er atmete tief ein. Dieser betörende, nach kaltem Schweiß riechende Duft, faszinierte ihn. Stachelte seine Gier nach ihrem Körper ins Unermessliche an. Für ihn war Annie Walker etwas Besonderes. Sie war die erste Ermittlerin, die ihn nach all den Jahren des Mordens identifiziert hatte.

Er schnalzte mit der Zunge und amüsierte sich bei dem Gedanken, dass Annie Walker und ihr Kollege in seinem Keller sterben würden, weil sie einen entscheidenden Fehler gemacht hatten: Sie hatten ihn unterschätzt!

Wie ein in die Jahre gekommener beleibter Kater näherte er sich ihr. Er holte tief durch die Nase Luft, blieb vor ihr stehen und atmete genüsslich aus.

Sie war in höchster Alarmbereitschaft. Sein schnaufender Atem signalisierte ihr seine Lust. Ihr Herz pochte unaufhaltsam und tickte wie eine Bombe.

Sie wollte ihre Fingernägel in den Boden krallen.

Wegrennen.

Schreien.

Doch nichts von all dem gelang ihr. Ihr Körper war ein Gefängnis, von unsichtbaren Fesseln umgeben, die sie umklammerten wie die Pranken einer Bestie.

Ihre Pupillen weiteten sich und erstickten jegliches Dunkelbraun in ihren Augen. Sie starrte auf seine langen, von einem Pilz zerfressenen, vergilbten Zehennägel.

Mason grinste und bückte sich, packte schroff ihren Kopf, drehte ihn zur anderen Seite und flüsterte ihr ins Ohr: »Schau mal, wen ich hier habe.« Dann saugte er an ihrem Ohrläppchen und bohrte seine nach Rauch stinkende Zunge in ihre Ohrmuschel.

Annies Magen krampfte augenblicklich.

Seine Pranken vergruben sich tief in ihre Kopfhaut und zwangen sie, einen Punkt im Raum zu fixieren. Ihre müden Augen brauchten einen Moment, bis sie einen Operationstisch erspähte. Mason zog ihren Kopf weiter nach oben und überdehnte dabei ihren Hals. Schmerz durchfuhr sie und sie hörte das Knacken einzelner Wirbel. Und dann sah sie ihn: Leo.

Reglos auf einem Tisch liegend, sein starrer Blick an die Decke geheftet und mit einer klaffenden Wunde im rechten Oberschenkel. Neben ihm, auf einem abgewetzten Tisch, blitzten ein blutverschmiertes Fleischmesser, ein Skalpell und eine Säge auf.

Ihn so verletzt zu sehen, riss ihr das Herz aus der Brust. Verzweiflung explodierte mit der Kraft einer Atombombe in ihrem Geist und hinterließ nichts als Leere.

Mason legte seine Lippen auf ihr Ohr und hauchte: »Wie heißt er noch mal? Leo?«

»J...«

»Sch... Sch...«, wisperte er und ließ abrupt ihren Kopf los.

Die Wucht des Aufpralls entfachte in ihrer Schläfe ein Feuer, welches sich unaufhaltsam in ihrem Körper ausbreitete. Schlagartig wurde ihr übel und obwohl sie ihren Mund kaum bewegen konnte, weitete er sich in ihrem Geist, wie das Maul eines Hais, der Jagd auf seine Beute machte. Denn ihr Verstand – ihr messerscharfer Verstand – wusste: Sie würde an ihrem Erbrochenen – ohne jeden Zweifel – ersticken. Kein Muskel, keine

Sehne, kein Organ gehorchte ihr. Sie lag da, wie vergammeltes, totes Fleisch.

Mason strich ihr derweil seelenruhig über die Haare und streichelte ihren Rücken. Er genoss es, wie sie würgte. Saugte ihre Angst auf, die wie Honig auf seiner Zunge schmeckte: warm und zuckersüß. Er grinste und seine Augen strahlten vor Freude.

Annies Mageninneres schoss ihr in die Mundhöhle. Suchte den Weg durch die kleine Öffnung zwischen ihren Lippen.

Hechelnd kniete er sich nieder und beugte sich über ihr Gesicht. »Wer will denn hier ersticken?« Er spielte mit einer Haarsträhne hinter ihrem Ohr. »Annie Walker«, er zwirbelte sie zwischen seinen Fingern, »du stirbst anders!« Er nahm ihren Kopf, überstreckte ihn und öffnete mit seinen wulstigen vergilbten Fingern zärtlich ihre Mundhöhle.

Annies Erbrochenes rann aus den Mundwinkeln und sickerte wie zäher Schleim zu Boden.

Mason legte seinen Kopf in den Nacken. »Mhhh«, stöhnte er und saugte den säuerlichen Geruch ein. Seine Fingerspitzen kribbelten und seine Muskeln spannten sich an. Sein Körper bebte. Er wollte sie jetzt! Sofort!

Inspiriert von seiner morbiden Fantasie packte er ihre Hüfte, schoss in die Höhe, warf ihren schlaffen Leib schroff über seine fleischige Schulter und schlurfte zu Leo hinüber. Mit seiner freien Hand zeigte er auf den entstellten Körper. »Tada! Unsere Bühne.«

Mittig vor dem Operationstisch stellte er Annie ab und beugte sie nach vorn. Kopfüber hing sie auf Leos warmem Oberkörper. Mason dicht hinter ihr.

Annie hörte es über sich rattern und rumsen.

Mason zog sie an den Schultern hoch, packte ihre Hände und band diese an ein Seil, welches über eine Seilwinde mit einem Haken an der Decke verbunden war. Er zog sie so weit nach oben, bis nur noch ihre Zehenspitzen den Boden berührten und befestigte das Seil an einem Haken am Ende des Operationstisches.

»Alles was ich immer wollte, halte ich in meinen Händen«, flüsterte er ihr theatralisch ins Ohr.

Wie eine Marionette in den Händen des Marionettenspielers stand sie vor ihm. Masons Atem brannte sich in ihren Nacken. Jedes noch so feine Haar an ihrem Körper richtete sich wie Stacheldraht auf, formierte sich zu einem Schutzwall. Ihr Herz brodelte indessen wie Lava und jagte ihr die glühende Suppe durch die Adern.

In ihren Gedanken war sie zu allem fähig: schreien, kratzen, beißen, kämpfen. Und töten! Doch nur ihre wutentbrannten Augen spiegelten ihre Entschlossenheit wider, als ihr Blick auf einem winzigen Riss in der Kellerwand verharrte. Sie fragte sich, ob der Riss in der Wand eine Erinnerung an vergangenes Leid war oder eine Warnung für das noch Kommende.

Masons Atem zischte durch seine Lippen. Er presste seinen schweren Körper gegen ihren betäubten und leckte sich über seine aufgerissenen Mundwinkel. Er spuckte in seine Pranken und grabschte brutal zwischen ihre Schenkel.

Dann drang er in sie ein und brüllte wie eine Kreatur aus der Unterwelt.

Annie tat in diesem Moment etwas, was sie noch nie in ihrem ganzen Leben getan hatte: Sie betete im Geiste das Vaterunser rauf und runter.

Vater unser im Himmel, geheiligt werde dein Name. Dein Reich komme. Das Salz ihrer Tränen brannte sich wie eine Gravur in ihre Wangen. *Dein Wille geschehe, wie im Himmel, so auf Erden.*

Minuten verstrichen. Minuten, in denen sie in einem Vakuum gehüllt alles ertrug. *Unser tägliches Brot gib uns heute und vergib uns unsere Schuld, wie auch wir vergeben unseren Schuldigern.* Masons Stöße verebbten. Er lockerte das Seil und schmiss sie auf Leos Körper. *Und führe uns nicht in Versuchung, sondern erlöse uns von dem Bösen.*

Mit der Geschwindigkeit eines Raubvogels, der auf seine Beute zuflog, schnappte er sich mit der linken Hand das vor Blut triefende Messer, legte es in seine Rechte und stach, wie ein tollwütiger Schakal, auf Leos gesunden Oberschenkel ein. Blutspritzer tränkten ihr Gesicht. Die Klinge zerfledderte Leos Muskel, bis er einem Batzen Fleisch glich.

Annie schrie im Geiste die letzten Worte. *Denn dein ist das Reich und die Kraft und die Herrlichkeit. In Ewigkeit. Amen.*

Ein Ozean voller Wut und Entsetzen floss ihr übers Gesicht. Schmeckte wie rostiges Salz auf ihren Lippen. Sie wollte all ihren Schmerz herausschreien, ihren Mund öffnen und sich erleichtern.

Und in jener aussichtslosen Lage flackerte Hoffnung in ihr auf, denn zu ihrem Erstaunen öffnete sich ihr Mund einen winzigen Spalt.

Ein Krächzen.

Für Mason in seinem Rausch nicht hörbar.

Für sie – ein Erfolg.

In seinem Wahn leckte er sich das Blut von den Lippen, küsste Annie am Hals und biss ihr stöhnend in den Nacken. Er schmiss das Messer in die Ecke und zog sie fester an seine klebrige Brust. »Das war erst unser Vorspiel, Walker«, zischte er, griff nach dem Skalpell und legte es in ihre rechte Hand. »Wie lange habt ihr mich gejagt? Zwei Jahre?« Er lachte höhnisch und legte dabei seinen Kopf in den Nacken.

Zu spät bemerkte sie, wie Mason ihre Hand zu Leos Kehle führte. »Leiden sollst du, Walker.« Er setzte das Skalpell kurz unter dem Kehlkopf an. »Er wird durch deine Hand sterben, Walker!« Er drückte die Spitze ins Fleisch. »Durch deine Hand!«

Und dann tat er etwas, was Annies Welt vollkommen aus dem Anker warf. Gemeinsam – Stück für Stück – verrichteten sie sein Werk: Marc Masons Werk. Beginnend von der Kehle bis zum Bauchnabel schlitzten sie Leo auf, bis eine klaffende Wunde seine Eingeweide offenbarte. Die grausame Folter zog Annie in absolute Finsternis.

»Es ist so weit, du verfickte Schlampe!«, schrie er.

Jeder Stoß. Jedes Zucken. Jede Erschütterung ließ sie absterben. Ihr Herz zersprang zu Staub. Begrub ihre Seele in Asche.

Annies Magen zog sich zusammen. Galle suchte ihren Weg in ihre Mundhöhle. Sie spuckte einen Schwall aus und würgte sich die Säure aus der Kehle. Marc Mason störte das keineswegs. Im Gegenteil!

Er stöhnte vor Lust, schleuderte ihren Kopf auf den jetzt leblosen Körper und drückte ihn in den offenen Bauch.

Blut und Galle ertränkten ihr Gesicht. Sie roch Blut. Sie schmeckte Blut. Sie schluckte Blut.

Ein barbarischer Schrei hallte durch den Keller. Marc Mason erlebte den Höhepunkt seiner Vorstellung. Und sie?

Sie war nur noch ein Staubkorn im Universum. Gebrochen und gefühllos – bereit zum Sterben.

Annie:
Ich zerbreche an der Schuld,
die auf mir lastet!

Marge:
Du bist nicht für Leos Tod
verantwortlich.

Kapitel 1

Annie Walker fuhr mit ihrem Rennrad downtown zur Boutique Apartment Mall. Das Gebäude war aufgrund seiner futuristischen Architektur und zahlreicher Glasbalkone in Memphis eine Augenweide. Verwöhnte und selbstverliebte Reiche flanierten dort durch edle Boutiquen und verpulverten ihr Geld. Wer nicht en vouge shoppte, residierte in einem der luxuriösen Apartments. Unbeeindruckt von alledem schloss sie ihr Rad an einem pompösen Fahrradständer an und betrat das Gebäude, welches ihre Dienststelle in den Tiefen des Kellers verbarg. Es war die perfekte Tarnung, um im Verborgenen zu ermitteln. Niemand würde erwarten, dass ihre Sonderermittlungseinheit hier ihren Hauptsitz, im Westen des Bundesstaates Tennessee, innehielt.

Sie stiefelte am Empfang vorbei, um wie jeden Morgen – mit Ausnahme von einer Auszeit von sechs Monaten – den Dienst anzutreten, und nickte der Dame an der Rezeption zu.

Annie bog links ab und ging auf eine Tür zu. *Zugang nur für autorisiertes Personal* las sie und drückte auf einen Knopf neben der Tür.

Sekunden später öffnete sich eine Luke. Lässig legte sie ihren Daumen in die dafür vorgesehene Applikation. Eine Tür entriegelte sich und offenbarte einen verborgenen Fahrstuhl.

Eine Kamera scannte ihr Gesicht und sandte ein Signal zur SUBM, einer der drei Sonderermittlungseinheiten in Tennessee – die special unit of brutally murder. Spätestens jetzt wusste das Team: Annie Walker betrat in wenigen Sekunden ihren Arbeitsplatz.

Sie ballte ihre rechte Faust, in der ein GPS-Mikrochip zwischen Daumen und Zeigefinger steckte, und autorisierte sich erneut. Annie verabscheute den Gedanken, ständig und überall aufgespürt zu werden. Aber ohne diesen Chip wäre sie vor elf Monaten nie gefunden worden. Bei dem Gedanken an die Ereignisse vor fast einem Jahr verkrampften ihre Eingeweide. Blutverschmierte Bilder drängten sich in ihr Bewusstsein und spulten sich wie in einem Horrorfilm vor ihren Augen ab. Ihr Atem beschleunigte sich und ihre Handinnenflächen schwitzten. Sie wischte sich diese an ihren Oberschenkeln ab und atmete tief ein. Sie fühlte den Sauerstoff, der durch ihre Lippen strömte, legte dabei eine Hand auf ihren Bauch, nahm das leichte Heben und Senken ihrer Bauchdecke wahr und kontrollierte so ihren Puls, der sich allmählich beruhigte.

Es piepste. Der Lift donnerte in die Katakomben des Gebäudes hinab und brachte sie an den Ort, der seit Jahren fast mehr ihr zu Hause war, als das Häuschen, das sie besaß.

Molly Pollock, die Empfangsdame vom SUBM, lächelte Annie gequält an. »Guten Morgen Ms. Walker«, sagte sie und rümpfte die Nase. »Sie sollen zum Boss.«

Ohne sie anzublicken lief Annie am Tresen vorbei in Richtung des Garderobenständers. »Ist mir egal. Ich bin noch nicht im Dienst!«

Molly Pollock hasste Annie Walkers selbstherrliche Art. Immer, wenn sie sich mit ihr unterhielt, bekam sie eine Gänsehaut auf ihrem Speckrollenrücken. Sie verstand nicht, wie jemand, der so launisch und griesgrämig war, eine der besten Ermittlerin des Landes sein konnte. Sie stand auf, verschränkte die Arme und räusperte. »Mr. Braker sagte unmissverständlich, dass Sie sofort zu ihm kommen sollen!«

Annie blieb stehen, drehte sich zu Molly um und zog ihre abgewetzte Nietenlederjacke und ihren Fahrradhelm aus. Sie runzelte die Stirn. »Ihr Ernst?«

»Ich wiederhole mich ungern. Ja!« Sie setzte sich und würdigte Annie, die ihre Augen verdrehte und ihre Klamotten auf einen Haken warf, keines Blickes mehr.

Annie seufzte und marschierte auf Dans Büro zu. Sie band sich die Haare zu einem Dutt und fand nur deshalb keine weiteren Widerworte, weil Dan nicht nur ihr Boss, sondern auch Leos bester Freund gewesen war und zu ihren engsten Vertrauten gehörte.

Mit zusammengezogenen Augenbrauen lief sie an Gemurmel, Tastaturanschlägen und klirrenden Telefonen im Großraumbüro vorbei. Ihre

Kollegen begrüßten sie mit: »Hey ho, Annie«, »Morning Beauty« oder »Hello, Annie. Was ist dir denn wieder über die Leber gelaufen?« Letzteres rief ihr Brad Cannon zu, ebenfalls ein Sonderermittler, den sie zutiefst verabscheute.

»Leck mich«, fauchte sie.

»Darling, wenn ich das mache, würdest du hier nicht jeden Tag mit miserabler Laune reinkommen.«

Ruppig streckte sie ihm den Mittelfinger entgegen und schritt weiter auf Dans Bürotür zu, die angelehnt war.

Sie trat ein und verharrte im Türrahmen, denn Dan war nicht allein. Er stand vor seinem riesigen Touchscreen, der eine digitale Stadtkarte von Memphis abbildete, und plauschte mit einem ihr unbekannten Mann.

Das blauschwarze, mit feinen Dornen verzierte, Herzschlagtattoo im muskulösen Nacken des Fremden fesselte ihren Blick. Sie runzelte die Stirn, denn es erinnerte sie an Stacheldraht. Ein unangenehmes Gefühl breitete sich in ihr aus, als würden unsichtbare Nadelstiche ihre Haut durchbohren. Ihr Blick wanderte zu seinem schwarzen Feinripp Shirt, das seinen kräftigen Oberkörper unterstrich. Der dunkelbraune Gürtel in seiner Jeans und die weinroten Vintage Boots harmonierten mit der Armbanduhr an seinem Handgelenk. Der rostrote Blazer, den er lässig in seiner linken Hand hielt, verlieh ihm eine erhabene Eleganz.

Irritiert verdrehte sie die Augen. Der Fremde war ihr auf Anhieb suspekt. »Was bitte schön, Dan, ist so verdammt wichtig, dass ich hier sofort antanzen muss?«

Beide Männer verstummten und drehten sich mit Kaffeebechern in ihren Händen um. Dans Mine war versteinert. Der Fremde hingegen lächelte sie an und warf ihr einen undurchdringlichen Blick zu, der für eine Sekunde länger, als er beabsichtigte, an dem Feuermal unter ihrem linken Auge hängen blieb.

»Guten Morgen, Annie«, sagte Dan nachsichtig. »Ich weiß, ich störe dich bei deiner Routine, aber ich möchte dir jemanden vorstellen.« Er machte die typischen Gesten. »Annie, das ist Nick Preston. Nick Preston, Annie Walker.«

Nick blickte tief in ihre goldbraunen Augen, leckte sich dabei über die Lippen, da sie ihn an den köstlichen Geschmack eines Single Malt Whiskeys erinnerten. Er amüsierte sich über ihre geballte Faust, die sie eng an ihren Schenkel presste, um ihre Wut zu unterdrücken. Er lief auf sie zu und streckte ihr seine Hand entgegen. »Ms. Walker! Freut mich, Sie kennenzulernen.«

»Mich nicht«, erwiderte sie, ignorierte seine Hand und huschte wie eine geschmeidige Main-Coon an ihm vorbei.

»Dan, lassen wir doch die scheiß Höflichkeitsfloskeln. Warum, in Herrgotts Namen, bin ich hier? Ich habe echt andere Dinge zu tun, als dir und Mr. Schönling hier beim Kaffeeplausch beizuwohnen.«

Dan räusperte sich und ging zum Konferenztisch, der gegenüber seines Schreibtischs stand, stellte seinen Kaffeebecher ab und forderte beide auf, sich zu setzen.

Annie blieb stehen. Nick setzte sich schmunzelnd, stellte seinen Becher ebenfalls ab und lehnte sich im Bürosessel gemütlich zurück. Seine Augen waren dabei die ganze Zeit auf Annie gerichtet.

Dan legte seine Ellenbogen auf den Tisch. »Okay, wie du willst.« Er faltete seine Hände zusammen. »Du wirst ab sofort mit Mr. Preston zusammenarbeiten. Er hat sich von Nashville, der Sondereinheit im Norden, hierher versetzen lassen.«

Annie riss die Augen auf, öffnete ihren Mund, so als wollte sie etwas sagen, denn die Fassungslosigkeit über Dans Worte verblüfften sie und lähmten ihre Stimmbänder.

»Weise ihn ein. Danach wartet ein Fall in Downtown Memphis auf euch. In einer Stunde werdet ihr dort erwartet.«

Annie hörte das Ende seiner Worte nicht. Ihr erhitztes Gesicht kühlte in wenigen Sekunden zu einem Eisblock ab. »Dan, was soll das?«, flüsterte sie. »Kann ich dich bitte draußen sprechen?« Sie blickte zur Tür und dann wieder ihn an. »Alleine!«

Dan neigte seinen Kopf zur Seite und schaute sie liebevoll an. »Annie, egal was du sagst, es wird nichts an meiner Entscheidung ändern.«

»Bitte!«, sagte sie und deutete zur Tür.

Er seufzte, stand auf, nickte Mr. Preston zu, der lächelnd die Lippen zusammenpresste, und verließ das Büro.

Annies Fingerkuppen kribbelten und sie blickte in Nick Prestons leuchtende Augen, der seinen Kaffeebecher erhob und ihr zuprostete. »Ms. Walker.«

»Mr. Preston«, zischte sie und setzte ein künstliches Lächeln auf. Sie kehrte ihm den Rücken zu und lief schnaubend zu Dan.

»Annie, bitte. Mach es mir nicht so schwer.«

»Dan, ich …« Sie bemerkte die Grabesstille im Büro und die vielen Augenpaare, die wie sensationslüsterne Geier auf beide gerichtet waren. »Was glotzt ihr alle so dämlich? Arbeitet gefälligst weiter!«

Alle Anwesenden senkten augenblicklich ihre Köpfe, dackelten weiter durchs Büro oder hauten in ihre Tastaturen. Niemand wagte es, ihr zu widersprechen.

Sie lächelte und trat an Dan heran. »Verdammt noch mal, Dan. Ich brauche keinen Partner! Ich komme allein zurecht!«

Er schüttelte den Kopf. »Annie«, sagte er mit fester Stimme, »du bist meine beste Ermittlerin, aber niemand hier arbeitet allein. Das war eine absolute Ausnahme bei dir.« Er betrachtete sie vom Scheitel bis zur Sohle und trat dichter an sie heran. »Schau dich doch mal an. Deine Augenringe werfen Schatten.« Er seufzte. »Ich weiß von deinen schlaflosen Nächten.«

Annie blinzelte verunsichert.

»Ich weiß, dass du neulich vor Panik fast gestorben wärst, als du im zappendusteren Fahrstuhl stecken geblieben bist. Du hast ganze 22 Minuten mit deinen Dämonen gekämpft.«

Sie kratzte sich an der Nase.

»Kreidebleich und klitschnass habe ich dich da rausgeholt.«

»Schwachsinn! Ich …«

»Sch...«, unterbrach er sie. Annies Unterlippe zitterte. »Glaubst du wirklich, acht Wochen Traumatherapie und ein paar Monate Auszeit reichen aus, um zu genesen?«

Annie wich seinem Blick aus.

»Schau mich an, Annie!« Ein von Albträumen gezeichnetes Augenpaar blickte in Dans sanftmütige Augen. »Glaubst du wirklich, du hast dich von deinen Dämonen befreit?«

Ihr Innerstes kämpfte gegen die Tränen in ihren müden Augen an. Eiseskälte legte sich wie ein gigantischer Gletscher in ihren Eingeweiden nieder. Sie erschauderte und atmete flacher.

Dan nahm ihre zittrigen Hände in die Seinen. »Dieser Mann dort in meinem Büro«, er schaute zu seiner Bürotür, »ist deine letzte Chance, in ein normales Leben zurückzukehren. Du bist ein Wrack, Annie! Und du weißt das.«

»Dan?!«

Er schüttelte den Kopf. »Nein, Annie! Er wird dir helfen. Du musst mir vertrauen! Er ist der Beste. Der Beste aus Nashville.«

»Dann soll er da auch verdammte Scheiße bleiben!«

»Annie!«

»Bitte Dan, nicht.«

»Du bist ohne Partner. Meine Vorgesetzten da oben«, er hob seinen Zeigefinger und deutete mit einer Geste in die Luft, »haben das nur so lange geduldet, weil ich ein gutes Wort für dich eingelegt habe. Doch damit ist jetzt Schluss.« Er presste ihre Hände zusammen und verharrte eine Weile in dieser Position. Dann seufzte er und klopfte ihr auf die Schulter. »Ich würde sagen, du und Mr. Preston, ihr seid ein perfektes Match. Und jetzt reiß dich zusammen! Zeige ihm alles und seid in«, er schaute auf seine Uhr, »45 Minuten am Tatort.«

Damit schlappte er in sein Büro zurück. »Entschuldigen Sie die Unannehmlichkeiten, Mr. Preston«, sagte Dan. »Ms. Walkers Katze ist heute Morgen verstorben. Wir hatten alle deshalb einen miserablen Start. Sie wird gleich wieder zurück sein.«

Samantha Wallice, die IT-Expertin der SUBM, beobachtete das Gespräch aus ihrem Büro heraus. Sie besorgte sich ein Glas Wasser aus der Küche und tapste zu Annie, die brettsteif an Ort und Stelle stand, wo Dan sie zurückgelassen hatte. »Tri-i-i-nk«, flüsterte sie singend, lächelte und reichte ihr das Glas. »Und nimm das hi-ier«, sang sie etwas lauter und kramte ein sauberes Taschentuch aus ihrer Hosentasche hervor.

Annie hasste es, wenn Sam wie eine Opernsängerin trällerte. Aber in ihrer Gegenwart wurde ihr immer wieder schmerzlich bewusst, wie katastrophal unglücklich sie selbst war. Sam war das absolute Gegenteil von ihr: fast immer hervorragend gelaunt und vor allem erschreckend unkompliziert. Sie blickte auf das Taschentuch und hob einen Mundwinkel hoch. »Das brauch ich nicht«, sagte sie und wischte sich das Gesicht mit ihrem Ärmel trocken. Mit gequältem Lächeln nahm sie das Glas entgegen und kippte das Wasser hinab.

Sam zwinkerte ihr triumphierend zu, nahm ihr das leere Glas aus der Hand und machte auf dem Absatz kehrt.

Annie zählte im Geiste langsam bis zehn und schloss dabei die Augen. Für sie fühlte es sich wie eine Ewigkeit an. Doch diese kleine mentale Auszeit bewirkte in ihr ein Wunder. In ihrem Kopf überschlugen sich ihre Gedanken und sie stellte fest: Nie hatte sie in den letzten Monaten einen Gedanken an einen neuen Partner verschwendet. Schmerzlich traf sie die Erkenntnis, dass sie sich davor fürchtete, vielleicht wieder für den Tod eines Partners verantwortlich zu sein. Bei zehn angekommen, atmete sie kräftig aus. Ohne jeden Zweifel vertraute sie Dan. Zu sich selbst flüsterte sie: »Na, dann wollen wir mal zu Mr. Adonis.«

Die bohrenden Augen der Mitarbeiter an den Schreibtischen hinter ihr ignorierte sie, auch wenn sie sich wie eine Heerschar zwickender Mücken anfühlten. Sie öffnete die Tür und sagte in einem scharfen Ton: »Mr. Preston, folgen Sie mir!« Ohne auf eine Reaktion zu warten, drehte sie sich um und verließ das Büro.

Dan schüttelte den Kopf, blieb aber stumm wie ein Fisch und blickte zu seinem neuen Mitarbeiter, der ihn schulterzuckend, aber mit einem Grienen anschaute und aufstand.

Nick gefiel, wie sie schwungvoll das Büro verließ. Er eilte ihr hinterher und sein Blick wanderte von ihrem Dutt, zu den schmalen Schultern, dem schlanken Rücken und ihrem durchtrainierten Po. Er spitzte die Lippen und musterte sie weiter. Dr. Martens Schuhe. Kein Schmuck. Keine Uhr.

Kein Parfüm. Aber dafür schwängerte etwas anderes den Raum. In Bruchteilen von Sekunden lullte dieser Duft ihn ein und lenkte ihn für einen winzigen Moment ab. Er bemerkte nicht, wie sie abrupt stehen blieb, und prallte gegen sie.

»Scheiße, verdammt«, fluchte sie und drehte sich zu ihm um. »Konzentrieren Sie sich, verdammt noch mal!« Sie rieb sich die Stelle am Hinterkopf, wo sie zusammengeknallt waren.

In Windeseile wich er einen Schritt zurück. Das Aroma ihrer nach einer Wildblumenwiese duftenden Haare konservierte er in seinen Erinnerungen und setzte zu einer Entschuldigung an. »Verzeihen Sie, kommt nicht wieder vor.«

»Das will ich hoffen«, sagte sie schroff und taxierte ihn dabei argwöhnisch. »Was?«, blaffte sie ihn an, als sie bemerkte, wie er mit seinen Augen das Büro abscannte. Alle Mitarbeiter starrten die beiden an, als wären sie die Hauptdarsteller einer Soap.

»Stellen Sie mich doch bitte vor.«

»Was?« Sie runzelte die Stirn.

»Stellen Sie mich ihrem Team vor.«

Sie seufzte und verdrehte die Augen. »Alle mal herhören. Das hier«, sie zeigte auf Nick, der sie erwartungsvoll anschaute, »ist Nick Preston.«

»Und?«

Ihre Nasenflügel bebten, denn die nächsten Worte steckten wie ein Kloß in ihrem Hals fest. »Mein neuer Partner.«

»Geht doch!«, erwiderte er und zwinkerte ihr zu.

Brad Cannon klatschte in die Hände und trat auf die beiden zu. »Herzlichen Glückwunsch,

Mr. Preston. Ich wette, Sie halten es keine drei Tage mit ihr aus.«

Annies Augenbrauen zogen sich zusammen. In ihren Gedanken zermalmte sie ihn zu Staub.

Nick entging Annies Entrüstung nicht. Er lächelte Brad an und erwiderte: »Danke. Ich trinke mit Ihnen gerne einen Whiskey nach Feierabend, wenn ich am vierten Tag noch an Ms. Walkers Seite arbeite.«

Brad nickte. »Brad Cannon. Ich empfehle mich. Sehr gerne, Mr. Preston.«

Annie schnaubte und unterbrach die hohlen Phrasen. »Fuck! Brad! Hör auf, so schmalzig zu reden, und scher' dich in dein Büro zurück.« Dann drehte sie sich zu Nick um. »Können wir jetzt oder wollen Sie die ganze Meute hier auch noch zum Drink einladen?«

Nick schmunzelte und nickte ihr zu.

Sie deutete mit ihrer Hand in das Großraumbüro. »Das hier ist das Zentrum dieser Etage. Hier sind unsere Sachbearbeiter, die all das machen, was wir ihnen sagen. Alibis überprüfen. Befragungen von weiteren Zeugen und und und.« Sie zeigte auf eine Tür links neben Dans Büro. »Unser Büro ist gleich hier drüben.«

»Alles klar.«

»Daneben das Büro von Ihrem Saufkumpan und seinem Partner Michael Burden. Hier die Umkleiden, durch die Sie zum Fitnessraum gelangen.« Sie drehte sich nach links und schritt voran. Mit ihrem Zeigefinger deutete sie auf alles, was sie ihm präsentierte. »Hier rechts, neben Mr. Brakers Büro, ist ebenfalls ein Ermittlerbüro. Die helfen derzeit in Knoxville aus.« Sie zeigte anschließend auf die Gemeinschaftsküche und blieb vor einer Bürotür stehen, die einen Spalt offenstand. »Sie hier«, sie machte die Tür auf, »ist Samantha Wallice. Spezialistin für Technik, Überwachung, Tarnung oder Tracking.«

Sam saß mit ihren drei liebsten Freunden – ihren Bildschirmen – an ihrem Schreibtisch und begrüßte Nick mit einem Kopfnicken. Er schenkte ihr ein Lächeln, wobei seine strahlend weißen Zähne glänzten wie schimmerndes Pergamentpapier. Geschmeichelt ruckelte Sam auf ihrem Stuhl hin und her, strich sich eine Strähne aus dem Gesicht und erwiderte seine Freundlichkeit mit leuchtenden Augen.

Annie schmiss Sam einen vernichtenden Blick zu, bevor sie weiterging. »Und hier befindet sich unsere Waffenkammer«, sagte sie, atmete unbeherrscht ein und sprach weiter: »Die Büros lassen sich nur mithilfe eines Codes öffnen, den die Ermittler selbst festlegen.«

»Okay. Gleiches Prinzip wie in Nashville.«

»Mir egal. Haben Sie so weit alles verstanden, Mr. Preston?«

»Ja. Alles hier oben abgespeichert.« Er tippte zweimal mit seinem Zeigefinger an seine Schläfe.

Sie warf ihm einen prüfenden Blick zu, preschte zu ihrem Büro und gab einen Code ein. Das Scanfeld leuchtete grün und die Tür öffnete sich.

Annie ging zu ihrem Schreibtisch, setzte sich und fuhr ihren PC hoch. Sie zeigte auf den Tisch links neben ihr. »Das da ist Ihr Arbeitsplatz. Der

Code fürs Büro ist 1603528. Bitte merken. Wir fahren in zehn Minuten zum Tatort.« Dann schaute sie auf ihren Bildschirm, tippte etwas in die Tastatur und ignorierte ihn.

Nick setzte sich an seinen Schreibtisch und inspizierte sein neues Büro. Sein Blick schweifte zum auffallend grüngelb gestreiften Strickschlauch, der als Stiftbehälter ihren Schreibtisch dekorierte. Er fand ihn abgrundtief hässlich.

Ihm gegenüber hing eine Touchscreenmap, auf der Memphis und seine Vororte abgebildet waren. Daneben befand sich ein Multitouch Whiteboard, dessen Pencils in einem sattgrünen Stricksäckchen an der Wand hingen. Er runzelte die Stirn und fragte sich, warum seine neue Partnerin mit diesem altmodischen Strickkram das Büro dekorierte. Er ließ seinen Blick weiter schweifen zu einem kastanienbraunen Ledersofa neben der Tür und dem winzigen Metallmülleimer daneben, der wie ein Außerirdischer aus einer fernen Galaxie wirkte.

Sein Blick wanderte zu Annie. Obwohl sie ungeschminkt war und keinen Schmuck trug, besaß sie eine Ausstrahlung, die ihn faszinierte. Das tiefrote Feuermal auf ihrer sonnengebräunten Wange war mit zahlreichen Sommersprossen besprenkelt. Es erinnerte ihn an Farbkleckse auf seiner Farbpalette, wenn er sich seinem Hobby widmete, zu dem er viel zu selten kam: der Malerei.

So viel Reiz stand im krassen Kontrast zu ihrer Schroffheit. Und genau bei diesem Gedanken zog sich zu seinem Erstaunen sein Magen zusammen, wurde so schwer wie ein Zementsack und schnürte ihm die Luft zum Atmen ab. Er brauchte unbedingt einen anderen Fokus und stand hastig auf, wobei er Annies kritischen Blick ignorierte und auf die interaktive Karte zulief.

Er legte seinen Kopf zur Seite und studierte sie. Zwischendurch vergrößerte er mit seinem Daumen und Zeigefinger einzelne Stadtteile von Memphis und switchte zwischen den Vororten und seinem aktuellen Standort hin und her.

Er las die digitale Karte wie ein Buch. Speicherte jeden Winkel, jede Straße und jede Gasse in seiner farbenprächtigen Gedächtnisbibliothek, wie er sie nannte, ab. Es war ein Labyrinth, das seinesgleichen suchte. Hier bewahrte er jegliche Erinnerungen in Schubladen, die sich seit seiner Kindheit bis ins Unendliche stapelten, ab. Manche Schubladen besaßen kolossale Schlösser. Denn: Alles, was er sah, alles, was er roch, alles, was er hörte, alles, was er erlebte, speicherte er in seinem selbst erschaffenen Irrgarten ab. Es war ein Fluch und ein Segen zugleich.

Noch tiefer eingepfercht – im Morast von Erdschichten – moderte sein Erinnerungsfriedhof. Seine düstere Vergangenheit und vor allem seine Kindheit begrub er in diesem sargschwarzen Labyrinth mit selbstkonstruierten Sackgassen und Schleifen. Er besaß sogar monumentale Schilde. Keine Kraft der Welt konnte sie zum Einstürzen bringen. Denn nur so blieben seine grausamen Erlebnisse verscharrt. Würden sie die Oberfläche erreichen, würde er in einem Dickicht aus Hass, Qual und Tod ersticken. Er wäre dann nicht mehr imstande, zwischen Gut und Böse zu unterscheiden. Und er war sich sicher: Das Böse würde die Oberhand gewinnen, ihn in eine Unterwelt zerren, bis er, keuchend vor Todesangst, um jeden Preis sterben wollen würde.

Sein Blick verweilte auf der digitalen Karte und ein Lächeln erwärmte seine Wangen, denn er freute sich auf seine neue Zukunft in Memphis. Er drehte sich um und klatschte in dem Moment in die Hände, als Annies Smartwatch vibrierte.

»Wollen wir?«, fragte Nick.

Annie schaute auf und runzelte die Stirn.

Ein Blick auf die Nachricht von Sam genügte ihr. »Folgen Sie mir. Wir gehen zum Auto.«

Sie betraten die Tiefgarage. Wie einst in Nashville fuhren die Detectives beim SUBM einen Tesla. Aber diesmal wurden seine Erwartungen übertroffen. »Ein Cybertruck?«

»Ja«, sagte sie nüchtern. »Die stellen die Dienstwagen um und haben letzten Monat bei uns in Memphis damit angefangen.«

Nick strahlte über beide Ohren. Er ging zur Beifahrertür, strich mit seiner Hand über das Dach und murmelte: »Puristisch, wuchtig, harter Edelstahl.« Er setzte sich hinein und öffnete sein Seitentürfach. »Voilà«, sagte er und inspizierte wie ein kleines Kind den Innenraum des Autos.

»Genau«, erwiderte Annie. »Schusswaffen, ein Seil, Taschenlampen auf Ihrer Seite. Bei mir unsere Nachtsichtgeräte, ein Peilsender und ein Notfallhandy.«

»Was haben wir hier alles im Fußraum?«

»Essen, Trinken und Decken. Im hinteren Kofferraum sind weitere Waffen, eine Drohne, kugelsichere Westen und Helme.«

»Okay.« Er tippte auf den riesigen Touchscreen und öffnete die Routenkarte. »Die Adresse bitte oder wissen Sie, wie Sie dorthin kommen?«

»Sagen Sie mal, Memphis ist doch kein kleines Nest. Als ob ich alle Straßen hier kenne«, zischte sie und verdrehte die Augen. Sie kramte ihr Handy aus der Hosentasche und öffnete Sams Nachricht. »250 GE Patterson Avenue.«

Nick gab die Adresse über den Sprachassistenten ein. Annie betätigte den Fahrhebel und fuhr aus der Tiefgarage. »Ach so, und vergessen Sie bloß nicht, Ihren persönlichen Notfallrucksack im vorderen Kofferraum zu verstauen.«

»Nichts Neues, Ms. Walker. Danke für den Hinweis.«

Sie fuhren eine Weile und hingen ihren Gedanken nach, als Nick die Stille unterbrach. »Mr. Braker erzählte mir, Sie haben monatelang ohne Partner ermittelt. Was ist …«

Annie bremste abrupt ab.

Nick krachte nach vorn und stützte sich mit seiner rechten Hand am Cockpit ab. »Ms. Walker! Was! Soll! Das?«

Der Tesla aktivierte sofort die Warnblinker. Annie drehte sich zu ihm. »Mr. Preston, bei allem Respekt«, sagte sie und sah ihn mit zusammengekniffenen Augen an. »Ich würde mich freuen, wenn wir nur unseren Job erledigen. Und zwar so gut, wie es eben geht. Drei Regeln: keine Fragen zu meinem ehemaligen Partner. Keine Fragen zu meiner Vergangenheit. Und kein geselliges Miteinander nach Feierabend. Verstanden?« Sie schaute ihm dabei in seine goldgrünen Augen, die sie an Jaguaraugen in der Nacht erinnerten, und las in seinem Gesicht, suchte eine Zornesfalte, ein Zucken, beobachtete seine schmalen Lippen und seine buschigen Augenbrauen. Doch weder Wut noch Überraschung legten sich in seinem Gesicht nieder. Sie kratzte sich am Hals. »Mir ist klar, dass wir ab jetzt zusammenarbeiten müssen. Und ich habe ehrlich gesagt keine Lust dazu.« Sie machte eine kleine Pause. »Aber«, sie erhob den Zeigefinger, »laut Mr. Braker gehören Sie zu den Besten. Und ich will das mal glauben.« Sie senkte den Finger und seufzte. »Damit ich die Situation mit Ihnen besser ertrage.« Ihr bohrender Blick legte sich wie ein Schatten auf sein Gesicht. Und jetzt bemerkte sie, wie seine markanten Wangenknochen hervorstachen. Er sah aus wie ein Raubtier. »Was jetzt? Hat's Ihnen die Sprache verschlagen, Mr. Preston? Sorry, bin leider nicht Everybody's Darling!«

Er hielt ihrem Blick stand. Das Trommeln ihres Zeigefingers auf dem Lenkrad signalisierte ihm ihre Nervosität. Erst als sie sich im Sitz zurechtrückte, die Warnblinkanlage ausstellte und mit quietschenden Reifen davonfuhr, erwiderte er: »Genau, Ms. Walker, Everybody's Darling sind Sie keineswegs.« Ihr Blick fixierte die Straße. Ihre Halsschlagader pochte gegen ihren zarten Hals. »Ich hingegen freue mich, wenn Sie mich künftig mit mehr Wertschätzung behandeln. Damit ich die Situation besser ertrage – mit Ihnen! Verstanden?«

Annie krallte ihre Hände ins Lenkrad. Sie hasste seine überhebliche Art. Seine Dominanz saugte wie eine Zecke an ihrem Selbstvertrauen und schwächte sie. Dringend brauchte sie eine Ablenkung. Sie schaltete das Radio ein. Kix 106 füllte die Stille mit dem Countrysong *God gave me you* von Blake Shelton.

Annie hätte am liebsten im Strahl gespuckt. Die Ironie des Songs widerte sie an. Auf keinen Fall war sie froh, dass Nick Preston ihr neuer Partner war.

Annie:
Ich spreche nicht von
Leo! Ich spreche von …

Marge:
Sprich seinen Namen aus!

Kapitel 2

Ein paar Meter vom BAM-Gebäude entfernt parkte ein schwarzer Ford Ranger Wildtrack-Pick-up. Der Mann hinter dem Steuer sog tief den Qualm seiner Zigarette ein. Nach unzähligen Minuten des Wartens erblickte er endlich Walkers Cybertruck. Das Nummernschild hatte sich in sein Gedächtnis gebrannt, wie das Quieken jenes Meerschweinchens, dem er einen Glimmstängel ins Fell gedrückt hatte. Er lächelte bei dieser Erinnerung aus fernen Kindheitstagen.

Das Lächeln verschwand und wutentbrannte Augen kündigten seinen Zorn an. »Fuck«, fluchte er, blies den Qualm aus und schlug mit der Faust auf sein Lenkrad. »Wer ist der Kerl?«, schrie er. Eifersucht keimte in ihm auf und in seiner Hose pulsierte ein Verlangen, welches er unbedingt stillen musste.

Er drückte das Gaspedal durch und fuhr mit quietschenden Reifen nach Raleigh, einem Stadtviertel im Nordosten von Memphis. Er parkte den Pick-up unter seinem Carport, stieg aus und knallte die Tür zu. Grinsend rannte er zur Eingangstür, denn die Beule in seiner Hose bescherte ihm ein Hochgefühl. Hastig öffnete er die Tür und schloss sie von innen ab. Seine Jacke schmiss er auf den Boden. Das Shirt zog er im Gehen aus und warf es vor die Kellertür, wo er kurz stehen blieb und in die Stille hineinhorchte. Er bemerkte die Hitze in seinen Händen. Seine Handinnenflächen schwitzten beim Gedanken an sein nächstes Opfer, an ihre Angst, an ihren Schmerz und vor allem ihren Tod. Aber am meisten beflügelte ihn der Gedanke, dass seine Opfer in Memphis eine Botschaft an Annie Walker darstellten.

Es war nur eine Frage der Zeit, bis sie begriff, dass sie allein die Schuld an dem Tod der Frauen trug. Seine Rache für das, was sie ihm angetan hatte, ihr Blut, ihr Schmerz und ihr Tod würden seine Wunden heilen.

Pfeifend ging er die Stufen zum Keller hinab und blieb vor einer Edelstahltür stehen. Er kramte einen Schlüssel aus seiner Hosentasche hervor, schloss die Augen und legte seinen Kopf in den Nacken. Sein Oberkörper wippte geschmeidig hin und her und er konzentrierte sich auf das Einrasten des Schlüssels, das wie Musik in seinen Ohren klang.

Er schlug die Tür auf, die mit einem Knall gegen die Kellerwand donnerte.

»Hilfe!«, schrie eine Frau. »Hilfe!«

Zornig knipste er das Licht an und schmetterte die Tür zu. »Halt's Maul. Niemand wird dich hören!«

Der spärlich eingerichtete Raum, mit einem Abfluss in der Mitte und einem Haken an der Decke, erinnerte ihn an den Vorratsraum des Waisenhauses, in dem er aufgewachsen war. Bilder aus der Vergangenheit ploppten vor seinem geistigen

Auge auf. Sein Magen krampfte. Er wunderte sich immer wieder, wie alte Erinnerungen unsägliches Leid, aber auch Lust entfesseln konnten. Er hatte es schon immer gewusst: Der Bauch hatte ein Gedächtnis.

Als Kind bemerkte er recht früh, dass es ihn erregte, wenn die Aufseherin im Heim ihn an den Ohren zog, ins Kabuff zerrte, über ihren Schoss legte und ihn windelweich schlug. Im Laufe der Jahre hatte er mit Absicht gegen die Regeln verstoßen, nur um ihre Hand auf seinen Arsch klatschen zu hören. Je älter er wurde, desto mehr wollte die Aufseherin allerdings seine Hände an ihren Nippeln oder zwischen ihren Schenkeln spüren. Und er gehorchte, auch wenn er es abgrundtief hasste, ihre Lust zu befriedigen. Aber er ließ es über sich ergehen, denn sie belohnte ihn schließlich dafür mit ihren Schlägen, die er so sehr liebte und vor allem brauchte. Bis zu dem Tag, als er sich vor ihr ergoss. Danach legte die Aufseherin nie wieder Hand an ihn. Aber sein Durst nach Schmerz und Gewalt ebbte leider nicht ab, und somit wählte er die unscheinbaren Mädchen aus seinem Heim aus und zwang sie, ihm Schmerzen zuzufügen. Und wenn sie sich weigerten, mobbte er sie und machte ihnen das Leben zur Hölle, bis sie taten, was er von ihnen verlangte.

Mit sechzehn Jahren floh er und ab diesem Tag waren seine Opfer hilflose Nutten oder Junkies. Es war so unglaublich einfach, denn es gab so viele Frauen, nach denen keiner suchte und die niemand vermisste. Seine Opfer erfüllten nur zwei Aufgaben: Schmerzen erleiden und ihm Schmerzen zufügen.

Eines Tages zermalmte er einer Nutte den Schädel. Zu seinem Erstaunen genoss er diesen Rausch. Er war Herr über ihren und seinen Schmerz und vor allem über Leben und Tod. Am Ende erlebte er immer seinen Höhepunkt und seine Opfer starben. Ihre Körper verscharrte er im ganzen Land und achtete penibel darauf, dass er keine DNA-Spuren hinterließ. Deshalb liebte er Häuser mit einem gefliesten Keller und einem Abfluss, so wie diesen hier.

Und seitdem er Walker gefunden hatte, hatten seine Opfer noch eine weitere Aufgabe: Sie dienten zu Walkers Einschüchterung.

Ein Wimmern riss ihn aus seinen Gedanken. Er nahm einen tiefen Atemzug und lächelte. Es war wieder Zeit, diesem Raum mit Blut und Schmerz Leben einzuhauchen. Er starrte auf die nur mit Unterwäsche bekleidete Frau, die an Armen und Beinen gefesselt am Boden kauerte und, sobald er auf sie zuging, in eine Ecke kroch. Ihn störte dieser jämmerliche Fluchtversuch keineswegs. Im Gegenteil, es steigerte seine Lust.

Er ging um die Urinlache und den Stuhl herum, auf dem sie hätte sitzen sollen. Er stellte sich mit gespreizten Beinen vor sein Spielzeug und blickte grinsend zu ihr hinunter. Sie zog ihre Beine an den Oberkörper, senkte den Blick und stützte ihren Kopf auf die zitternden Knie.

Er legte wieder seinen Kopf in den Nacken, schloss die Augen und hörte ihr genüsslich zu, wie sie wimmerte und schluchzte. Er roch ihre Angst und saugte sie wie Nektar auf. Dann riss er die Augen auf, packte sie an den Haaren, schleifte sie über den Boden und schleuderte sie auf den Stuhl.

»Bitte«, flehte sie. »Lassen Sie mich gehen.«

»Halt's Maul«, brüllte er und schlug seine Faust in ihr Gesicht. Blut spritzte aus ihrer Nase und sprenkelte sein Hemd. Der Schlag vernebelte ihr die Sinne und warf sie in ein Vakuum kompletter Dunkelheit.

Er lächelte zufrieden und schlurfte zum Stahlschrank, der neben der Tür stand. Er öffnete ihn. Sein Blick wanderte über diverse Werkzeuge, die er für die Qualen seiner Opfer benutzte. Aber nur bei zwei Gegenständen verweilten seine Augen. Er stierte auf zwei Brandeisen. Seine Nasenflügel flatterten bei der Erinnerung an verkohltes Fleisch und sein Herzschlag beschleunigte sich.»Noch nicht«, flüsterte er und griff nach der Brechstange, die danebenlag. Dann bückte er sich und nahm aus dem untersten Regal eine Hodenpresse. Er fieberte dem krönenden Abschluss seines Vorhabens entgegen und schlurfte pfeifend zurück, blickte auf sein Opfer, deren Kopf jetzt schlaff herunterhing. Er zwickte sie am Arm. »Wach auf!«

Benommen blinzelte sie und kam allmählich in die Realität zurück. Sie sah ihm zu, wie er behutsam die Brechstange und einen Gegenstand, den sie noch nie in ihrem Leben gesehen hatte, auf den Boden legte. »Lassen Sie mich gehen!«, schrie sie.

Er schoss aus seiner gekrümmten Körperhaltung zu ihr, grapschte ihre Wangen und presste diese so lange zusammen, bis Tränen aus ihren

Augen strömten. »Wie oft soll ich es noch sagen. Halt's Maul, du verfickte Schlampe!«, kreischte er.

Sie nickte, atmete dabei hastig ein und aus und versuchte, Sauerstoff in ihre Lungen zu pumpen.

»Gut so.« Er löste die Handfesseln und legte ihre Hände auf ihre Oberschenkel. Dann beugte er sich zu ihr hinunter und betrachtete das blutunterlaufene Gesicht.

Sie sah in immer größer werdende teufelsschwarze Pupillen. Seine Lippen waren nur einen Hauch von ihren entfernt.

Stoßweise ging sein Atem, als er flüsterte: »Wenn du dich bewegst, ohne dass ich es sage, schlachte ich dich ab! Ist das klar?«

Ihr Gehirn versuchte, die Bedeutung der Worte zu greifen.

Als er keine Antwort bekam, schlug er sie mit der flachen Hand ins Gesicht. Ein weiterer Schwall Blut schoss ihr aus der Nase, lief wie ein Wasserfall über ihren Mund und tropfte auf ihre Brust. »Ist das klar?«

Ihre Schläfen pulsierten wie das Uhrwerk in einem Kirchturm. Ihr war übel, sie verlor jegliche Orientierung und kippte nach vorn.

»Hast du mich verstanden, du beschissene Schlampe?«, brüllte er ihr ins Ohr und stieß sie dabei an die Stuhllehne.

Die Augen geschlossen, die Lippen fest zusammengepresst, nickte sie.

»Sehr gut.« Er legte seine Lippen auf ihren blutgetränkten Mund. Zärtlich saugte er daran und erforschte jeden Millimeter ihres Gesichts. Er lutschte ihre linke Wange, leckte ihre Schläfe, ihre

Stirn, sog ihre Wimpern ein und knabberte an ihrer Nase, bis er zu ihrem Mund zurückfand. Ein weiteres Mal saugte er an ihren Wangen, biss in die Nasenspitze und nuckelte dann wieder wie ein kleines Kind an ihren Lippen.

Die Frau hyperventilierte, so angewidert war sie von seinem fauligen, nach altem Fleisch riechenden Atem. Galle schoss ihr die Speiseröhre hoch. Panisch schluckte sie diese hinunter.

Ihm schlug saurer Atem entgegen. »Wag es nicht!«

Sie riss die Augen auf und erkannte die Botschaft in seinen, die jetzt puren Wahnsinn prophezeiten.

Sie nickte. Schloss die Augen und wimmerte. Beschloss, alles über sich ergehen zu lassen. Eine innere Stimme flüsterte ihr zu: Atme! Langsamer: Eins. Zwei. Drei. Vi...

Ein Klirren unterbrach ihren jämmerlichen Beruhigungsversuch. Sie riss die Augen auf und beobachtete, wie er seine Gürtelschnalle öffnete und die Hose samt Unterhose zu Boden fiel. Seine Erektion, die wie eine Bazooka auf sie gerichtet war, brannte sich auf ihre Netzhaut.

Seelenruhig bückte er sich und nahm die Hodenpresse in die Hand.

»Bitte nicht! Ich flehe Sie an. Bitte!«

Er ignorierte ihr Winseln und legte seine Hoden zwischen die bespickten Platten. Er trat dichter an sie heran, legte die Flügelschrauben in ihre Hände und grinste. »Hier reinschrauben«, er zeigte auf die beiden Löcher in der Hodenpresse, »und dann fest zuschrauben.«

Kapitel 3

Annie fuhr an der Temple Deliverance Church of God in Christ vorbei und bog in die GE Patterson Avenue ein. Sie bretterte wie eine Geisteskranke auf den Gehweg, keine zwei Meter entfernt vom Patterson Flats Office.

Die Sekretärin, die hinter den riesigen bodentiefen Fenstern arbeitete, beobachtete, wie Annie den Truck parkte und mit einem breiten Grinsen ausstieg. »Das gibt's doch nicht!«, fluchte sie, stürmte aus dem Office und lief schnaubend den beiden hinterher, die bereits auf den aufsichtsführenden Sergeanten zuliefen, der am Absperrband wartete. »Sie können doch nicht …«, rief sie Annie zu.

Annie drehte sich um. »Doch, kann ich!« Sie zückte ihr Handy und zeigte ihren digitalen Ausweis.

»Sie können trotzdem nicht da parken«, erwiderte die Sekretärin.

Annie ignorierte sie und zog an den gaffenden Schaulustigen vorbei. Nick blieb stehen, hielt der Frau sein Handy vor die Nase und legte dabei sein charmantestes Lächeln auf. »Miss, vielen Dank für Ihre Wachsamkeit. Solche Bürgerinnen wie Sie braucht unsere Stadt. Das war wirklich couragiert.«

Die Frau starrte aufs Display, blickte nach einer Weile zu ihm hoch und lächelte verschmitzt. »Okay. Also dann will ich mal darüber hinwegsehen«, sagte sie, zwinkerte ihm zu und trabte ins Büro zurück.

Annie runzelte die Stirn. »Nicht Ihr Ernst, oder?«, fragte sie Nick, der lächelnd angelaufen kam.

»Ms. Walker, Freundlichkeit und Deeskalation. Sagen Ihnen diese beiden Wörter etwas?«

»Ach, sparen Sie sich Ihre Weisheiten«, erwiderte sie und sah den jungen Sergeant an, der freudestrahlend auf die beiden zukam.

»Hi, Ms. Walker. Schön, Sie zu sehen. Wir haben schon wieder gute Vorarbeit geleistet. Alles abgesperrt. Na ja, Sie wissen schon.«

»Ausgezeichnet.«

»Müssen den Fall mal wieder an Ihre Sondereinheit abgeben.« Der Sergeant hielt Annie den Scanner entgegen. »Ist wohl zu speziell für uns. Glückwunsch!«

»Seien Sie mal nicht so flapsig, verstanden?«, sagte sie und hielt ihr Handy an den Scanner. Es piepte, leuchtete grün auf und autorisierte sie, die abgesperrte Zone zu betreten.

Nick streckte ihm ebenfalls sein Display entgegen. »Guten Morgen. Ich bin Ni...«

Der Sergeant zog seine Hand zurück, stellte sich breitbeinig vor Nick und musterte ihn. »Wer sind Sie denn?«

»Ich wollte mich gerade vorstellen.«

Annie drehte sich genervt um. »Ihr Ernst jetzt, Sergeant Mc Burren? Wenn ich hier mit jemandem aufkreuze, können Sie so was von ausgehen, dass er zu mir gehört. Und das bedeutet, Sie haben ihn gefälligst reinzulassen. Verstanden?«

Sergeant Mc Burren blickte in Walkers angriffslustige Augen und auf die Falte, die sich zwischen ihren Augenbrauen legte. Er mochte ihre schroffe Art und vor allem zollte er ihr den höchsten Respekt. Eines Tages wollte er ebenfalls zur SUBM und so genoss er jede Sekunde, wenn er im Dienst auf sie traf. »Der ist aber sonst nie dabei«, erwiderte er pikiert und schaute Nick stirnrunzelnd an. »Zumindest nicht in den letzten sechs Monaten, seitdem ich Sie kenne.«

»Der hier«, sagte sie und blickte Nick abfällig an, »ist mein neuer Partner. Und jetzt lassen Sie ihn endlich durch, Herrgott noch mal!« Sie schob sich unter dem Ersten der drei Absperrbänder hindurch. Ohne auf Nick zu warten autorisierte sie sich für zwei weitere Absperrungen, bis sie bei der Haustür eines Wohngebäudes angekommen war, die zum Tatort führte.

Nick hob seine Augenbrauen und sah den jungen Police Officer erwartungsvoll an.

»Äh ja, hier«, sagte der und hielt ihm den Scanner hin.

»Danke, Mr. Mc Burren. Hat mich gefreut, Sie kennenzulernen.«

»Ja, mich auch, Mr. Preston.« Fasziniert schaute er Nick hinterher und bewunderte dabei seinen anmutigen Gang.

Mike Sancha, der Kopf der Spurensicherung, wartete im Hausflur auf das Duo. In der Hand hielt er zwei Tüten, die er den beiden demonstrativ gegen die Brust presste. »Ola, Annie.« Zu Nick gewandt sagte er: »Mr. Braker hat mich schon informiert.« Er lächelte Nick warmherzig an. »Ola, Mr. Preston. Ich bin Mike Sancha, der leitende Spurentechniker.«

»Ola. Encantada, Mr. Sancha. Danke, hierfür«, sagte er und zeigte auf seine Tüte.

»Freut mich auch, Sie kennenzulernen«, erwiderte Mike und strahlte über beide Ohren.

Nick schaute zu Annie hinüber, die mit den Augen rollte.

Sie schüttelte den Kopf, packte den Inhalt der Tüte aus und streifte sich den Hosenanzug über. »Wo müssen wir hin, Mike?«

»Zweiter Stock.«

»Danke.« Nick zog sich seine Tatortkleidung an und folgte Annie.

»Halt!«, rief Mike den beiden hinterher und huschte wie von einer Tarantel gestochen an den Ermittlern vorbei. »Warte mal, Annie.« Schnaufend blieb er in der Türzarge stehen und versperrte mit seinem Arm den Eingang zum Tatort. »Amy Lexus, 35. Alleinstehend. Keine Kinder. Kellnerin im *The 5 Spots*, ein paar Blöcke weiter. Ihr Boss wollte nachschauen, weil sie nicht zur Schicht kam. Er war der Erste am Tatort und rief die Poli…«

»Du irrst dich«, unterbrach ihn Annie. »Er war nicht der Erste. Der Mörder war's.« Sie seufzte. »Egal. Wie heißt der Boss?«

»Bruce Lemmer. Verheiratet. Drei Kinder«, antwortete Mike.

»Okay.« Sie deutete auf seinen Arm, doch Mike rührte sich nicht vom Fleck.

»Wie ist er in die Wohnung gekommen?«, fragte Nick.

»Hatte einen Schlüssel«, antwortete Mike und zuckte mit den Schultern.

»Wieso hat ein Boss den Wohnungsschlüssel seiner Mitarbeiterin?«, fragte Nick und kratzte sich am Kinn.

»Ni idea«, entgegnete Mike.

»Sprich verdammt noch mal meine Sprache, Mike, und nun lass uns rein!« Sie stülpte sich Schuhschutz und Handschuhe über, griff nach Mikes Arm, der ihnen wie eine Schranke den Zutritt zum Tatort verweigerte.

»Annie.« Er schaute verunsichert zu Nick.

»Was?«

»Da ist Blut. Viel – Blut!«

»Warum hast du mich nicht vorher angerufen?«, fragte sie.

»Äh ... habe ich in all der Aufruhr vergessen. Sorry!«

Sie zuckte mit den Schultern. Blamieren wollte sie sich am ersten Tag vor ihrem neuen Partner auf gar keinen Fall. »Egal«, erwiderte sie. »Lass uns jetzt reingehen.«

Mike seufzte, senkte seinen Arm und gewährte Annie Einlass.

Nick runzelte die Stirn und betrat einen kleinen Flur. Nur eine Kommode und ein Schlüsselbrett schmückten diesen Raum. Rechts neben dem Eingang lugte er in das Badezimmer, dessen Tür weit aufgerissen war, und trat ein. Vorsichtig umging er die Wasserflecken auf den Fliesen, kniete sich nieder und richtete seinen Blick auf die

Wasserlache vor der Duschkabine, in der sich das grelle Licht spiegelte. Zu seiner Rechten lag ein unbenutztes Frotteehandtuch, ordentlich gefaltet, auf den Bodenfliesen. Er legte seinen Kopf schräg und verweilte in der Position. Dann stand er auf, verließ das Badezimmer, ging an einer Küchennische vorbei und betrat das Wohnzimmer.

Mike stand neben der Tür. »Da sind Sie ja«, sagte er und legte Teile des 3D-Vermessungsapparates sorgfältig in einen Koffer.

»Haben Sie den Tatort schon gescannt?«, fragte Nick.

»Si«, erwiderte Mike und schloss den Koffer.

Ein Brummen, gefolgt von einem grellen Piepton im Fünf-Sekunden-Takt, erweckte Nicks Aufmerksamkeit. Er ging in Richtung des Geräuschs und blickte auf einen fremden Mann mit aschgrauen Haaren, der in gebückter Haltung Amy Lexus' Körper abscannte. Schmale neongelbe Streifen projizierten ihre äußeren sowie inneren Wunden auf ein Tablet, das er in der linken Hand hielt. Nick beobachtete den alten Mann und Annie aus den Augenwinkeln, die keine zwei Meter von ihm entfernt auf die Leiche starrte. Dabei rann eine kleine Schweißperle ihre Schläfe hinab. Durch das Sonnenlicht glitzerte diese und erinnerte Nick an einen Diamanten in der Morgendämmerung. Er schüttelte sich, verwarf diesen Gedanken augenblicklich und ließ seinen Blick wieder zur Leiche wandern.

Amy Lexus lag rücklings und mit gespreizten Beinen in einer Blutlache. Nackt. Eingezäunt durch einen Metallring, der die Höhe eines Unterarms hatte und wie eine Festung um die Tote drapiert war. Zwei Spielzeugpuppen, deren Brüste wie blutrote Bergrücken emporragten, badeten ebenfalls splitterfasernackt und mit gespreizten Beinen in der Blutlache.

Er ging einen Schritt auf die Leiche zu und entdeckte keine einzige Stelle am Körper der Toten, die nicht blutbeschmiert war. Selbst ihre weinrot lackierten Zehennägel waren von rostrotem vertrocknetem Blut umsäumt. »Dieser Tatort gleicht einem erstklassig aufgebauten Bühnenbild«, murmelte Nick. »Alles ist akribisch inszeniert.«

Der Mann blickte von der Leiche auf. »Wie recht Sie haben.« Stöhnend stand er auf und fasste sich dabei ins Kreuz.

Nick trat auf den Fremden zu und verzog das Gesicht, da er erst jetzt den Rostgeruch in der Luft wahrnahm, der sich, wie er aus Erfahrung wusste, in jede Geschmackspapille auf seiner Zunge und in seine Nasenhaare einnisten würde. Tagelang würde sich dieser Gestank festsetzen und für alle Ewigkeiten in seinen Erinnerungen verankert bleiben. Instinktiv sah er zu Annie, die, mittlerweile leichenblass, beide Hände fest auf Nase und Mund gepresst, immer noch auf die Leiche starrte und würgte.

»Entschuldigt mich«, hauchte sie und türmte vom Tatort.

Nick wollte ihr folgen, doch der alte Mann packte seinen Arm.

»Mr. Preston, sie kriegt sich wieder ein.« Er räusperte sich und streckte ihm die Hand entgegen. »Ich bin Donald Gale, der Leitende medical examine investigator beim SUBM.«

Nick deutete auf die Handschuhe und lehnte den Handschlag ab.

»Wie dumm von mir«, erwiderte Donald und fuhr sich mit der Hand durch seine Haare.

»Freut mich sehr, Sie kennenzulernen, Mr. Gale.« Nick runzelte die Stirn. »Was ist mit ihr?«

Donald überlegte eine Weile. »Na ja, seit dem Vorfall mit ihrem alten Partner kann sie weder Blut sehen noch riechen. Sie ...« Er biss sich auf die Lippen und kratzte sich am Kopf. »Ich habe schon zu viel gesagt. Wenn Sie mehr wissen wollen, fragen Sie Ms. Walker.«

»Okay, danke. Ich werde trotzdem nach ihr sehen. Geben Sie uns bitte einen Moment.«

Annie stürmte derweil die Treppen hinunter. Die qualvollen Erinnerungen an die Schändung ihres Körpers und an Leos zerfetzten Leib kamen mit voller Wucht zurück. Kalter Schweiß lief ihr den Rücken hinunter und durchnässte ihr Shirt. Die Panikattacke, die wie ein Taifun über sie fegte, schnürte ihre Kehle zu. Ihr Blick klebte an der Eingangstür des Wohnhauses. Sie streckte ihre Finger aus, visierte die Klinke an, doch ihre Eingeweide verkrampften. Ein paar Meter von ihrem ersehnten Ziel entfernt hielt sie inne. Sie hyperventilierte und presste sich die Hände auf den Bauch. Wenige Sekunden später übergab sie sich. Ihr Kopf dröhnte wie bei einem Bombenhagel. Ein Cocktail aus grellen Farben zog an ihrer Iris vorbei und der Boden unter ihren Füßen schwankte.

Nick hörte die stärker werdenden hechelnden Geräusche und schoss die Treppen hinunter. Dann rückte sie in sein Blickfeld. Gebückt und aschfahl stützte sie sich mit beiden Händen auf ihren zitternden Knien ab. Er bat nicht um Erlaubnis und legte seine kräftige Hand auf ihren Rücken. »Atmen S...«

Sie wich zurück und drehte sich um. »Fassen Sie mich nicht an«, zischte sie.

»Ms. Walker, bitte. Ich möchte Ihnen helfen!« Er trat einen Schritt auf sie zu. »Bitte.« Vorsichtig legte er eine Hand auf ihre Schulter und drehte sie um. »Bücken Sie sich und stützen Sie sich weiter auf ihre Knie ab.«

Sie zögerte.

»So wie eben.«

Sie folgte seinen Anweisungen.

Behutsam legte er eine flache Hand auf ihren Rücken, hielt dennoch eine Armlänge Abstand. »Atmen Sie langsam ein, solange ich mit meiner Hand Druck ausübe«, flüsterte er. »Sobald ich nachlasse, atmen Sie bitte aus.«

Sie hatte keine Wahl und ergab sich ihm bedingungslos, bis sich ihr Atem allmählich beruhigt hatte. »Danke«, brabbelte sie und wischte sich mit dem Unterarm Spucke aus dem Gesicht. Seine warme Hand, immer noch auf ihrem Rücken liegend, übte leichten Druck aus und schob sie behutsam zur Haustür.

Annie verstand, richtete sich etwas auf und schleppte sich zur Haustür. Frische, nach Jasmin duftende Luft und Vogelgezwitscher empfingen sie. Sie lehnte sich an die Fassade und schaute in den wolkenverhangenen Himmel. Die bohrenden Blicke der Schaulustigen und Polizisten ignorierte sie.

Sie schloss ihre Augen und atmete ein paarmal tief ein und aus. Die Frühlingsluft und die Kälte der Wand belebten ihren Körper und begruben, wenn auch nur in diesem Moment, die schrecklichen Erinnerungen.

Nick genoss die Ruhe an ihrer Seite und freute sich über den rosigen Schimmer auf ihren Wangen. Er lächelte und kleine Lachfältchen durchzogen seine Mundpartie. »Haben Sie was im Auto?«

Sie nickte, zog ihre Schutzkleidung aus und kramte ihr Handy heraus. »Warten Sie«, krächzte sie. Sie öffnete die Tesla-App und entsperrte das Auto. »Bringen Sie mir die bunte Stricksocke aus dem Handschuhfach.«

»Bunte Stricksocke?«

»Herrgott ja, bitte«, erwiderte sie und lächelte gezwungen.

Er nickte und zog sich seine Schutzkleidung aus. Dann marschierte er zum Auto. Annie inhalierte die frische Luft und beobachtete, wie galant er unter den Absperrbändern hindurchschlüpfte. Ihr Magen grummelte und sie schämte sich für ihre Schwäche, die sie Nick Preston auf einem brühwarmen Teller serviert hatte. Und dennoch: Er überraschte sie. Verblüffend empathisch und diskret half er ihr, ohne sie zu kompromittieren.

In ihren Gedanken zog ein Sturm auf. Sie verstand nicht, warum sie so drastisch reagierte. Bisher hatte sie sich nach der Vergewaltigung meist unter Kontrolle gehabt. Nasenklammern und Salben waren ihre besten Verbündeten. Nur zweimal hatte sie sich in irgendeiner Gasse nach einer Tatortbesichtigung auf dem Rückweg die Seele aus dem Leib gekotzt. Niemand wusste von diesem Geheimnis: ein absoluter Vorteil, wenn man keinen Partner hatte. Annie seufzte und rief Sam an.

»Ja-haaaa.«

»Lass das! Bitte weise die Tatortreiniger an, den Treppenaufgang am Eingang ebenfalls zu reinigen.«

»Johoooooo, mache ich«, trällerte sie, nahm instinktiv aber den matten Unterton in Annies Stimme wahr. »Alles gut bei dir, Annie?«

Annie blickte auf und sah Nick auf sich zu trotten. »Ja, ja alles bestens. Muss auflegen.«

Nick stellte sich vor sie hin und reichte ihr die Socke. »Todschick«, sagte er, verzog die Mundwinkel und verschwand im Hausflur.

»Machen Sie sich gerade über mich lustig?«, fragte sie und lief ihm hinterher. Ihr Blick bohrte sich tief in sein Herzschlagtattoo.

»Im Leben nicht, Ms. Walker«, erwiderte er amüsiert und spürte die Hitze in seinem Nacken.

Mike kam ihnen entgegen, reichte beiden wortlos die neue Schutzkleidung und lief die Stufen zum Tatort hoch.

Annie folgte ihm und kramte eine Schachtel aus der Stricksocke, nahm die japanische Minzölsalbe heraus und cremte damit Nase und Nasenlöcher ein. Dann klemmte sie die Nasenklammer an ihre Nase. »Sie auch?«

Er schüttelte den Kopf und schmunzelte wegen ihrer nasalen Stimme.

»Ehrlich jetzt?«, fauchte sie, verdrehte die Augen und stopfte die Schachtel samt Strumpf in die Seitentasche ihres Anzuges.

Kapitel 4

Zärtlich streichelte er über das seidenmatte Papier seines Tagebuches. Er leckte sich über die Lippen, nahm den Stift aus der Lasche und schrieb:

Erster Mord: Megan Wright

Endlich, Tagebuch!

Es ist vollbracht!!!!!!!!!!! Die Schlimmste von allen ist tot. Mausetot!!!!!!!!!
Gott, was bin ich froh, dass sie niemandem mehr schaden wird. Du kannst dir nicht vorstellen, wie entsetzt sie mich angeschaut hat, als sie endlich, nach beschissenen zwei Wochen, kapiert hat, wer ich war. Sie hat mich tatsächlich nicht erkannt. Du siehst, ich habe alles richtig gemacht. Ich starb vor 20 Jahren und gab meinem Leben einen neuen Sinn. Aus dem hässlichen Nerd wurde ein attraktiver und vor allem geselliger Mann. Das wusstest du nicht, nicht wahr? Wie denn auch? Ich schreibe nach all den Jahren das erste Mal wieder Tagebuch. Und Gott, es fühlt sich grandios an.

An der Nase habe ich Wright herumgeführt. Hab ihr vorgegaukelt, ich wäre an dem Kauf einer ihrer verfickten Antiquitäten aus ihrem Laden interessiert. Dass ich nicht lache! Mich interessieren die so wenig, wie der Kaffeesatz in meiner Espressomaschine. Eingeladen hat sie mich, zu ihr nach Hause, weil sie dort einen Sekretär von Herbert Hoover, unserem 31. Präsidenten, stehen hatte, den ich angeblich unbedingt sehen wollte.

»Oh, Ms. Wright, ich flehe Sie an, bitte zeigen Sie mir das Schmuckstück. Ich muss es sehen. Wo haben Sie es erworben?«

»Ach, das war reiner Zufall, es war eine Wohltätigkeitsveranstaltung. Die Einnahmen wurden an ein Kinderhospiz gespendet. Ich wusste, ich tat das Richtige und habe mich dann einfach in Unkosten gestürzt.« Bla, bla, bla. Fuck, wie lieb und nett sie tat. Aber das änderte für mich nichts. Gar nichts! Ich hab das Spiel weitergespielt. Gott, wie dämlich sie war. Sie hatte mich noch nicht mal an meiner Stimme erkannt. Genauso wie die Schlampe Lexus, die als Nächstes dran glauben musste. Aber dazu später mehr.

»O ja, Ms. Wright, Sie haben die richtige Entscheidung getroffen«, gaukelte ich ihr vor. »Bitte, wann kann ich ihn sehen?«

Sie lächelte verschmitzt und nickte. Ich wusste, das war meine Chance. Und als ich dann drei Tage später ihr Haus betrat, setzte ich alles auf eine Karte.

»Fick ihn«, sagte ich beiläufig, als sie mir den Sekretär präsentierte.

»Was haben Sie gesagt?«, fragte sie.

»Oh du hast richtig gehört, du mieses Stück Scheiße. Fick ihn! Fick ihn! Fick ihn! Habe ich gesagt!«, brüllte ich ihr ins Gesicht. Leichenblass stand sie da. Leichenblass!!!!! Kannst du dir das vorstellen?

»Waren das nicht deine beschissenen Worte«, flüsterte ich. »Vor 20 Jahren.«

Sie riss ihren Mund auf. Ein Gewitter in ihren Augen bahnte sich an. Glaub mir, sie erinnerte sich schlagartig an alles. Eine Träne lief ihr die Wange hinunter. Sie stand da, wie eine Säule, unfähig, sich zu bewegen.

»Es tut mir leid«, stammelte sie.

»Zu spät! Du bist die Erste, die jetzt stirbt«, waren meine letzten Worte, bevor ich mich auf sie stürzte und ihr eine Nadel in den Hals rammte. Sekunden später war es mucksmäuschenstill um uns herum.

Und wie sie mich mit ihren verfickten Augen anglotzte, als sie aufwachte und bemerkte, dass sie nicht fliehen konnte.

O ja, ich kannte das Gefühl nur zu gut. Zu gut!!!!!!!

Das Maul hab ich ihr gestopft. Sie hatte keine Chance.

Annie:
Ihn aussprechen? O Gott,
Marge, das kann ich nicht!
Ich habe in dieser Nacht
ein Monster erschaffen.

Kapitel 5

Sie ignorierte die nagenden Blicke und stellte sich neben Gale. »Sag mir bitte, was deine Augen sehen, Donald.«

Donald fixierte ihre Nasenklammer, schüttelte leicht seinen Kopf und räusperte sich. »Der Todeszeitpunkt ist schwer festzustellen. Die Körpertemperatur im Anus kann ich nämlich nicht messen.«

»Dreh sie um und miss die Temperatur«, erwiderte sie.

Donald seufzte. »Wenn das mal so einfach wäre! Unsere Tote wurde auf dem Teppich«, er kniete sich behutsam auf die Knie, wobei diese dabei knirschten wie zwei Steine, die man langsam mit einer Walze zermalmte, und rüttelte an Lexus' Schultern, »festgeklebt.«

»Festgeklebt?«, fragten Annie und Nick im Chor.

»Ich scherze nicht. Ihr habt richtig gehört. Jedes Körperteil, das den Boden berührt.«

»Puta madre«, murmelte Mike und stellte sein fertig eingepacktes Equipment in den Flur.

»Ich kann es schwer überprüfen. Aber das, was ich bisher sagen kann, ist, dass die Totenstarre nicht vollständig die unteren Extremitäten erreicht hat. Ich schätze, sie ist seit circa sechs bis acht Stunden tot.« Er deutete mit seinen Händen auf ihre Vagina. »Sie ist geschwollen und die Schamlippen sind zugenäht.« Er zeigte auf ihre Oberschenkel und Arme. »Blutergüsse am ganzen Körper.« Er berührte ihre Nasenspitze. »Gebrochen. Und wie ihr seht, ist das ganze Gesicht geschwollen.«

Nick beugte sich zur Leiche. »Was sind das für braune Fetzen auf ihren Wangen?«

»Ihre Lippen waren mit Panzertape zugeklebt«, sagte Gale und pulte einen Rest ab. »Das habe ich bereits entfernt. Na ja, soweit es eben ging.«

»Wurde sie vergewaltigt?«, fragte Nick. Aus den Augenwinkeln entging ihm nicht, wie Annie bei dieser Frage zusammenzuckte und schwer schluckte. Er speicherte diese sensible Reaktion in seine eigens für Annie Walker angelegte Gedächtniskiste ab.

»Kann ich derzeit nicht sagen.«

Alle drei hingen ihren Gedanken mit steinernem Blick auf das Opfer nach. Mike ging zum Tisch und steckte das Handy des Opfers in einen Beweisbeutel und legte es im Flur auf das Equipment.

Annie unterbrach die Stille. »Woran ist sie gestorben, Gale?«

»Mhhh«, er kratzte sich am Kopf, »ich muss mir den Scan anschauen und die Obduktion abwarten. Blutverlust, innere Blutungen, ich ...«

»Sie ist erstickt! Überprüfen Sie das gerne, Mr. Gale.« Nick kniete sich am Kopf der Toten nieder. »Kommen Sie näher.«

Annie bückte sich ebenfalls.

»Wenn man genau hinschaut«, Nick zeigte mit dem Zeigefinger auf Mund und Hals, »sieht man getrocknetes Erbrochenes an ihren blauen Lippen. Außerdem ist ihr Hals merkwürdig geschwollen.«

Donald zog seine Handschuhe aus, steckte sie in seine Hosentasche und stülpte die neuen über. Er nahm einen kleinen Spachtel aus seiner Ledertasche und kratzte Erbrochenes von den Mundwinkeln der Leiche und roch daran.

Annie sah ihm dabei angewidert zu und rief: »Mike, hast du schon Blutproben genommen?«

Mike nickte ihr zu und antwortete: »Si.«

»Gut möglich, dass Sie recht haben, Mr. Preston«, sagte Gale und drehte sich zu Nick. »Sie hätten mich mal vor 30 Jahren sehen sollen, da konnte ich so was aus hundert Metern Entfernung sehen, solche Adleraugen hatte ich.«

»100 Meter, ja?«, erwiderte Nick und lächelte Gale, der kurz in Erinnerungen schwelgte, an.

»Können wir uns einfach konzentrieren und weitermachen?«

»Nun, Ms. Walker«, Nick schenkte ihr ein strahlendes Lächeln, »ein wenig Small Talk schadet nie.«

Annie kniff die Augen zusammen und schwang sich hoch. »Wenn Sie Small Talk wünschen, sind Sie bei mir an der falschen Stelle, Mr. Preston!«

Nick kam ebenfalls aus seiner gebückten Haltung hervor und wollte etwas erwidern, aber Gale fasste ihn am Arm und stützte sich beim Aufstehen an ihm ab. »Nun ist ja gut«, sagte er und steckte die Reste des Erbrochenen in einen Beweisbeutel.

»Gale, sag Bescheid, sobald du seine Theorie bestätigen kannst.«

»Aber sicher, das mache ich.«

»Sonst noch was?«, fragte Nick Mike, der gerade auf die drei zuging.

»Nun, wir haben Fotos, Haarproben, Blutproben und Fingerabdrücke. Wenn alles analysiert ist, melde ich mich.«

»Und, Mr. Sancha, wichtig ist die Analyse der Blutlache. So viel Blut kann unmöglich ihr eigenes sein«, fügte Nick hinzu.

Annie musterte das Wohnzimmer und ging auf und ab. »Der ganze Teppich müsste vor Blut nur so triefen. Wie hat der Täter sie so schänden können und dabei so wenige Blutspritzer hier hinterlassen?« Annie verschränkte die Arme.

Mike kratzte sich an seinem rechten Ohr. Gale schnalzte mit der Zunge. Nick massierte seinen Nacken und schlich dabei um die Leiche herum.

»Er betäubte die Frau im Bad. Habt ihr die Wasserflecken gesehen?«, fragte Nick, wartete aber nicht auf eine Antwort. »Das Handtuch im Badezimmer liegt unbenutzt vor der Duschwanne. Sie hat sich nicht abgetrocknet, nach dem Duschen. Entweder hat er vor ihrer Betäubung oder danach den größten Teil der Wohnung mit einer Plane oder Ähnlichem ausgelegt.«

Annie berührte mit schlafwandlerischer Sicherheit eine pochende Stelle an ihrem Hals. Obwohl die Nadel, die Mason benutzt hatte, zwar keine Narbe hinterlassen hatte, flackerten Flammen der Erinnerung vom Tag ihrer Vergewaltigung auf und züngelten mit ihren Dämonen. Sie strich über die

Stelle, übte leichten Druck aus und beruhigte so ihren Herzschlag.

Nick bemerkte ihre beschleunigte Atmung. Er hatte keine Erklärung für ihre Unsicherheiten, aber der Spürhund in ihm erblühte, wie die Knospe einer sargschwarzen Rose. Er würde mit allen Mitteln jegliches Geröll zermalmen, um herauszufinden, warum die beste Ermittlerin in Memphis sich an einem Tatort, im sicheren Hafen, wie ein Schiffswrack verhielt.

»Ja gut, das würde erklären, warum keine blutigen Fußspuren hier zu sehen sind«, murmelte Annie und streichelte ihren Hals.

»Und schauen Sie«, Nick wirbelte mit der Hand im Raum herum, »alles ist ordentlich. Hier hat definitiv kein Kampf stattgefunden.«

»Und je nachdem, wie stark die Dosis war, hatte er genügend Zeit, um den Tatort zu präparieren«, fügte Mike hinzu.

»Qualvoll gelitten hat sie«, flüsterte Donald.

»Blutlache, Puppen und das Blech hat er also entweder vor ihrem Tod oder danach arrangiert«, sagte Annie und legte den Kopf schräg. »Mike, hast du auch vom Teppich Fasern genommen? Überprüfe diese auf Plastikpartikel, Hautpartikel … na ja du weißt schon.«

»Ich weiß. Alles erledigt, Annie.«

»Mr. Sancha, gab es Einbruchsspuren?«, fragte Nick.

»Nein, nada.«

»Aber wie ist der Täter in die Wohnung gekommen?«, murmelte Annie und betrachtete mit mitleidvollem Blick den geschändeten Körper.

»Vielleicht hat sie dem Täter die Tür geöffnet, kurz bevor sie duschen war?«, fragte sie und schaute Nick an.

»Das glaube ich nicht. Bedenken Sie die Wasserpfützen. Sie hätte sich sicherlich ein Handtuch übergeworfen, um zu schauen, wer an der Tür ist. Der Täter war bereits in der Wohnung oder hatte einen Schlüssel«, erwiderte Nick.

»Donald, wurden ihr die Schamlippen vor oder nach ihrem Tod zugenäht?«

»Schwer zu beantworten. Es ist zu viel Blut an ihrer Vagina. Aber ...« Er holte eine Lupe aus seinem Koffer, kniete sich nieder und begutachtete die Einstichstellen. »Was für eine schlampige Arbeit«, brummelte er und schüttelte den Kopf. »Die Vagina ist um das Dreifache angeschwollen.« Stöhnend und wie in Zeitlupe erhob er sich. »Der Täter nähte sie bei lebendigem Leibe zu«, sagte er mit gequälter Stimme.

Grabesstille legte sich am Tatort nieder, bevor Annie als Erste das Wort ergriff. »Was für entsetzliche Schmerzen. Niemand erträgt das, ohne sich zu wehren. Die Blutanalyse. Wir brauchen sie so schnell wie nur irgend möglich, Gale!«

»Ich weiß, Annie.«

Beide Detectives verabschiedeten sich und warfen ihre Schutzanzüge in einen Müllbeutel, der vor der Wohnungstür lag.

Annie stürmte die Treppen hinunter, da sie sich so sehr nach frischer Luft sehnte.

Nick eilte ihr nach und rief aus ein paar Metern Entfernung, kurz vor dem ersten Absperrband: »Ich fahre!«

Roboterhaft blieb sie stehen. Überlegte kurz, entschied sich fürs Ignorieren und passierte die Absperrung.

»Ms. Walker!«, rief er ihr zu, hastete ihr hinterher und packte ihren Arm.

Sie drehte sich zu ihm um. Ihre Augen verengten sich und eine Falte grub sich tief in ihre Stirn. Die Intensität ihrer Wut schwappte zu ihm über wie die Ausläufer einer Monsterwelle. Er ließ sie schlagartig los.

»Fassen Sie mich nicht an«, zischte sie und marschierte zur zweiten Absperrung.

»Ms. Walker! Bleiben Sie stehen!«

Sie duckte sich unter dem nächsten Absperrband durch.

Nick lief ihr hinterher und rief dem Sergeanten, der am Band stand, von Weitem zu: »Hoch damit!« Der Police Officer zweifelte nicht an seiner Wut, die sein erzürnter Blick widerspiegelte, und hob das Band an. Nick flutschte geschmeidig hindurch und rannte ihr nach.

»Fuck«, fluchte sie und drehte sich zu ihm um. »Ihr Ernst? Wollen Sie Ihr Ego gleich am ersten Tag mit dem Fahren des Trucks in einer fremden Stadt befriedigen, ja?« Sie machte auf dem Absatz kehrt und huschte unter dem letzten Absperrband hindurch.

Nick stieg ohne Mühe wie ein Titan über diese Absperrung, holte sie ein und schnitt ihr den Weg zur Fahrertür ab. »Ich wiederhole mich ungern, Mas. Walker.«

Sie ergründete seine selbstsicheren Gesichtszüge. »Das geht aber nicht. Das Auto ist noch nicht auf Sie autorisiert.« Sie setzte ein heuchlerisches Lächeln auf.

»Ich bin mir sicher, wir sind beide in der Lage, das zu managen. Hier und jetzt!«

Annies Gedanken brausten in ihrem Kopf. Doch ihr fiel kein Argument ein, ihn vom Fahren abzuhalten. Sie seufzte, hielt den Smart Ring an ihrer Hand vor das Auto und ging zur Beifahrerseite.

»Danke«, sagte er und öffnete die Tür.

»Ach, rutschen Sie mir doch den Buckel runter!«

Kurz bevor Nick einstieg, verharrte er im Türrahmen. »Ms. Walker.«

Annie sah ihn feindselig an.

»Wenn ich Befriedigung suche, benutze ich dazu bestimmt kein Auto!«

Diese Antwort hatte sie nicht erwartet.

Nick ließ sie mit offenem Mund stehen, genoss ihre Lethargie und setzte sich. »Können wir?«, fragte er und schnallte sich an.

»Aber sicher können wir«, sagte sie in ihrer sanftmütigsten Stimme, stieg ein und lächelte ihn gequält an. Sie legte den Smart Ring in die Mittelkonsole, schaltete den Bordcomputer ein und startete die Identifikationsprozedur auf dem Display für einen zweiten Fahrer, ohne ein einziges Wort mit ihm auszutauschen. »Fertig.« Sie lehnte sich zurück und verschränkte die Arme vor der Brust. Nick fuhr nicht los und starrte sie an. »Was?«

»Schnallen Sie sich an.«

»Schalten Sie lieber mal das Navi ein. Memphis ist kein Dorf.«

»Brauch ich nicht. Wird schon gehen.«

Eine halbe Stunde später parkte Nick Preston den Truck in der Tiefgarage.

Annie sah ihn mit großen Augen an.

»Was?«

»Wie haben Sie das gemacht? Ohne Irrwege den gleichen Weg genommen. Ich dachte, Sie waren noch nie in Memphis?«, fragte sie und konzentrierte sich darauf, langsam ein- und auszuatmen, damit ihre Stimme souverän wirkte.

Nick Preston griente in sich hinein. »Nun, da wir auf der Hinfahrt kaum ein Wort miteinander gesprochen haben, hatte ich viel Zeit, mir die Umgebung anzuschauen, und habe mir einfach ein paar Eckpunkte gemerkt. So wie man das eben macht ... als Mann.«

»Ach ..., macht man das so, ja?«, erwiderte sie und kratzte sich am Ohr.

Nick stieg aus und schmiss die Tür zu. »Was jetzt? Wollen Sie es sich im Auto gemütlich machen?«, rief er ihr auf dem Weg zum Fahrstuhl zu.

»Herrgott!«, fluchte Annie und stapfte ihm wie ein wütendes Kind hinterher.

Wortlos fuhren sie in die SUBM hinunter.

Unten angekommen stürmte sie in die Umkleiden und betrat wenige Minuten später ihr Büro mit einer Tasse Kaffee in der Hand. Verwundert blieb sie an der Türschwelle stehen. »Wie...? Wie haben Sie die Tür geöffnet?«

Nick saß am Schreibtisch und blickte von seiner Tastatur auf. »Na, damit«, sagte er. Er tippte mit seinem linken Zeigefinger zweimal auf seine Stirn. »1603528.«

Und wieder einmal hatte er es geschafft, dass sie sprachlos vor ihm stand.

Er deutete auf ihren Kaffee. »Ich hätte mich im Übrigen auch über eine Tasse gefreut.«

Sie warf ihm einen verstörten Blick zu. Wütend stürmte sie zu ihrem Schreibtisch. »Ach ja? Hätte der Herr sich gefreut, ja!« Sie knallte die Tasse auf den Tisch. Kaffee schwappte über. »Fuck!«

Nick stand auf. »Ich mach das schon.«

Annies Stirn legte sich in Falten. »Milch, Zucker oder schwarz, Mr. *Ich kann mir meinen Kaffee nicht selber holen*?«

»Schwarz, bitte.« Nick schaute ihr hinterher und ergötzte sich zutiefst an ihrer Raserei und an der Tatsache, dass sie ihre Launen nicht unter Kontrolle hatte. Er nahm ein Taschentuch aus der Schreibtischschublade und entfernte den Kaffeefleck.

Wenige Minuten später kam Annie zurück. »Hier!«

Nick drehte sich um und versank für einen winzigen Moment in ihren rehbraunen Augen. »Danke«, hauchte er und nahm ihr die Tasse ab, wobei sich ihre Finger zufällig berührten.

»Ja, ja«, sagte sie und Pfefferminzatem schlug ihm entgegen. Annie Walker, die seit elf Monaten nicht eine einzige intime Berührung erhalten hatte, standen die Haare zu Berge. Sie freute sich darüber, ihre Lederjacke nicht ausgezogen zu haben, denn so sah er die Gänsehaut auf ihren Armen nicht. Allerdings erfasste sein geschulter Blick ihre flachen Atemzüge.

Rasch schritt er an ihr vorbei, denn sein Herz schoss im freien Fall dem Abgrund entgegen. Und mit absoluter Gewissheit nisteten sich zwei Erkenntnisse just in diesem Moment in seinen Denkpalast ein. Erstens analysierte sie ebenso herausragend wie er Mimik und Gestik. Und zweitens, verabscheute er das Ohnmachtsgefühl, das ihn jetzt überkam und sich wie ein tollwütiger Hund festbiss. Keine Frau, erst recht nicht Annie Walker, würde je wieder sein Herz würgen. Er warf das Taschentuch in den Mülleimer.

»Ich schlage vor, wir beauftragen zwei Mitarbeiter für die Zeugenbefragungen und die Befragung von Amy Lexus' Eltern. Obduktion und Spurensicherung warten wir bis morgen ab. Einverstanden?«

Er nickte. »Ich werde die Mitarbeiter instruieren. Die da wären, Ms. Walker?«

Annie schritt zur Tür und brüllte. »Lance. Carmen. In mein Büro. Sofort!« Beide sprangen wie aufgescheuchte Kaninchen von ihren Schreibtischstühlen auf und stürmten herein. »Diese beiden nehmen die Zeugenvernehmungen vor.« Sie zeigte auf Carmen und Lance. »Sagen Sie denen alles, was wichtig ist. Ich werde jetzt gehen.«

Nicks Augenbrauen verengten sich. »Wie bitte?«

Sie ignorierte ihn. »Lance, lad Bruce Lemmer ein. Ich vernehme den Boss morgen Vormittag«, befahl sie. Sie setzte ein Lächeln auf und drehte sich zu Nick. »Sie dürfen gerne zugucken, Mr. Preston.«

Großen Schrittes zog sie an ihm vorbei. Er schnaubte, packte ihr Handgelenk und hielt es eisern fest. »Ich verstehe nicht?«

Sie riss sich los. »Was verstehen Sie eigentlich nicht, wenn ich sage: Fassen Sie mich nicht an!«, zischte sie und knöpfte ihre Lederjacke zu. »Mein Bericht liegt heute Abend in ihrem scheiß Mailpostfach. Ich denke über den Fall in Ruhe nach. Alleine!« Eine Zornesfalte auf seiner Stirn bestätigte ihren Triumph. Sie grinste ihn höhnisch an, machte auf dem Absatz kehrt und schlenderte zum Fahrstuhl.

Nachdem Nick beide Mitarbeiter in einem herrischen Ton angewiesen hatte, setzte er sich an seinen Schreibtisch, legte den Kopf in beide Hände und massierte seine Stirn.

Jemand klopfte an die Tür.

»Die Tür ist angelehnt. Kommen Sie rein«, sagte er müde.

Dan Braker betrat das Büro. »Wie lief es?«

Nick schaute hoch und wunderte sich über diese einfühlsam klingende Frage. Sie galt nicht dem Mord, sondern der Zusammenarbeit mit Annie Walker, das wusste er. Dennoch berichtete er vom Tatort, den Puppen und den Verletzungen der Toten. Den Teil mit Annies Panikattacke ließ er aus.

»Und wie lief es mit Ms. Walker?«

Nick lächelte in sich hinein. »Nun, Mr. Braker, es ist mir ein Rätsel, wie eine tote *Katze*«, er biss die Zähne leicht zusammen und stieß mit einem leisen Zischen Luft aus, »eine Sonderermittlerin, so aus der Bahn werfen kann. Verstehen sie mich nicht falsch ...« Er stand auf und stützte seine Hände auf den Tisch. »Ms. Walker ist eine

71

bemerkenswerte Frau. Nur leider ist sie unhöflich und respektlos. Ich werde das nicht lange dulden!«

Dan nickte und schloss die Tür. »Bitte geben Sie ihr Zeit. Sie ist die beste Ermittlerin, die ich je hatte. Sie braucht nur noch etwas Zeit, um ins Leben zurückzukehren.«

Nick rieb sich das Kinn. »Das mag sein, aber Partner vertrauen und helfen einander. Sie gehen respektvoll miteinander um. Davon ist Ms. Walker meilenweit entfernt. Sie lehnt mich ab.«

Dan senkte den Kopf und rieb sich den Nacken. »Mr. Preston, ich werde Ihnen nicht sagen, was ihr widerfahren ist. Aber genau das ist der Grund für ihre Kaltschnäuzigkeit und ihre Launen.«

»Wenn es mal nur das wäre!«

»Hören Sie, Sie müssen wissen, der Horror, den sie erlebt hat, stellt sie jeden Tag aufs Neue vor große Herausforderungen. Ich hoffe ehrlich gesagt, dass sie mit Ihrer Hilfe wieder zu sich selbst findet.«

»Zu sich selbst findet? Durch mich?«

»Ja. Retten Sie sie!«

»Sie re…«

Dan schnitt ihm das Wort ab. »Ich habe meine Hausaufgaben sehr gut gemacht. Ich weiß, Sie haben mehr als einmal den Weg aus der Dunkelheit gefunden. Ich weiß, Sie haben die Hölle am eigenen Leib erfahren. Und ich weiß, Sie … sind der beste Ermittler weit über den Staat Tennessee hinaus.« Er trat einen Schritt näher auf Nick zu. »Kein Arzt, kein Therapeut wird ihr helfen können, da bin ich mir sicher. Aber Sie,

Sie wissen, wie man aufersteht. Nur Sie können Annie Walker helfen.«

»Mr. Braker, bei allem Respekt. Ich ...«

»Versprechen Sie es mir! Helfen Sie ihr und lassen Sie dabei nichts unversucht.«

»Mit allen Mitteln?«

Dan überlegte kurz. »Ja. Sie ist es wert!«

Ohnmacht eroberte Nicks Stimmbänder. Die beiden Männer nickten sich zu und in ihrem Blick gravierten sich ein Versprechen sowie ein Geheimnis ein, die sie von nun an teilten. Nick war beeindruckt, wie viel Liebe in Brakers Worten lag. Doch noch mehr überwältigte ihn die Erkenntnis, dass Annie Walker es wert war, gerettet zu werden! Und genau von diesem Moment an war er fest entschlossen herausfinden, warum das so war.

Kapitel 6

Annie betrat ihr Stadthaus, gegenüber des Memphis Botanic Gardens, einem der vielen Parks in Memphis, und schob ihr Rad in den Flur. Die schmalen bodentiefen Fenster und das erhabene Gefühl, wenn sie durch die majestätische Bogentür trat, begeisterten sie nach all den Jahren immer noch und weckten in ihr das Gefühl von Heimat. Sie liebte dieses Haus und den Garten dahinter, der den Zauber abrundete.

Sie hielt kurz inne und betrachtete das eingerahmte Foto an der Wand, das ihr Haus vor dem Umbau zeigte. Sie starrte auf die marode vergilbte Fassade, die in die Jahre gekommenen Sprossenfenster und die mickrige Eingangstür. Sie legte ihren Kopf schief und lächelte. Ein warmes Gefühl breitete sich in ihrem Bauch aus. Sie hatte die richtige Entscheidung getroffen und einst all ihre Ersparnisse aus dem Verkauf ihres Elternhauses in Knoxville, drei Jahre nach dem plötzlichen Unfalltod ihrer Eltern, für den Ausbau- und den Umbau dieses Hauses aufgebraucht.

Von außen wirkte es wie ein solides Einfamilienhaus. Von innen glich es einer Festung. Die

Sicherheitsfirma, die das Haus einbruchssicher umbaute, fertigte auf Annies Anweisungen einen panic room im Dachgeschoss an, der durch einen Spezialschacht mit dem Gartenhäuschen verbunden war. Inständig hoffte sie, diesen Raum nie zu nutzen. Aber sie wollte auf alles vorbereitet sein.

Sie wandte den Blick vom Bild ab, seufzte und stellte ihr Rad in einen der Abstellräume im Erdgeschoss, schmiss ihre Jacke auf den quietschgelben Veloursledersessel neben dem Treppenaufgang und lief die Treppe zu ihrem Wohnbereich hoch. Mithilfe eines Codes und dem Tastenfeld in der Wand verschaffte sie sich Zugang zu ihrer Wohnung. Sie betrat einen lichtdurchfluteten Raum, der Küche und Wohnzimmer miteinander vereinte, und lief zum Küchentresen.

Sie schnappte sich ihr Privathandy aus der Obstschale und öffnete die einzige ungelesene Nachricht.

Sehen wir uns heute gegen 15 Uhr? Bin bei Ben und meinem zuckersüßen Enkelkind zu Besuch und komme gerne danach nach East Memphis rein, wenn du Zeit hast.
LG Marge

Sie schmunzelte und ein Gefühl von tiefem Vertrauen durchflutete ihren Körper, während sie tippte:

Geht auch Vier? Bestell Ben liebe Grüße.

Wenige Sekunden später antwortete Marge.

Klappt! Wieder Napa Café?

Gerne. Freu mich.

Und ich erst.

Annie bestellte sich ein Taxi. Sie legte das Handy beiseite und schlenderte zu ihrem Barwagen. Sie strich mit ihrer Hand über die zahlreichen Köstlichkeiten und entschied sich für einen Ron Zacapa royal. Das schokoladene Mandelaroma des Rums benetzte ihre Kehle und entfachte ein leichtes Feuer. Sie verschlang das erste Glas und goss sich ein zweites ein.

Sie freute sich auf das Treffen mit Marge, der besten Freundin ihrer verstorbenen Mutter. Diese Treffen erdeten sie und vor allem beruhigten sie sie. In diesen kostbaren Momenten fühlte sich Annie sicher, so sicher wie im Auge eines Taifuns. Die Ruhe, die Marge in den Gesprächen ausstrahlte, legte sich jedes Mal in ihr nieder, selbst wenn um sie herum ein Sturm tobte. Genau diese Gespräche und ihre Liebe zu Marge flickten einen winzigen Teil ihrer zerfetzten Seele, und wenn auch nur für diesen Moment. Und dennoch, jedes Mal, wenn sie sich trafen und vor allem innig umarmten, erinnerten sie sich schmerzlichst an Annies 18. Geburtstag zurück. Der Tag, an dem für sie beide die Welt einstürzte, denn Annie verlor ihre Eltern und Marge ihre beste Freundin.

Dieser tragische Verlust ließ Groll wie ein Geschwür in ihr wachsen. Die schlampige Polizeiarbeit der damaligen Ermittler verstärkte ihren

Frust und nährte ihre Wut. Denn dem Unfallverursacher, der nie gefasst worden war, hätte sie gerne eine Kugel in den Kopf gejagt. Würde sie heute auf ihn treffen, würde sie ihn ausweiden und bei lebendigem Leib verbluten lassen.

Nur aus diesem Grunde hatte sie sich bei der Polizei beworben, alles in sich aufgesaugt, was man ihr beibrachte und sich in ihre Arbeit verkrochen. Sie hatte jede Technik perfektioniert und war schnell im Polizeidienst aufgestiegen. Ihre Aufklärungsrate bei Verbrechen und Morden war dank ihrer Auffassungsgabe und ihres eisernen Willens überdurchschnittlich hoch: ihre Eintrittskarte zur SUBM. Viel Zeit für Freundschaften oder Beziehungen gab es nie. Soziale Kontakte waren ihr ein Dorn im Auge. Das einzige Ventil waren spontane Sexabenteuer.

Sie seufzte bei all den Erinnerungen, die in ihrem Kopf herumspukten. In ihrem Augenwinkel blitzte der Schimmelflügel auf, der den ganzen Raum mit seiner Eleganz bestach. Mit einem Lächeln im Gesicht stellte sie den Rum auf dem walnussfarbenen Parkettboden vor dem Klavier ab. Seine mahagonifarbene Marmorierung verlieh dem Raum Wärme. Das Farbenspiel aus unterschiedlichen Braunnuancen erinnerte Annie an Laubfärbungen bei einem herbstlichen Spaziergang mit ihren Eltern. Sie atmete tief ein und setzte sich auf die Klavierbank. In ihrer Fantasie saugte sie den holzigen und feucht modrigen Geruch von herabgefallenen Blättern auf.

Behutsam, fast schon zärtlich, öffnete sie die schwere Flügelklappe, um die glänzenden

Tasten darunter freizulegen. Annie lächelte in sich hinein und schloss ihre Augen. Ihre Hände schwebten über die Tasten aus Ebenholz und Elfenbein und sanfte Töne schallten durchs Haus. Die Klangfarben drangen in jeden Winkel und lullten sie in Trance. Der Zauber, den sie in diesem Moment empfand, entfesselte eine Magie, die sie all ihre Sorgen für einen winzigen Moment vergessen ließ. Die Anspannung in ihrem Körper wich und ein Gefühl der Schwerelosigkeit benebelte ihre Sinne.

Nach einer Weile öffnete sie tiefenentspannt die Augen und legte ihre Hände in den Schoß. Benommen vom majestätischen Klang ihres Flügels schaute sie auf ihre Dachterrasse. Die Vorstellung, wie die bunten Ziergräser und der Lavendel in den Blumentöpfen dufteten, entlockte ihr ein Lächeln. Tief einatmend fand sie in die Wirklichkeit zurück.

Sie schnappte sich ihr Glas und ging die nussbaumfarbene Wendeltreppe hinauf. Sie zog sich mit der einen Hand die Schuhe aus, führte mit der anderen das Glas an ihre Lippen und schlürfte den Ron Zacapa aus.

In ihrer farbenprächtigen Galerie angekommen, wäre sie am liebsten auf ihrem wespengelben Samtsofa versackt und in die Welt ihrer abstrakten, bedrohlich wirkenden Kunstgemälde versunken. Gerne verweilte sie dort oben nach Feierabend und las ein Buch. Doch jetzt sehnte sie sich nach einer heißen Dusche.

Den Gestank von Blut, die Bilder vom Tatort, Nicks kraftvolle Hände und Dans Worte hatten ihr jegliche Energie geraubt. Sie brauchte Marge heute, denn in ihrer Gegenwart fühlte sie sich geborgen. In ihrer Gegenwart existierte sie nicht nur. In ihrer Gegenwart stoppte die innerliche Verrottung. Das Geschwür aus Gift, gepaart mit Wut und einem gigantischen Hass, der sich in jede Zelle fraß, hielt in diesen seltenen Momenten mit ihrer Freundin inne.

Sobald die Treffen endeten, krochen ihre Dämonen wieder hervor und quälten sie, vor allem in der Nacht.

Nach dem Duschen schlüpfte sie in Jeans und T-Shirt und verließ das Haus.

Den Mann, der im Park gegenüber versteckt in einem Dornenbusch – mit seinem erigierten Penis in der Hand – stand, bemerkte Annie beim Einsteigen ins Taxi nicht.

Er grinste in sich hinein und folterte sie in seinen Gedanken. Annie Walker würde diese Folter, so wie die Frau aus seinem Keller, nicht überleben. Die Freude über ihren verdienten Tod und die Dornen, die sich tief in sein Fleisch bohrten und schmerzten, ließen seinen Schwanz explodieren.

Kapitel 7

Nick Preston lehnte an seinem Schreibtisch, kreuzte dabei lässig die Beine, schlürfte seinen Kaffee und nickte Annie lächelnd beim Betreten ihres Büros zu.

Annie hielt inne und musterte ihn, denn seine enorme Präsenz raubte ihr fast den Atem. Seine dunkelblaue Stoffhose, die cremeweißen Poloschuhe und das Polohemd unterstrichen seine maskuline Erscheinung.

Sie ging zum Schreibtisch, wobei ihre Augen seine Arme taxierten. Sie runzelte die Stirn und öffnete leicht ihren Mund, wollte etwas sagen, doch in ihrem Kopf überschlugen sich die Gedanken wie ein Haufen gestapelter Kleidungsstücke. Seine unzähligen Tattoos, die vom Handgelenk bis zum Saum der Ärmel seine muskulösen Arme schmückten, faszinierten sie. Die kunstvollen Motive flossen in ausdrucksstarken Schwarztönen harmonisch ineinander über und fesselten ihren Blick.

»Guten Morgen, Ms. Walker. Alles in Ordnung bei Ihnen?«

Sie löste sich aus ihren Gedanken. »Ja, klar. Was soll denn nicht stimmen?«

»Dann bin ich ja beruhigt«, erwiderte er. »Ich habe Ihren Bericht gelesen. Dem habe ich nichts hinzuzufügen. Wollen wir anfangen?«

Annie konnte den Blick von seinen Armen kaum abwenden, denn diese düsteren Bilder zogen sie regelrecht in ihren Bann. Sie stellte sich lebhaft vor, was sich unter dem Shirt auf seiner Haut an Motiven verbarg. Sie war sich sicher: Er trug noch mehr Tätowierungen auf seinem Körper.

»Ms. Walker?«

»Sorry, ich musste grade an meine tote Katze denken«, sagte sie gekünstelt, setzte sich auf den Schreibtisch und schlug die Beine übereinander. »Dann schießen Sie mal los. Was haben Lance und Carmen rausgefunden?«, fragte sie und versuchte, dabei so lässig wie möglich zu klingen.

Er musterte sie intensiv, indem seine Augen jeden einzelnen Zug ihres Gesichts aufmerksam studierten. Tief in seinem Inneren wusste er: Sie hat gelogen. »Okay ... Also, Amy Lexus' Boss, Bruce Lemmer, wunderte sich, warum sie nicht zur Frühschicht kam. Er betonte, dass sie seine zuverlässigste Mitarbeiterin war. Er war verunsichert und deshalb schaute er bei ihr vorbei.«

»Er schaute aus Verunsicherung bei ihr vorbei?«

»Jap.«

»Was für einen besorgten Chef sie doch hatte.«

»Laut Lemmer hatten sie ein gutes Verhältnis. Ab und zu nach Feierabend einen Kaffee getrunken. Er meinte, die Tür war bei seiner Ankunft einen Spalt geöffnet. So konnte er die Wohnung mühelos betreten.«

»Wieso sollte der Mörder die Tür offen lassen?«

Nick streichelte sein Kinn. »Entweder wurde er gestört und ist Hals über Kopf getürmt, was ich nicht glaube, oder ...«

»... er wollte, dass die Leiche so schnell wie möglich gefunden wird«, unterbrach ihn Annie.

»Ich denke, keines von beidem brauchen wir in Betracht ziehen.«

»Wahrscheinlich haben Sie recht. Ich meine, er hatte alles so pedantisch vorbereitet, sich Zeit für den Mord gelassen. Ich glaube Lemmer diesbezüglich nicht!«

Nick nickte. »Er sagte ebenfalls aus, dass sie sehr in sich gekehrt war, aber im Großen und Ganzen ... nett.«

»Freunde, Freund, Bekannte?«

»Fehlanzeige, nichts von alledem.«

»Eine so schöne Frau ohne Freunde und so? Da stimmt doch was nicht!«

»Mag sein. Quetschen Sie Lemmer aus! Er sollte gleich da sein.«

»O ja, das werde ich, verlassen Sie sich darauf!«

Annie speicherte die mageren Informationen ab, wobei ihr Blick immer wieder zum Saum seines Shirts wanderte. Die einzelnen Motive auf seinen Unterarmen waren kunstvoll miteinander verflochten und wirkten beklemmend. Sie erspähte eine tintenschwarze Schlange, die sich im opalschwarzen Dickicht den rechten Arm emporschlängelte. Ihr Kopf war durch das Shirt verdeckt. Die Schuppen, fein und plastisch gezeichnet, glänzten förmlich auf seiner sonnengebräunten Haut. Ein tiefseeschwarzes Spinnennetz zierte seinen linken Unterarm, zerschmolz mit den samtschwarzen Flammen, die verzerrte Gesichter in sich bargen und zum Oberarm aufstiegen. Zwischen zwei Flammen entdeckte sie eine Spinne, die das Antlitz eines Dämons hatte.

Sie rümpfte die Nase. Nick bemerkte ihre abweisende Reaktion und schaute verwundert auf seine Arme. »Ms. Walker, was brennt Ihnen unter den Nägeln. Schießen Sie los.«

Annie schüttelte verwirrt den Kopf und stotterte: »Äh. Also.«

»Ja«, erwiderte er und grinste sie an.

Annie kniff die Augenbrauen zusammen. »Lassen Sie das Grinsen!«

»Okay, schon gut. Entschuldigen Sie«, sagte er und ging zum Whiteboard, an dem er sich lässig anlehnte.

»Wieso haben Sie so viele sichtbare Tattoos? Ich meine, es ist doch glasklar, dass«, sie deutete auf seine Arme, »Sie damit Aufmerksamkeit auf sich ziehen.«

»Ich erziele also Ihre Aufmerksamkeit?«

Annie errötete und erwiderte hastig: »Nein! So war das nicht gemeint!« Sie seufzte. »Es ist eher außergewöhnlich, dass ein Detective so offensichtlich, und vor allem bizarr, tätowiert ist.«

Nick überlegte lange, bevor er sich für eine Antwort entschied. Er strich dabei über sein Spinnennetz. »Bizarr?«

»Ja, bizarr, düster, geheimnisvoll. Nennen Sie es, wie Sie wollen.«

Er grinste. »Nun ... ich mag meine Tätowierungen.«

»Jedes Tattoo erzählt eine Geschichte?«

»Ja, jedes einzelne. Mit zwölf hatte ich das Erste.«

»Zwölf? Niemand darf einem Zwölfjährigen ein Tattoo verpassen!«

Nick antwortete nicht sofort. Er würde ihr niemals sagen, dass er zu dieser Zeit obdachlos auf der Straße ums Überleben gekämpft hatte und auf der Flucht vor seinem Ziehvater – dem Mörder seiner Eltern – gewesen war.

Er verbarrikadierte diese grauenvolle Erinnerung in einer Schublade und atmete tief ein, bevor er erwiderte: »Eigentlich ist es ganz einfach. In all den Jahren habe ich, mit Ausnahme von wenigen Stellen, meinen kompletten Körper tätowieren lassen.« Er amüsierte sich zutiefst darüber, wie Annie bei diesen Worten die Augen aufriss und ihren Mund leicht öffnete. Seine Augen strahlten bei dieser Reaktion. Er fuhr fort: »So, wie ich es wollte und für richtig hielt. Im Dienst habe ich nur Langärmeliges getragen. Es war dann so gesehen ... erlaubt. Na ja, das ist vielleicht das falsche Wort. Und als Sonderermittler sind die Regeln, und darüber bin ich sehr froh, etwas lockerer, was die Dienstkleidung angeht. Von daher ...« Er lächelte sie an und bewunderte ihre dichten Wimpern, die das Rehbraun in ihren Augen bemerkenswert betonten. Dann drehte er sich abrupt um und öffnete die digitale Karte von Memphis, nur um das flaue Gefühl in seinem Magen besser zu ignorieren, das ihn in diesem Moment überkam.

»Den ganzen ...« Annie verstummte. Sie biss sich nervös auf die Lippe und dachte einen Moment nach, bevor sie weitersprach: »Aber warum sind Ihre Motive denn nur so bedrohlich und deprimierend?«

Nick schloss die Augen und rief sich die Bedeutung jedes einzelnen Motivs in Erinnerung. Hätte Annie sein Gesicht gesehen, wäre sie einer schmerzverzerrten Fratze begegnet, in der sich grenzenlose Trauer und Leid spiegelten. Er nahm einen tiefen Atemzug und hüllte seine Gedanken in ein goldenes Tuch und begrub so seine finsteren Erinnerungen. Dann öffnete er seine Augen und starrte auf das Board. Mit fester Stimme sagte er: »Ms. Walker, ich erinnere Sie daran, Sie sind diejenige, die nicht über Vergangenes und Privates sprechen wollte. Warum sollte ich es dann tun?«

»Ich ...«, stammelte sie, hatte aber darauf keine passende Antwort.

»Ich schlage vor«, sagte er mit versöhnlicher Stimme und drehte sich zu ihr um, »dass wir über private Angelegenheiten erst sprechen, wenn wir einander vertrauen.« Sein intensiver Blick ruhte auf ihrem Gesicht. »Wenn Sie mir irgendwann vertrauen. Finden Sie nicht auch?«

Sie nickte. »Okay. Vielleicht haben Sie recht. Machen wir jetzt weiter.«

»Ich habe Bruce Lemmers Alibi überprüft. Er arbeitete zur Tatzeit in der Bar in seinem Büro.«

»Kann jemand bestätigen, dass er die ganze Zeit in seinem Büro war?«

»Nicht, dass ich wüsste. Fragen Sie ihn gleich.« Er lächelte sie an und fuhr fort: »Carmen und Lance haben die weiteren Barmitarbeiter befragt und die Alibis überprüft. Nichts. Die Nachbarn gaben an, nichts gehört oder gesehen zu haben. Mit einer Ausnahme.«

»Welcher?«

»Laut einer Bewohnerin aus dem Dachgeschoss erhielt Amy Lexus ab und an Besuch von einer rothaarigen Frau.«

»Aber Bruce Lemmer hat ausgesagt, sie hätte keine Freunde.«

»Vielleicht hatten sie ein gutes Verhältnis miteinander. Sie wissen doch, wie das in der Gastro ist. Ein Drink nach Feierband und die Zunge wird locker. Da redet man auch über Privates.«

»Ja, vielleicht«, murmelte Annie und kratzte sich am Hals.

»Kennen Sie nicht, oder?«

»Ähm, ich ...«

»Schon gut, Ms. Walker.« Er schmunzelte und während er zu seinem Schreibtisch ging und nach einem Stapel Papier griff, sagte er: »Außerdem trafen Lance und Carmen die ältere Dame aus dem ersten Stockwerk und den Mann, der direkt gegenüber der Wohnung von Lexus wohnt, nicht an. Ich schlage vor, wir fahren beide nachher noch mal hin und versuchen unser Glück, okay?«

»Okay«, erwiderte Annie und nahm das Bündel Papier entgegen, das Nick ihr reichte.

»Hier, wenn Sie es noch mal nachlesen wollen. Steht alles und noch viel mehr drin. Carmen und Lance haben gute Arbeit geleistet.«

»Haben Sie?« Annie überflog den Bericht. »Na toll. Nichts Neues.« Sie faltete die Blätter zusammen und legte sie auf dem Schreibtisch ab. »Das Gespräch mit den Eltern hilft uns auch nicht weiter«, sagte sie.

»Nein«, erwiderte Nick. »Sie war ein freundliches Kind. Hatte eine gute Beziehung zu ihnen, bis sie nach der Schule ausgezogen ist. Danach hat sie ihre Eltern nie wieder in Nashville besucht. Angeblich, weil sie Autofahren hasste.«

»Sie war 35! Sie hat circa 15 Jahre ihren Eltern keinen Besuch abgestattet? Weil sie nicht gerne Auto fuhr? Sie hätte doch den Zug nehmen können. Das ist doch Schwachsinn!«

»Sehe ich auch so«, stimmte er ihr zu, nahm einen Pen aus dem gestrickten Beutel und schrieb die bisherigen Erkenntnisse und Vermutungen auf das Board.

Annie beobachte ihn von ihrem Schreibtisch aus. Es gefiel ihr, sich mit jemandem über den Fall auszutauschen. Es erinnerte sie an alte Zeiten und das vertraute Verhältnis zu ihrem toten Partner Leo. Nick zuzuschauen, wie er gestikulierte und an die Decke schaute, wenn er nachdachte, rief ein warmes Bauchgefühl in ihr hervor. Außerdem war sie beeindruckt, mit welcher Leichtigkeit er Carmens und Lances Bericht ohne Notizen zusammengefasst hatte. Sie ging auf ihn zu, zückte ebenfalls einen Stift, stellte sich neben ihn und ergänzte Fakten und Namen.

»Voilà«, sagte sie, als beide alle Gedanken visualisiert hatten.

Nick lächelte, steckte den Pen zurück und ging zu seinem Schreibtisch. Er nahm sich Fotos von der Spurensicherung, die er am Morgen erhalten und ausgedruckt hatte, und befestigte diese an der Tafel.

Annie legte ihre Hände an die Hüfte und betrachtete das Board. »Also, so wie ich das sehe, haben wir gar nichts. Es ist allerdings offensichtlich, dass der Mörder alles akribisch geplant hat.«

Nick fügte bestätigend hinzu: »Und dafür braucht man Zeit.«

»Und Equipment«, ergänzte sie.

Nick schaute sich eins der Wohnzimmerfotos an, die Mike geschossen hatte. Circa zwei Meter von der Leiche entfernt entdeckte er eine Vertiefung im Teppich. Er tippte auf das Foto. »Schauen Sie hier. Etwas Schweres stand dort. Der Abdruck passt mit keinem der Gegenstände oder Möbelstücke in der Wohnung überein.«

Annie kam näher und betrachtete das Foto. »Na ja, wenn Sie mich fragen, sieht dieser Abdruck hier«, dabei zeigte sie auf das Foto, »nach einer schweren Tasche oder Kiste aus. Irgendwie musste er doch alles zum Tatort schleppen.« Sie zeigte auf eine andere Stelle auf dem Bild. »Und das hier, diese runden Abdrücke, könnten ...«, sie überlegte, »... da könnten Eimer gestanden haben. Damit hat er vielleicht das viele Blut transportiert.«

Nick schrieb Annies Vermutung auf das Bild und sagte: »Okay. Schauen wir mal, ob wir richtig liegen.«

»Wie ist Ihre Theorie zu den Puppen?«, fragte sie und betrachtete ein Bild, auf dem die Puppen abgebildet waren.

»Vielleicht will er uns damit sagen, dass es weitere Opfer gibt«, sagte er, kratzte sich am Kopf und schrieb anschließend auf das Bild: *Mehr Opfer?*

»Was ist«, fragte er, »wenn die rothaarige Puppe hier etwas mit der Rothaarigen zu tun hat, die Amy Lexus besucht hat.«

Annie gefiel dieser Gedanke überhaupt nicht. »Dann sprechen wir von drei weiteren Opfern?« Das Telefon schrillte und Annie zuckte zusammen.

Nick sprintete zum Tisch und nahm den Hörer ab. »Preston.«

»Gale, guten Morgen. Stellen Sie auf laut. Ich weiß, Annie hört gerne zu.«

Er drückte auf die Lautsprechertaste. »Erledigt.«

»Wollte euch nur informieren, bin fertig mit der Obduktion. Hab aber dafür ne kleine extra Schicht gestern eingelegt. Annie, du schuldest mir einen Kaffee. Aber keine Plörre! Ich will was richtig Gutes, ja?«

»Ich hab verstanden, Gale. Nichts lieber als das«, erwiderte sie und lächelte verkrampft. »Und nun schieß los!«

»Ich habe keine Zeit. Lest alles durch, insbesondere den 3D-Obduktionsbericht. Hab noch andere Fälle zu bearbeiten. Will euch aber nicht vorenthalten, dass der Mörder einen ziemlichen Hass auf das Opfer gehabt haben muss. Wenn Fragen sind, ihr wisst, wie ihr mich erreicht.« Dann legte er auf.

Annie setzte sich an den Rechner und rief das Mailprogramm auf, als es an der Tür klopfte.

Dan trat ein. »Guten Morgen. Bruce Lemmer ist eingetroffen. Nehmt ihn euch bitte vor. Jetzt!«

Annie betrat das fensterlose Vernehmungszimmer. Lemmer saß an einem Stahltisch und musterte sie von oben bis unten. Sie setzte sich ihm gegenüber und fröstelte. Ließ sich aber nichts anmerken, denn sie hasste diesen kahlen Raum, in dem nur dieser Tisch und zwei Stühle unbequeme standen.

Lemmer rutschte nervös auf seinem Stuhl hin und her und knöpfte sich sein blau kariertes Hemd bis zum Hals zu. Dann scannten seine Augen den Raum ab. Mit den Fingern trommelte er auf den Edelstahltisch.

Annie beobachte ihn stillschweigend eine Weile. »Suchen Sie was Bestimmtes, Mr. Lemmer?«, fragte sie und starrte ihn mit einem aufgesetzten Lächeln an.

Er verschränkte seine Arme. »Äh nein. Es ist hier nur so …« Sein rechter Zeigefinger zuckte jetzt unablässig auf seinem wulstigen Oberarm.

»Ungemütlich? Trist?«

»Ja, genau! Ungemütlich.«

»Oder eher beklemmend, weil sie hier so schnell wie möglich rauswollen. Ich meine, ich gehe schließlich davon aus, dass Sie Amy Lexus getötet haben.«

»Ich?«

»Ja, aber sicher Sie! Oder warum sind Sie so nervös und zappeln hier rum wie ein Kleinkind im Schwimmbecken?«

»Ich habe sie nicht umgebracht. Ich hab sie nur gefunden, verdammt! Das habe ich Ihren beiden Kollegen schon gesagt.« Er kratzte sich am Hals. »Deshalb bin ich doch hier. Weil ich sie gefunden habe«, sagte er hastig und juckte sich anschließend an seiner polierten Halbglatze.

»Okay«, antwortete sie und zog dieses Wort absichtlich in die Länge. Sie legte ihren Kopf schräg und beobachte, wie er nun mit der anderen Hand zärtlich über seine Glatze streichelte.

»Beruhigt Sie das?«

»Was?«

»Na, wenn Sie über Ihre Glatze streicheln, als wenn es der Arsch Ihrer Frau wäre?«

»Ich. Ich verstehe nicht?!«

»Okay, Mr. Lemmer. Lassen wir doch mal den Small Talk, den ich sowieso nicht ausstehen kann, und fangen an.« Sie seufzte und lächelte, schob ihren Stuhl dicht an den Tisch heran und fragte: »Wissen Sie, ob Amy Lexus eine rothaarige Freundin hatte?«

»Keine Ahnung, glaub nicht. Sie war eine ziemliche Einzelgängerin!«

»Haben Sie viel von ihrem Privatleben mitbekommen?«

»Nur das, was man halt so preisgibt, in der Bar.«

»Was gibt man den so preis, Mr. Lemmer. Werden Sie doch bitte etwas konkreter oder muss ich Ihnen alles aus der Nase ziehen?«

Er atmete tief ein und blickte sie mit zusammengezogenen Augenbrauen an. Eine Schweißperle benetzte seine Schläfe. »Na ja, man quatscht ja auch mal so vor dem Dienst oder nach Feierabend. Wie war dein Tag? Was hast du heut noch vor?«

»Aha, macht man das so, ja?«

»Ja, keine Ahnung, sie war verschlossen und selten aus, oder so. Sie gehörte nicht gerade zu den geselligen Frauen. Wenn Sie verstehen, was ich meine.«

Annie klatschte in die Hände. »Wow, ich bin begeistert. Vielen Dank für die offenen Worte.« Sie lehnte sich zurück und beobachtete ihn eine Weile, bevor sie auffällig höflich fragte: »Kaffee oder Tee?«

»Was?«

Annie antwortete nicht, starrte stattdessen auf seine dürren Lippen.

»Kaffee.«

»Okay«, erwiderte sie, beugte sich vornüber, stellte ihre Ellenbogen auf den Tisch, faltete die Hände, als ob sie beten wollte, und stützte dann ihr Kinn auf ihren Daumen ab. »Sie waren ja Amy Lexus' Big Boss. Richtig?«

»Also Boss reicht vollkommen«, sagte er, lachte und legte seinen Kopf dabei in seinen Nacken.

»Erklären Sie mir bitte mal, warum Sie als Boss zu Lexus' Wohnung latschen, auch wenn diese nur zehn Minuten entfernt ist, nur weil sie nicht zum Dienst erscheint? Warum haben Sie sie denn nicht einfach angerufen?«

»Sie war meine beste Mitarbeiterin. Ist noch nie zu spät gekommen! Außerdem ... es war doch nur ein Katzensprung!«

»Jetzt sage ich Ihnen mal was. Ich bin auch die beste Mitarbeiterin hier, wussten Sie das?« Sie stand auf und reichte ihm die Hand. »Verzeihen Sie, wenn ich mich nicht vorgestellt habe. Mein Name ist Annie Walker.« Bruce Lemmer schlug zaghaft ein. Annie drückte zu und umschloss seine Hand mit festem Griff. »Ich ermittle mit meinem Partner, Nick Preston, der...«

»Ach ja? Wo ist er denn?«

»Nun, glauben Sie mir. Auch wenn er nicht in diesem Raum ist, kriegt er jedes einzelne Wort mit, was wir hier besprechen!« Sie hielt inne und genoss, wie er wieder einmal nervös auf dem Stuhl hin- und herrutschte und vergeblich nach einer Kamera Ausschau hielt. Lemmer versuchte, sich ihrem Griff zu entziehen, aber sie ließ nicht locker.

»Sie können ihn nicht sehen, Mr. Lemmer, aber ich schwöre Ihnen: Jede Zuckung in Ihrem Gesicht, jede Schweißperle, jeder Muskel, den Sie anspannen, jedes einzelne Wort, das Sie sprechen, wird er doppelt und dreifach analysieren.« Sie lächelte gekünstelt. »Alles, was hier passiert, wird hierüber«, sie zeigte auf ihre Augen, in denen sie spezielle Kontaktlinsen trug, »und hierüber«, sie zeigte auf ihr rechtes Ohr, »in Echtzeit übertragen.«

Eine tiefe Furche zwischen seinen Augenbrauen zeigte die Wut, die in ihm aufstieg. Jetzt erst ließ sie seine Hand los und setzte sich. Sie schlug ihre Beine übereinander, verschränkte ihre Arme und lehnte sich zurück. Ihre Augen bohrten sich in die Seinen. »Wieso, in Herrgottsnamen, verheimlichen Sie den Mitarbeitern Ihrer verkommenen, verschlissenen Bar, dass Sie kurz mal weg waren? Denn kein Angestellter konnte bestätigen, wie Sie das Lokal verlassen haben oder Bescheid gesagt haben. Erstens!« Sie hob ihren Daumen hoch.

Er öffnete den Mund und wollte etwas erwidern. Sie streckte ihm den Zeigefinger entgegen.

»Zweitens! Man verlässt sein Unternehmen nicht, ohne mindestens einen Mitarbeiter darüber zu informieren.«

Sie schoss nach vorn und stellte ihre Ellenbogen auf den Tisch, ballte ihre Faust und zeigte ihm mit einem aufgesetzten Lächeln den Mittelfinger. »Drittens! Noch mal: Finden Sie nicht, ein Anruf wäre angemessener gewesen, Mr. Lemmer, als ihr einen Besuch abzustatten?«

»Ich. Ich. Die kamen auch gut ohne mich zurecht, in der Bar. Ich kenne doch mein Team!« Er kratzte sich nervös über seine Glatze und eine fette Ader ploppte auf seiner Stirn hervor.

Annie sprang auf und schlug mit der flachen Hand auf den Tisch. Lemmer fuhr erschrocken zusammen. Zu seinem Erstaunen sprach sie die nächsten Worte sanftmütig aus. Dabei beugte sie sich nach vorn, sodass er ihre funkelnden Augen deutlich erkennen konnte. »Sie hören bitte unverzüglich auf, ihre gewienerte Glatze zu streicheln oder zu kratzen. Wenn Sie die noch einmal berühren, binde ich Ihre scheiß Hände fest. Verstanden?«

Er gehorchte und legte seine Hände in seinen Schoß.

»Und jetzt sagen Sie mir bitte den wahren Grund, warum Sie Amy Lexus persönlich aufgesucht haben.«

»Hab ich doch schon gesagt. Sie kam nicht. Das war komisch. Nur deshalb bin ich hin«, erwiderte er flapsig.

»Mr. Lemmer«, sagte sie äußerst freundlich, »ich glaube Ihnen, dass Ms. Lexus' erstmaliges

Fehlen Ihnen eigenartig vorkam. Aber kein Boss, der nicht ein engeres Verhältnis zu seinen Mitarbeitern hat, fährt persönlich zur Wohnung, um nachzuschauen, wo er oder sie ist. Sie hätten schließlich auch Ihren fetten Arsch selbst hinter die Bar quetschen und aushelfen können.« Sie grinste ihn an und ließ sich für die nächsten Worte Zeit, wobei sie über ihren Knopf im Ohr Nicks Stimme lauschte, der ihr Neuigkeiten mitteilte. »Ich will den wahren Grund!«

Er reagierte nicht und starrte auf den Tisch. Seine Beine zuckten unter dem Tisch wie zwei zappelnde Fische, die ans Ufer geschwemmt worden waren und nach Luft rangen.

»Noch einmal. Welches Verhältnis hatten Sie zu Amy Lexus?«

Er blickte sich hastig um. Dann atmete er tief ein, legte seine Stirn in Falten und senkte seinen Blick. »Ich habe mir Sorgen gemacht. Sie war wirklich meine beste ...«

Annie unterbrach ihn genervt: »Mitarbeiterin. Ja, ja! War sie auch Ihre kostengünstige Buchhalterin?«

»Äh, nein?!« Er sah sie jetzt verdutzt an und verschränkte seine Arme vor der Brust.

»Ihre Geliebte, vielleicht?«

»Was? Nein! Verdammt! Wir haben uns nicht ge...«

Ohne anzuklopfen betrat Nick mit einem Becher Kaffee in der Hand den Raum. »Lassen Sie sich von mir nicht stören«, sagte er an Lemmer gerichtet, reichte ihm das Getränk und warf ihm einen undurchdringlichen Blick zu.

Lemmer räusperte sich und führte sofort den Kaffee zu seinem Mund und trank.

»Wohl bekommt's«, sagte Nick, zwinkerte Annie zu und verließ den Raum.

»Geliebt, wollten Sie sagen?«

»Ja«, bestätigte er und umklammerte den Becher fest mit beiden Händen.

»Nun, um mit jemandem ins Bett zu steigen, muss man denjenigen ja nicht lieben, nicht wahr?«

Er nippte schweigend an seinem Kaffee, sein Blick jetzt wieder gesenkt.

»Mr. Lemmer, da Sie mir gegenüber wenig redselig sind, schaffen Sie es doch sicherlich, meine nächsten Fragen kurz und knapp mit Ja oder Nein zu beantworten, oder?!«

Die Zornesfalte zwischen seinen Augen grub sich tief in seine Stirn.

»Oder?«, beharrte sie.

»Ja, verdammt!«

Sie hob ihre Augenbrauen und lächelte. »Wunderbar! Hatten Sie Sex mit Amy Lexus?«

Er zögerte und biss sich auf die Lippen. Schließlich bejahte er.

»Haben Sie ihr deshalb die Miete gezahlt, damit sie mit Ihnen in die Kiste springt oder Ihnen einen bläst, wann immer Sie es wollten?«

Wieder nickte er.

»Und damit Sie immer die schnelle Ficknummer bekommen, haben Sie selbstverständlich einen Schlüssel für die Wohnung. Ist das richtig?«

»Ja«, flüsterte er.

»Ich habe Sie nicht verstanden.«

»Ja! Verdammt!«, schrie er und preschte nach vorn.

»Setzen Sie sich auf Ihren Arsch! Sofort!«, zischte sie und setzte ein arrogantes Lächeln auf.

Er schnaubte und gehorchte.

»Danke! Wir haben einen Aufhebungsvertrag und ein zerknülltes Kündigungsschreiben am Tatort gefunden. Beides von Amy Lexus unterschrieben. Kennen Sie die Schreiben?«

Keine Antwort.

»Kennen Sie die Schreiben?!«, schrie sie ihn an.

»Ja!«

»Also schlussfolgere ich«, sagte sie sanft, »mit Amy Lexus' Kündigung hätten Sie Ihre beste Mitarbeiterin und Ihr Fickarrangement verloren.«

Er nickte.

»Sie haben nicht eingewilligt und unterschrieben, weil Sie sie nicht gehen lassen wollten. Richtig oder falsch?«

Er atmete tief ein. »Richtig.«

Sie stand auf und stützte ihre Hände auf dem Tisch ab. »So wie ich die Sache sehe, haben Sie ein Mordmotiv, Mr. Lemmer!« Dann verließ den Raum, ohne ihn eines Blickes zu würdigen.

»Nein. Verdammt! Nein!«, schrie er ihr hinterher. »Ich habe sie nicht umgebracht. Das müssen Sie mir glauben!«

»Sie glauben doch auch nicht, dass er der Mörder ist, oder?«, fragte Annie Nick, als sie zurück im Büro waren.

»Nein, ich denke, er wollte verheimlichen, dass Lexus seine persönliche Prostituierte war.

Die DNA vom Kaffeebecher lassen wir untersuchen und dann schauen wir weiter«, sagte Nick.

Annie lief zu ihrem PC, durchforstete ihr Postfach und öffnete Gales Datei. Sie tippte ein paarmal auf ihre Tastatur, um den Bericht über den Projektor zu visualisieren.

»Annie, kann ich dich sprechen?« Sam stand in der Türzarge. »Unter vier Augen!« Normalerweise klang Sams Stimme melodisch.

Jetzt blickte Annie in eine versteinerte Miene. Sie schaute verwundert zu Nick hinüber, zuckte mit den Schultern und rief Sam zu: »Nick Preston ist jetzt mein neuer Partner, wie du weißt. Ich *muss* ... mit ihm zusammenarbeiten. Also schieß los.«

»Es hat nichts mit diesem Fall zu tun. Ist aber wichtig«, entgegnete sie mit eiserner Stimme und schaute zu Nick hinüber. »Nur fünf Minuten!«

»Okay«, sagte er und setzte sich an seinen Schreibtisch. Annie seufzte und folgte Sam in ihr Büro.

»Was soll das, Sam, verdammte Scheiße?«

»Hör auf, wütend zu sein, Annie und setz dich! Hör mir gut zu! Wie du weißt, bin ich Spezialistin in allem, was ich tue. Ich knacke Codes, umgehe Firewalls. Bla bla bla«, sagte Sam und verdrehte dabei die Augen. »Ich speichere zudem alle Fälle, die wir untersucht haben, ab, erstelle Täterprofile und Algorithmen. Soweit klar?«

»Weiter. Ich bin ganz Ohr.«

»Diese jage ich nach Abschluss eines Falles in regelmäßigen Abständen durchs Internet, Darknet, KI-Bots und unzählige Datenbanken.«

»Ich weiß, ja, ja Sam.«

»Wenn also ein verurteilter Irrer zum Beispiel aus einem Gefängnis ausbricht oder irgendwann wieder auf freiem Fuß ist und erneut eine Straftat begeht, erkenne ich, also nicht ich, sondern meine Babys hier«, sie zeigte auf ihre Bildschirme, »Zusammenhänge.« Sie atmete hastig ein und aus. »O Gott, mir bleibt fast die Spucke weg. Kannst du mir noch folgen?«

»Ja«, antwortete Annie genervt.

»In den letzten Wochen bin ich auf etwas gestoßen, was mich sehr beunruhigt. Übel missbrauchte Frauen. Keine von denen vergewaltigt. Tot. Nackt. Irgendwo in Memphis in öffentlichen Mülltonnen verscharrt. Die Polizei arbeitet an den Fällen, tappt aber im Dunkeln. Was mich aber am ...«

Annies Nerven waren jetzt überstrapaziert. »Herrgott noch mal, Sam! Warum sollten mich diese Frauen interessieren? Die Polizei in Memphis ermittelt bereits. Wir sind nicht beauftragt worden. Ich habe einen Fall! Also lass mich in Ruhe arbeiten, okay.« Sie stand auf.

Sam schlug mit der flachen Hand auf den Tisch.

Annie blieb wie angewurzelt stehen. Noch nie zuvor hatte sie Sam so wütend gesehen.

»Annie, hör mir verdammt noch mal zu! Beide Frauen hatten am Hals, auf der Höhe des Kehlkopfs, eine Schmucknarbe.«

»Eine Schmucknarbe?«

»Ja, mit einem heißen Eisen eingebrannt!«

»Gebrandmarkt?«

»Ja!«

»Wie eine Art Stempel?«

»Das kann man so sagen. Ja! Es sieht aus, als wenn die Toten eine Kette tragen, die allerdings nicht aus Perlen oder so besteht, sondern aus immer zwei aufeinanderfolgenden Buchstaben.«

»Buchstaben?«

»Es ist der Buchstabe M, Annie!«

Annie stützte sich auf Sams Tisch ab und beugte sich dichter zu ihr hinüber. »M wie ...?«

»Es sind immer zwei M hintereinander ins Fleisch gebrannt worden. Wie Initialen!«

»MM, wie Marc Mason, vermutest du?«, flüsterte sie und verzog das Gesicht. Ihr Herz raste im Galopp. Bilder ihres Peinigers fluteten ihre Erinnerungen wie eine unaufhaltsame Monsterwelle, die sich drohend in die Höhe türmte.

»Allerdings sind im Nacken der Toten die Buchstaben LM eingebrannt«, fügte Sam hinzu. »Ich vermute, diese beiden Buchstaben symbolisieren den Verschluss.«

Jegliche Farbe wich Annie aus dem Gesicht. »MM und LM?«, fragte sie.

»Marc Mason ist tot! Ich weiß das, Annie. Aber, das hier ...« Sie tippte etwas in die Tastatur und projizierte die Tatortfotos des Memphis Police Departments als 3D-Animation in die Mitte ihres Büros. »Das hier ist eine Botschaft.«

»Red' nicht so einen Scheiß, Sam. Deine Fantasie geht mit dir durch!«

»Es ist eine Botschaft an dich! Verstehst du das denn nicht?«, beharrte Sam, beugte sich zu ihr vor und tätschelte ihr die Hand.

Annies Herzschlag raste. Sie zog ihre Hand zurück. Die Wucht der Erinnerungen überwältigte sie und überschwemmte ihren Geist mit blutroten Bildern, Qualen und Ängste jener Nacht. Sie hechelte nach Luft, presste eine Hand auf ihren Bauch und umklammerte mit der anderen die Tischkante. »Du irrst dich, Sam. Diesmal irrst du dich!« Leichenblass drehte sie sich um und stürmte zur Tür.

»Annie!«, rief Sam. Doch diese hatte die Klinke schon in der Hand, riss die Tür auf und krachte mit Nick zusammen, der gerade anklopfen wollte.

»Sorry«, sagte er und starrte auf die Fotos.

Sam errötete. »Scheiße!« Sie schnellte zur Tastatur und stoppte die Animation.

»Verdammt. Sie Idiot!«, schrie Annie Nick an, bereute sofort ihre Wortwahl und entschied sich für die Flucht.

Nicks Augen verengten sich. An Sam gewandt sagte er: »Wir reden später!«

»Ich wüsste nicht, worüber!«

»Sie wissen ganz genau, was ich meine, Sam Wallice!«, erwiderte er und eilte Annie hinterher, die in die Damenumkleide abbog. Er stieß die Tür mit seinem Bein auf und schmetterte sie gegen die Wand.

Annie drehte sich um und blieb stehen. »Verpissen Sie sich! Hier sind nur Frauen erlaubt.«

»Mir egal.« Er schlich auf sie zu.

Beide standen sich wie Eissäulen gegenüber und lauerten auf die Reaktion des anderen. Annies Brust hob und senkte sich. An ihrer Schläfe perlte der Schweiß ab. Nick war die Ruhe selbst und fixierte mit einem undurchdringlichen Blick ihre angriffslustigen Augen. Annies rechter Mundwinkel zuckte. Sie drehte sich pfeilschnell um und stürmte los wie ein wütender Stier. Nick jagte ihr hinterher, holte sie ein und packte ihren rechten Arm.

Mit Entsetzen sah Annie auf seine Hand, die ihren Unterarm fest umschloss. Sie wirbelte herum, boxte ihm mit der Linken auf die Brust und riss sich los.

Nick, überrascht über so viel Temperament und Kraft, taumelte einen Schritt zurück.

»Verschwinden Sie«, fauchte sie ihn an.

Seine Nasenflügel bebten. Er überlegte kurz und entschied sich für einen blitzschnellen Angriff. Er preschte wie ein Löwe auf sie zu und griff nach ihrem Handgelenk. Er drehte ihren Körper um ihre eigene Achse, packte beide Unterarme, presste sie an ihren Bauch und zog ihren Körper fest an sich heran.

Ihre Arme waren eingeschlossen wie in den Fängen einer Würgeschlange. Sie hatte nicht die geringste Chance, ihm zu entrinnen. Sein heißer Atem in ihrem Nacken jagte ihr eine Gänsehaut über den Rücken und das Beben seiner Brust schwappte zu ihr über.

»Was stimmt mit Ihnen nicht?«, zischte er ihr ins Ohr.

Sie antwortete nicht. Stattdessen trat sie ihm gegen das Schienbein.

»Herrgott noch mal. Hören Sie damit auf!« Er verstärkte den Druck auf ihre Arme, presste sie noch fester an seinen Körper, sodass ihr fast die

Luft wegblieb. Unnachgiebig drängte er sie nach vorn und steuerte auf die Duschen zu.

Annie spürte jeden Muskel von ihm. Ohnmächtig, sich zu befreien, ihr Blick auf den Boden gerichtet, bewegten sich ihre Beine wie in Trance. Als sie die weißen Fliesen endlich bemerkte, versuchte sie, sich erneut aus seinem Griff zu herauszuwinden. »Was soll das, verdammte Scheiße. Lassen Sie mich los!«, schrie sie und rammte ihren Kopf mit aller Kraft gegen sein Kinn.

»Im Leben nicht!«, erwiderte er unbeeindruckt von ihrer Gegenwehr und betrat mit ihr im Schlepptau eine Duschkabine, drehte den Duschkopf auf die kälteste Stufe und donnerte mit der flachen Hand auf den Knopf.

Eiskaltes Wasser prasselte auf ihren Kopf herunter und durchtränkte ihre Kleidung. Ihre Haut saugte die Kälte auf. Ihre Glieder zitterten. Ihre Lippen vibrierten. Ihre Zähne klapperten.

Nick Preston hingegen stand wie ein Fels in der Brandung seelenruhig dicht hinter ihr und umklammerte ihren Körper. Dann drehte er sie pfeilschnell zu sich um, schleuderte sie an die Fliesen, nahm ihre Handgelenke und presste sie über ihrem Kopf zusammen. Er trat dichter an sie heran, spreizte ihre Beine und stemmte sein rechtes Bein zwischen ihre Schenkel. Annie schrie vor Wut und wollte ihn in die Schulter beißen, die er immer wieder geschickt zurückzog, ohne seinen Griff zu lockern.

Plötzlich und unerwartet brachen schmerzhafte Erinnerungen wie eine Welle über sie herein, übermächtig und erdrückend. Eine gefühlte

Ewigkeit kämpfte sie verzweifelt gegen Nick an. Doch seine überwältigende Präsenz machte es unmöglich, sich zu befreien. Jeder einzelne Moment voller Angst und Trauer jener Nacht wurde lebendig, als wäre es gestern geschehen. Die quälenden Bilder und Gefühle raubten ihr den Atem. Sie sackte zusammen und japste hilflos nach Luft, während ihre zitternden Glieder ihm ausgeliefert waren. »Lassen Sie mich«, flüsterte sie.

Nick schwieg und stemmte sie hoch. Sein Atem traf ihre von Kälte getränkte Wange.

Und jetzt erst bemerkte sie, wie das eiskalte Wasser nicht nur auf ihren Körper unablässig herabprasselte, sondern auch jeden Zentimeter seines Körpers tränkte.

»Ist Ihnen kalt, Ms. Walker?«

»Machen Sie die scheiß Dusche aus! Bitte!«

»Ich könnte hier noch stundenlang mit Ihnen stehen.« Eine Erinnerung ploppte auf, wie sein Ziehvater ihn zwang, im Eiswasser zu baden.

Trotzdem lächelte er Annie an, die in seinen Augen ein Inferno auflodern sah. Übermächtig wie ein unbezwingbarer Titan stand er unnachgiebig vor ihr. Und doch fühlte sie sich ihm nicht so ausgeliefert, wie es bei Mason der Fall gewesen war. Warum, verstand sie selbst nicht.

»Ms. Walker! Sie hören mir ganz genau zu! Ich habe keine Ahnung, was Sie für ein Problem haben oder warum Sie ständig austicken. Es ist mir auch egal, wenn Sie andere Menschen wie Dreck behandeln.« Er griff mit der einen Hand nach ihrem Kiefer und übte leichten Druck aus.

»Mich behandeln sie künftig mit Respekt! Verstanden?« Sie antwortete nicht. Er bemerkte ein Aufblitzen in ihren Augen und verstärkte den Druck seiner Hände auf ihre Wangen und ihre Handgelenke.

»Sie tun mir weh!«, fauchte sie.

»Verstanden?«

Ihr Blick bohrte sich in seine lodernden Augen.

»Verstanden?«

Sie nickte.

»Gut so!«

»Lassen Sie mich jetzt ...«

Er beugte sich tiefer, bis sich ihre Lippen fast berührten.

Annie hielt den Atem an und starrte ihn mit aufgerissenen Augen an.

»Drei Dinge, Ms. Walker!«

Gänsehaut eroberte ihren Nacken.

»Erstens – Sie entschuldigen sich für Ihr Verhalten bei mir.« Nick sah ihr tief in die Augen und genoss seine Dominanz. Ihm war vollkommen bewusst, dass er sein Anliegen auch weniger körpernah hätte verdeutlichen können. Dennoch wich er keinen Millimeter zurück. »Zweitens – ich werde Sie beim Boss für heute krankmelden. Mr. Gales Bericht lesen Sie zu Hause ... oder wo auch immer.« Er ließ sie abrupt los, drehte sich auf dem Absatz um und eilte zum Trainingsraum. Ohne sie eines Blickes zu würdigen rief er ihr zu: »Und drittens, kriegen Sie Ihre Panikattacken in den Griff!«

Annie schnappte nach Luft, lief ihm hinterher und rieb sich dabei ihre Handgelenke. »Ist das

Ihr Ernst, Mr. *Ich stehe über allen Dingen*? Sie maßregeln mich? Dazu haben Sie kein Recht!«

Nick lächelte in sich hinein und bog in den Fitnessraum ab, um in die Männerumkleide zu gelangen.

Annie folgte ihm schnaubend, entdeckte in den Umkleiden zu ihrer Überraschung aber nur Michael Burden, der gerade sein nach Schweiß riechendes Trainingsshirt auszog. »Raus! Sofort!«, schrie sie ihn an.

»Annie, was soll das?«

Sie zeigte mit dem Zeigefinger zur Tür. »Raus, verdammter Mist noch mal!«

Michael schnaubte vor Wut, schnappte sich sein Shirt und warf es über seine Schulter. Fluchend verließ er die Umkleide.

Annie zog an einigen Spinds vorbei und entdeckte Nick, der sich zu ihr umdrehte und sein Poloshirt auf die Bank schmiss. Wie versteinert blieb sie stehen. Sie starrte auf seine bereits aufgeknöpfte Hose, wanderte mit ihren Augen zu den Tätowierungen auf seinen Armen und verharrte mit ihrem Blick auf dem makellosen, bildgewaltigen Oberkörper. Sie legte ihren Kopf schräg, betrachtete seinen Körper wie ein Gemälde. Die Wasserlache, die sich unter ihren Füßen bildete, und die aufsteigende Kälte, die sich noch mehr in ihre Glieder fraß, ignorierte sie. In ihrem ganzen Leben hatte sie noch nie so einen ästhetischen Körper gesehen, der, so fand sie, einem Kunstwerk glich. Der opalschwarze Stamm auf seinem muskelbepackten Bauch, dessen wuchtige Wurzeln sich an den Seiten zum Rücken ausbreiteten und sich bis in seine Unterhose vergruben, faszinierte sie. Seine kolossale Baumkrone, die kein einzelnes Blatt besaß, verzierte Nicks stählerne Brust und an seinem rechten Oberarm züngelte die Schlange an einem Ast. Fratzenverzerrte Flammen auf seinem linken Oberarm entzündeten die ausgehungerten Wipfel des Monstrums auf seiner Brust.

Der Schöpfer dieses Kunstwerks verstand es, verschiedenste Schwarztöne und Schattierungen so miteinander zu verschmelzen, dass es real aussah. Am liebsten wollte sie diesen Baum berühren, den Schmerz jedes einzelnen Astes in sich aufnehmen, mit der Zunge der Schlange spielen und sich an den Flammen verbrennen. Der Baum wirkte bedrohlich und majestätisch zugleich und übte eine gigantische Anziehungskraft auf sie aus.

»Ms. Walker?«

Sie wandte ihren Blick ab und räusperte sich. »Was Sie von mir verlangen, ist absolut inakzeptabel. Sie sind nicht mein Vor …«

Wie ein Raubtier schoss er auf sie zu, presste seine flache Hand auf ihren Hals, drängte sie nach hinten und schmiss sie gegen einen Spind.

Die Wucht des Aufpralls überraschte beide, doch Nick ließ nicht von ihr ab und senkte seinen Kopf. Seine Lippen waren nur einen Hauch von ihrem Ohr entfernt. Die Hitze, die sein Körper ausstrahlte und sein triefend nasses Haar, ließen ihren Puls in die Höhe schießen. Ihre Finger zitterten.

»Ms. Walker. Inakzeptabel sind Sie«, hauchte er. »Machen Sie, was ich Ihnen gesagt habe. Andernfalls …« Er atmete tief ein. »… lasse ich Ihre Diensttauglichkeit überprüfen!«

»Sie machen was?«

»Sie haben die Wahl.« Seine Stimme war eisern.

Sie zweifelte nicht im Geringsten an seinem Vorhaben. Annie schaute tief in seine moosgrünen Augen und sah ihr verkrampftes Spiegelbild darin.

»Und nun, Ms. Walker«, er löste seine Hand von ihrem Hals, »verschwinden Sie!« Er kehrte zu seinem Spind zurück und zog seine Hose aus.

Annie hörte das Aufklatschen der triefend nassen Hose und starrte auf die jetzt freigelegten Tattoos, die seine kompletten Beine bedeckten. Wenn sie vorher schon beeindruckt von seinem Anblick war, übertraf das, was sie jetzt sah, um Längen ihre Vorstellungskraft. Die Wurzeln des Baumtattoos schlängelten sich über seinen Unterbauch um seine Hüfte herum und führten zu einem weiteren kunstvollen Bild auf seinem muskulösen Rücken. Sie starrte auf ein gigantisches schwarzgraues Gitter, das sie an ein Gefängnis erinnerte. Hinter diesem Gitter glotzte ein schmerzverzerrtes Gesicht hervor, welchem tiefschwarz schattiert das Leid der ganzen Welt eingebrannt worden war. Es erweckte bei Annie den Eindruck, dass es vor Qual jeden Moment explodieren und zu Staub und Asche zerfallen würde. Die Konturen des Gesichts waren zerfleddert, lösten sich auf und verschwammen im nachtschwarzen Nebel, der die Schultern emporstieg.

»Ms. Walker, meine Geduld ist gleich am Ende. Verschwinden Sie«, flüsterte er und kramte in seinem Spind herum.

Annie reagierte nicht und ergötzte sich weiter an münzgroßen Hexagons auf seinen Waden. Die wie Waben aussehenden Sechsecke bildeten ein Konstrukt aus Kraft und Harmonie und verschmolzen mit seinem kräftigen Oberschenkel, der eine bedrohliche Welt aus Unterholz darstellte. Unzählige pfefferschwarze Sträucher umgaben diamantschwarze Holzgewächse, die mit moosbehafteten Wurzelausläufern emporstiegen. Jetzt erkannte sie, dass diese Unterwelt auf seinen Beinen, die Wurzeln und den Baum auf seinem Oberkörper nährte.

Sein ganzer Körper war ein sinnliches Gesamtkunstwerk, welches einen Orden verdient hätte. In ihrem Innersten breitete sich der Wunsch aus, die Tätowierungen zu berühren. Sie wollte die Qualen und die Finsternis seiner Motive in sich aufnehmen, wollte die Bedeutung, die sie für Nick Preston darstellten, erfahren. Ihre Fingerkuppen kribbelten bei dem Gedanken daran. Dieser Mann war ohne Zweifel der interessanteste, den sie je kennengelernt hatte.

»Ms. Walker!«, knurrte er und riss sie aus ihren Gedanken.

Annie stieß einen undefinierbaren Fluch aus und verließ wie ein Lichtblitz die Umkleide.

Mit Schweißperlen bedeckter Stirn starrte er auf das Mahagoniholz des Spinds und war sich nicht mehr sicher, ob er sein Versprechen halten konnte; geschweige denn wollte. Annie Walker war für ihn ein Mysterium. Geheimnisvoll und vor allem gefährlich.

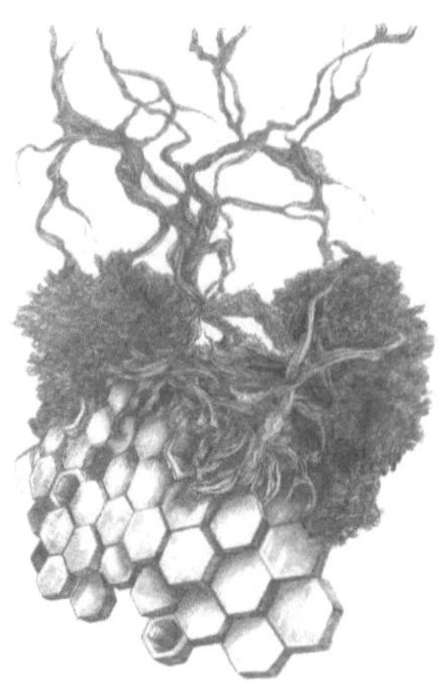

Marge:
Aber er ist doch tot.

Annie:
Das Monster, das ich meine, ist in mir, Marge. In mir!

Kapitel 8

Mit zittrigen Händen schlürfte Annie ihren Rum. In ihrem Kopf dröhnten die Gedanken wie ein mutierter Bienenschwarm in einem Nadelöhr. Sie setzte sich ans Klavier und stellte das Glas auf dem Boden ab. Sie brauchte unbedingt wohltuende Melodien, die das Chaos in ihrem Kopf besänftigten. Sie entschied sich für Bachs Praeludium in C-Dur und spielte es rauf und runter. Lauschte dem sanften Klang, variierte das Tempo und sog die Magie in sich auf, die dieses grandiose, wenngleich einfache Stück, auf sie ausübte.

Der Zauber der Musik setzte erst nach einer gefühlten Ewigkeit ein. Das Brummen in ihrem Kopf erstarb quälend langsam, aber jeder einzelne Gedanke sortierte sich in kleine Gedächtnisschnipsel, die sich in ihrem Geist niederlegten.

Gestochen scharf erkannte sie auf einem Schnipsel die Schmucknarben der toten Frauen sowie die MM und LM. Sie griff nach ihrem Glas, nippte daran und genoss, wie der Alkohol in ihrer Kehle brannte.

Ihre Gedanken schweiften zum nächsten Schnipsel, der die vor Blut triefende, zugenähte

Vagina abbildete. Annie schmeckte die dreckige Suppe förmlich auf der Zunge und spülte den metallischen Geruch mit dem letzten Schluck Rum hinunter. Im Hintergrund hallte Nick Prestons Stimme, der wie ein Echo erbarmungslos seine Drohung aussprach:

Andernfalls lasse ich Ihre Diensttauglichkeit überprüfen!

Benebelt vom Schmerz seiner Worte stand sie auf und schenkte sich einen doppelten Rum ein. Dann hüllte sie sich in eine flauschige Decke und machte es sich in ihrem Sessel bequem. Sie starrte an die Decke und überlegte, ob Marc Mason tatsächlich mit den Schmucknarben in Verbindung stehen könnte.

Doch wie sie es drehte und wendete, Annie kam zu dem Schluss: Sam irrte sich. Schließlich war Mason tot. Und daran hegte Annie keinen Zweifel, denn sie war bei ihm gewesen, als er starb. Sie hatte zugehört, wie sein mörderischer Atem das letzte Mal aus seinen Lungen pfiff. Hatte sein warmes Blut in den letzten Sekunden seines Lebens gespürt, wie es ihre Arme hinuntergerannt war. Hatte zugesehen, wie sein Körper im Krematorium niederbrannte und in der Feuersbrunst zu Staub zerfiel. In diesem entscheidenden Moment genoss sie die Gewissheit, dass Marc Mason nie wieder einem Menschen Leid antun würde.

Sie verwarf ebenfalls den Gedanken, dass ein Angehöriger Masons für den Tod der Frauen verantwortlich war. Denn bevor sie nach seinem Tod ihre Traumatherapie vor elf Monaten begonnen hatte, hatte sie doppelt und dreifach nach möglichen Angehörigen recherchiert. Fündig wurde sie kaum. Marc Mason hatte keine Geschwister. Seine drogenabhängige Mutter verstarb an einer Heroinüberdosis, als er gerade einmal sieben Jahre alt war. Von da an nahm sein sadistischer Vater ihn auf seinen Dienstreisen mit und erzog ihn voller Hass und Zorn. In den Jahren der Qualen und der fehlenden Liebe wuchs in Mason das Verlangen, anderen Leid zuzufügen. Bis zu dem Tag, als er seinen ersten Mord beging und seinem Vater die Kehle aufschlitzte.

Annie war sich sicher, da war nichts, was einen Bezug zu diesen Frauen und zu ihr darstellte. Die Initialen MM am Hals der Frauen konnten nichts mit Marc Mason und seinem Tod gemein haben. Es musste ein Zufall sein.

Denn niemand, außer Dan, Sam, ihrer Therapeutin und dem obersten Chief der SUBM kannten die Details aus jener Nacht. Es war nahezu unmöglich, an die Originalakten zu gelangen, da sie passwortgeschützt und mithilfe unzähliger Firewalls gesichert waren. Dieser Versiegelung war nur zugestimmt worden, da Annie bis zu diesem Vorfall ausgezeichnete Arbeit geleistet hatte und Dan ein guter Freund des Big Boss war. Die Traumatherapie, die anschließenden, wöchentlichen Sitzungen beim Psychologen und ein Eignungstest bei Dienstantritt vor sechs Monaten stellten weitere Bedingungen für die Genehmigung der derartigen Geheimhaltung dar.

Und somit lautete die inoffizielle Version jener schicksalhaften Nacht: Mason tötete Leo, während Annie schwer verletzt aus dem Kampf hervorging und Mason selbst seinen Verletzungen erlag. Sie, als einzige Überlebende, beantragte ein halbjährliches Sabbatical und kehrte anschließend wieder in den Dienst zurück.

Die offizielle, versiegelte Akte, die preisgab, dass die beste Sonderermittlerin des Landes brutal vergewaltigt wurde, ihren Partner mit ihren eigenen Händen abgeschlachtet hatte und die erschütternde Wahrheit über Masons Tod verdrängte sie jeden Tag. Denn der Tod beider Männer lastete schwer auf ihr. Allein der Gedanke daran raubte ihr oft den Atem und fühlte sich an, als wenn ein Felsbrocken von gigantischem Ausmaß auf sie herabstürzte und sie förmlich zerquetschte.

Kopfschmerzen plagten sie jetzt und dröhnten wie ein aus heiterem Himmel aufkommendes Kriegsgeschwader in ihrem Kopf. Zügig führte sie ihr Glas zum Mund und kippte den Rum bis zum letzten Tropfen hinunter. Dabei legte sie ihren Kopf in den Nacken, atmete unzählige Male tief ein und aus und lauschte Nick Prestons warmer Stimme in ihrem Geist. *Atmen Sie langsam ein, solange ich mit meiner Hand Druck ausübe. Sobald ich nachlasse, ausatmen!* Sie spürte seine warmen Hände auf ihrem Rücken, so wie am Tatort, und beruhigte sich allmählich.

Nach ein paar Minuten schwang sie sich hoch, kramte ihr Handy aus dem Rucksack und rief Sam an.

»Annie, alles gut bei dir?«

»Ja, ja. Alles wunderbar«, sagte sie und massierte ihre Schläfen.

»Hör zu, hier ist die Stimmung unterirdisch. Nick ist ziemlich ...«

»Nick? Du duzt ihn?«

»Ja, warum nicht. Er ist nett, Annie. Wir duzen uns doch alle hier«, trällerte sie.

»Ist mir egal, was mit ihm ist. Ich werde diesen arroganten Kerl nie duzen. Hör zu, Sam, ich habe noch mal über die Schmucknarbenfrauen nachgedacht.«

»Ach ja?«

»Ja. Es ist alles nur ein großer Zufall. Die Buchstaben stehen bestimmt für etwas anders.«

»Und du meinst, es ist auch Zufall, dass sie die Schmucknarbe am Hals tragen? Am Hals, Annie! Ich erinnere dich, dass du in jener Nacht Mason ...«

»Scheiße Sam, du brauchst mich an nichts zu erinnern. Es kann nur ein scheiß Zufall sein. Die Akten sind verschlüsselt. Niemand außer dir kann die Firewall umgehen. Oder?«

»Niemand, Annie. Und selbst wenn es gelingen sollte, habe ich für ein weiteres Sicherheitsnetz gesorgt.«

»Okay, danke, das ist gut zu wissen. Aber«, sie seufzte, »bleib trotzdem dran an den Fällen.«

»Wird gemacht. Sag mal, hast du dich gerade bei mir bedankt?« Sam kicherte ins Telefon.

»Ist gut, ja. Mach dir ›n Kreuz im Kalender und freu dich. Wir sehen uns morgen.« Dann legte sie auf, ohne auf Sams Verabschiedung zu warten, und schmiss sich wieder in ihren Sessel.

Sie hing ihren Gedanken nach und stellte überraschenderweise fest, dass sich während des Gesprächs mit Sam, als sie Nick als arroganten Kerl bezeichnete, ein warmes Gefühl in ihrem Bauch ausgebreitet hatte.

Sie war zutiefst davon überzeugt, dass Preston unter der Dusche eine Grenze überschritten hatte. Die Art und Weise, wie er sie in die Enge getrieben hatte, war unverzeihlich. Eigentlich sollte sie es Dan melden. Anderseits rechnete sie ihm hoch an, wie herzlich und verständnisvoll er ihr am Tatort geholfen hatte. Und dennoch: Sie ärgerte sich maßlos darüber, warum seine schiere Anwesenheit sie nervös machte. Und vor allem, warum sie sich wie ein feuerspeiender Drache ihm gegenüber verhielt. Sie verstand nicht, warum sie binnen zweier Tage solche heftigen Flashbacks in seiner Gegenwart erlebte. Sicherlich war sie seit dem Trauma nicht gerade zimperlich mit Mitmenschen umgegangen, aber diese ablehnende Haltung Preston gegenüber, verwunderte sogar sie.

Und dennoch – tief in ihrem Herzen wusste sie: Nick Preston hatte das Richtige getan und die richtigen Worte ausgesprochen.

Panikattacken. Der Ekel vor Blut. Gereiztheit. All das hatte sie ihm binnen so kurzer Zeit nicht vorenthalten können.

Die Angst vor der Dunkelheit, ihre schlaflosen Nächte und vor allem die Schuldgefühle, die sie plagten, blieben bisher ihr Geheimnis. Die Frage war nur, wie lange noch? Denn ihre Qualen holten sie fast täglich ein. An manchen Tagen war sie so miserabel gelaunt, weil ihr Zorn und ihre Ängste mit der Wucht des Urknalls in ihr implodierten und einen pulverisierten Scherbenhaufen hinterließen.

Dann gab es Tage, an denen ein gewaltiger Schatten auf ihr lastete und sie mit seiner ganzen Kraft daran hinderte aufzustehen, zu arbeiten und vor allem zu leben.

Annie wehrte sich mit aller Kraft gegen diese Macht. Sie wollte nicht weiter in die Finsternis abdriften, die sie ohnehin schon von innen auffraß, um ihr jeden Funken Hoffnung, jedes Quäntchen Liebe und jede Prise Leidenschaft, die noch in ihr schlummerten, zu rauben. Doch sie schaffte es nicht. Am Ende jedes einzelnen Tages war das Resultat immer dasselbe: Sie fühlte sich hilflos und spürte in sich eine unbändige Wut.

Es fiel ihr schwer, ihr Leben in allen Facetten zu genießen. Nichts war genug. Noch nicht einmal die warmen Worte von Marge oder der Job, der zwar zur Ablenkung beitrug, nicht aber ihrer Genesung diente.

Den Erinnerungen an die lebensfrohe Frau, die sie einst war, der Stärke, die sie einst besaß, und der Freude an ihrem Job hatte sie es zu verdanken, dass sie nicht in irgendeinem Irrenhaus ihr Dasein fristete. Sie war sich sicher: Dan hätte ihr niemals Nick Preston zugeteilt, wenn er nicht zutiefst davon überzeugt war, dass Nick ihr helfen konnte.

Und trotzdem, sie fürchtete sich, Nick Preston zu vertrauen. Aber vor allem fürchtete sie sich, ihm die Wahrheit über jene Nacht zu erzählen, in der Leo starb. Abgrundtiefer Scham überschwemmte sie jedes Mal aufs Neue, wenn Bilder jener blutigen

Nacht, in der es keine Regeln gab, in der es nur ums Überleben ging – um ihr Überleben – ihre Gedanken verseuchten. Wie sollte sie jemals ein vertrauensvolles Arbeitsverhältnis mit Preston aufbauen, wenn sie sich ihm nicht offenbarte?

Sie hatte darauf hier und jetzt keine Antwort und beschloss, die Dinge einfach ihren Lauf nehmen zu lassen.

Sie schnappte sich ihren Laptop vom Beistelltisch und loggte sich im SUBM-Server ein. Mit ein paar Tastenklicks projizierte sie die 3D-Visualisierung der Leiche am Tatort in ihr Wohnzimmer und öffnete die dazugehörige Sprachdatei.

Nachdenklich schlich sie zur Projektion, umkreiste sie wie ein Geier und betrachtete die Tote. Donalds Stimme hallte durchs Wohnzimmer: »Der Einstichpunkt am Hals deutet auf eine Injektionsnadel hin, womit der Täter sein Opfer betäubt hatte. Es handelt sich um Etorphin, ein verschreibungspflichtiges Medikament.«

Annie fasste sich instinktiv an die Einstichstelle an ihrem Hals, wo Mason sie betäubt hatte. »Wo hatte der Täter das Rezept her?«, murmelte sie, als wäre sie im Gespräch mit Donald.

»Mund, Speiseröhre, Magen und Vagina beinhalteten große Mengen Erbrochenes sowie Menstruationsblut.«

Schlagartig krampfte ihr Magen. Sie presste sich die Hand auf den Mund. Der metallische Geschmack, der am Tatort ihre Zunge benetzt hatte, kam mit voller Wucht zurück. Sog sich in jede noch so feine Geschmackspapille. Das Wort Menstruationsblut ploppte in fetten Buchstaben wie auf einem Werbeplakat in ihrem Kopf auf. Die Reste ihrer letzten Mahlzeit schossen ihr in der ohnehin schon gereizten Speiseröhre hoch und sammelten sich in der Mundhöhle.

Sie stürmte ins Gästebadezimmer und kotze sich die Seele aus dem Leib. Donalds kraftvolle Stimme echote im Porzellan der Kloschüssel und untermalte ihre Würgegeräusche. »Die Vagina des Opfers wurde mit einem dicken, herkömmlichen Baumwollfaden zugenäht. Ante mortem. Eine Penetration der Vagina erfolgte weder zu Lebzeiten noch nach ihrem Tod.«

Sie spuckte Galle.

»Die Blutlache am Boden besteht hauptsächlich aus Schweineblut, Kot und Urin.«

Schweineblut? Sie würgte. Doch ihr Magen war leer. Ihre Kehle brannte, als wäre sie mit Schleifpapier abgeschliffen worden.

Hechelnd wischte sie sich mit Toilettenpapier den Mund ab, spülte ihn aus und putzte sich die Zähne.

Zurück im Wohnzimmer stoppte sie die Audiodatei, spulte zum Anfang und startete die Wiedergabe erneut. Sie kam zu dem Schluss, dass der Täter sehr viel Zeit benötigt hatte, um das Blut in Lexus' Körper einzuführen und sie in Schweineblut zu betten. »Warum nur macht man so einen Scheiß«, fragte sie laut.

In ihren Vorlesungen hatte sie gelernt, dass Blut ein Sinnbild für Lebenskraft ist; in manchen Kulturen galt es sogar als Symbol für Fruchtbarkeit oder war als Heilmittel in der Antike eingesetzt worden. Auch sogenannte Blutopfer dienten der Festigung einer Gemeinschaft, zur Reinigung oder zur Sühne. Aber all das passte nicht zu ihrem Fall, denn hier wurde nicht das Blut des Opfers benutzt, sondern fremdes Blut.

Annie krallte sich den Laptop und schrieb in die Notizen-App:

Wieso benutzte der Täter Menstruations-blut?

Sie sah sich den Mund des Opfers an, welcher mit einem Klebeband zugeklebt worden war. Sie ergänzte:

Klebeband: Um sie zum Schweigen zu bringen? Um sie schneller zu ersticken?

Annie würgte beim Gedanken daran, Menstrua-tionsblut zu schlucken. Sie haute in die Tastatur:

Ekel – Amy Lexus – übergeben. In der Posi-tion nicht möglich! Führt zum Tode! Nick Preston, Recht?!!!!!

Die Tote war laut Donald mit Industrieschnell-kleber am Boden festgeklebt worden. Man hatte sie am Tatort nicht vom Kleber befreien können, deshalb schnitt man sie mit dem Teppich aus.

»Sie hatte keine Chance, sich zu wehren oder zu fliehen, die Arme. Bei dem geringsten Versuch hätte es ihr die Haut abgerissen«, murmelte sie.

»Todesursache: Ersticken.« Damit beendete Donald seine Ausführung.

Warum diese Brutalität?, fragte sie sich im Geiste. Natürlich kannte sie die Antwort, auch wenn sie mit der persönlichen Geschichte des Mörders nicht vertraut war. Noch nicht! Hier tötete der Täter nicht aus rationalen, sondern aus emotionalen Motiven, wie Angst, Wut oder Rache. Sie tippte auf Rache, gepaart mit einer unbändigen Wut, und ergänzte diese Gedanken in ihren Notizen.

Menschen, die morden und einen Konflikt mit Gewalt lösen, stammen meist aus instabilen Verhältnissen. Annie wusste nur zu gut, dass viele Menschen im Laufe ihres Lebens den Wunsch haben, jemanden zu töten. Aber das bewusste Begehen eines Mordes, das erfordert letztlich, Hemmungen zu überwinden. Und dazu sind nur sehr wenige in der Lage. Sie tippte ihre Gedankengänge in ihre Notizen:

Warum tötete er? Was hat den Täter so wütend gemacht? Wie lange brodelte diese Wut in ihm? Tage? Wochen? Jahre?

Kapitel 9

Zufrieden lächelte er in sich hinein. Er erinnerte sich an den Anblick von Amy Lexus, die vor ein paar Stunden elendig an dem stinkenden Blut erstickt war, das er ihr in die Kehle geträpfelt hatte, bis es ihr aus der Mundhöhle herausgequollen war.

Stolz wie ein Gockel marschierte er zu seinem Equipment. Er hatte es wie Trophäen auf dem Teppichboden seines Wohnzimmers ausgebreitet. Er kniete sich nieder und strich mit der Handfläche über Spritzen, sein heißgeliebtes Beruhigungsmittel, das Klebeband und die Klebstoffpistole. Seine Fingerkuppen berührten zärtlich Nadel und Faden. Dabei verzog er das Gesicht zu einer Grimasse, denn sein Magen rumorte. Heulte auf wie ein überhitzter Motor, da er sich schmerzlichst daran erinnerte, wie mühsam das Zusammennähen der Schamlippen auch bei seinem zweiten Opfer gewesen war. Es hatte ihn zutiefst angewidert. Aber genau so war sein Plan. Nicht mal in der Hölle sollten die Frauen, die er tötete, noch ihren Spaß haben. Fast hätte er sich beim Zunähen übergeben. Fast! Denn er wusste: Perfektion braucht Wiederholung.

Für sein drittes Opfer hatte er sich jetzt OP-Equipment besorgt, ein paarmal an einer Schweineleber geübt und voilà: Als wenn man eine Nadel durch Butter zog.

Geschmeidig.

Federleicht.

Ohne Widerstand.

Er strich mit den Händen über seine Oberschenkel, stand auf und begab sich zu den Abdeckfolien, die er mit weiteren Päckchen Tatortkleidung in einen Jutesack packte. Er grabschte nach seiner Gürteltasche, öffnete den Reißverschluss und lächelte. Die zwei Spritzen darin bescherten ihm ein Hochgefühl.

»100 ml feinstes Menstruationsblut für eure fucking Fotzen und gehässigen Münder«, flüsterte er. Er griff tiefer hinein und kramte einen kleinen Zettel hervor, nahm sich den darin liegenden Kugelschreiber und strich den zweiten Namen von der Liste. Hinter den dritten setzte er ein Ausrufezeichen. »Du bist die Nächste, du Dreckstück«, sagte er und küsste das Papier, bevor er es sorgfältig zusammenfaltete und in die Tasche zurücklegte.

Dann ging er an einem gewaltigen Industriekühlschrank in seinem Wohnzimmer vorbei, in dem er sämtliche Blutkonserven aufbewahrte. An das Brummen, das dieser verursachte, hatte er sich längst gewöhnt. Es klang, als wenn hunderte Hornissen darin gefangen wären und wütend hin und her flogen. Es war wie Musik in seinen Ohren.

Vor einer Kommode blieb er stehen. Er öffnete die oberste Schublade und nahm zwei Puppen heraus, die er entkleidete. Anschließend steckte er sie zusammen mit allen anderen Utensilien sowie der Gürteltasche in den Jutesack.

Er lächelte in sich hinein. Alles war für sein nächstes Opfer vorbereitet.

Er ließ sich auf die Couch sinken, nahm sein Tagebuch vom Tisch und öffnete es behutsam. Sanft strich er über die bereits beschriebenen Seiten. Seine Schrift am Ende des Kapitels war kaum lesbar, doch er kannte jedes einzelne Wort, das er sich von der Seele geschrieben hatte. Er griff nach dem Stift und schrieb:

Der zweite Mord: Amy Lexus

Tagebuch,

Nun ist sie auch tot. Nur noch zwei Schlampen sind übrig und dann ist alles vorbei. Gott, wie ich mich freue, danach wieder ein normales Leben führen zu können. Ein Leben ohne die qualvollen Erinnerungen, die ich dachte, längst vergessen zu haben. Doch ich hatte mich bitterlich geirrt!!!!!! All die Jahre waren sie nur begraben. Tief begraben, aber immer da!!! Und ich spürte es, tief in meinem Inneren brodelte es und vergiftete meine Seele. O ja, jetzt verstehe ich es: Vergrabenes stirbt niemals!!!!! Niemals!!!! Niemals!!!!
Ich wollte es nicht wahrhaben, bis zu dem Tag, an dem die Schlampe Lexus zufällig vor mir stand. »Hey«, sagte sie. Gott

im Himmel. Diese Stimme schnitt sich in meine Erinnerungen wie eine Rasierklinge, die tief ins Fleisch schneidet. Sie erinnerte mich an den schwärzesten Tag in meinem Leben. Jede einzelne, qualvolle Erinnerung kam schlagartig zurück. Fuck! Der Boden unter mir riss auf, als ich sie erkannte. Und in diesem Moment fühlte ich mich schwerelos, hilflos und vor allem ohnmächtig.

Zwanzig Jahre!!!!! Zwanzig beschissene Jahre später flackerte das Grauen aus dem Nichts an die Oberfläche und verbrannte jegliches Gefühl in mir. Ich erinnerte mich an den Schmerz, an die Demütigungen, an das dämliche Gelächter, an alles!!!!! Oh, ich hatte vergessen, wie sehr ich diese Schlampen hasste. Abgrundtief hasste!

Ich hatte sie tatsächlich vergessen. Na ja, heute weiß ich, ich hatte alles verdrängt.

Was habe ich nicht für ein wundervolles Leben geführt? 20 Jahre lang!

Und dann? Dann traf ich Lexus und genau in diesem Moment zerfetzten stumme Schreie meine Seele, die ich all die Jahre so gehegt und gepflegt habe.

Gott im Himmel, es brauchte nur einen fucking Moment, eine beschissene Sekunde und mein Leben geriet aus den Fugen.

Und so stand sie da mit ihrem bezaubernden Puppengesicht, stammelte ein »Hey«, während ich innerlich an meinem eigenen Atem, der sich wie Gift in meine Lungen presste, erstickte.

Ich ergriff die Flucht. Seitdem hatte ich sie nie wieder getroffen, bis zu dem Tag, als ich in ihre Wohnung einbrach.

Und weißt du was, liebes Tagebuch? Drei Wochen nach diesem Vorfall war ich doch tatsächlich arbeitsunfähig. Panikattacken suchten mich heim. Aber vom Feinsten! Schweißausbrüche und Herzrasen waren meine ständigen Begleiter.

Ich! Ich, der Lebemann, der aus mir geworden war, kapselte mich von allem und jedem ab. Und dann fasste ich einen Entschluss. Sie alle mussten sterben! Und damit stand unwiderruflich fest: Ich werde zum Mörder.

Denn ich weiß, o ja, ich weiß es genau: Wenn diese verfickten Schlampen tot sind und durch ihre Schmerzen, die sie erleiden müssen, sowie ihren qualvollen Tod meine Rache füttern, stirbt mein Trauma und versickert im Kosmos der Ewigkeit.

Und so schmiedete ich einen Plan. Ich suchte sie alle vier auf, beobachtete sie, überlegte, wie ich an sie rankomme, und besorgte mir alles, was ich brauchte, um sie zu töten. Gott im Himmel, du ahnst es nicht, es ist so verdammt easy, einen Mord zu planen. Man bekommt einfach alles im Netz, was man braucht. Und weißt du, was das Beste ist? Niemand wird mich des Mordes beschuldigen können. Denn ich existiere ja nicht mehr und Spuren werde ich am Tatort nicht hinterlassen. O ja! Clever bin ich immer noch. Und glaub mir, diese beiden dämlichen

Das Surren des Kühlschranks holte ihn wieder in die Gegenwart zurück. Er lächelte das Monstrum an. Sechs Eimer Schweineblut und kleine Beutelkonserven Menstruationsblut waren darin verstaut. Er grinste und war bereit für das nächste Opfer.

Kapitel 10

Na, schauen wir mal, ob Mr. Cooper diesmal da ist«, sagte Nick und drückte auf den Klingelknopf. Sie hatten sich dazu entschlossen, die beiden Nachbarn von Amy Lexus, die am Vortag nicht anwesend waren, zu befragen.

Sam stand neben ihm, presste ihren Laptop an die Brust und zappelte herum.

»Nervös, Sam?«

»Na ja, ich bin selten draußen im Einsatz.«

»Bedank dich bei Ms. Walker.« Er drückte ein zweites Mal auf den Knopf. »Ach so, du brauchst nicht davon ausgehen, dass ich den Vorfall in deinem Büro vergessen habe! Wir müssen reden!«

»Wir müssen gar nichts!« Sie drehte sich um und lief ins Dachgeschoss. »Ich gehe jetzt zu Ms. Jenkins. Der Typ ist eh nicht da, so wie es aussieht!«

Nick folgte ihr wortlos.

Sam drückte dreimal hintereinander auf Ms. Jenkins' Klingel.

»Sam«, Nick berührte sanft ihren Arm, »ich will und ich werde mit dir über diese verstümmelten Leichen reden. Ob du willst oder nicht.«

Sam ignorierte seine Worte und klingelte erneut. Sie hatte nicht vor, mit ihm über die Schmucknarbenfrauen zu reden. Vor allem, da er erst seit knapp zwei Tagen Teil ihres Teams war. »Das geht dich aber nichts an! Von daher«, sie drückte erneut auf die Klingel, »werde ich schön meine Klappe halten. Ich verscherze es mir doch nicht mit Annie!«

Nick nahm seine Hand von ihrem Arm, als er tapsende Geräusche hinter der Tür vernahm, und griff nach seinem Handy in der Hosentasche. »Sam, du weißt, etwas Gewaltiges kommt auf Walker zu. Ich sehe es an deinen Augen. Es ist dein Instinkt, der dich verrät. Die Frauen spielen eine weitaus größere Rolle in Ms. Walkers Leben, als sie das wahrhaben will. Und Sam«, er trat dichter an sie heran, »ich weiß, dass du das auch so siehst!«

»Hör zu, ich …«

»Jesus Christus, haben Sie denn keine Geduld! Ich bin doch kein D-Zug«, rief eine zerbrechliche Stimme aus der Wohnung. Die Tür öffnete sich und die beiden blickten in das mit Altersflecken besprenkelte Gesicht einer Frau, deren Haare schneeweiß im kalten Licht des Flures glänzten.

Sam und Nick stellten sich vor, autorisierten sich mit ihren Handys und erklärten den Grund ihres Besuches.

»Ja, ich habe sehr wohl eine rothaarige Frau ab und an gesehen. Wir haben nicht miteinander gesprochen, aber wie sie sehen«, sie rümpfte die Nase und zeigte auf ihren gebrechlichen Körper, »bin ich nicht mehr die Jüngste. Ich ziehe an den

Menschen wie eine lahme Schnecke vorbei. Und wissen Sie was?« Sie stockte und schaute die beiden erwartungsvoll an.

»Was, Ms. Jenkins?«, hakte Nick nach.

»Ha, hab ich Sie!«, erwiderte sie und erhob ihren Zeigefinger vor Nicks Gesicht. »Ich beobachte die Menschen dabei ganz genau.«

Sam brach in Gelächter aus und Nick schmunzelte.

»Ich finde es erstaunlich, dass Sie in Ihrem Alter noch so fit und vor allem so gewieft sind. Sie haben meinen allerhöchsten Respekt«, entgegnete er mit einem charmanten Unterton in der Stimme und verbeugte sich.

Die alte Dame kicherte und Röte stieg in ihren Wangen auf. »Also, Sie sind mir einer!« Sie zwinkerte Sam zu, hielt sich die Hand vor den Mund und kicherte. An Sam gewandt sagte sie: »Ist er immer so entzückend?«

»Ja, Mr. Preston steckt voller Überraschungen«, trällerte Sam.

Nick räusperte sich. »Unter anderen Umständen würde ich sehr gerne mit Ihnen plaudern. Aber dieser Fall ist sehr wichtig für uns. Dürfen wir vielleicht reinkommen und meine Kollegin fertigt ein Phantombild von der rothaarigen Frau an.«

»Aber sicher. Warum sagen Sie das denn nicht gleich!« Sie öffnete die Tür und winkte die beiden herein. »Jetzt kommen Sie schon!«

Muffiger Geruch stieg den beiden im Wohnzimmer als erstes in die Nase. Sam setzte sich in einen abgewetzten Sessel, packte ihren Laptop aus, öffnete ein Programm und erstellte mithilfe der Beschreibungen der alten Frau ein computeranimiertes Phantombild von der Rothaarigen. »Voilà, vielen lieben Dank.«

»Speise es in alle gängigen Datenbanken, Sam. Vielleicht haben wir ja Glück. Ms. Jenkins. Vielen Dank für Ihre Kooperation.« Er reichte ihr die Hand und verabschiedete sich.

»Ich habe zu danken. Sie haben mir den Nachmittag versüßt.«

Mit diesen Worten verließen sie die Wohnung und gingen plaudernd die Treppen hinunter. Sam wollte gerade die Eingangstür öffnen, als diese ihr entgegengestoßen wurde und ein Mann mit zwei vollgestopften Papiertüten in den Händen hindurch platzte. Sie prallte mit ihm zusammen, wobei die Tüten dem Mann aus der Hand flogen und zu Boden krachten.

»O Verzeihung, tut mir leid«, stammelte der Fremde, ohne die Ermittler anzuschauen. Seine Augen suchten den Fußboden ab, wanderten über die kullernden Orangen, die demolierten Milchtüten und Käseverpackungen, die wie bunte Smarties zerstreut auf dem Boden lagen und dem tristen Flur ein wenig Leben einhauchten.

Nick entging allerdings nicht, dass der Mann etwas ganz anderes suchte. Die Lebensmittel waren ihm egal. Blitzschnell scannte Nick den Boden ab und wurde fündig. Er trottete zu dem schillernden Gegenstand und hob ihn und ein paar Orangen auf. »Alles gut. Mr. ...?«, fragte Nick.

»Cooper. Matt Cooper.«

Nick reichte ihm die Orangen und den Schlüsselbund. »Ah, Mr. Cooper. Sie sind der Nachbar, den wir vorhin nicht angetroffen haben. Mein Name ist Nick Preston und das ist Sam Wallice. Wir arbeiten beim SUBM und untersuchen den Mord im zweiten Stock«, erklärte er, zückte sein Handy, öffnete seine digital card und hielt sie ihm vor die Nase.

»Danke. Wie dumm von mir, die Tüten so vollzustopfen und den Schlüssel darauf zu packen«, sagte er, nahm alles entgegen und prüfte misstrauisch Nicks Identität.

»Passiert uns doch allen Mal«, erwiderte Sam.

Der Mann nickte und wollte sich an Nick vorbeischlängeln, um die restlichen Sachen aufzuheben.

»Der Mord, Mr. Cooper. Ich erwähnte einen Mord!«, sagte Nick mit rauer Stimme.

»Ach ja. Genau. Die Tote. Tragisch – wirklich tragisch. Das arme Ding.«

»Kannten Sie Ms. Lexus?«

»Nein, nicht wirklich. Sind uns nur ab und zu im Flur begegnet«, erwiderte er und versuchte ein weiteres Mal, an den beiden Ermittlern vorbeizuhuschen. »Danke fürs Aufheben. Ich muss jetzt aber ...« Er deutete auf die am Boden liegenden Lebensmittel. »Sie verstehen schon.«

Nick bäumte sich vor ihm auf. Die Geste war unmissverständlich, sodass Matt Cooper hilflos stehen blieb und sich auf die Unterlippe biss.

»Ehrlich gesagt«, sagte Nick mit einem scharfen Unterton, »ich habe ein paar Fragen.«

»Äh, ist das jetzt ein Verhör?«

»Verhör? O nein, aber ich begrüße es, wenn Sie meine Fragen jetzt beantworten. Ansonsten vernehme ich Sie auf der Dienststelle.«

»Wenn das so ist«, erwiderte er lapidar und kratzte sich im Nacken.

»Wo waren sie gestern zwischen ein Uhr nachts und neun Uhr morgens?

»Lassen Sie mich mal überlegen?«, fragte er eher an sich selbst gerichtet und schaute dabei an die Flurdecke. Dann lächelte er Nick an und antworte: »Ich hab geschlafen. Bin am Vortag abends nach Hause gekommen, hab mir noch was zu essen gemacht und bin ins Bett. Dann nächsten Tag zur Arbeit.«

»Von wo sind sie nach Hause gekommen?«

»Von meiner Selbsthilfegruppe.«

»Selbsthilfegruppe?«

»Ja. Ich war mal übelster Raucher.«

»Wohnen Sie alleine?«

»Alleine? Wohnen? Äh ja.«

»Wann haben Sie Ihre Wohnung morgens verlassen?«, bohrte Nick nach.

»Äh, ich muss um neun immer in die Praxis. Bin also um halb los!«

»Welche Praxis?«, schaltete sich Sam ein.

»Ich bin Dentalassistent bei Bells Dentist.« Er juckte sich am Hinterkopf und biss sich erneut auf die Unterlippe.

»Die wo wäre?«, fragte Nick.

»Bitte?«

»Die Adresse, bitte.«

»Ach ja, 'tschuldigen Sie. Downtown, Raymond James Tower.«

»Ah! 50 N Front St. Suite 870, richtig, Mr. Cooper?«

Cooper riss die Augen auf. »Wie ...?«

Nick hatte nicht vor ihm zu sagen, dass er die Memphis Map in Dans und seinem Büro studiert und sich eingeprägt hatte. »Ein Kumpel von mir ist dort Patient«, log er.

»Aha«, erwiderte Cooper. »Kann ich jetzt gehen? Ich sagte doch, ich habe sie nicht gekannt. Und gesehen und gehört habe ich auch nichts.«

Nick gefiel es überhaupt nicht, wie schnell er in seine Wohnung zurückwollte. Er näherte sich einen Schritt, was Mr. Cooper irritierte, der daraufhin einen Schritt zurückwich. »Sie wohnen doch gegenüber von Ms. Lexus. Sind Sie denn nie ins Gespräch gekommen?«

»Äh, nein. Wir haben uns nur gegrüßt. Sie war still und hat mich kaum beachtet. Wir sind uns wirklich selten begegnet.«

Nick beobachtete den blondgelockten Mann, dessen Krähenfüße tiefe Furchen in sein Gesicht zeichneten, der ständig den Augenkontakt mied und sich viel zu oft am Hinterkopf kratzte. Demonstrativ starrte Nick auf die kleine Schweißperle, die seine Schläfe benetzte und dann über seine Wange hinabglitt.

»Alles gut, Mr. Cooper?«, fragte Sam.

Er zögerte, da Nicks Blick wie der eines Falken, der seine Beute fest im Visier hatte, ihn verunsicherte. Dann sagte er hastig: »Ja, alles bestens. War hart heute in der Praxis.« Er lächelte Sam mit einem aufgesetzten Lächeln an, während er sich mit seinem Hemdärmel seine Schläfe trocken wischte.

»Nennen Sie mir bitte noch den Namen Ihrer Selbsthilfegruppe, Mr. Cooper?«

»O ja, wie dumm von mir, natürlich wollen Sie das überprüfen«, sagte er und fasste sich an die Stirn. »Ich bin bei den smoke-haters.«

»Vielen Dank, Mr. Cooper. Meine Kollegen werden Ihr Alibi überprüfen und sich dann bei Ihnen melden, um Ihre Aussage aufzunehmen.« Nick zückte sein Handy, zeigte ihm einen Scancode und sagte: »Scannen Sie den Datencode bitte mit ihrem Handy, damit Sie meine Kontaktdaten haben und mich gegebenenfalls erreichen können, falls Ihnen noch was einfällt.«

Mr. Cooper kramte nervös sein Handy aus der Hosentasche und folgte Nicks Anweisung. Ein Piepen signalisierte, dass der Transfer erfolgreich war.

»Abspeichern bitte!«

»Äh, ja«, erwiderte Cooper und huschte nervös mit dem Zeigefinger über die Tastatur seines Touchscreens.

Nick beobachtete einige Sekunden später, wie sein verdächtiger Zeuge die Treppe zu seiner Wohnung hoch preschte, als wäre er von einem Geist besessen.

Schweißgebadet betrat Matt Cooper seine Wohnung. Er stellte die Einkäufe auf den Boden und drückte die Favoritentaste seines Handys. Heilfroh seufzte er, als ihm eine bekannte und vor allem herbeigesehnte Stimme am anderen Ende zärtlich ein »Hallo« zuflüsterte.

Zurück auf der Dienststelle überprüfte Sam die Datenbanken und stellte leider fest, dass noch keine Ergebnisse hinsichtlich des Phantombilds vorlagen. Sie tippte auf die Tastatur ihres Laptops und druckte das Bild der rothaarigen Frau aus. »Na, dann wollen wir dich mal Nick übergeben«, flüsterte sie dem Bild zu, als plötzlich jemand gegen die verschlossene Tür klopfte. Sie runzelte die Stirn, denn jeder beim SUBM wusste: Wenn die Tür geschlossen war, wollte man nicht gestört werden.

Sie öffnete die Tür. »Hab ich's mir doch gedacht!«

Nick lächelte sie an. »Danke.« Er huschte an ihr vorbei, um sich zu setzen.

Sam folgte seinem Beispiel, lehnte sich allerdings lässig in ihrem Stuhl zurück, um ihre Nervosität zu verbergen. »Ich wollte gerade zu dir kommen und dir das Phantombild geben.« Sie verschränkte ihre Arme vor der Brust und trommelte mit ihrer Hand auf ihren Oberarm. Ihr war klar, welche Informationen er von ihr verlangte. Sie war noch immer nicht bereit, ihm diese zu liefern.

»Wegen des Vorfalls heute Vormittag ...«

Sie unterbrach ihn, um ihn schnell loszuwerden und vor allem, um nicht einzuknicken. »Ich werde nichts sagen. Frag Annie!«, sagte sie, wobei jegliche Modulation aus ihrer Stimme verschwunden war.

Er verdrehte die Augen. »Das höre ich jetzt schon zum zweiten Mal.« Nick stand auf und stützte sich mit seinen Händen auf dem Tisch ab. »Sam! Ist Ms. Walker in Gefahr? Ich muss es wissen!«

»Nick, ich weiß, du bist ein intelligenter Mann. Was verstehst du nicht, wenn ich sage, ich werde dir keine Details liefern?«

»Wer waren diese Frauen, Sam? Warum hast du sie Ms. Walker gezeigt?«

»Das gibt's doch nicht«, sagte Sam und schüttelte den Kopf. »Nick, nimm das Bild und geh!« Sie reichte es ihm, doch er ignorierte ihre Geste.

Stattdessen fragte er mit einer eisernen Stimme: »Ist sie in Gefahr?«

Sam seufzte. »Nick, ehrlich gesagt – ich weiß es nicht. Jetzt geh«, flüsterte sie.

»Das war kein klares Nein.«

Sam hielt ihm das Bild vor der Nase. »Geh jetzt. Bitte!«

Er blieb, wo er war, und fixierte sie mit seinem Blick.

Ihr Puls schlug in die Höhe. Sie war nicht imstande, sich seinem Blick zu entziehen. Nur das Klingeln irgendeines Telefons aus dem Großraumbüro holte sie, eine gefühlte Ewigkeit später, in die Wirklichkeit zurück. Abrupt stand sie auf, ging um ihren Tisch herum, um ihn aus ihrem Büro zu werfen, doch er versperrte ihr den Weg.

»Sam. Wer. Waren. Diese. Toten. Frauen?«

Sie reagierte nicht. Blieb wie angewurzelt vor seinem einnehmenden Wesen stehen.

Nick spürte ihre Befangenheit, spürte, in welcher Zwickmühle sie sich befand. Er war sich sicher, sie ahnte, dass etwas nicht stimmte. Doch sie wollte Annie nicht hintergehen. Er trat einen Schritt zurück und sagte sanft: »Sie war kreidebleich, als sie hier rausgestürmt ist. Es war, als hätte sie den Teufel höchstpersönlich gesehen. Die toten Frauen! Sam, rede mit mir. Bitte!«

Sam fasste all ihren Mut zusammen, um so selbstsicher wie möglich zu klingen. »Ich kann nicht! Es geht dich auch nichts an!«

Er ignorierte ihre Worte. »Sam, den Teufel höchstpersönlich sieht man nicht alle Tage. Und sie hat ihn gesehen. Ich spüre das. Rede mit mir.«

Sie blickte ihm tief in die Augen. »Sie hat ihn nicht gesehen. Sie hat sich wieder an ihn erinnert, Nick.«

»Erinnert? Ich verstehe nicht?«

»Ich kann dir nicht mehr sagen.« Sie spitzte ihre Lippen und hielt inne. »Außer ...«

»Außer?«

»Ihre Vergangenheit, der Grund, warum sie so ist, Nick, lebt.«

»Wie meinst du das, ihre Vergangenheit lebt?«

»Finde es heraus. Du bist doch so ein cleveres Kerlchen«, erwiderte sie und zwinkerte ihm zu. »Grabe das tiefste Loch, das du je gegraben hast. Tobe dich beim Wühlen aus, wenn du etwas herausfinden möchtest. Leicht wird es nicht, das kann ich dir sagen!«

»Du?«

»Ja, ich«, antwortete sie und lächelte erhobenen Hauptes.

»Du hast also dafür gesorgt, dass niemand jemals etwas über ihre Vergangenheit herausfinden wird.«

»So ist es, Nick, und ob du es glaubst oder nicht. Sie ist meine Freundin und ich werde dir meine Vermutungen, meine Sorgen und meine Ängste nicht auf einem Silbertablett servieren. Du bist erst seit zwei Tagen ihr Partner. Das kann ich nicht machen. Und wenn du etwas wissen willst, musst du es selbst herausfinden.«

»Genau, ich bin ihr Partner. Und Partner passen aufeinander auf! Deshalb muss ich wissen, was mit ihr los ist!«

»Sie würde es mir nie verzeihen.« Mit diesen Worten deutete sie auf das Phantombild und warf einen Blick zur Tür. Dann drehte sie sich um, setzte sich demonstrativ auf ihren Stuhl und ignorierte ihn, bis er wortlos das Büro verließ.

Nick befestigte das Bild der rothaarigen Frau an das Whiteboard und betrachtete die Tatortfotos. Tiefes Mitgefühl breitete sich in seinem Herzen aus. Er war sich sicher: Das Opfer hatte eine persönliche Beziehung zum Täter.

Er rief sich erneut die Zeugenaussagen in Erinnerung, aber da war nichts Brauchbares dabei. Mr. Cooper schloss er vorerst als Täter aus. Er war zu schmächtig, wäre kaum in der Lage gewesen, das Opfer zu bewegen oder zu überwältigen. Doch irgendetwas stimmte nicht mit ihm. Er hatte ein Geheimnis und es galt, das herauszufinden.

Er würde die Spurensicherung abwarten, die hoffentlich hilfreich sein würde. Er schrieb an die Tafel:

Mr. Cooper???? – Geheimnis!!!

Dann setzte er sich an seinen Rechner, öffnete seinen Browser und suchte nach der Selbsthilfegruppe, die Mr. Cooper ihm genannt hatte. »Na dann wollen mal«, sagte er und wählte die angegebene Nummer.

»The smoke-haters heißt dich herzlich willkommen«, hörte er die Tonbandansage. »Leider sind wir gerade nicht telefonisch erreichbar. Hinterlasst uns einfach eine Nachricht. Wir rufen zurück.« Ein langer Piepton pfiff durch die Muschel.

»Nick Preston vom SUBM. Ich ermittle in einem Mordfall und benötige Auskunft über eines Ihrer Mitglieder. Sein Name ist Matt Cooper. Bitte rufen Sie mich zurück unter 661-6922 oder +19014227506. Vielen Dank!«

Auch nach Feierabend grübelte er über den Fall nach, als er durch Memphis' Gassen streifte. Nach einer Weile bog er in die Beale Street ab. Kunterbunte, schillernde Leuchtreklamen rissen ihn aus seinen Gedanken. Countrymusic und Jazz hallten aus den Bars und Restaurants in die Nacht und lösten in Nick eine Leichtigkeit aus, die ihn allmählich entspannte.

Er sehnte sich nach einem Drink, schlenderte noch eine Weile herum und blieb vorm Jerry Lee Lewis' Cafe & Honky Tonky stehen. Ihm gefiel nicht nur die gelbe, filigrane Schrift auf dem Reklameschild, sondern auch die unterschiedlichen Viertelnoten oder Achtelnoten, die den Namen Jerry Lee Lewis' umsäumten. Ein warmes Gefühl stieg in ihm auf. *The good old Jerry*, dachte er und grinste in sich hinein. Er erinnerte sich an eine Sendung, die er vor Ewigkeiten im Fernsehen gesehen hatte. Lewis, vorm Klavier sitzend, mit einem weißen Gürtel um die Hüften geschnallt sowie schneeweißen Schuhen mit schwarzer Sohle und schwarzen Schnürsenkeln, die zu einer feinen Schleife gebunden waren. Lewis hatte in die Menge geschaut, in die Tasten gehauen und *Great balls of fire* gesungen.

Lewis' aggressives Klavierspiel dröhnte in Nicks Kopf, während er die Bar betrat. Er schlenderte zur Theke und sog den Geruch von Qualm, Alkohol und Männerschweiß ein. Er bestellte sich einen doppelten Scotch, als ein sinnlicher nach Pfirsich riechender Duft zu ihm herüberschwappte.

Zu seiner Rechten saß eine Frau, die an ihrer Cocktailschale schlürfte und ihm schmunzelnd zuprostete.

Nick griente in sich hinein. Seine Augen glänzten wie ein frisch poliertes Silberstück. Er stolzierte zu ihr hinüber. »Guten Abend, schöne Frau.«

»Guten Abend, schöner Mann. Es ist selten, dass sich ein so attraktiver Mann hierher verirrt.«

Nick trat dichter an sie heran. Seine Oberschenkel berührten dabei ihre Knie. Sie zuckte bei dieser Berührung zusammen. Nick sah ein Flackern in ihrem Augenaufschlag, das ihn elektrisierte. Die Worte des freundlichen Barkeepers, der seinen Drink mit einem »Bitte sehr« abstellte, hallten wie in einem längst geträumten Traum nach. Er griff nach seinem Drink und trank ihn in einem Zug aus. Er genoss die Honig-Karamell-süße, die seine Kehle befeuchtete, und die üppige Fruchtigkeit im Abgang. Er stellte das Glas auf den Tresen zurück und beugte sich wie in Zeitlupe zu ihr hinunter. Sanft legte er seine Hand auf ihren Rücken und zog sie eng an sich heran. Er fuhr mit seinen Fingern über ihren Bobpony, berührte dabei ihre Stirn und strich ihr zärtlich die Haare hinters Ohr. »Nun ..., ich glaube, das hier«, er knabberte sanft an ihrem Ohr, »sollte Sie davon überzeugen, dass Sie nicht träumen.«

Die Frau genoss diese Liebkosung und saugte seinen Atem in sich auf, der sie an frische Zitrusfrüchte auf einer sommerwarmen Wiese erinnerte. Sie stöhnte und schaute ihm tief in die Augen. »Ich will dich«, flüsterte sie ihm ins Ohr.

»Ich weiß«, erwiderte er. In seinem Kopf schwirrte Jerry Lee Lewis herum, mit wildem Rock'n'Roll über Küsse, Lust und Liebe ohne Grenzen. Inspiriert von dieser Musik küsste er sie stürmisch und presste ihren wohlgeformten Körper gegen sein Becken. Seine Hände vergruben sich in ihren Haaren. Sie küssten sich eine Weile im Rausch der Livemusik, die im Hintergrund der Bar ertönte.

»Lass uns zahlen.« Er zückte seine Geldbörse. »Wie viel Drinks hattest du?«

»Zwei.«

Nick legte 40 Dollar auf den Tresen, nahm ihre Hand und schlenderte Arm in Arm mit ihr aus der Bar heraus. Drei Taxen warteten vor dem Eingang. Er wollte gerade am ersten Taxi mit ausgeschaltetem Lichtsignal vorbeigehen, als der Fahrer in diesem Auto die Tür aufschlug und den beiden zurief: »Los, steigen Sie beide schon ein.

Hatte gerade 'ne Pause gemacht und das Licht vergessen einzuschalten.«

»Okay«, erwiderte Nick und ließ seiner Begleitung den Vortritt.

»Ich wohne nicht ganz so weit weg«, sagte sie zu Nick. Zum Taxifahrer sagte sie: »697 Tate Avenue, bitte.«

Der Mann hinter dem Steuer fuhr los und verschlang mit seinen Augen das wild knutschende Paar im Rückspiegel. Ein teuflisches Lächeln verwandelte sein Gesicht zu einer Fratze: Er hatte sein nächstes Opfer gefunden.

Marge:
In jedem von uns schlum-
mern Monster, Annie.

Annie:
Ja, nur mein Monster
wächst wie ein Tumor,
nährt sich von meiner
Unfähigkeit, ins Leben
zurückzukehren, und es
will mich vernichten.

Kapitel 11

Am nächsten Morgen betrat Annie ihr Büro und sah, wie Nick das Board mit den Fotos studierte. »Morgen«, sagte sie und Nick drehte sich lächelnd zu ihr um. Sie reichte ihm einen Becher. »Hier.«

»Danke«, erwiderte er und nippte daran. »Mhhh, tut gut!«

Dann drehte er sich wieder um und begutachte die Tatortfotos.

Annie ging zu ihrem Tisch, lehnte sich an die Kante und schlürfte ihren Kaffee. Sie wollte sich entschuldigen und überlegte, wie sie es am besten anstellte, ohne zu viel von sich preiszugeben. Gerade, als sie die richtigen Worte aussprechen wollte, drehte sich Nick abrupt um.

»Es tut mir leid, Ms. Walker, dass ich gestern so schroff zu Ihnen war. Ich stehe immer noch zu dem, was ich gesagt habe, aber ich habe mich im Ton vergriffen und ... bin Ihnen zu nahegekommen.«

Annies Lippen öffneten sich, aber nur ein Krächzen kam aus ihrer Kehle. *Mit einer Entschuldigung habe ich nicht gerechnet.*

»Trinken Sie einen Schluck, das hilft«, sagte er und zwinkerte er ihr zu.

Sie gehorchte wie ein Kleinkind, benetzte ihren Kehlkopf mit dem braunen Elixier und sah in seine schimmernden Augen. Für einen winzigen Moment war jegliche Schwerkraft aus dem Universum gewichen. Ihr Herz sackte wieder einmal in seiner Gegenwart in ihren Unterleib, wie ein alter Kutter, der nach einem schweren Sturm in die Untiefen des Ozeans gezwungen wurde. Verunsichert von diesen Gefühlen überkam sie für einen winzigen Moment ein leichter Schwindel. Sie war erleichtert darüber, dass der Tisch ihr Halt gab.

»Ms. Walker?«

Sie atmete tief durch. »Danke. Aber ich möchte, also muss...«, stammelte sie. Sie biss sich auf die Oberlippe und fuhr fort: »Ich muss mich ebenfalls bei Ihnen entschuldigen. Hören Sie ... höflich und nett zu sein, sind derzeit nicht meine Stärken. Es ist gerade nicht einfach für mich. Ich denke, ich habe einfach zu lange alleine gearbeitet. Und jetzt mit Ihnen an meiner Seite ...« Ohne jeden Zweifel spürte Nick, wie sie ihn anlog, aber er ließ sie weitersprechen. »Ich gebe mir in Zukunft mehr Mühe.«

Seelenruhig trank er seinen Kaffee, wobei er die ganze Zeit Annies Augen fixierte, die seinem Blick auswichen. »Alles klar. Ich danke Ihnen«, unterbrach er die Stille. »Vielleicht arbeiten wir heute etwas besser zusammen.« Nick deutete auf die Fotos am Board.

»Keine 3D-Projektion vom Tatort? Ich kann die Datei schnell öffnen?«

Nick hielt für einen Moment inne, bevor er antwortete: »Ich denke, das reicht fürs Erste, meinen Sie nicht? Ich bin mir sicher, Sie haben wie ich gestern den Tatort zu Hause eingehend studiert.«

»Okay«, erwiderte sie und nickte. »Ich habe heute Morgen Ihren Bericht über die Zeugenaussagen der Nachbarn gelesen, danke.«

»Gern geschehen.«

»Gut. Das ist also unsere gesuchte Rothaarige«, sagte Annie, lief auf ihn zu und zeigte auf das Phantombild.

»Genau, ich hoffe, dass Sam bald in den Datenbanken fündig wird.«

»Das wäre großartig«, sagte sie und wollte mit dem Lächeln, das sie ihm jetzt zuwarf, ein wenig Leichtigkeit ins Gespräch bringen. »Kommen wir zum Obduktionsbericht. Donald hat schnelle Arbeit geleistet. Ein Vorteil, wenn man für so eine Sondereinheit arbeitet. Finden Sie nicht?«, fuhr sie fort.

»Sehe ich auch so.«

»Der Täter hatte, da sind wir uns beide einig, denke ich, die Tat akribisch geplant. Anders lässt sich der saubere Tatort nicht erklären. Wir gehen davon aus, dass der Mörder Amy Lexus kannte oder sie ihn an jemanden erinnerte. Die Brutalität, die er an den Tag legte«, sie hob ihren Daumen hoch, »deutet darauf hin, dass er entweder schon früher gemordet hat«, nun erhob sie ihren Zeigefinger, »oder etwas in ihm ausgelöst wurde, und sie sein erstes Opfer war.«

Nick rieb sich das Kinn und überlegte eine Weile. »Ein Trigger. Rache, Strafe oder Befriedigung«, sagte er und zeigte auf das stark vergrößerte

Foto ihrer Vagina. »Ihr Intimbereich ... zugenäht! Als sie noch am Leben war!«

Annie betrachtete Nicks schmerzverzerrtes Profil.

»Er muss sie betäubt haben, während er sie zunähte«, murmelte sie. »Ich meine, die Schmerzen hält man doch nicht aus. Sie hätte sich doch gewehrt!«

»Sie war am Boden festgeklebt ...«, erwiderte er.

»Das meine ich ja. Im schlimmsten Fall hätte es ihre Haut abgerissen. Laut Obduktionsbericht war die Haut aber vollständig erhalten. Sie muss im Intimbereich betäubt gewesen sein.«

»Ich erinnere Sie daran, dass im Bericht nur drinsteht, dass er sie mit einer Spritze betäubt hat. Er hatte sie in erster Linie ruhigstellen wollen, damit er sie in Ruhe festkleben kann.«

»Mh. Ja, stimmt. Da stand wirklich nichts weiter im Bericht«, räumte Annie ein und verzog das Gesicht.

Nick lächelte und zeigte auf ein Foto von Lexus' Wohnzimmer. »Schauen Sie, alles ist tadellos aufgeräumt und sauber. Kein Kampf. Keine Fesselspuren am Körper der Leiche. Ich bleibe dabei, er hat sie im Bad überrascht und betäubt.«

Annie nickte ihm zu und zeigte erneut auf die Großaufnahme der Vagina. »Schauen Sie sich den Faden an.«

Nick kam näher, legte seinen Kopf seitlich und betrachtete das Foto. »Ein handelsüblicher Baumwollfaden laut Obduktionsbericht, den man in jedem Geschäft kaufen kann. Kein resorbierbarer Kunststofffaden, der das Zunähen sicherlich erleichtert hätte. Der Täter hat definitiv keinen medizinischen Hintergrund. Das war stümperhafte Arbeit«, stellte er fest.

Annie visualisierte ihre gemeinsamen Gedanken auf dem Board, während Nicks Blick zu jedem einzelnen Foto wanderte. Etwas nagte an ihm. Er war sich sicher: *Irgendwas habe ich übersehen.* Nach einer gefühlten Ewigkeit klatschte er in die Hände, nahm das Phantombild und pinnte es neben das Foto, auf dem die Leiche mit den Puppen abgebildet war. »Schauen Sie, das hat mich schon die ganze Zeit gestört. Warum legt man zwei Puppen, vor allem mit zwei unterschiedlichen Haarfarben, hierhin? Zufall oder Absicht? Ganz ehrlich, die meisten Barbies oder so sind doch blond. Diese hier, haben rote und braune Haare.«

Annie betrachtete die Fotos genauer und überlegte laut. »Nun ja. Das kann Zufall sein.«

»Oder eine Anspielung auf ...«

»Sie meinen ...?«

»Genau! Was, wenn unsere Rothaarige hier«, er tippte auf das Gesicht der Frau, »eine unserer Puppen verkörpert?«

»Das würde bedeuten, wir hätten es mit zwei weiteren potenziellen Opfern zu tun«, erwiderte Annie.

Ihre Blicke trafen sich, jeder von ihnen hoffte, dass keines dieser Puppen ein nächstes Mordopfer symbolisierte. Beide schwiegen eine Weile und hingen ihren Gedanken nach.

Plötzlich schellte das Telefon. Annie zuckte zusammen, sprintete dann zum Tisch, nahm den Hörer ab und stellte den Lautsprecher an. »Walker.«

»Hi Annie, Donald hier. Mr. Preston hört zu?«

»Ja, tue ich, danke der Nachfrage.«

»Okay, passt auf. Am Tatort haben wir nicht nur Schweineblut gefunden. Ihr wisst, das erhält man überall. Im Tierfachhandel oder beim Metzger. Sogar online. Aber mit dem Menstruationsblut sieht das anders aus. Solche großen Mengen kann man nicht einfach so erwerben. Ei...«

»Aber unser Täter hat genau das getan!«, unterbrach Annie Donald.

»Annie, bitte!«, ermahnte Donald sie. »Ein Tampon oder eine Binde kommen nicht infrage. Man kann so viel Blut nur sammeln, verzeiht meine Ausdrucksweise, wenn man eine Menstruationstasse benutzt. Anders ist das nicht möglich. Es handelt sich im Übrigen aber nicht um das Menstruationsblut des Opfers.«

»Aber warum sammelt man fremdes Menstruationsblut?«, fragte Annie.

»Und vor allem, wo kriegt man, keine Ahnung, ich sag mal ein paar hundert Milliliter her?«, setzte Nick nach.

»Das ist eure Aufgabe. Wir hören uns. Ich hab' zu tun. Bye.«

Annie setzte sich auf ihren Schreibtisch und stützte sich mit den Armen ab. Nick ging zu seinem PC.

»Heißt das, wir suchen nach dem Menstruationsblut einer anderen Frau? Aber woher bekommt man solch große Mengen?«, fragte sie.

Annie dachte über ihre Frage nach, wohingegen Nick sich einen Überblick im Internet verschaffte, bei dem er leider nicht fündig wurde. »Okay, wenn nicht im Internet, dann ...«, murmelte er und tippte ein paarmal auf seine Tastatur. »Voilà. Dann im Darknet.«

»Im Darknet? Da könnten Sie recht haben.« Sie krallte sich das Telefon und rief Sam an.

»Annie?«

»Hör zu, kannst du das D...«

»Guten Morgen, erst mal, Sam«, sagte sie beschwingt. »Ich wünsche dir einen guten Start in den Tag, Sam. Und danke, dass du gestern für mich eingesprungen bist, beim Außeneinsatz«, trällerte sie in den Hörer hinein.

»Dein Ernst, Sam?«, fragte Annie und verdrehte die Augen. »Aber, danke. Danke und noch mal danke, Sam. Können wir jetzt?«

»Aber sicher«, erwiderte sie und gluckste.

»Kannst du, bitte, das Darknet durchforsten und herausfinden, wie man an Menstruationsblut kommt.«

»Boah, ist ja voll widerlich. Aber klar, wird gemacht«, sang sie in Sopran und legte auf.

Nick lächelte Annie an und sagte: »Die hat Sie ja ganz schön im Griff!«

»Finden Sie das lustig? Nein, hat sie nicht! Können wir jetzt weitermachen mit den Zeugenaufnahmen und den Alibis?«

»Sicher«, erwiderte er und tat so, als würde er die Berichte lesen, während Annie selbst noch einmal alles überflog und die ungewohnte Stille zwischen ihnen als wohltuend empfand.

»Wir haben gar nichts!«, fluchte sie und rieb sich die Schläfen. Beide starrten auf ihre Bildschirme, als das Telefon erneut klingelte.

Annie nahm den Hörer ab. »Walker!«

»Ola, schöne Frau.«

»Hi Mike«, antwortete sie und drückte den Lautsprecherknopf. »Schieß los.«

»Si, Madame. Ich muss euch leider mitteilen, dass wir so gut wie nichts haben. We...«

»Ach, ist ja nichts Neues bei dem Fall«, unterbrach ihn Annie.

»Ähm. Also, was ich sagen wollte. Wer auch immer diesen Scheiß gemacht hat, hat keine Spuren hinterlassen. Keine Fingerabdrücke. Keine Hautpartikel. Keine Haare. Nada. Im Bett des Opfers und auf dem Wohnzimmerteppich habe ich Spermaspuren gefunden ... von Bruce Lemmer.«

»Ja, das war uns klar. Aber irgendwas musst du doch noch herausgefunden haben?«, fragte sie.

»Na ja. Ob es euch hilft, ist die Frage. Um den Metallring auf dem Teppich zu befestigen, benutzte der Täter Industrieschnellkleber. Das wissen wir ja bereits. Interessant ist, dass er schneller aushärtet als Allzweckkleber. Das Blut hatte folglich keine Möglichkeit, durch den Metallring durchzusickern. Auch ein Grund für den so sauberen Tatort um das Opfer herum. Auf dem Fußboden sowie auf dem Ring selbst haben wir kleinste Partikel von Polyolefinen gefunden, also Polyethylen und ...«

Annie fiel ihm ins Wort: »Mike, komm zum Punkt und mache es für mich verständlich, klar?«

Er räusperte sich und erwiderte: »Si, Si, Annie. Ich spreche von Kunststofffolien. Das Besondere ist, dass es sich nicht um eine Alltagsfolie handelt, wie wir sie in jedem Haushalt finden, sondern um eine spezielle Baufolie, die eben Polyethylenterephthalat enthält.«

»Jetzt ergibt es auch einen Sinn ...«, erwiderte Nick, fasste sich dabei an die Stirn, stand auf und schrieb PET an das Board.

»Was macht einen Sinn?«, fragten Annie und Mike im Chor.

»Wir haben uns doch gewundert, dass wir kein Blut im Teppich, Fußabdrücke oder Ähnliches gefunden haben, nicht wahr?«

»Äh, ja«, sagte Mike.

»Diese PET-Folien werden als hochwertige Baufolien genutzt. Und jetzt passen Sie auf: Sie sind reißfest, strapazierfähig und«, er zog das letzte Wort unnötig in die Länge, »wasserdicht.«

»Dann hat er also vorher die Wohnung damit ausgelegt, damit er sich so gesehen austoben kann«, stelle Annie fest.

»Ja und nein. Nicht die komplette Wohnung. Wir haben kein PET im Flur oder in der Blutlache, in der das Opfer lag, gefunden«, erwiderte Mike.

»Okay. Er hatte also vermutlich einen Schutzanzug an, um keine Spuren zu hinterlassen. Das haben wir eh schon vermutet, da wir bisher nichts Brauchbares gefunden haben. Er klebte das Opfer als Erstes auf den Teppich. Dann folgte das Wellblech, das er um sie herum arrangierte. Anschließend legte er den Tatort mit Folie aus, da er ja noch so einiges mit ihr vorhatte. Er ging also auf Nummer sicher und nachdem er die Folien entfernt hatte, sah der Tatort ohne blutige Fußabdrücke oder Blutspritzer aus, wie eine inszenierte und vor allem blitzblanke Theaterbühne«, schlussfolgerte sie.

»Die Folien kann man vermutlich überall im Baumarkt oder im Großhandel kaufen. Noch was, Mike?«, fragte Nick.

»No. Nada.«

»Gracias, Mr Sancha. Hasta pronto.«

»Hasta pronto«, verabschiedete sich Mike und legte auf.

Annie schaute zu Nick, stand hinter ihrem Schreibtisch auf und stützte sich mit ihren Handflächen ab. »Echt jetzt? Spanisch kann der Herr also auch noch fließend?«

»Wollen wir jetzt wirklich über meine Fremdsprachenkenntnisse reden?«

»Sicher nicht, Mr. Preston!«

»Nennen Sie mich doch bitte Nick.«

»Im Leben ni…« Sie hielt inne, atmete tief ein und fuhr mit einer Stimme fort, die keine Diskussion zuließ. »Können wir jetzt bitte weitermachen?« Ein dezentes Lächeln zierte ihr Gesicht.

»Okay. Wie Sie meinen.« Er seufzte. »Also hatte er die Folie nach der Tat wieder eingepackt, um keine Spuren, Blutfußabdrücke oder Ähnliches zu hinterlassen. Das ist ziemlich aufwendig!«

»Ja, das stimmt. Er hat Zeit eingeplant!«

»In der Tat hatte er das.«

»Die Alibis sind wasserdicht. Die Aussagen der Nachbarn, die alle während der Tatzeit geschlafen haben, bringen uns auch nicht weiter. Baufolie, Wellblech und Kleber kann man alles im Baumarkt kaufen oder, so wie das Blut, online bestellen. Was ist mit den Puppen?«, fragte sie.

»Bekommt man in gängigen Spielzeuggeschäften.«

Es klopfte an der Tür.

Nick öffnete und Sam kam wie ein Wirbelsturm ins Büro, visierte schnurstracks das Board an und befestigte zwei Blätter daran. Sam zeigte auf das linke. »Hier!«

Nick und Annie gesellten sich zu ihr.

»Ihr habt mich ja beauftragt, im Darknet zu stöbern. Hier ist eine Liste von möglichen Verkäufern von Menstruationsblut.« Während sie weitersprach, sah Sam abwechselnd zu Nick und Annie. »Leider bringt uns das nicht weiter. Ihr müsst wissen, bezahlt wird immer mit digitaler Währung. Alle Transaktionen sind anonymisiert. Wie ihr seht, sind auch die Namen der Verkäufer nicht zu entschlüsseln. Es ist nahezu unmöglich, an Identitäten ranzukommen. Selbst für mich! Der Täter wird sehr wahrscheinlich das Blut aus dem Darknet bezogen haben, allerdings von mehreren Frauen.«

Annie spitzte ihre Lippen und tippte sich mit dem Zeigefinger auf den Mund. »Aber warum, verdammt noch mal, nimmt er ausgerechnet Menstruationsblut?«

»Gute Frage«, antwortete Nick, runzelte die Stirn und zeigte auf das zweite Blatt, das Sam angehängt hatte, auf dem ein Foto von einer jungen Frau zu sehen war. »Das Blut hilft uns nicht weiter«, sagte er und deutete auf den rechten Zettel. »Was ist mit diesem hier?«

Sam blickte Annie siegessicher an und lächelte dann Nick verschmitzt an. »Das, Nick«, begann Sam singend und nahm das Phantomfoto der Rothaarigen ab, um es neben dem Zettel mit dem Phantombild zu befestigen, »ist eure Rothaarige.« Sie machte eine theatralische Pause und sang triumphierend: »Vor 21 Jahren!«

»Ich schmeiß mich weg. Woher hast du das Foto?«, fragte Annie.

»Setzt euch bitte.«

»Echt jetzt, Sam?«

»Es macht mich ehrlich gesagt nervös, wenn ich zwischen euch stehe. Also setzt euch!«

Sam antwortete ohne melodische Untertöne, woraus beide schlussfolgerten: Sie meinte es todernst. Schulterzuckend gingen Nick und Annie gehorsam zu ihren Schreibtischstühlen.

»Ich habe in den üblichen Datenbanken recherchiert. Vermisstenanzeigen. Vorstrafenregister. Anzeigen. Multi-Media-Kanäle. Kein Treffer bezüglich ihres Profils oder Phantombildes«, begann sie und machte eine Pause, bevor sie weitersprach. »Dann … dachte ich mir«, sagte sie langsam und formulierte diesen Satz eher als Frage. »Wenn es keine aktuellen Informationen gibt, dann müssen wir eben weiter zurückgehen. Solch gutaussehenden Frauen nehmen oft an Schönheitswettbewerben oder Ähnlichem teil. Ich habe bei Modelagenturen und Veranstaltern im Lande eine Abfrage initiiert, aber vorher ihr Bild um zehn Jahre verjüngt. Könnt ihr mir noch folgen?«, fragte sie, während sie tief einatmete, da jegliche Luft aus ihren Lungen gewichen war, als sie das Duo instruierte.

Beide nickten.

»Ausgezeichnet. Die Antworten der Agenturen dauern an, was ich sehr bedauere. Ich habe auch die jeweils jüngeren Versionen von unserer Rothaarigen durch Pressezentraldatenbanken und lokale Bibliothekendatenbanken gejagt.« Sie klatschte in ihre Hände und grinste wie ein Honigkuchenpferd die beiden selbstverliebt an. »Und ich wurde fündig.«

»Wer ist sie?«, fragte Nick.

»Sie heißt Nathalie Sand. 36 Jahre alt«, verkündete Sam. »Diesen Treffer habe ich aus der Stadtbibliothek in Nashville. Tatsächlich hat sie mit fünfzehn Jahren an einer Misswahl teilgenommen. Sie stammt aus Lipton und ging in Nashville zur Schule. Und ihr werdet es nicht glauben! Sie wohnt in Memphis und arbeitet als Lehrerin an der Bolters Junior School.«

»Interessant. Wo liegt Lipton? Hab ich noch nie von gehört«, fragte Annie.

Nick kannte die Antwort nur zu gut. Sein Magen verkrampfte augenblicklich. Mit monotoner Stimme erwiderte er: »Lipton ist ein sehr kleiner Vorort von Nashville. Mitten im Wald.« Annie bemerkte seinen gequälten Blick und Nick bereute seine Aussage sofort.

»Waren Sie schon mal da?«, fragte sie. Sein Blick gefiel ihr überhaupt nicht.

Er zögerte einen Moment, bevor er antwortete. »Nein«, log er.

Annie glaubte ihm nicht und bohrte nach: »Und wieso kennen Sie dann so einen mickrigen Vorort mitten im Wald?«

»Ich habe in Nashville gelebt. Logischerweise kenne ich alle umliegenden Orte«, sagte er nüchtern, stand auf und ging auf Sam zu. »Gute Arbeit, Sam.«

»Gerne. Ich verlasse euch dann mal. Bye.«
Nick starrte auf das Board.

Annie ignorierte Sams Abgang und öffnete ihren Browser. Sie tippte *Lipton* in die Suchleiste ein und klickte auf die erstbeste Website, die erschien. Sie überflog die Informationen: 112 Einwohner, zehn Kilometer von Nashville entfernt. Sie rief Google Earth auf und gab *Lipton* ein. Wohl eher ein Dörfchen, dachte sie, mitten im Wald, kein Durchfahrtsort, nur eine Zufahrtsstraße. Sie grübelte vor sich hin und hörte aus der Ferne schwere Schritte, die an der Türschwelle zu ihrem Büro endeten.

Dan stand in der Tür. »Wir haben eine weitere Leiche. 3325 Beechmontstreet. Gale und Sancha sind bereits auf dem Weg. Fahrtzeit knapp 30 Minuten bei dem Verkehr. Das Opfer heißt Nathalie Sand.«

Kapitel 12

Er knipste das Licht an und lächelte beim Anblick seines hilflosen Opfers. Ihr Kopf hing schlaff herunter. Er wusste, er fühlte sich schwer wie ein Zementsack an. Sie litt, das war ihm klar. Und bei diesem Gedanken beschleunigte sich sein Atem und zischte durch seine schmalen Lippen.

Kopfschmerzen schlugen wie ein Vorschlaghammer gegen Lauras Stirn. Stöhnend kniff sie die Augen zusammen. Ein Geräusch hinter ihr verunsicherte sie. Sie öffnete die Augen und blinzelte. Grelles Licht brannte sich in ihre Netzhaut. Sie öffnete ihre Lippen, wobei ihre eingerissenen Mundwinkel sich dabei tief ins Fleisch hineingruben. »Hall...?« Staubtrocken sank die Zunge wie ein Betonklotz auf ihren Gaumen und erstickte ihre Worte.

Das geheimnisvolle Atmen erstarb. Grabesstille legte sich nieder. Sie wusste, sie war nicht allein. Hinter ihr stand jemand und beobachtete sie. Und sie wusste auch, er würde ihr nicht helfen. Bei diesem Gedanken bäumten sich ihre Nackenhaare auf und ein eiskalter Schauer legte sich darauf nieder.

Sie schluckte, sammelte Spucke an und befeuchtete ihre Zunge. Dann versuchte sie es erneut: mit Erfolg. Der Kloß glitt hinunter und befreite sie vom erstickenden Gefühl, das er verursacht hatte. Sie leckte sich über die Lippen. »Hallo? Bitte, sagen Sie doch was«, flüsterte sie. Sie hob ihren Kopf behutsam an, legte ihn in den Nacken. Ein Wirbel knackte. »Ahh«, krächzte sie.

Jetzt drehte sie ihren Kopf, so weit sie konnte nach links. Doch außer einer tristen grauen Wand entdeckte sie nichts. Dann runzelte sie die Stirn, da etwas anderes aus dem rechten Augenwinkel ihre Aufmerksamkeit erregte: ein Schatten. Ihr Atem beschleunigte sich. Sie drehte panisch den Kopf zur anderen Seite, sah die Stahltür. Der Schatten war verschwunden, dafür war an seiner Stelle etwas anderes. Da stand jemand. Nur ein paar Meter von ihr entfernt.

Sie versuchte, ihren Kopf ein wenig mehr in die Richtung zu drehen, aus der sie die Gestalt wahrnahm. Wirbel knackten und sie stöhnte vor Schmerz. Jetzt erst bemerkte sie ihre nackte Schulter.

Sie riss die Augen auf und betrachtete ihren Körper. Ihre Hände waren hinterrücks an der Stuhllehne gefesselt. Ihre Beine ebenfalls.

Ihre Pupillen weiteten sich und ihr Atem ging stoßweise. Denn das, was sie jetzt erst realisierte, flößte ihr Todesangst ein. Sie betrachtete ihre Brüste und ihren Bauch, an denen zahllose Kabel wie lange Würmer herunterhingen. Fieberhaft versuchte sie, sich ins Gedächtnis zu rufen, wo sie diese Kabellage schon einmal gesehen hatte. Dann kreiste eine zwei Jahre alte Erinnerung in ihrem Geist herum: Ihre Mutter, wie sie verkabelt auf einer Liege lag und einen EKG-Test machte.

Sie schüttelte den Kopf und blinzelte mehrmals hintereinander, als ob sie damit die schmerzliche Erinnerung an ihre geliebte Mutter und vor allem die Realität wegzwinkern könnte. Beruhig dich. Das ist nur ein böser Traum, flüsterte eine innere Stimme ihr zu.

Dann hörte sie Schritte. Schnaufend schlich der Fremde an sie heran und stellte sich hinter den Stuhl. Sie spürte seine gewaltige Präsenz und noch viel mehr die kräftigen Pranken, die er ihr jetzt auf die Schultern legte. Sie zuckte bei dieser Berührung zusammen, bäumte sich auf und lehnte sich instinktiv nach vorn.

Der Mann hinter ihr grub seine Fingernägel tief in ihr Fleisch, bis sie aufschrie. »Spürst du das?«, fragte er. »Lehn dich wieder zurück!«

»Bitte, ich ...« Sie kannte die Stimme.

»Los!«

Sie gehorchte, schloss die Augen und versuchte, sich krampfhaft daran zu erinnern, wo sie diese Stimme schon einmal gehört hatte.

»Sehr gut! Und nun sieh dich noch mal an, genauso wie du es eben gemacht hast«, flüsterte er. Er tätschelte dabei ihren Kopf und drückte ihn nach unten. »Sieh dich an!«

Sie riss die Augen auf.

»So viele Kabel und«, er schlug auf ein Pad auf ihrer Brust, »und diese kleinen Dinger hier. Wofür wir die wohl brauchen?«

»Bitte ...« Tränen rannen ihr über die Wangen. Sie schluchzte.

»Schau noch genauer hin«, flüsterte er.

Doch dazu war sie nicht in der Lage. Ein Ozean aus Angst ertränkte ihre Augen.

»Nicht weinen.« Er steckte sich Zeige- und Mittelfinger in den Mund und leckte sie ab. Dann presste er beide Finger auf ihre Augenhöhlen.

Ein Schrei entrann ihrer Mundhöhle. Sie roch seinen stinkenden Speichel und hyperventilierte.

»Nicht weinen, hab ich gesagt! Beruhige dich, du mieses Stück Scheiße!« Er verstärkte den Druck auf ihre Lider und wischte sie mit seinen klebrigen Händen trocken. »Schau genau hin.«

Dann streifte er mit seiner Hand über ihre Schulter und legte sie auf ihre linke Brust. Er spürte ihren Herzschlag, der gegen die Angst ankämpfte und unaufhaltsam gegen ihre Brust hämmerte. Und da war noch etwas anderes: Angstschweiß. Er atmete tief ein und grub seine Nase in ihre Haare, sog ihren nach Pfirsich duftenden Geruch ein und küsste ihren Schopf. Dann drehte er ihren Kopf, suchte mit seiner Zunge ihr Ohr und knabberte an ihrem Ohrläppchen. Er speichelte es ein, bohrte seine Zunge in die Muschel und lutschte daran. Die ganze Zeit verstärkte er dabei den Druck mit seiner Hand auf ihre Brust.

Sie hielt den Atem an und ertrug stillschweigend sein Gesabber. Angewidert von seinem faul riechenden Atem spannte sie jeden einzelnen Muskel an und weinte still in sich hinein. »Siehst du, wo die Kabel hinführen?«, hörte sie ihn in ihr

Ohr hauchen. Doch sie konnte nicht antworten. Ihre Stimmbänder weigerten sich. Waren wie gelähmt.

»Rede mit mir, du Schlampe!« Er biss ihr ins Ohrläppchen.

»Ja«, wimmerte sie und schluchzte.

»Gut! Siehst du das kleine Gerät auf dem Tisch? Und wie die kleinen Dinger an deinen Füßen kleben?«

Sie nickte.

»Und wie alle Kabel in dieses Gerät da münden?«

Sie antwortete nicht, denn ein plötzlich auftretendes Kribbeln in ihrer Bauchgegend verunsicherte sie. Die Stimme, so tief und rau, kannte sie irgendwo her.

»Siehst du es?« Er gab ihr einen Klaps auf den Hinterkopf.

»Ja, ja«, schrie sie und plötzlich schwirrten Bilder in ihrem Kopf herum. Der Ärger mit ihrer Kollegin Tonia im Kindergarten. Der Drink in der Jerry Lee Lewis' Bar. Der Sex mit dem Typen, den sie dort kennengelernt hatte. Dann sah sie sein sonnengebräuntes Gesicht und das warmherzige Lächeln: Nick.

Sie rüttelte am Stuhl und wollte fliehen. Doch es gelang ihr nicht, sich auch nur einen Zentimeter von der Stelle zu bewegen. Der Holzstuhl, auf dem sie saß, war einfach zu schwer.

Sie erinnerte sich plötzlich an alles. Nick war gegangen und fünf Minuten später hatte es geklingelt. Noch benebelt vor Lust hatte sie nackt die Tür geöffnet und geflüstert: »Na? Kannst du nicht genug kriegen?« Viel zu spät hatte sie die Klauen, die einen Lappen auf ihren Mund pressten, gesehen. Der süßliche Geruch, den sie eingeatmet hatte, war das letzte, woran sie sich erinnerte.

»Sch!«, zischte er und löste sich von ihr. Er schlich um sie herum und stellte sich breitbeinig vor sie.

Sie blickte auf einen in Jeans gekleideten Mann mit nacktem Oberkörper. Ihr Blick wanderte zum Gesicht des Mannes, der wie ein wildes Tier seine Zähne fletschte. Und dann sah sie in seine Augen. Diese Augen. Diese teuflischen Augen hatte sie schon einmal gesehen. Im Rückspiegel im Taxi. Und genau in diesem Moment schrie sie durch die Nacht.

»Na, erkennst du mich wieder?«, fragte er, legte seinen Kopf in den Nacken und lachte.

Sie kreischte, rüttelte an ihrem Stuhl und versuchte aufzustehen. Doch alles war aussichtslos. Der Stuhl stand wie ein Fels in der Brandung am Boden.

Er beugte sich zu ihr hinunter, packte ihre Haare am Hinterkopf und zog ihren Kopf nach hinten. Seine Lippen waren nur einen Hauch von ihren entfernt.

Augenblicklich erstickten ihre Schreie. Sie blickte ihm tief in seine glanzlosen Augen. »Sie?«

»Ja, ich!« Nun zwickte er sie mit seinen eisigen Fingern in ihre rechte Brustwarze und steckte ihr dabei die Zunge in den Mund. Laura erstarrte wie eine Eissäule. Er grub seine Hand in ihre Wangen und öffnete damit unweigerlich ihren Mund.

Sie wehrte sich und wich zurück, doch seine kräftige Hand hielt ihn wie in einem Schraubstock gefangen. Seine Augen funkelten vor Freude wie ein Feuerwerk. Dann zog er seine Zunge zurück und spuckte ihr mehrere Male in den weit aufgerissenen Mund. Sie atmete schneller und verschluckte sich fast. »Wehe du würgst. Wehe du hustest! Schluck!« Lauras Augen spiegelten blankes Entsetzen wider. »Schluck meinen Speichel. Sofort!«, schrie er ihr ins Gesicht.

Sie wimmerte und tat, was er verlangte. Verzog dabei das Gesicht und kämpfte gegen die aufsteigende Übelkeit an.

Er lächelte. »Gut so.« Dann ließ er von ihr ab und stellte sich vor sie hin.

Sie fasste all ihren Mut zusammen und flüsterte: »Was wollen Sie von mir?«

Er hatte eigentlich nicht vorgehabt, darauf zu antworten, aber er mochte ihre sinnliche Stimme. Ein bisschen Geplauder, bevor sie stirbt, kann ja nicht schaden, dachte er und lächelte sie an. »Nun«, sagte er, »die Frage ist nicht, was ich von dir will.« Er leckte sich über die Lippen. »Die Frage ist, wer ich für dich bin?«

Sie schaute ihn erwartungsvoll an. Eine lange Pause entstand. »Wer sind Sie?«, hauchte sie mit zittriger Stimme.

»Nun.« Er bückte sich zu ihr hinunter. »Ich …«

Sie öffnete ihre Lippen, wollte etwas sagen, doch er legte ihr einen Finger auf die Lippen.

»Bin …«

Eine Träne lief ihr die Wange hinunter.

»Dein Mörder.«

Sie japste nach Luft. Mit staubtrockener Kehle wimmerte sie: »Bitte nicht.«

»Du warst leider zur falschen Zeit am falschen Ort. Jetzt gehörst du zu meinem Vorspiel.«

»Vorspiel?«, flüsterte sie. Tränen verschleierten ihr die Sicht.

»Keine Sorge. Ich ficke dich nicht. Ich hasse Sex mit euch Fotzen.«

»Ich verstehe nicht?«, hauchte sie.

»Trotzdem wirst du dir wünschen, ich hätte es getan, wenn ich erst mal mit dir fertig bin.« Er hatte jetzt genug geplaudert. Seine Geduld war am Ende. Er kniff erneut in ihre Nippel, bis sie steif wurden. Lauras Schreie verstummten im Keller und kümmerten ihn nicht. Lüstern lächelte er und kramte dabei einige Brustklemmen aus seiner Hosentasche. Er fixierte sie an ihren Nippeln, die sich ihm wie zwei Eiszapfen entgegenstreckten.

Fassungslos beobachtete sie, wie er die Klemmen mit einem Kabel verband und die Enden in das Gerät auf dem Tisch steckte. Plötzliche Kälte packte ihren Körper. Sie zitterte. Ihr Atem vibrierte. »Bitte, lassen Sie mich gehen, ich sage niem...«

Eine Faust traf ihr Gesicht. »Schnauze, du Fotze«, brüllte er wie ein Gorilla. Seine Nasenflügel bebten und Rotze triefte aus seiner Nase. Er glotzte sie an, grinste über beide Ohren und ergötzte sich an ihren blutunterlaufenen Augen.

Seine erdgelben Zähne blitzten durch ihren Tränenschleier und erinnerten sie an eine vergammelte Bananenschale. Seine aschfahlen Wangenknochen stachen bei seinem teuflischen Grinsen hervor wie die Spitze eines tödlichen Eisberges. Sie sah ihm dabei zu, wie er sich auszog, die

Klamotten auf den Boden schmiss, das Desinfektionsspray vom Tisch nahm und seinen pochenden Schwanz damit desinfizierte. Als das kalte Nass seine Haut besprenkelte, stöhnte er auf.

Lächelnd stellte er das Spray auf den Nebentisch ab. Vorfreude durchzuckte jeden Muskel seines beleibten Körpers. Lustperlen aus Schweiß besetzten seine Handflächen, die er sich an seinen Oberschenkeln abwischte. Seine Augen glänzten wie die spiegelglatte Oberfläche eines zugefrorenen Sees, als er den Harnröhrenkatheter und die Vaseline vom Tisch nahm. Summend rieb er sich liebevoll seine Eichel damit ein und schob dann vorsichtig den Katheter in seine Harnröhre.

Jetzt schlug er mit der flachen Hand auf seinen erigierten Penis, bis dieser errötete und verkabelte den Katheter mit der Maschine auf dem Nebentisch.

Laura starrte ihn und die Maschine, mit der die beiden verbunden waren, an. Sie verfolgte mit ihrem Blick das Stromkabel, das in einer Buchse in der schmucklosen Kellerwand steckte. Panik würgte sie. Wieder rüttelte sie an ihrem Stuhl und schrie: »Hilfe. Hilfe. Hört mich jemand?!« Ihr Herz hämmerte gegen ihre Brust. Ihr Puls pochte an ihre Schläfen und rauschte in ihren Ohrmuscheln wie ein tosendes Meer. »Hil...«

»Schnauze!«, schrie er und schlug ihr mit der Faust auf den Mund.

Lauras Schneidezahn flog heraus. Sie hustete, während sich Blut in ihrer Mundhöhle ansammelte.

»Schau mich an, du Fotze! Schau mich an«, keifte er.

Sie schaute in seine dämonische Visage. In seinem Blick loderte Höllenfeuer. Doch das war ihr egal. Kampflos wollte sie nicht in diesem Keller sterben. »Fick dich, du Bastard. Fiiiick dich«, schrie sie und spuckte ihn an.

Er sah zu, wie ihr blutiger Speichel als kleines Rinnsal von seiner Brust in seinen Bauchnabel sickerte. Er steckte den Zeigefinger hinein, stocherte darin herum und lutschte ihn anschließend sauber. »Du kannst so viel fluchen und schreien, wie du willst. Du wirst sterben! Kapiert?«

»Fick dich! Fick dich! Fick dich!«, schrie sie, bis ihre Stimme versagte.

Er beugte sich zu ihr hinunter und haute ihr mehrere Male mit der flachen Hand auf den Mund.

Laura presste ihre Augen und Lippen zusammen. Wimmerte in sich hinein. Tränen schossen aus ihren Augen und das Salz fraß sich in ihre gereizten Wangen.

»Mach deine verfickten Augen auf und schau genau zu, was ich jetzt mache.«

Sie gehorchte.

Er drehte sich nach rechts, zeigte auf den ersten Schalter an dem Apparat auf dem kleinen Tisch und betätigte ihn. »Klick«, jubelte er. »Und nun. Zähle deine Minuten!« Dann legte er den anderen Schalter um.

Ein entsetzlicher Schmerz fuhr wie eine Dampfwalze durch ihren Körper. Der Strom fraß sich durch Venen sowie Adern und versengte ihr Fleisch. Ihr Oberkörper bäumte sich auf und der

Schrei, der ihrer Mundhöhle entrann, glich einem Donnerknall. Muskeln zitterten und ihre Adern preschten aus ihrer perlweißen Haut hervor. Ihre Haut spannte und kribbelte, als wenn eine Armee von Ameisen ihren Körper überrannte und Säure in jede einzelne Pore stopfte.

»O ja«, hörte sie ihren Peiniger schreien.

Der Geruch von angesengter Haut stieg ihr in die Nase und erinnerte sie an ein verkohltes Steak. Ihre verstaubte Mundhöhle kratzte. Ihre Kehle brannte. Die sengende Hitze, die sich in ihrem Körper wie ein Fegefeuer ausbreitete, ebbte nicht ab. Sie kam immer wieder mit voller Wucht zurück.

Der Mann vor ihr stöhnte laut und atmete schneller.

Ihre Kehle war jetzt so trocken wie der Wüstensand in der Sahara. Ihre Haut glühte und auf ihren Verstand legte sich ein schwerer Nebelschleier.

Ein ohrenzerreißender Schrei hallte durch den Raum und etwas Warmes ergoss sich auf ihrer Brust. Ekel ummantelte sie. Sie würgte. Riskierte ein Blinzeln. Verschwommen sah sie, wie er hechelnd den Stab aus seinem Penis zog.

Laura öffnete ihre pulvertrockenen Augen.

Entsetzten lähmte ihre Kehle. Er hielt die Stange in die Luft. Die Angst vor dem Tod summte wie eine Hornisse in ihrem Kopf. »Bi… nei…?«, hauchte sie. Doch es war zu spät.

Der Katheter in der Hand des Mannes blitzte auf, schoss mit der Wucht eines abgeschossenen Pfeils auf ihre Brust zu und durchbohrte ihre

Lunge. Sie röchelte und ihr Atem pfiff wie aus einem Loch.

Erneut erhob er seine Hand. Sie spürte, wie warmes Blut auf ihren Schoß tropfte. Ihr Peiniger schrie wie ein tollwütiger Bär und rammte ihr das Metall ein weiteres Mal in die Brust.

Dunkelheit lullte sie ein und zog sie in das Reich der Toten.

Marge:
Dann töte es, bevor es
dich tötet!

Annie:
Aber wie? Ich habe keine
Kraft mehr. Mein Herz
brennt und ich weiß
nicht, wie ich das Inferno
löschen soll. Die Welt
erscheint mir wie hinter
einem Schleier. Ich sehe
nur Rauch und Schwaden!

Kapitel 13

Mittags

Donald Gale, der im Wohnzimmer vor der toten Nathalie Sand kniete, begrüßte das Duo beim Eintreten. »Na, das hat aber gedauert!«

»Sorry, der Verkehr«, antwortet Annie mit einer Klammer auf der Nase und betrachtete die leblose Frau. Sie legte den Kopf schräg und kniff die Augen zusammen.

Nick kniete sich ebenfalls neben Gale und deutete mit dem Zeigefinger auf die Puppe, die in der Blutlache lag.

Annie verstand den Hinweis. »Es ist alles, wie beim ersten Opfer, nur dass ...«

»Nur dass der Täter nur noch eine Puppe zurückgelassen hat«, fiel Gale ihr ins Wort.

»Das heißt, wir arbeiten zu langsam. Es wird eine weitere Leiche geben, wenn wir so weitermachen«, erwiderte Nick.

»Verdammte Scheiße«, fluchte Annie.

»Mr. Gale, wie lang ist sie schon tot?«

»Wie beim letzten Opfer, schwer zu sagen. Aber basierend auf der Totenstarre – höchstens sechs Stunden.«

»Heute früh?«, fragte Annie verblüfft.

Mike gesellte sich zu ihnen. »Ola! Und wieder keine Einbruchsspuren. Und auf den ersten Blick genauso sauber und ordentlich wie bei unserem ersten Opfer.«

Nick stand auf und rieb sich die Stirn. Er wusste, der Täter befand sich in einem Blutrausch und bereitete sich wahrscheinlich schon auf sein nächstes Opfer vor. Sein Magen krampfte bei dem Gedanken, denn ohne jeden Zweifel würde die Frau grausam sterben, wenn sie den Mörder nicht bald schnappten.

Annie durchzuckte der gleiche Gedanke, als sie sah, wie Nick mit versteinerter Miene auf die Puppe blickte.

Dann entfernte er sich ein paar Meter von der Leiche und griff aus seiner Hosentasche sein Diensttelefon. »Ich rufe Lance und Carmen an. Die sollen die Nachbarn befragen und die Schule besuchen, bei der sie angestellt war.«

Annie nickte ihm zu und richtete ihre Aufmerksamkeit wieder auf die Leiche, während Nick den Bungalow verließ. Sie fragte sich, wieso der Täter den Tatort so detailreich in Szene setzte und weshalb er es riskierte, erwischt zu werden. Schließlich erforderte diese Akribie viel Zeit.

Sie lief um das Wellblech herum und überlegte. Er hätte sie in eine vor Blut triefende Kiste oder Badewanne legen können. Sie an einen Stuhl binden oder ans Bett fesseln können. Aber das tat er nicht. Stattdessen hatte er sie in einen Kreis gelegt. *Warum in einen Kreis?*, schoss es ihr durch den Kopf. »Ach du Scheiße!«, murmelte sie. Sie durchforstete in Sekundenschnelle ihr Gedächtnis. Ihre Gedanken ragten wie Efeu an einem Baum hoch. Sie hockte sich jetzt ebenfalls hin.

»Annie? Alles in Ordnung?«, fragte Donald, schaltete den Scanner aus und packte ihn in seinen Koffer zurück.

»Ja, ja, alles gut«, sagte sie. »Warum bin ich da nicht gleich draufgekommen?« Ein Funke Hoffnung entfachte und gerne hätte sie weiter über ihre Theorie nachgedacht, doch Nicks Stimme riss sie aus ihren Gedanken.

»Ms. Walker, kommen Sie«, rief er. Der Wind heulte ihm entgegen und wirbelte vertrocknete Blätter und Staub zwischen seine Beine.

Sie seufzte, stand auf und drehte sich zu Mike und Donald. »Ihr wisst, was zu tun ist. Meldet euch, wenn ihr Ergebnisse habt.« Sie entledigte sich ihrer Schutzkleidung und schmiss sie in den von Mike aufgehängten Müllbeutel an der Türklinke am Eingang.

»Die beiden sind unterwegs«, sagte Nick, steckte sein Handy in die Hosentasche und marschierte zum Auto. »Wir fahren nach Nashville und dann nach Lipton. Ich will noch heute Abend zurück sein«, sagte er in einem scharfen Ton und schritt zur Fahrertür.

»Ach ja?«

»Ja!«

»Es ist übrigens wirklich beeindruckend, wie schnell Sie sich den Smart Ring für den Truck organisiert haben. Und was für eine Ehre, dass ich noch herfahren durfte. Aber fürs Protokoll, ich fahre nach Nashville! Sie können zurückfahren«, erwiderte sie schnippisch, wechselte zur Fahrerseite und stellte sich provokativ vor ihn hin.

Er blickte ihr mit unbeeindruckter Miene tief in die Augen. »Ich glaub, Sie haben mich nicht verstanden. Ich werde fahren!«

Seine Stimme klang klar und eisig, erinnerte Annie an einen Gletscher. Sie öffnete ihren Mund und setzte an, um ihn mit den übelsten Wörtern zu beschimpfen, die just im Kopf herumschwirrten, als Nick sie mit dem Arm wegdrängte und wie eine geschmeidige Katze ins Auto stieg. »Sie sind ...«, fluchte Annie und wechselte Fäuste ballend zur Beifahrerseite.

Nick beachtete sie nicht weiter. Er war alarmiert und hörte in seinen Gedanken eine schrill aufheulende Sirene jaulen, wenn er an Lipton dachte. Es war, als wüsste er, dass eine Katastrophe nahte, so wie kurz vor einem Tsunami, wenn sich das Wasser ins Meer zurückzog. Lipton war für ihn wie Salz auf einer offenen Wunde. Eine unerträgliche Qual. Seine Wunden noch zu frisch und vor allem zu schmerzhaft. Er wollte keine Sekunde länger als nötig an diesem Ort verweilen.

Er würgte seine Geheimnisse hinunter. Er würde alles darum geben, um den Abend wieder in Memphis zu sein, denn er hatte sich mit Laura verabredet. Er freute sich, jeden Zentimeter ihres Körpers mit seinen Küssen zu bedecken. Die Erinnerungen an die letzte Nacht, wie ihre schweißgebadeten Körper miteinander verschmolzen, zauberten ihm, und dafür war er jetzt sehr dankbar, ein Lächeln ins Gesicht.

Er startete das Auto, blickte Annie an und sagte übertrieben freundlich: »Nur fürs Protokoll, wenn man höflich zu Menschen ist, Ms. Walker, dann leisten diese erstaunlich viele schöne Dinge für einen. Und das, so wie in meinem Fall, manchmal in kürzester Zeit. Sam zum Beispiel leistete erstklassige Arbeit.«

»Ist klar, Mr. Preston«, erwiderte sie und schnallte sich an. »Sam ist nur hin und weg von ihrer charmanten Art.«

Er fuhr los. »Sie finden mich also charmant?«

»Machen Sie sich nicht lustig! Das habe ich nicht gesagt. Aber zu Ihrer Info: Sam Wallice ist immer bestens vorbereitet und informiert. Sie wusste sicherlich viel früher als ich, dass Sie bei uns anfangen werden.«

»Wenn Sie meinen.« Er lächelte und drückte aufs Gas.

»Wollen Sie denn nicht den Routenplaner anmachen?« Sie tippte aufs Display.

»Den brauche ich nicht«, entgegnete er und schob ihre Hand weg.

Annie seufzte und sie lauschten eine Weile der Stimme von Chely Wright im Radio, die gerade *Shut up and drive* sang. Schweigen, dachte Annie und lächelte bei diesem Gedanken. Soll er doch die Klappe halten und einfach nur fahren, bis sie in Nashville angekommen sind, dachte sie. Sie schloss die Augen und genoss die Ruhe, bis Nick diese zerriss.

»Haben Sie sich schon mal gefragt, warum eine so attraktive Frau wie Nathalie Sand im Internet kaum sichtbar war? Sie war auf keinem einzigen Social-Media-Kanal unterwegs? Hat aber in ihrer Jugend an Schönheitswettbewerben teilgenommen. Und jetzt im Hier und Heute? Nichts! Das ist ziemlich ungewöhnlich.«

Sie öffnete die Augen. »Heutzutage ist fast jeder irgendwo medial unterwegs. Wenn sie es nicht war, wird sie ihre Gründe gehabt haben«, erwiderte Annie und holte aus dem Handschuhfach eine rote Wollsocke heraus. »Ich bin mir aber sicher«, sie nahm eine Sonnenbrille aus der Socke und setzte sie auf, »dass irgendwas die beiden Frauen aus ihrer Vergangenheit verbindet.«

»Eine Sonnenbrille also!«

»Was?«

»Erinnern Sie sich, als ich am Tatort von Lexus Ihre Nasenklemmen geholt habe? Da habe ich mich schon gefragt, welcher Schatz«, er zeigte auf die Socke, »in dem anderen gestrickten Meisterwerk verborgen ist.« Er blickte in ihr entrüstetes Gesicht und grinste sie an.

»Sie sind wirklich sehr witzig, Mr. Preston. Wirklich!«, erwiderte sie pikiert und warf die Socke ins Handschuhfach.

»Was man nicht so alles kaufen kann. Todschick.«

»Ich kaufe so was nicht. Ich höchstpersönlich stricke diese Meisterwerke, wie Sie sie nennen, selbst!« In dem Moment, als sie die Worte ausgesprochen hatte, erkannte sie, wie lächerlich es sich angehörte. Sie unterdrückte ein Lachen.

Das schaffte Nick allerdings nichts. Er lachte plötzlich aus vollem Herzen los. Ein seltener Moment echter Freude.

Sein Lachen strahlte so viel Wärme aus, dass ihr unweigerlich warm ums Herz wurde. Sie drehte sich, die Lippen fest aufeinandergepresst, zum Fenster, lehnte sich an die kühle Scheibe und blickte auf die Interstate 40, auf die Nick gerade fuhr. Ein schelmisches Lächeln breitete sich in ihrem Gesicht aus.

»Nichts für ungut, Ms. Walker. Jeder braucht ein Hobby. Und Stricken ist wirklich mal was Außergewöhnliches. Ich find's klasse.«

Sie schaute ihn stirnrunzelnd an. »Jetzt ist aber gut, verdammt noch mal.«

»Ich meine das Ernst.«

Annie suchte in seinem Gesicht nach Anzeichen dafür, ob er sich vielleicht doch lustig machte, aber sie entdeckte rein gar nichts.

»Okay, kommen wir mal zu Amy Lexus zurück«, sagte Nick. »Sie war offenbar eine Einzelgängerin und hat sich ebenfalls nicht groß auf Social Media rumgetrieben, wie Carmen und Lance in ihrem Bericht erwähnten. Also beide nicht gerade en vouge mit ihrem Social Media Verhalten heutzutage. Die Frage ist, warum?«

»Ich hoffe, wir werden in Nashville und Lipton fündig.« Sein Magen zog sich zusammen. »Wir haben nur noch eine Puppe am Tatort, das heißt, sehr wahrscheinlich noch ein Opfer«, murmelte er und düste in die Richtung, in die er eigentlich nie wieder fahren wollte.

Sie schwiegen eine Weile, bis Annie ihm von ihren Vermutungen hinsichtlich der Kreissymbolik erzählte. Ausführlich, mit leuchtenden Augen und einer Begeisterung, die kaum zu bremsen war.

»Sie meinen, dieser Kreis stellt etwas Vollkommenes dar und charakterisiert ein Bündnis oder eine Zugehörigkeit?«, fragte er.

»Ja, so was in der Art. Kreise schützen auch vor Dämonen, aber dieser Fall hat so viel mit Dämonen zu tun, wie Marmelade mit einer Bratwurst.«

Nick lachte und legte den Kopf in den Nacken. »Da haben Sie aber so was von recht.«

Sie tippte auf den Touchscreen, öffnete Google und suchte nach Nathalie Sands' Schule in Nashville, um sich dort im Sekretariat anzumelden.

Annie öffnete den Routenplaner, doch Nick unterbrach sie.

»Ich brauche das Navi nicht. Danke.«

»Sie waren also schon mal an dieser Schule?«

»Nein.«

»Aber Sie wissen, wie man da hinkommt? Nashville ist eine große Stadt.«

»Ja.«

»Ach, rutschen Sie mir doch das zweite Mal heute den Buckel runter«, sagte sie, verschränkte die Arme und starrte nach draußen.

Er drehte sich zu ihr um und lächelte sie an.

Sie spürte seinen Blick auf ihrem Hals, während sie einen Vogelschwarm am wolkenlosen Himmel beobachtete. Sein Blick verharrte auf ihr. »Was? Was, Herrgott noch mal, wollen Sie mir sagen?«

»Sie sollten etwas über mich wissen, Ms. Walker.«

Sie horchte auf und sah ihn an. »Ach ja? Na, da bin ich mal gespannt, Mr. Geheimnisvoll.«

Er legte eine künstliche Pause ein, wechselte auf die Außenspur und erwiderte: »Ich habe ein fotografisches Gedächtnis, Ms. Walker. Ich habe jahrelang in Nashville gearbeitet und kenne jede einzelne Straße dort. Ein paar Blicke auf eine Karte genügen und ich habe alles im Kopf abgespeichert. Erkennen Sie jetzt den Witz Ihres Anliegens?«

Kapitel 14

15:00 Uhr

Ms. Walker, wachen Sie auf. Wir sind gleich da«, flüsterte Nick und stupste ihren Arm an.

Annie rieb sich die Augen und streckte sich. »Wie lange habe ich geschlafen?«

Nick lächelte. »Fast drei Stunden.«

»Das gibt's doch nicht«, sagte sie überrascht und nahm aus ihrer Hosentasche einen Kaugummi. »Sie auch?«, fragte sie und hielt ihm die Packung demonstrativ hin.

»Sehr gerne.«

Angekommen vor der Leeman High School parkte er das Auto direkt vorm Haupteingang, ohne Rücksicht auf das dort geltende Parkverbot.

»Echt jetzt?« Annie schüttelte den Kopf.

Nick ignorierte diesen Kommentar, verließ schmunzelnd das Auto und ging die Treppen zur Sekretärin hoch, die bereits auf die beiden wartete. »Guten Tag, Ms. Morgan. Schön, dass Sie sich die Zeit nehmen. Nick Preston.« Er reichte ihr die Hand und schaute zu Annie hinüber. »Und meine Kollegin hier, ist Ms. Walker. Sie haben mit ihr telefoniert.«

»Freut mich, Sie kennenzulernen, Mr. Preston.«

Annie trat auf die beiden zu, warf Nick einen erzürnten Blick zu, zückte ihr Handy und zeigte ihren digitalen Ausweis. »Danke, Mr. Preston, für die Vorstellung. Hallo, Ms. Morgan. Können wir?«

Ms. Morgan schaute Nick fragend an, der mit den Schultern zuckte. »Sie hat es nicht so mit Small Talk«, erwiderte er.

»Dann folgen Sie mir bitte. Ich hoffe, ich kann Ihnen helfen.«

Auf dem Weg zum Schulsekretariat hielt ihnen Ms. Morgan einen Kurzvortrag über die Historie der Schule, die Anzahl der Schüler, der Lehrkräfte und die Unterrichtsleitsätze.

Annie hörte nur mit einem Ohr zu, denn die vielen Schüler, die ihr entgegenkamen, nervten sie. Das bunte Treiben und der Lärm auf den Fluren machten sie nervös. Sie stieß einen Seufzer aus, als sie endlich das Sekretariat erreichten.

»So, bitte eintreten. Mein Reich und mein Arbeitsplatz seit über 30 Jahren«, sagte Ms. Morgan stolz und bat das Ermittlerteam, am Tisch Platz zu nehmen, der am Fenster stand. Sie hing ein *Bitte nicht stören*-Schild vor der Tür auf und schaltete das Telefon auf stumm. Sie kramte aus einer Box einen Stift und einen Notizblock hervor und setzte sich zu den beiden. »Wie unhöflich von mir. Ich habe ganz vergessen zu fragen, ob Sie einen Kaffee oder einen Tee wollen?«

»Bitte keine Umstände, Ms. Morgan. Für mich nicht, danke«, erwiderte Nick.

»Ms. Walker?«, fragte Ms. Morgan und tätschelte Annie die Hand.

»Nein, danke«, sagte sie, setzte ein künstliches Lächeln auf und zog ihre Hand zurück.

»Wir haben ein paar Fragen zu Nathalie Sand, die einst ihre Schule besucht hat«, sagte Nick und legte, während er sprach, ein Foto auf den Tisch, das Sam von ihr konstruiert hatte. Es war die 20 Jahre jüngere Nathalie Sand.

»Ach Gottchen. Ja, das ist unsere Nathalie. Ist sie denn in Schwierigkeiten?«

Nick wollte gerade antworten, als Annie dazwischenfunkte. »Sie ist tot, Ms. Morgan.«

»O mein Gott. Der Vater im Himmel habe sie gnädig.« Sie bekreuzigte sich und fuhr fort. »Wie ist sie denn gestorben?«

Nick setzte zu einer Antwort an, doch Annie war wieder schneller. »Sie ist ermordet worden. Können wir endlich anfangen, unsere Fragen zu stellen?«

Ms. Morgan öffnete empört den Mund. Nick blickte in ihre kaschmirbraunen Augen, legte eine Hand auf ihre Schulter und sagte: »Entschuldigen Sie das Verhalten meiner Kollegin. Sie müssen wissen, Ms. Walkers Katze ist heute Morgen verstorben. Sie ist deshalb noch etwas ...« Er schaute zu Annie und beäugte sie missbilligend. Dann wandte er sich wieder an Ms. Morgan und sagte: »Mitgenommen.«

Die Sekretärin sah ihn kopfschüttelnd an, wobei ihre grauen kurzen Locken ins Gesicht fielen. Sie stand auf. »Na, wenn das so ist.« Dann ging sie zur Küchentheke. »Da hilft jetzt nur ein starker Kaffee. Entschuldigen Sie mich bitte kurz.«

»Wir warten gerne«, sagte er, drehte sich zu seiner Partnerin um und zischte: »Was. Stimmt. Nicht. Mit. Ihnen?« Rußbraune Augen schauten ihn herausfordernd an. »Warum fahren Sie die alte Dame so an? Können Sie nicht einen einzigen Tag lang nett sein?«

Annie verschränkte ihre Arme vor der Brust und fauchte ihn an: »Ach, lecken Sie mich doch!« Augenblicklich bereute sie ihre Worte. Sie stand auf und stellte sich vor das Fenster. Das Vibrieren ihres Handys in der Hosentasche ignorierte sie. Sie beobachtete die Schüler auf dem Schulhof, wie sie mit ausgestreckten Beinen auf dem Rasen relaxten, Fußball und Tischtennis spielten oder ihr Pausenbrot auf einer der unzähligen Bänke verschlangen. Das Handy vibrierte erneut. Sie rollte mit den Augen, grub es hervor und öffnete die Wächter-App. Eine unbekannte Person im Schlabberlook und einem tief ins Gesicht gezogenen Basecap näherte sich dem Fahrzeug. Normalerweise liebte Annie die Extravaganz ihres Dienstautos, da so jede Person per Kamera aufgezeichnet wurde, die sich dem Auto auf bis zu 90 Zentimeter näherte. Das unbemerkte Anbringen von Wanzen, Peilsendern oder Sprengstoff war somit nahezu möglich. Aber jetzt war sie nur genervt von diesem Feature. Sie seufzte und schaltete den Wächtermodus aus. Sie vermutete hinter der Person irgendeinen hormongesteuerten Zwölftklässler, der das Auto einfach nur begaffen wollte.

Nick brauchte einen Moment, bis er seine Fassung zurückerlangte. Er räusperte sich, stand auf und stellte sich dicht hinter Annie. »Das haben Sie gar nicht verdient«, flüsterte er.

Sein heißer Atem brannte sich in ihren Nacken. Ihr Atem zitterte und sie ballte die Fäuste.

Nick drehte sich um, als er das Klirren von Geschirr hörte. Er eilte zu Ms. Morgan und nahm ihr das Tablett ab.

»Danke, sehr freundlich«, sagte sie und schaute finster zu Annie hinüber, die immer noch, ohne die beiden zu beachten, am Fenster stand.

Nick stellte das Tablett auf den Tisch und stellte die Tassen auf den Tisch. »Ms. Morgan, es ist wirklich sehr wichtig, dass Sie uns ein paar Informationen zu Nathalie Sand geben. Sie ist die zweite Tote in einer Mordserie und ich fürchte, es wird noch ein weiteres Opfer geben. Außerdem brauche ich die Namen der Lehrkräfte, die Ms. Sand einst unterrichtet haben.«

Ms. Morgan legte ihre Hand auf den Mund. »O Gott. Das ist ja so entsetzlich!«, flüsterte sie und schüttelte den Kopf. Sie goss sich eine Tasse Kaffee ein und übergab Nick die Kanne. »Wie Sie ja sehen«, erwiderte sie und schaute auf das Foto, »war sie ein so zauberhaftes Mädchen. Bei allen beliebt. Gewann Schönheitswettbewerbe an unserer Schule und war im Kirchenchor. Und trotzdem war sie bescheiden und unauffällig. Bis ...«

Sie stockte. Tiefe Traurigkeit verhüllte ihr Gesicht und Furchen gruben sich in ihre Stirn. Schluchzend sprach sie weiter: »Bis ihr Vater durch einen tragischen Unfall ums Leben kam. Ihre Mutter verkraftete das nicht und fing danach das Trinken an.« Ihr ganzer Körper versteifte sich.

Nick stellte die Kanne auf dem Tisch ab und schlürfte seinen Kaffee. »Nehmen Sie sich so viel Zeit, wie Sie brauchen. Ich weiß aus eigener Erfahrung, dass manche Erinnerungen sehr schmerzlich sind.«

Annie horchte bei diesen Worten auf, drehte sich um und verschränkte die Arme.

»Nathalie war nach dem Tod im Grunde auf sich allein gestellt und ihre Leistungen ließen binnen zwei Monaten rapide nach.« Sie nippte an ihrer Tasse. »Von der einst vorbildlichen Schülerin blieb nichts mehr übrig! Sie rauchte. Schwänzte. Schikanierte Schüler.« Sie schüttelte den Kopf und hielt die Tasse fest umschlossen. »Ich weiß das deshalb noch so genau, weil ich oft mit ihrer Mutter telefoniert habe, Schulmahnungen geschrieben habe oder sie genau an diesem Tisch, wo wir jetzt sitzen, gebeten habe, auf den Schulleiter zu warten. Sie war doch erst 15. Das ist schwer zu verkraften, für so ein junges Ding.«

Nick rieb sich das Kinn. »Ms. Morgan, es ist nicht ungewöhnlich, dass Menschen nach einem schweren Schicksalsschlag aus der Bahn geraten. Ein junger Teenager wie Nathalie hätte die Unterstützung der Mutter gebraucht. Jeder Mensch trauert anders und braucht unterschiedlich viel Zeit, um den Verlust zu verarbeiten.«

Annie hing an seinen Lippen. Seine Stimme klang einfühlsam und legte sich wie Balsam auf ihren Groll und beruhigte sie allmählich. Jetzt fühlte sie sich wegen ihrer Schroffheit miserabel. Sie atmete unüberhörbar tief ein und setzte sich. »Darf ich?« Sie deutete auf die Kanne. Ms. Morgan nickte und Annie goss sich Kaffee ein, schaute dabei zu Nick hinüber, der ihr nicht hörbar für Ms. Morgan zuflüsterte: »Lassen Sie's!«

Annie schüttelte den Kopf und wandte sich zur Sekretärin. Mit der friedlichsten Stimme, die sie hatte, sagte sie: »Entschuldigung wegen vorhin. Ich stand meiner Katze sehr nah. Es ist wirklich nicht leicht heute für mich.«

Ms. Morgan setzte ein versöhnliches Lächeln auf. »Ist schon gut, meine Liebe. Ich habe auch Katzen. Das tut aber auch weh, wenn die kleinen Mietzchen von uns gehen.«

Annie lächelte, beugte sich zu ihr vor und tätschelte ihre Hand. »Ms. Morgan, Trauer wird von einer Vielzahl von Gefühlen wie Wut, Ohnmacht, Angst oder Hilflosigkeit begleitet. Wenn Nathalie also alleine mit ihrer Trauer war, den Schmerz nicht kompensieren konnte und den Tod des Vaters verdrängt hatte, dann entstand ein Ungleichgewicht. Man braucht ein Ventil, um den ganzen Schmerz abzulassen.«

Annie warf Nick einen Blick zu und versank in seinen moosgrünen Augen, die sie prüfend musterten. In ihnen lag so viel Sanftmut und Güte, dass ihr warm ums Herz wurde. Sein Blick verriet ihr, dass sie weitersprechen sollte. »Sie sagten, Nathalie hatte Schüler schikaniert? Wie äußerte sich das?«

»Na ja, sie stellte Mädchen auf der Toilette nach. Machte Fotos von ihnen und erpresste sie damit. Sie schubste Leute rum, zockte Zigaretten ab und wenn man nicht gehorchte, dann hatte sie sich mit ihnen geprügelt, sie beleidigt oder bespuckt. Nach vier Wochen hatte der Schulleiter sie aufgrund der Summe der Vorfälle für vierzehn Tage von der Schule suspendiert.«

»Sie erwähnten, dass sie im Kirchenchor gesungen hatte«, sagte Nick.

»Ja, genau. Es ist gleich die Kirche hier um die Ecke. Sie hatte eine zauberhafte Stimme. Wie ein Engel. Sie konnte auch Klavier spielen. Nathalie war ein talentiertes junges Ding.«

Annie lächelte. »Wow. Dann war sie ja sehr musikalisch. Klavierspielen ist ja gar nicht so einfach. Hatte Sie Freu...«

»Spielen Sie, Ms. Walker?«

»Bitte was?«

»Spielen Sie Klavier?«

»Ähm ...« Annie kratzte sich am Hals. »Ja. Könn...«

»Wie lange schon?«, hakte die alte Dame nach.

»Ähm, seit ich fünf bin, Ms. Morgan.«

»Das heißt, Sie können gut spielen!«

Annie blickte in zwei Gesichter, die die Antwort nicht abwarten konnten und lächelte. »Zweifelsohne. Ich spiele nahezu perfekt und leidenschaftlich Klavier. Können wir jetzt weitermachen?«

Nick nahm den letzten Schluck aus seiner Tasse und lächelte Annie zu.

»Hatte Nathalie Freunde oder eine Clique? Ich meine, früher war man doch in Cliquen unterwegs, sofern ich mich recht erinnere, oder?«, fragte Annie.

»Da muss ich Sie enttäuschen. Nach dem Unfall haben sich alle von ihr abgewandt. An dieser Schule hatte sie zumindest niemanden mehr, der ihr nahestand. Irgendwie hatte sie ihren Abschluss geschafft. Danach habe ich sie nie wieder gesehen.«

Annie tippte sich mit ihrem Zeigefinger auf den Mund und fragte: »Hatte Nathalie denn gar keinen Freund gehabt? Ich meine, so ein gutaussehendes Mädchen muss doch Verehrer gehabt haben?«

»Vor dem Unfall war sie ein anständiges Mädchen – wenn Sie verstehen, was ich meine. Sie war regelmäßig in der Kirche. Da war das«, ihre Stimme wurde leiser, »also, Sie wissen schon, Jungs und so ... tabu.«

»Wir verstehen, was Sie meinen«, erwiderte Nick schmunzelnd und nickte verschwörerisch Annie zu.

»Aber wenn ich darüber so nachdenke, hatte sie nach dem Unfalltod tatsächlich jemanden. Ja genau! Er hieß Lance Roberts. Das weiß ich deshalb, weil er der Sohn von der Robert's shoes manufactory hier in Nashville ist. Der Junge war ein Draufgänger vor dem Herrn. Hat sich aber gemacht.«

»Okay, Ms. Morgan, ich danke Ihnen herzlich für das Gespräch. Sagen Sie, arbeiten hier noch die Lehrkräfte, die Nathalie unterrichtet haben?«, fragte Nick.

»Nein, die sind alle weitergezogen. Sie wissen ja, an privaten Schulen verdient man meistens mehr. Unsere Lehrkräfte bleiben im Durchschnitt maximal ein paar Jahre.«

»Niemand mehr von früher, der mit uns reden kann?«, hakte Annie nach.

»Nein. Entweder haben sie gekündigt oder sind im Ruhestand. Aber ich kann Ihnen sicherlich noch die Namen der ehemaligen Lehrkräfte mitteilen. Vielleicht nicht sofort, aber bis morgen schaffe ich das ganz bestimmt.«

»In Ordnung. Vielen Dank, dann machen wir das so. Eine Mitarbeiterin wird sich bei Ihnen melden und Ihre Aussage aufnehmen. Wir müssen jetzt weiter.« Nick stand auf. »Haben Sie einen schönen Tag.« Er reichte Ms. Morgan die Hand.

Sie schüttelte sie kräftig. »Ich habe zu danken, auf Wiedersehen.« Sie nickte Annie zu, die schon im Türrahmen stand. »Auf Wiedersehen, Ms. Walker. Und geben Sie sich Zeit, wegen des Kätzchens.«

»Äh, ja. Selbstverständlich. Auf Wiedersehen«, sagte sie gekünstelt und stürmte hinaus, ohne auf Nick zu warten, da sie unbedingt frische Luft brauchte.

Sie lief den direkten Weg, den sie gekommen waren, zurück. Am Auto angekommen, bemerkte sie einen Zettel, der hinter dem Scheibenwischer flatterte. Sie griff danach und entfaltete ihn. »War ja klar, dass wir ein Ticket beko...« Schiere Angst verpestete ihren Verstand. Lähmte ihre Sinne. Sie schwankte, fasste sich mit der flachen Hand an die Brust und stützte sich mit der anderen an der Motorhaube ab. Dann hörte sie Schritte hinter sich. Leichenblass schaute sie Nick an, der die Treppen hinunterschlenderte. Sie knüllte den Zettel zusammen.

»Was stecken Sie da in Ihre Hosentasche? Sagen Sie nicht, wir haben ein Ticket bekommen!«

»Nichts, was für Sie«, sie räusperte sich, »von Bedeutung ist«, erwiderte sie und vergrub den Zettel so tief sie konnte.

Er musterte sie mit zusammengekniffenen Augen. Ihm gefiel überhaupt nicht, wie aschfahl sie aussah. »Okay. Und warum stehen Sie da, als wenn der Leibhaftige Ihnen gerade höchstpersönlich einen Besuch abgestattet hat? Genau so wie gestern im Sams Büro.«

»Sie irren sich und haben eine blühende Fantasie, Mr. Preston«, erwiderte sie und lächelte gequält. »Ich habe einfach nur die Scheißwerbung entfernt, die an unserem Auto angebracht war.« Mit diesen Worten ließ sie ihn stehen und marschierte zur Kirche, die Annie gegenüber der Schule mit geöffneten Flügeltüren willkommen hieß.

Kapitel 15

16:05 Uhr

Beim Eintreten in die Kirche erblickte Nick einen jungen Priester, der sich mit einer Frau unterhielt, sie segnete und sich dann von ihr verabschiedete. Nicks Blick schweifte durch die Kirche. Er entdeckte Annie, die mit leicht geneigtem Kopf und geschlossenen Augen auf einer Bank saß und ihre Hände im Schoß ruhen hatte.

Schlafmützig latschte der Priester auf Nick zu und fragte: »Guten Tag, was kann ich für Sie tun?«

Nick hielt sein Handy griffbereit in der Hand und zeigte ihm seinen digitalen Ausweis. »Mein Name ist Nick Preston«, sagte er und warf einen Blick zu Annie hinüber. Sie atmete tief ein und wischte sich mit dem Zeigefinger das rechte Auge aus. Sie wechselten einen stillen Blick, der Nick erschaudern ließ. Eine Flut an Schmerz strömte auf ihn ein. Ihre Augen glichen denen einer Toten. »Und das ist«, seine Stimme knickte ein, als Annie sich zu den beiden gesellte, »meine Kollegin Annie Walker, ebenfalls vom SUBM aus Memphis. Wir haben Fragen zu einer Frau, die hier vor circa zwanzig Jahren im Kirchenchor gesungen hat.«

Der Mann lächelte Annie an und ein Blitzen in seinen Augen verriet seine Lüsternheit. Er räusperte sich und schaute dann konzentriert auf Nicks Handy. In derselben schläfrigen Art, wie er zuvor gelaufen war, erwiderte er: »Von der Polizei? Aus Memphis?«

»Ja, Memphis, und nein, nicht von der Polizei, sondern einer Sondereinheit. Uns holt man, wenn es zum Beispiel um Serienverbrechen geht«, schaltete sich Annie gereizt ein.

Der Priester musterte sie aufmerksam und sein Blick glitt von ihren Oberschenkeln bis zur Hüfte. An ihrem Busen verweilte er mit seinen hervorstechenden Augen länger als beabsichtigt und leckte sich unbewusst über die Lippen und sog ihre Schönheit auf.

»Hören Sie!«, sagte Nick und tadelte den jungen Priester mit einem Blick, der tödlicher hätte nicht sein können.

Der Priester wandte sich an Nick und antworte: »Ich kann Ihnen ehrlich gesagt nicht helfen. Ich bin hier erst seit vier Jahren im Amt.«

Annie rollte mit den Augen. »Wer wäre unser Ansprechpartner?«

»Ich müsste einen anderen Priester holen. Der ist gerade in der Kapelle. Warten Sie hier«, entgegnete er, blitzte Annie lustvoll an und eilte davon.

Annie schüttelte den Kopf und setzte sich auf eine Bank. Sie atmete tief durch und starrte auf den Steinboden.

»Alles gut mit Ihnen?«

Sie reagierte nicht.

»Ms. Walker?«

Sie blickte zu ihm auf.

Nick sah in ihren samtbraunen Augen tiefe Traurigkeit und unendliche Verzweiflung miteinander verschmelzen. Eine einzelne Träne benetzte ihre Wange. Seine Mundwinkel zuckten bei dem vielen Leid, welches zu ihm herüberschwappte. Er hatte das dringende Bedürfnis, diese Träne mit seinen Lippen aufzufangen und ihre Augenlider zu küssen.

Mit zitternder Stimme erwiderte sie: »Es ist alles gut. Wirklich!« Sie rang sich ein Lächeln ab und stand auf. »Es ist nur«, sie biss sich auf die Unterlippe, »ich hasse Kirchen!«

Nick hob eine Augenbraue. Er ignorierte den jungen Priester, der mit einem älteren Mann im Schlepptau zurückkam. Sein Blick bohrte sich in Annies Augen.

»Sie lügen!«, zischte er.

Annie zuckte bei diesen Worten zusammen. Denn darin lag nicht nur die bittere Wahrheit. Sondern sein Tonfall hegte nicht den geringsten Zweifel daran, dass er ihre Lügen und Ausweichmanöver nicht mehr lange dulden würde. Ihre Beine schlackerten beim Gedanken daran, dass Nick Preston eines Tages den wirklichen Grund für ihr jämmerliches Auftreten erfahren würde.

Annie erhob sich blitzschnell, doch ihre Beine zitterten unsicher. Geschickt schlängelte sie sich an Nick vorbei und versuchte ihre Unsicherheit, so unauffällig wie möglich, zu verbergen. »Wenn Sie meinen.«

Er packte ihr Handgelenk. »Sie lügen! Ich weiß es!«, flüsterte er.

Annie stieß einen Seufzer aus. Nicks Blick war vernichtend und unmissverständlich, eine klare Warnung. Dann ließ er sie los und schob sie an sich vorbei.

»Mr. Finch erzählte mir, dass Sie meine Hilfe benötigen?«, fragte der Priester und reichte beiden die Hand. »Ich bin Mr. Campbell.«

»So sieht es aus«, erwiderte Annie eisig. »Ich gehe davon aus, Mr. Finch hat unsere Namen bereits erwähnt.«

Er nickte.

»Haben Sie ein Büro, wo wir uns in Ruhe unterhalten können?«

»Ja. Folgen Sie mir.«

Schweigend durchquerten sie die Gemäuer und folgten einem schmalen, gewölbten Gang, dessen Wände aus gepflasterten Steinen bestanden. Schließlich erreichten sie einen Turm, von dem aus eine Wendeltreppe in den Keller führte.

Am Ende der Treppe lag Mr. Campbells Büro hinter einer schweren Holztür, die beim Öffnen knarrte und Nick an einen knurrenden Dobermann erinnerte.

»Sie müssen entschuldigen, hier ist es nicht gerade einladend. Es ist kalt und feucht. Aber wir begnügen uns hier nur mit dem Nötigsten.«

»Kein Problem, Mr. Campbell«, erwiderte Nick. Er beobachtete Annie, die das Büro in Augenschein nahm und die Nase rümpfte, wegen des modrigen Geruchs.

Annie entdeckte reihenweise Wälzer, in uralten schmutzbraunen Holzregalen, an der Steinwand stehen. Zahlreiche Stapel verstaubter Bücher, deren Buchrücken bröckelten, ragten bis zum Kellergewölbe wie Türme empor. Neben der Tür entdeckte sie eine massive rostbraune Truhe, die mit einem dreiarmigen Kerzenständer und einem Holzkruzifix geschmückt war. Ein Schloss, das aussah wie ein Kerkerschloss aus längst vergangenen Zeiten, ließ diese Truhe bedrohlich wirken. Nichts in diesem Raum wirkte auf Annie einladend. Absolut nichts! Wie in einem Gefängnis, dachte sie und umschlang ihre Ellenbogen mit den Händen. Sie sehnte sich danach, so schnell wie möglich aus diesem Gewölbe zu entkommen.

Der Priester setzte sich hinter seinen rustikalen Eichenschreibtisch.

»Sagen Sie, können Sie sich an eine Nathalie Sand erinnern. Sie hat vor zwanzig Jahren hier im Kirchenchor gesungen?«, leitete Annie das Gespräch ein.

»Nathalie Sand?«, fragte er eher sich selbst und rieb sein linkes Ohrläppchen.

»Sie stammt aus Lipton und hat ihren Vater bei einem Unfall verloren«, fügte sie hinzu.

Nick legte ihm ein Foto der jüngeren Nathalie Sand auf den Tisch. »Erkennen Sie sie?«

Der Priester strich sanft mit seinen Händen über das Foto. Die nächsten Worte sprach er schwerfällig aus, fast traurig, und betonte dabei jedes einzelne: »O ja und wie ich mich erinnere!«

»Erzählen Sie uns von ihr«, bat Nick.

»Sie war eine meiner besten Sängerinnen. Mit einer engelsgleichen Stimme. Sang Sopran und lernte mit einer atemberaubenden Geschwindigkeit

Texte und Techniken. Man konnte sich immer auf sie verlassen.«

Er machte eine Pause und Nick sah in seinen salbeigrünen Augen einen Funken, der die markanten Wangenknochen des alten Mannes zum Vorschein brachte.

Auf seine sanfte Stimme legte sich ein Schatten, als er weitersprach: »Bis zu dem Tag – an dem ihr Vater starb. Seitdem war sie ein anderer Mensch. Ihre Mutter hatte sie leider nicht gut aufgefangen und so fing sie an, abends auf den Straßen abzuhängen, Alkohol zu trinken und na ja – sie wissen schon, sich mit Jungs einzulassen.« Ein langes Schweigen hüllte die Gemäuer ein. »Sie kam zu keinen Proben mehr und wich jedem Gespräch aus. Eines Tages, ich glaube, es war so circa drei Monate später, kam sie zu mir, um zu beichten.« Er seufzte. »Ich nahm ihr die Beichte ab. Ich weiß noch wie heute, dass ich danach sehr traurig war und sie bat, sich Hilfe zu suchen. Aber sie lehnte ab. Danach haben wir uns nie wiedergesehen.«

»Worum ging es in der Beichte?«, fragte Annie.

»Das kann ich Ihnen unmöglich sagen, Ms. Walker.«

»Mr. Campbell, Ms. Sand ist tot. Ermordet!«, sagte Nick kühl. »Wir brauchen jede noch so kleine Information.«

»Oh, Jesus Christus. Sie ist tot?«

»Ja, Mr. Campbell. Die Beichte! Was hatte Sie einst so erschüttert?«, hakte Annie nach.

Der Priester bekreuzigte sich und sprach ein Gebet aus. »Ich kann es Ihnen wirklich nicht sagen. Ich darf nicht! Ich erinnere mich sowieso nicht mehr an alles.« Er stand auf und krallte seine Hände in die Tischkante. »Aber früher habe ich Notizbücher geschrieben. Jetzt leider nicht mehr. Wissen Sie, ich habe Gicht.« Er zeigte auf seine angeschwollene Hand. »Ihnen bleibt nichts anderes übrig, als die Notizbücher zu durchforsten. Mehr kann, darf und werde ich nicht für Sie tun können.«

»Und wo finden wir die Bücher?«, fragte Annie und starrte angewidert auf seine klumpige Hand.

Mr. Campbell schlurfte zur Kommode, stellte den Kerzenständer und das Kruzifix auf den Boden und nahm einen Schlüssel aus seiner Brusttasche, die er um den Hals trug. Während er sich bückte, knackte ein Wirbel in seinem Rücken. Schwer atmend schloss er die Truhe auf. Staub stieg empor und Annie hustete, als dieser ihre Lungen erreichte. Mr. Campbell hob den knarrenden Deckel an und stieß ihn mit voller Wucht gegen die Wand.

Holz krachte auf Stein. Annie zuckte zusammen, was Nick nicht entging. Stirnrunzelnd ging er an ihr vorbei.

»Das sind eine Menge Notizbücher«, staunte Nick und blickte tief in die Truhe hinein.

»Auf jedem Notizbuch stehen der Monat und das Jahr. Lassen Sie sich Zeit. Ich muss wieder nach oben.« Der Priester verabschiedete sich und stieg schniefend die Treppen hinauf.

Nick durchwühlte derweil die Notizbücher, stapelte so viele, wie er in seinen Armbeugen tragen konnte, und legte sie vorsichtig auf den Boden.

Das wiederholte er ein paarmal, bis er bemerkte, dass Annie reglos ins Nichts stierte. Er richtete sich auf und ging auf sie zu. »Was ist los?« Wieder ein verlorener Blick, der ihn traf.

»Wir wissen beide«, flüsterte sie, »dass ich keine Katze habe.« Sie atmete tief ein und aus. Ihre Brust bebte und sie wartete nicht auf seine Reaktion. Mit zittriger Stimme hauchte sie: »Aber ich kann Ihnen nicht sagen, was los ist! Es ist privat. Sehr privat! Okay?«

Nick schaute sie prüfend an. »Privat?«

»Ja, sagte ich doch!«

In ihm zog ein Sturm auf. »*Privat?* Die Summe Ihrer Fehlverhalten im Dienst und die Ignoranz mir gegenüber sind privat?«

»Sie haben mich falsch verstanden!«, fauchte sie.

»Nein, habe ich nicht! Das alles«, er fuchtelte wild mit den Armen herum, »Ihre Schroffheit und Ihre Ausraster, wegen privater Angelegenheiten?«

»Ich meinte, es ist nichts, was Sie anzugehen hat. Einfach zu privat. Zu intim. Was verstehen Sie daran nicht, verdammte Scheiße!«

»Es ist mir ehrlich gesagt so was von egal, ob es zu privat oder zu intim ist!« Er funkelte sie wütend an. »Sie sagen mir also nicht, was Sie ständig aus dem Konzept bringt? Ein bisschen Blut hier, ein Gespräch da, ein fucking Zettel dort oder eine scheiß knarrende Truhe hier?«, brüllte er. Er trat einen Schritt dichter an sie heran. »Sie? Eine gute Ermittlerin? Die Beste, wie ich hörte? Davon merke ich rein gar nichts!«

Geschockt von seinen Worten, die sich wie Giftpfeile in ihr Herz bohrten, holte sie mit der flachen Hand aus.

Nick sah den Arm auf sich zuschießen. Blitzschnell wehrte er den Schlag mit seinem Unterarm ab. Annie wankte und rumste rücklings gegen den Schreibtisch.

Ihre Blicke trafen sich. Der Zorn in seinen Augen versprühte Funken, die den ganzen Raum aufheizten. Schweißperlen benetzten ihre Stirn. Seine Nasenflügel blähten sich auf, ließen Luft in seine bebende Brust strömen. Die Muskeln zeichneten sich wie eine eiserne Mauer unterm Shirt ab. An seinem Hals sprang eine Ader wie die scharfe Klinge eines Klappmessers hervor. Sein Gesicht spiegelte blankes Entsetzen wider.

Nicks Anblick erschütterte Annie bis ins Mark. Sie krallte ihre Finger in die Holzplatte des Tisches. »Es tu...« Tränen füllten ihre Augen, nahmen ihr die Sicht. »Hören Sie, ... ich ...!« Sie trat einen Schritt auf ihn zu.

Nick wich zurück. »Wagen Sie es nie wieder, gegen mich die Hand zu erheben!« Dann drehte er sich abrupt um und preschte zur Tür.

Annie wischte sich mit dem Handrücken die Augen trocken. »Wo wollen Sie hin?«, schrie sie ihm hinterher.

Nick blieb stehen und blickte über seine Schulter. »Ich ertrage Ihre Nähe nicht!« Dann verließ er das Büro.

»Verdammt noch mal! Warten Sie!« Annie stürmte hinter ihm her. »Bitte warten Sie, verdammt noch mal!«

Nick, oben auf der letzten Treppenstufe angelangt, hielt inne. Er drehte sich um. »Was verstehen Sie nicht, wenn ich sage: Ich. Ertrage. Ihre. Nähe. Nicht!«

»Ich ...«

»Ich fahre jetzt zu diesen Roberts und anschließend nach Lipton zu Sands Mutter! Sie lesen hier die Notizbücher quer. Machen Sie es sich in diesem Loch gemütlich!« Er sah auf seine Uhr. »Wir treffen uns in zwei Stunden vor dem Haupteingang der Kirche.«

»Nein!«

Stirnrunzelnd blickte er Annie grimmig an. »Ich glaub«, er ging eine Stufe runter, »ich höre nicht richtig!«

Annie stand wie versteinert an der untersten Stufe und sah ihm dabei zu, wie er wie eine Raubkatze, Stufe für Stufe, die Treppen hinunterschlich.

»Ich werde keine Minute länger als nötig hier mit Ihnen verweilen«, flüsterte er. »Ihr Verhalten widert mich an.«

»Entschuldigung«, murmelte sie.

Er war drei Treppenstufen von ihr entfernt: »Bitte?«

»Entschuldigung«, zischte sie.

Zwei Stufen.

»Ich werde fahren«, sagte sie kaum hörbar. »Ich meine«, stammelte sie, »Sie haben doch das brillante Gedächtnis, nicht ich. Sie sollten die Notizbücher durchforsten.«

Eine Stufe.

Seine Augen blitzten auf und erstrahlten den matt beleuchteten Flur. Die Hitze in ihren Wangen

spürend schritt er wortlos an ihr vorbei und schmiss
die Tür zu.

Annie stürmte aus der Kirche und setzte sich in
den Truck. Sie legte ihren Kopf auf das Lenkrad.
Gewitterschwere Tränen, die einem Wasserschwall
glichen, flossen über ihr Gesicht. Die Welt, die
sie versuchte, jeden Tag zusammenzuflicken, zer-
brach in ihrem Innersten und schnitt sich unaufhörlich in ihre zerfetzte Seele und ihren Geist
ein. Sie wusste: Sie war eine tickende Zeitbombe
und Nick Preston verlangte ihr alles ab. Der Zettel?
Der gab ihr den Rest.

Sie knallte ihre Faust gegen das Lenkrad und
schrie, so laut sie konnte. Mit der Intensität einer
Nuklearwaffe traf sie die bittere Erkenntnis, dass
sie anscheinend doch noch nicht bereit war, mit
jemandem zusammenzuarbeiten. Überhaupt noch
nicht bereit war für die SUBM. Rückblickend hatte
sie die letzten Monate immer allein gearbeitet und
hauptsächlich mit Dan oder Sam kommuniziert.
Soziale Kontakte, gleich null! Auseinandersetzun-
gen mit Kollegen, gleich null! Niemand wagte es,
sie großartig anzusprechen oder herauszufordern.
Niemand stellte sich ihr in den Weg.

Außer Nick Preston.

Er war anders.

Er tat all das, was sie nicht aushalten konnte.
Was sie wütend machte. Was sie zu einem noch
größeren Ungeheuer werden ließ. Sie war gars-
tig. Grausam und gefühlskalt zu ihm. Ein Bild
der alten Annie flackerte in ihren Gedanken auf:
beherzt, lebensfroh und leidenschaftlich. Das war

einmal. Wie ein Silberstreifen am Horizont, der allmählich verblasste.

Ihr Magen krampfte, als ein Gefühl der Ohnmacht sie erfasste und die Kehle zuschnürte, als wenn ein Stück Holz in einen Schraubstock montiert und immer fester gespannt würde. Unzählige Male atmete sie ein und aus, zählte wieder von 100 an rückwärts, schloss dabei ihre Augen und beruhigte so ihren Puls. »Zwei Stunden. Verdammte zwei Stunden. Krieg dich wieder ein, Annie«, wimmerte sie. Ein weiteres Mal konzentrierte sie sich auf ihre Atmung. Dann seufzte sie, zückte ihr Handy und rief Sam an.

»Hey Annie.«

»Kannst ...« Annie hielt inne. »Warum trällerst du nicht ins Telefon, Sam! Was ist passiert?«

»Es gibt eine weitere Tote. Die gleiche Schmucknarbe wie bei den anderen Frauen.«

»Fuck! Schick mir das Foto der toten Frau und kündige mich bitte bei Lance Roberts und Nathalie Sands Mutter an.« Dann legte sie auf.

Ihr Handy piepste. Annie öffnete das Foto und blickte auf eine schwarzhaarige Frau, die splitterfasernackt in eine Mülltonne geworfen worden war. Ihr schwarzer französischer Pony war angesengt und ihre Haut spannte über den Knochen. Sie vergrößerte das Foto und schaute sich die Schmucknarbe genauer an. Sie strich mit dem Zeigefinger über die Initialen. Tiefes Mitgefühl paarte sich mit einer unbändigen Wut in ihrem Bauch.

Nick war nach der Auseinandersetzung mit Annie sehr aufgewühlt. Er konnte keinen klaren

Gedanken fassen. Fluchtartig verließ er die modrigen Gemäuer, setzte sich auf eine Bank unter einen Ahornbaum und pumpte frische Luft in seine Lungen. Doch auch die nach Flieder duftende Brise und die sattgrünen Bäume, die die Kirche umgaben, besänftigten ihn kaum und linderten nicht die schmerzenden Schrammen in seinem Inneren.

Er griff tief in seine Hosentasche und holte ein Fläschchen heraus. Vorsichtig öffnete er es und führte die Flasche unter seine Nase. Tief einatmend, den Kopf in den Nacken gelegt, inhalierte er den Inhalt des Poppers. Es war genau das, was er in diesem Moment benötigte.

Schmerzstillend.

Aphrodisierend.

Muskelentspannend.

Ein kurzer, aber wirksamer Rausch.

Er schloss die Augen und genoss die Droge. Vor seinem geistigen Auge sah er die Frau, die es schaffte, ihn so aus der Fassung zu bringen. Das passierte ihm selten. Sehr selten sogar.

Ihm war mittlerweile schonungslos klar, dass Annie Walker eine unwiderstehliche Anziehungskraft auf ihn ausübte. Seine eiserne Kontrolle erhielt Risse. Das durfte er auf gar keinen Fall zulassen, denn es gab mehr als einen Grund, warum sie ihm nie mehr bedeuten durfte als das, was sie war: seine Partnerin im Dienst. Und genau da lag das Problem. Sie machte es ihm so unglaublich schwer, mit ihr zusammenzuarbeiten.

Ein zwielichtiger Gedanke durchzuckte ihn. Er fasste einen Entschluss und lächelte in sich hinein.

Nach ein paar Minuten der Stille packte er die Flasche in seine Hosentasche zurück, zückte sein Handy und wählte eine Nummer, die er nur selten und äußerst ungern verwendete.

Nach dem vierten Klingeln meldete sich eine Männerstimme. Tief und rauchig erinnerte sie Nick an einen alten abgewetzten Schornstein. »Was willst du?«

»Du schuldest mir was.«

»Name.«

»Annie Walker. Die Akten sind vermutlich Passwort geschützt. Ich vermute sogar noch weitaus mehr. Grabe so tief, wie du kannst. Alles ist erlaubt. Nur lass dich nicht erwischen!«

»Als ob ich mich jemals hab erwischen lassen«, antwortete der Mann am anderen Ende der Leitung.

Dann legte Nick auf und ging mit einem nebulösen Gefühl von Verrat und Überzeugung, das Richtige getan zu haben, in das Gotteshaus zurück.

Annie kramte ihre Spycontacts aus dem Handschuhfach. Sie hasste diese Linsen, aber eine der Vorschriften im Dienst besagte, dass man Aufzeichnungen machen musste, sobald man allein arbeitete. Nachdem Annie die Spycontacts in ihre Augen eingesetzt und die Software auf ihrem Handy aktiviert hatte, damit die Gespräche mit Mr. Roberts und später mit Ms. Sand aufgezeichnet wurden, betrat sie die Manufaktur durch eine pompöse gläserne Drehtür. Sie trottete zur Rezeption, an der eine Frau saß, die Barbie in nichts nachstand. »Annie Walker vom SUBM aus Memphis. Meine Kollegin hat mich bereits angekündigt.«

Die Empfangsdame musterte sie von oben bis unten. »Mr. Roberts ist in einer spontanen Videokonferenz. Die nächste Stunde hat er folglich keine Zeit. Sie müssen wohl warten.« Sie lächelte Annie gekünstelt an und senkte anschließend ihren Blick. Mit ihren langen spitzen Nägeln klackerte sie etwas in ihre Tastatur und beachtete ihr Gegenüber nicht weiter.

Annie schnaubte und knallte ihre Faust auf den Empfangstresen. »Das ist mir ehrlich gesagt scheißegal.«

Barbie zuckte zusammen. »Also, ich bitte Sie!«

Annie grinste über beide Ohren und zeigte ihre strahlend weißen Zähne, bevor sie weitersprach: »Ich warte genau fünf Minuten! Ich ermittle in einem Mordfall. Richten Sie ihm das aus. Oder«, sie beugte sich vor und war keine zwanzig Zentimeter von ihren aufgespritzten Lippen entfernt, »ich ziehe Ihren gelifteten Arsch über die Theke, damit Sie mir eigenhändig zeigen, wo der Chef des Hauses sich gerade befindet. Hab ich mich klar und deutlich ausgedrückt?«

Grimmig und mit aufgerissenem Mund starrte Roberts' aufgepimpte Empfangsdame Annie an. Ihr Blick wechselte mehrere Male zu Annies Muttermal, das, wie sie fand, wie eine Fackel loderte. Sie seufzte. »Ist ja gut«, erwiderte sie und führte ein Telefongespräch.

Ein paar Minuten später schlenderte Mr. Lance Roberts höchstpersönlich um den Tresen herum und nahm Annie in Empfang. Sie sah ihm dabei zu, wie er wie ein Gockel auf sie zu stolzierte und fand ihn schon jetzt, ohne ein Wort mit ihm gewechselt zu haben, abscheulich.

»Ms. Walker.« Er reichte ihr die Hand, die Annie mit einem aufgesetzten Lächeln ignorierte. »Ein Mordfall? Lassen Sie uns in mein Büro gehen. Da sind wir ungestört.«

»Nichts lieber als das.« Sie folgte ihm und spürte das breite Grinsen in seinem sonnenverkohlten Gesicht.

Im Büro angekommen bot er ihr einen Platz an, den Annie ebenfalls ablehnte. Sie scharwenzelte durchs Büro und stellte fest, dass es nur so vor Auszeichnungen, vergoldeten Dekoelementen und Selbstporträts strotzte.

»Kaffee, Tee oder lieber einen Rum?« Er deutete auf den Barwagen.

»Ich trinke nicht im Dienst. Und ich hasse Smalltalk sowie Höflichkeitsfloskeln. Verstanden?«

»Nun denn«, erwiderte er und lächelte gekünstelt. Er setzte sich auf seinen Stuhl und kreuzte die Hände hinter seinem Kopf. »Wie kann ich Ihnen helfen?«

»Kannten Sie eine Nathalie Sand?« Roberts Gesichtsfarbe wurde auf einen Schlag fahl. Kreideweiß und mit glanzlosen Augen stand er abrupt auf. Das Blut sickerte in seine Beine und für einen kleinen Moment wankte er. Dann trottete er zum Barwagen, der ein paar Meter entfernt, unter einer aufgehängten Fotografie von ihm, stand. Für einen Moment starrte er auf sein Selbstbild und sog es förmlich mit seinen

Augen auf. So, als ob er sich diese Selbstsicherheit, die der Fotograf eingefangen hatte, wieder in Erinnerung rufen wollte.

Roberts' Blick senkte sich und er schenkte sich einen Drink ein. Seine Schultern sackten zusammen. Er nippte an dem Drink und nach einer Weile sagte er: »Nein, Ms. Walker. Wie kommen Sie darauf?«

Annie sah sein Gesicht nicht. Hörte aber zu, wie er seinen Rum schlürfte. Sie wusste: Er log. Sie gab ihm aber die Bühne, die er wollte.

»Okay«, murmelte sie. Sie wusste, dass er lächelte. Als er sich einen zweiten Drink einschenkte, hatte sie die Schnauze voll. So viel Arroganz widerte sie an. Sie düste wie ein Schnellzug zu ihm, riss ihm das Glas aus der Hand und warf es zu Boden, woraufhin es sanft auf dem Hochflorteppich landete. »Hören Sie mal, Sie aufgeblasener Scheißkerl!«, brüllte sie. »Ich weiß, Sie kannten Nathalie Sand. Und wenn Sie mir jetzt nicht erzählen, was Sie wissen, nehme ich Sie mit nach Memphis und werde Sie offiziell vernehmen. Danach können Sie sich vollsaufen, bis Sie umkippen oder krepieren, verstanden?«

Er war verblüfft, verstört und verängstigt zugleich. Noch nie in seinem ganzen Leben hatte jemand es gewagt, so mit ihm zu sprechen, geschweige denn, ihn so zu behandeln. Außer – außer Nathalie Sand. Sein rechtes Auge zuckte. Er blickte auf das Glas, das wie in Watte gepackt auf dem Teppich lag und ging mit hängenden Schultern zu seinem Schreibtisch. Er setzte sich und lehnte sich zurück.

Annie blieb demonstrativ da stehen, wo sie war. »Reden Sie!«

»Das ist schon sehr lange her, Ms. Walker.«

»Ist mir scheißegal!«

Er überlegte eine ganze Weile und schaute an die Decke, bevor er weitersprach: »Wir waren ungefähr vier Wochen zusammen. Danach haben wir uns getrennt und ich habe sie nie wiedergesehen.«

»Was ist in den vier Wochen passiert?«

»Nix. Nix Großes. Wir waren Teenager, die einfach nur 'ne Menge Spaß hatten.«

»Sie führten mit ihr also eine Beziehung?«

»Nennen Sie es, wie Sie wollen«, erwiderte er, ohne sie anzublicken.

»Mr. Roberts, ich erahne, dass Sie eine ziemlich verstörende Beziehung mit ihr geführt haben.«

Roberts ignorierte ihre Worte und starrte auf seinen glänzenden Marmortisch, in dem sich seine leidende Fratze spiegelte.

Annie lief wie auf Samtpfoten zu ihm hinüber. Sie stemmte beide Hände auf den Tisch. Als er immer noch nicht zu ihr aufblickte, haute sie mit der flachen Hand auf den Tisch. »Schauen Sie mich, verdammte Scheiße an, wenn ich mit Ihnen rede!«

Jetzt blickte er mit weit aufgerissen Augen in ihr wutentbranntes Gesicht. Sein Blick fiel dabei auf ihr feuerrotes Muttermal. Es faszinierte ihn und so starrte er es länger als beabsichtigt an.

»Starren Sie mich nicht so an! Verstanden?«

»Herr Gott, ja!« Er wandte seinen Blick ab.

»Nun, Nathalie war also nicht mehr der liebe brave Teenager, wie vor dem Tod ihres Vaters.

Also rücken Sie jetzt mit der Sprache raus oder soll ich Sie vor den Augen Ihrer lausigen Mitarbeiter abführen«, fuhr sie ihn an und schlug jetzt mit der Faust auf den Tisch. Lance Roberts zuckte zusammen und wich mit seinem Stuhl zurück.

»Scheiße, was soll das?«, schrie er sie an.

Sekunden verstrichen. Annie starrte ihn an und blieb stumm. Ihr Mal loderte in seinen Augen. Er spürte Hitze in sich aufsteigen und sprach die nächsten Worte zögerlich aus: »Nathalie war ein Monster.« Er schluchzte. »Wir sind drei Tage vor dem Tod ihres Vaters zusammengekommen. Da war sie noch liebenswert. Danach?« Ein Blick voller Zorn schwappte zu ihr hinüber.

»Danach?«

»Nur noch abartig. Sie schikanierte alle um sie herum. Selbst mich!« Er stand auf und lehnte sich an den Schreibtisch. »Lassen Sie mich noch einen Drink nehmen, bitte«, flehte er sie an.

»Weiterreden!«

»Bitte!«

»Reden Sie weiter!«

Er seufzte. »Mir war es egal, wenn sie andere wie Scheiße behandelte. Ich wollte so nicht behandelt werden. Aber ich wollte auch bei ihr sein. Sie war, nun ja. Sie war attraktiv. Sehr sogar.« Er leckte sich über seine schmalen Lippen. »Ich war ein junger Mann. Sie spielte nur mit mir. Da dachte ich, das kann ich auch. Denn sie machte mich wütend!«

»Warum?«

»Weil sie mich hinhielt. Wenn Sie verstehen, was ich meine.«

Annie wandte sich von ihm ab, bewegte sich leichtfüßig wie eine Tänzerin über den flauschigen Teppich zum Barwagen und füllte ein Glas mit Rum. »Weiter!«

»Eines Tages haben wir bei mir ein, zwei Bier getrunken und ich habe ihr irgendeinen Scheiß in die Flasche gemischt.«

»Und dann?«, erwiderte sie und schritt zum Tisch zurück. Sie setzte sich. Den Rum behielt sie in der Hand.

Roberts starrte auf das Glas, kämpfte gegen seine trockene Kehle an und leckte sich über die Lippen. »Sie hatte mich wochenlang schikaniert. Wochenlang hingehalten!« Er hielt inne und wieder traf sein Blick auf das Glas, das sie mit beiden Händen fest umschloss.

»Weiter!«

»Na ja, so benommen war sie dann doch nicht, wie ich es angenommen hatte. Hab's wohl falsch dosiert.« Er lächelte, als wollte er sich dadurch von seiner Schuld befreien.

»Aber – sie war nicht in der Lage, sich zu wehren?«

»Keine Ahnung?« Er zuckte mit den Schultern. »Geschrien hat sie jedenfalls nicht. Erst ein wenig rumgezickt. Sie hat gequiekt. Ich würde sagen, sie hat gestöhnt. Irgendwann ist sie mittendrin eingeschlafen. Das Mittel wirkte. Halt nur verzögert. Ich war aber noch …«

»Sie waren noch was?«

Er biss sich auf die Unterlippe. »Geil«, hauchte er und entzog sich ihrem Blick.

»Während sie schlief?«

»Ich war siebzehn! Herrgott, wir waren doch eh zusammen«, schrie er sie an. »Außerdem hat sie es verdient. Sie war mies zu mir.« Ein dämonischer Blick legte sich auf seiner Fratze nieder.

Annie schluckte. »Was ist passiert, als sie aufgewacht war?«

Er schaute auf den gewienerten Marmor. Seine Augen wurden feucht.

»Ich habe sie noch mal genommen.«

»Mit ihrem Einverständnis?«

»Sie hat sich gewehrt. Doch es war mir egal.« Ein Blitz in seinen Augen traf die Gewitterwolken in ihren.

Annie atmete sichtbar schwer. Ihre Muskeln waren zum Zerbersten angespannt. Sie konzentrierte sich jetzt auf ihre Atmung. Ihre nassen Handflächen wischte sie an ihrem Oberschenkel ab. Am liebsten hätte sie dieses Schwein über den Tisch gezogen und ihm mit seinem vergoldeten Briefbeschwerer den Kopf zertrümmert, bis nur noch Gehirnfetzen von ihm übriggeblieben wären. »Sie haben sie davor, im Schlaf und nach dem Aufwachen vergewaltigt!«

»Ich habe sie danach nie wieder angefasst und gesehen.«

»Sie haben sie vergewaltigt!«

Er ignorierte ihre Worte erneut. »Mein Vater hat mich ein halbes Jahr später in die Firma geholt und na ja – schauen Sie, wo ich jetzt bin!«

»Sie haben sie vergewaltigt! Und das mehr als ein Mal!« Ekel kroch in ihr hoch und löste einen Brechreiz aus. Doch sie schluckte ihn wie einen unzerkauten Bissen Fleisch herunter.

»Glauben Sie mir, es hat sie nicht gestört. Sie hat sich doch gar nicht groß gewehrt. Das gehörte alles zu ihren Spielchen. Außerdem wollen Frauen einfach mal härter rangenommen werden.«

»Wollen sie das, ja?«

»Ja!«

»Sie war fünfzehn!«, schrie sie ihn an und stellte das Glas mit voller Wucht ab, sodass es überschwappte.

»Sie war eine geile Fünfzehnjährige mit einer triefend feuchten Fotze«, kreischte er. »Ich brauchte nicht mal Gleitgel. Also erzählen Sie mir nichts von Vergewaltigung!«

Annie stockte der Atem. Sie nahm das Glas, führte es rasch an ihre Lippen und kippte den Rum in einem einzigen Zug hinunter.

Er lachte laut auf. »Ms. Walker. Ganz ehrlich, wir waren noch Kinder vor dem Gesetz! Es hätte ihr eh niemand geglaubt. Im Gegenteil, man hätte so einem Monstrum so was doch gewünscht!«

Der Ekel durchsäuerte jetzt ihren Körper. Ihre Muskeln waren immer noch hart wie Stahl und kurz vorm Explodieren. Sie atmete brettsteif ein und ließ sich für das Ausatmen sehr viel Zeit. »Aber sie hätte Sie noch Jahre später anzeigen können. Jetzt, wo Sie so eine Reputation haben, wäre es doch eine Schande für Ihr Unternehmen, oder?«

»20 Jahre später? Das ist doch lächerlich. Wollen Sie mir ein Mordmotiv unterstellen?«

»Das wäre eins.«

»Auch heute würde ihr niemand glauben. Ich habe die besten Anwälte. Sie wäre chancenlos! Das wusste sie!«

Er schaute ihr selbstsicher in die Augen und sie wusste, er verheimlichte ihr etwas. »Wann haben Sie sie das letzte Mal gesehen?«

»In der Nacht vor 20 Jahren. Seitdem nie wieder.«

»Hatten Sie anderen Kontakt gehabt? Mail, Messages, Telefon?«

Ein Zögern. »Nein.«

»Wo waren Sie heute zwischen vier Uhr morgens und elf Uhr?«

Er lachte kurz auf, bevor er sprach: »Zu Hause. Allein. Und ab neun im Büro. War's das jetzt? Mir werden die Fragen zu heikel. Ich rede nur noch in Gegenwart meines Anwalts!« Er stand auf.

Annie ebenfalls, aber in Slow Motion. Sie stellte sich neben ihn und erwiderte nüchtern: »Zwei Fragen habe ich noch.« Beide schauten durch die bodentiefen Fenster auf den Cumberland River, der sich durch die Stadt schlängelte. »Wen hatte Nathalie alles schikaniert?«

Ein Seufzen. »Sie hatte Projekte, wie sie es immer nannte. Ein Projekt hieß Mission Blindschleiche. Ich weiß nicht, was daraus geworden ist.«

Annie reagierte nicht.

»Ms. Walker, wie lautet Ihre letzte Frage? Ich muss zurück ins Meeting!«

Annie drehte sich zu ihm um. Ein Grinsen kündigte ihren Wahnsinn an. »Sie widern mich an!« Dann spuckte sie ihm ins Gesicht.

Er schrie auf, verzog angewidert das Gesicht und zog ein Stofftaschentuch aus seiner Anzughose. »Was zur Hölle soll das? Sind Sie irre?« Er wischte sich das Gesicht trocken. »Ich werde Sie anzeigen!«

»Mir scheißegal«, erwiderte sie und zuckte mit den Schultern. »Im tiefsten Ihres Inneren wissen Sie, dass Sie Nathalie vergewaltigt haben.«

»Einen Scheiß habe ich!«

»Wie können Sie damit nur zwei Jahrzehnte leben? Wie können Sie nur!« Sie griff nach dem leeren Glas vom Tisch und schmetterte es gegen das Gemälde neben der Tür, auf dem er lässig an einer Dodge Viper aus den Neunzigern lehnte. Klirrend zersprang es in winzige Stücke, die der flauschige Teppich, friedvoll, wie kleine Diamanten in sich aufsog, um sie wie einen Schatz zu vergraben.

Marge:
Dann brenn den Schleier nieder! Dann siehst du klar und deutlich die Welt vor dir liegen. Nur so wirst du es schaffen, das Flammenmeer zu bekämpfen!

Annie:
Mein Hass und meine Schuld sind so grenzenlos, dass ich mich gar nicht traue, den Schleier niederzureißen. Was ist, wenn der lodernde Vorhang auf mich fällt und ich selbst in dem Feuer, das ich gelegt habe, verbrenne?

Kapitel 16

Nick wühlte eine gefühlte Ewigkeit in der Kiste herum, bis er schließlich die Notizbücher aus dem Jahr 1985 fand. Er ärgerte sich darüber, dass er nicht nachgefragt hatte, in welchem Monat der Autounfall passiert war. Er hoffte darauf, bald eine Antwort zu finden, und entschied vorerst, Mr. Campbell nicht aufzusuchen, um ihn danach zu fragen.

Die feuchte und modrige Luft in diesem Raum, gepaart mit dem Staub, der sich auf den unzähligen Büchern befand und beim Rauskramen aufwirbelte, reizte seine Augen und die Linsen. Er rieb sich diese vorsichtig, wuschelte durch seine Haare und gähnte.

Mit Engelsgeduld sichtete er jedes einzelne Notizbuch. Vergilbte Blätter, schmierige Tintenflecke, Risse im Papier und die schnörkelige Handschrift des Priesters erschwerten ihm das Lesen. Unzählige Male befeuchtete er seine Fingerspitzen, um die Blätter voneinander zu trennen. Der muffige Geschmack des Papiers, das einen Hauch Vanille in sich trug, benetzte seine ohnehin schon trockene Zunge wie ein Seidenspinnernetz einen Baum.

Er unterdrückte das dringende Bedürfnis, ein Glas Sprudelwasser trinken zu wollen, und ermahnte sich im Geiste, geduldig zu sein. Eine Technik, die er bereits als Kind benutzt hatte, um zu überleben. Und trotzdem triggerte ihn diese Vorgehensweise. Qualvolle Erinnerungen blitzten aus seiner Kindheit nebulös in einem Schatten hinter seinen Augen auf. Sein Magen zog sich wie ein Igel in Gefahr zusammen.

Der Entführer und Mörder seiner Eltern, als er fünf Jahre alt gewesen war, der fortan vorgab, sein Vater zu sein, kroch mit einem zerfledderten Gesicht aus seinem Gedächtnisfriedhof hervor und rüttelte an seinen mentalen Schilden. Der Horror wollte sich aus seinem Geist befreien und seine Gedanken verpesten. Doch das wollte Nick nicht zulassen und so legte er ein weiteres Schutzschild in seinen Gedanken an.

Dank seines grandiosen Gedächtnisses hatte er als Kind, insbesondere nach seiner Entführung, jede Sekunde, wenn er es wollte, die von Liebe gefüllten Momente mit seinen Eltern in einer Endlosschleife in seiner Fantasie abrufen können. Auch als Erwachsener tauchte er noch in diese ein und badete darin, um der Grausamkeit seines Entführers im Geiste zu entkommen. Er spürte die Liebe seiner Eltern, wenn sie ihn umarmten. Er fühlte die Wärme ihrer Lippen auf seiner Stirn, wenn sie ihm einen Gutenachtkuss zuhauchten, oder das herzliche Lachen, das sein Elternhaus jedes Mal in einen Sonnentempel verwandelt hatte. Diese Konservierung der schönsten Momente mit seinen Eltern hielt ihn davon ab,

wahnsinnig oder genauso verabscheuungswürdig
wie seine neuen Eltern zu werden.

Nick stärkte seine Schilde, schob die bedrü-
ckenden Gedanken beiseite und blätterte mühselig
in den Notizbüchern herum, bis er im Monat
November angelangt war und auf den Tag stieß,
an dem Nathalie ihre Beichte abgelegt hatte. Er
überflog die krakelige Handschrift und binnen
Sekunden schoss ihm das Adrenalin durch die
Adern. Seine Müdigkeit war wie weggeblasen.
Nick tauchte in die Welt von vor 20 Jahren ein
und mit jedem Wort, das er las, rumorte es mehr
und mehr in seinem Magen.

Zehn Minuten später fegte er wie ein Komet
angewidert von den Worten, die sich in sein
Gehirn eingebrannt hatten, aus der Kirche. Keuchend stürmte er ins Sekretariat der Leeman
Highschool, in der Hoffnung, Ms. Morgan noch
anzutreffen.

Annie folgte der Straße nach Lipton, vorbei an
gewaltigen Nadelbäumen, die hünenhaft wie
Wächter die Straße säumten. Irgendwann bog sie
in eine Allee ab, deren Baumkronen ein Geflecht
über der schmalen, dürftig asphaltierten Straße
bildeten. Die Sonnenstrahlen durchdrangen nur
leicht die Baumkronen. Sie setzte ihre Sonnenbrille ab. Sie fuhr unter den leuchtend grünen
Baumkronen hindurch und lächelte zufrieden in
sich hinein.

Sie passierte das Ortseingangsschild und
nach circa einhundert Metern runzelte sie die
Stirn. Sie entdeckte nicht eine Nebenstraße. Kein

Geschäft. Keinen Bäcker. Kein Restaurant. Keine Schule. Nichts!

Annie fuhr rechts ran und schaute sich um. »Wieso kannte Preston diesen Ort? Er musste hier jemanden kennen, sonst verirrt man sich nicht in dieses Loch«, sprach sie in die Stille, die sie umgab.

Im Schritttempo fuhr sie weiter, entlang an kleinen Einfamilienhäusern, die alle einen winzigen Vorgarten besaßen.

»Sie haben das Ziel erreicht«, sagte eine freundliche Stimme. Annie parkte vor der Zieladresse, stieg aus und durchquerte einen verwahrlosten Garten. Sie klingelte, doch im Haus rührte sich nichts. Annie stieß einen Seufzer aus und klingelte erneut.

»Hauen Sie ab! Verpissen Sie sich!«, rief eine von Schmerz zerfressene Stimme aus dem Inneren des Hauses.

Annie hatte zwar keine Kinder, wusste aber, wie schmerzlich es war, wenn man einen geliebten Menschen verlor. Nicht vorstellbar, wie sich eine Mutter fühlen musste. Erst recht, wenn sie erst vor ein paar Stunden erfahren hatte, dass ihre Tochter ermordet worden war. »Ms. Sand? Man hat mich bei Ihnen angekündigt. Mein Name ist Annie Walker vom SUBM. Ich untersuche den«, sie stockte, das Wort Mord lag ihr auf der Zunge, »den Tod Ihrer Tochter.«

Schweigen. Ein Schluchzen, ein paar Meter entfernt von der Eingangstür.

»Bitte, reden Sie mit mir«, bat Annie, mit der einfühlsamsten Stimme, die sie hatte.

Dann tapste die Frau über den Dielenboden und öffnete die Tür einen Spaltbreit. Eine dunkelhaarige Frau mit einem Pagenschnitt und tiefen Furchen im Gesicht blickte Annie mit rot unterlaufenen Augen an. »Sie kriegen ernsthaft raus, wer ihr das angetan hat?«, fragte die Mutter.

»Ich werde mit meinem Partner alles tun, um den Mörder Ihrer Tochter zu finden!«, erwiderte Annie mit einem Blick, der so viel Mitgefühl innehatte, dass die Mutter seufzte und die Tür sperrangelweit öffnete.

»Kommen Sie rein! Immer geradeaus ins Wohnzimmer.«

»Danke, Ms. Sand.«

Beide setzten sich in zwei Kingsize-Sessel.

»Ms. Sand, als Erstes möchte ich Ihnen, auch im Namen meiner Abteilung, mein tiefstes Beileid aussprechen.«

Ms. Sand schnaufte in ihr Taschentuch, das sie in den Händen hielt.

»Bitte erzählen Sie mir von Nathalie.«

»Wo soll ich anfangen?«

»Fangen wir mit ihrer Kindheit an. Was war Nathalie für ein Mensch und, verzeihen Sie, wenn ich mit der Tür ins Haus falle. Aber ich habe erfahren, dass sie nach dem Unfalltod ihres Vaters anders war. Erzählen Sie mir auch davon, bitte.«

»Anders? Sie war ein Monster geworden.«

Annie wollte darauf etwas erwidern, doch Ms. Sand erhob den Zeigefinger, kniff die Augen zusammen, so als ob sie dadurch verblasste Erinnerungen klarer sehen würde. Eine Zornesfalte zwischen ihrer Stirn bildete den Schmerz ab, den sie in diesem Moment verspürte.

»Nathalie war rein, unschuldig, nett und immer hilfsbereit. Zu jedem. Sie war wie eine Fee. Und dazu noch wunderschön anzusehen.« Ihre Falte grub sich tiefer ins Gesicht hinein. »Aber nach dem Tod ihres Vaters hatte sie sich in eine Bestie verwandelt. Sie bestrafte mich mit Liebesentzug.«

»Wie mein …«

»Schhh …«, flüsterte Ms. Sand und legte sich den Zeigefinger auf die Lippen. »Sie hat irgendwie ihren Abschluss geschafft, studierte und wurde in Memphis sesshaft. Mehr weiß ich nicht. Sie hat den Kontakt abgebrochen und auch dafür gesorgt, dass es so bleibt.«

»Aber wieso haben Sie in all den Jahren nicht versucht, sich anzunähern?«, fragte Annie.

»Nathalie gab mir die Schuld am Tod ihres Vaters«, sagte sie. Ihre Augenbrauen zogen sich dabei noch enger zusammen.

Zur Zornesfalte gesellten sich weitere Stirnfalten, die ihre Furchen stärker untermalten und spätestens jetzt Annie an einen alten, eingefallenen Jutesack erinnerten. »Ich verstehe nicht?«

»Mein Mann und ich waren an dem besagten Abend auf einer Party. Wir hatten beide getrunken. Er wollte ein Taxi bestellen. Ich Geld sparen und die paar Kilometer einfach selbst fahren.« Sie blickte Annie an. »Haben wir das nicht alle schon mal gemacht, Ms. Walker? Betrunken Auto gefahren?«

»Ich … Ähm.«

»Schon gut. Was soll eine wie Sie auch darauf antworten.« Sie legte eine Hand auf ihren Mund. »Ich schwor meinem Mann, dass ich vorsichtig fahren würde. Er beharrte trotzdem darauf, ein Taxi zu bestellen.« Sie hielt inne und ließ sich viel Zeit für die nächsten Worte. »Dann habe ich ihn leidenschaftlich geküsst, wenn Sie verstehen. Männer springen doch immer auf so was an. Man bekommt alles von ihnen, wenn man ihnen gibt, was sie brauchen.« Sie schüttelte den Kopf. »Zumindest dachte ich das früher.«

»Er knickte ein und Sie haben sich hinters Steuer gesetzt, nicht wahr?«

»Ja, so war es«, schluchzte sie und weinte in sich hinein.

Als sie Annie nach einigen Minuten anblickte, sah Annie in tiefschwarze Augen, die ihr eine Gänsehaut verpassten.

Mit gedämpfter Stimme fuhr Ms. Sand fort. »Noch heute höre ich Elvis' Stimme, während der Fahrt im Radio, dass das Böse manchmal im Verborgenen steckt. Er sollte recht behalten. Ich war der Teufel, als Frau verkleidet, der für den Tod meines Mannes, den Tod von Nathalies Vater verantwortlich war.« Ihre Stimme brach und ihr Kopf sank in ihre Hände und sie weinte bitterlich um die Vergangenheit, die nicht mehr zu ändern war.

Minuten verstrichen, in denen Annie dem Uhrwerk einer Wanduhr zuhörte, die im Takt ihres Herzens schlug. Sie gab Ms. Sand die Zeit, die sie benötigte, um ihre schmerzvollen Gedanken zu sortieren – vorsichtig, langsam, um sie dann auszusprechen.

»Da waren Rehe ...« Sie stöhnte und ihre Stimme wurde durch die vorgehaltenen Hände fast verschluckt. »Zehn Meter vom Ortseingang entfernt, liefen sie über die Str...«

Annie erhob sich und suchte die Küche auf, die sie beim Durchqueren des Flures gesichtet hatte. Sie kam mit ein paar Papiertüchern zurück und überreichte sie Ms. Sand wortlos.

»Danke!«

»Gern geschehen«, sagte sie und versank wieder im Sessel.

Ms. Sand schnaufte sich die Nase frei, wobei sie sich anhörte wie ein trompetender Elefant in einer Blechbüchse und wischte sich ihr Gesicht mit dem Batzen trocken. Annie verzog das Gesicht, stand aber auch nicht auf, um ihr ein Neues zu holen.

Nach einer Weile seufzte Ms. Sand und fuhr mit gebrochener Stimme fort. »Der Aufprall. Das Scheppern, nur wenige Meter von ihrem einst sicheren Zuhause entfernt, entfesselte Nathalies Grauen«, flüsterte sie. »Sie saß hier im Wohnzimmer und wartete genau auf diesem Sessel auf uns. Folglich hatte sie auch den Unfall gehört.« Sie stockte. »Nathalie rannte aus dem Haus auf die Unfallstelle zu und sah mich blutüberströmt, nach Alkohol stinkend, wie ich aus dem Auto kroch.«

»O Gott, das tut mir leid, Ms. Sand«, flüsterte Annie.

»Schon gut«, erwiderte sie und nickte. »Ich muss ausgesehen haben wie ein Monster, Ms. Walker! Wie ein Monster aus der Hölle.«

Annie spürte die tiefen Schuldgefühle. Sie erhob sich aus dem Sessel und hockte sich auf den Boden vor Ms. Sand hin. Ihre Hand legte sie auf Ms. Sands Handrücken. »Lassen Sie sich Zeit.«

Ms. Sand nickte und schnäuzte noch zwei weitere Male ins versiffte Taschentuch. »Nathalie beachtete mich bei dem Unfall kaum. Herrgott, ich war ihre Mutter. Und dann stank ich auch noch, wie eine Säuferin. Sie musste mich in diesem Moment gehasst haben. Und Sie müssen eins wissen, Ms. Walker, Nathalie war ein Vaterkind. Am Unfallort hat sie mir nicht geholfen. Fragte auch nicht nach, woher das viele Blut kam oder ob es mir gut geht. Ein Blick von ihr sprach tausend Bände. Abgrundtiefen Hass sah ich in ihren Augen.«

»Wie hat Nathalie ihren Vater vorgefunden?«

»Sie rannte panisch um das Auto herum und sah«, sie wimmerte und wischte sich eine Träne weg, »wie ihr Lieblingsmensch reglos auf dem Beifahrersitz saß.«

Eine lange Pause entstand und Annie streichelte sanft ihre Hand, verlagerte dabei ihr Gewicht und setzte sich in den Schneidersitz. Ms. Sands Schluchzen gravierte sich unaufhörlich in die ohnehin schon feuchtwarme Luft im Wohnzimmer ein. Eine dicke Träne benetzte ihre glühenden Wangen. Annie zupfte am Ausschnitt ihres Shirts und wedelte Luft in ihr Dekolleté hinein, die ihre Haut ein wenig abkühlte.

»Papaaaaaa! Papaaaaa!«, schrie Ms. Sand.

Annie drückte ihre Hand fest, um ihr Halt zu geben.

Ms. Sand blickte zu Annie und tiefe Dankbarkeit spiegelte sich in ihren Augen wider, bevor sie weitersprach: »Nathalie sprang ins Auto, wollte den Gurt öffnen, doch es gelang ihr nicht. Sie zerrte an ihrem Dad. Wollte ihn unter dem Gurt – Gott, sie wollte ihn da förmlich rausreißen.« Ms. Sand lehnte sich in ihrem Sessel zurück, wobei ihre Hand aus Annies glitt. Sie schloss ihre Augen und es schien, als ob sie döste.

Annie legte ihre Hand in ihren eigenen Schoss und streckte ihre Beine aus.

Gedankenverloren und mit monotoner Stimme sprach Ms. Sand weiter: »Einige aus dem Dorf kamen aus ihren Häusern gerannt und sahen, nein, sie hörten zu, wie Nathalie schrie, wie eine Furie.«

»Was?«

»Papa. Papa. Papa. Sie schrie es in den Wald hinein. Der Wind hörte auf zu jaulen. Ich sage Ihnen, der Wind in diesem Wald, der vorher noch da war, erstarb. Die Blätter hörten auf zu rascheln. Das Laub wirbelte nicht mehr auf. Der Wind fürchtete sich vor Nathalie.«

»Ms. Sand, das ...«

»Und wissen Sie, was sie dann schrie?«

»Ne...«

»Du bist schuld. Ich hasse dich. Hasse dich. Ich hasse dich«, sagte Ms. Sand nüchtern. Ihre Tränen waren vergossen. Sie blickte Annie mit leerem Blick an. »Ms. Walker, sie können sich nicht vorstellen, welches Raubtier aus Nathalie in diesem Moment geworden war. Sie trat gegen das Auto, zerrte wieder und wieder wie eine Irre an dem Gurt, lief zur Fahrerseite und versuchte, ihn von dort aus zu öffnen. Aber es funktionierte nicht. Ich schrie sie an, sie solle aufhören, doch sie hörte nicht. Stattdessen ...« Sie schnäuzte in ihr Taschentuch.

Annie stand auf und setzte sich auf die Sessellehne und tätschelte ihr die Schulter. »Stattdessen?«

Ms. Sand blickte Annie an und sagte mit eisiger Stimme: »Stattdessen drehte sie sich wie ein tollwütiges Tier um, zerrte mich zu Boden und rammte mir ihren Fuß in den Leib. Ich habe mich wie ein kleines Kind auf dem Boden gekrümmt, meine Hände schützend über meinen Kopf gehalten. Sie trat auf mich ein, als wenn sie vom Teufel besessen wäre.«

Annie verstärkte den Druck auf ihre Schultern.

»Ihre Schreie, Ms. Walker. Gott, ihre Schreie. Ich habe bis heute Albträume davon! Ich habe mich nicht gewehrt. In dieser Nacht starb nicht nur ihr Vater. Auch ich bin für Nathalie gestorben.«

Ms. Sand wollte wieder in das Tuch schnaufen, doch Annie hielt sie mit einer Handbewegung davon ab. »Nein, bitte nicht.« Sie flitzte in die Küche, griff nach der Küchenrolle und reichte sie anschließend Ms. Sand.

»Danke«, erwiderte sie und zupfte sich ein paar Tücher ab.

Annie nickte und setzte sich wieder vor Ms. Sands Füße. »Es tut mir unendlich leid, was passiert ist.« Sie empfand tiefes Mitgefühl für die Mutter, aber auch für den Teenager, dessen Welt von einem Moment auf den anderen zerstört worden war.

»Nathalie sog jegliche Energie, die sie fortan zum Überleben benötigte, aus den Qualen und dem Leid anderer Menschen. Ich habe ein Monster erschaffen«, flüsterte Ms. Sand und blieb dann für eine Weile stumm.

»Sie war fortan kaum zu Hause und wenn, redeten wir nicht miteinander. Haben nie über den Unfall gesprochen. Ich habe das Trinken angefangen und in keinster Weise mehr an ihrem Leben teilgenommen. Sie bestrafte mich, indem sie mich ignorierte. Die paar Jahre im Gefängnis waren ein Klacks im Vergleich zu Nathalies Ignoranz mir gegenüber. Sie hat mir nie verziehen. Nie!«, schluchzte Ms. Sand und ihre Augen kehrten in eine Dunkelheit zurück, die so finster war, dass selbst ein Schatten sich davor gefürchtet hätte.

Es entstand eine lange Pause. »Sie sollten gehen, Ms. Walker. Finden Sie das Dreckschwein, dass ihr das angetan hat.«

»Das werde ich.« Sie hing ihren Gedanken eine Weile nach und fragte: »Ms. Sand, sagt Ihnen das Projekt Blindschleiche etwas?«

Sie öffnete die Augen und schüttelte den Kopf. »Ich weiß nichts von einem Projekt, aber vor dem Unfall hatte sie mal über jemanden gesprochen, der in der Schule ein Außenseiter war. Sie sagte immer, ich glaub, ich quatsch heut mal mit der Blindschleiche aus meiner Parallelklasse, der sieht immer so traurig aus.«

»Wissen Sie noch, wie er hieß?«

»Nein, weiß ich nicht mehr. Irgendein biblischer Name.« Ms. Sand starrte kraftlos auf den Boden.

Annie wusste, dass sie keine weiteren Informationen erhalten würde, und verabschiedete sich.

Auf dem Weg zum Auto hielt sie inne, drehte sich abrupt um und gerade in dem Moment, als Ms. Sand die Tür schloss, rief sie: »Warten Sie! Ich habe eine letzte Frage. Bitte.«

»Ms. Walker, ich bin müde!«, flüsterte sie.

Annie wusste nicht, warum sie die nächste Frage stellte. Es war ein Gefühl, nicht größer als die seichte Prise Fliederduft, die gerade an ihr vorbeizog. »Kennen Sie einen Nick Preston?«

»Nick Preston?«, murmelte sie vor sich hin.

Annies Herzschlag schlug in die Höhe, als sie hinzufügte: »Ein großer Mann, am ganzen Körper tätowiert. Schwarze Haare, braungebrannt?«

Ms. Sand schaute wie in Zeitlupe rechts über die Straße und ließ ihren Blick auf das letzte Haus, das circa zwanzig Meter von ihrem entfernt war, ruhen. Wie in Trance erwiderte sie: »Den Namen hatte ich längst vergessen. Nicht aber diese Tätowierungen. Ich hätte mich wahrscheinlich nie an ihn erinnert, da er selten da war, wenn er nicht an einem Samstagmorgen in seinem Vorgarten, nur mit einer Unterhose bekleidet, vor einer Staffelei gestanden und gemalt hätte.«

»Gemalt?«

»Ja. Mit einem Pinsel und einer Farbpalette in der Hand.« Annie bemerkte ein winziges Lächeln, das über Ms. Sands Gesicht huschte.

»Haben Sie mal mit ihm ge...?«, fragte Annie und wurde von Ms. Sand unterbrochen.

»Hören Sie! Mr. Preston hat hier nur zwei Monate gelebt. Ich habe nur einmal mit ihm und seiner Verlobten beim Einzug gesprochen. Und ihn ein einziges Mal alleine im Vorgarten beim Malen gesehen. Das war's.«

»Seiner Verlobten?« Annie blieb der Mund offen stehen.

»Beide waren sehr selten zu Hause. Sie suchten nicht den Kontakt zur Dorfgemeinschaft. Und nach dem plötzlichen Tod seiner Verlobten hatte er letztes Jahr das Haus sofort verkauft.«

»Tod?«

»Ja, sie ist tot! Ich habe ihn seitdem nie wieder gesehen.« Sie drehte sich auf dem Absatz um und ging in ihr Haus. Während sie die Tür schloss, rief sie Annie zu: »Ich mag sie, Ms. Walker, aber Mr. Preston ist mir herzlich egal. Finden Sie den Mörder meiner Tochter!«

Kapitel 17

18:15 Uhr

Zwei Stunden später brachen Annie und Nick nach Memphis auf. Nick schaltete den Autopiloten an und erzählte ihr, dass Nathalie, laut ihrer Beichte, drei Mädchen bei einem Straßenkonzert in Nashville kennengelernt hatte. Sie waren zwar im gleichen Jahrgang der Schule, waren sich aber nie wirklich begegnet. Es entstand eine Freundschaft zwischen den Vieren und eine neue Clique war geboren. Jeder von ihnen war etwas Schlimmes widerfahren. Sie waren alle im Innersten ein Wrack und deshalb verstanden sie sich vom allerersten Moment an so gut. Nathalie beichtete dem Priester ebenfalls, dass sie seit dem Unfalltod ihres Vaters die negative Aura eines Menschen erkenne. So fände sie Gleichgesinnte, so fand sie die anderen Mädchen.

»Angestachelt von der Gemeinschaft wollten sie sich an der Gesellschaft rächen. Wollten anderen Menschen wehtun und selbst quälen. Sie hatten es satt, Opfer zu sein«, stellte Annie fest.

»Genau. Als Clique stahlen, bespuckten, schlugen, schikanierten und mobbten sie Menschen, die ihnen zufällig begegneten. Ärger an der Schule war tabu, denn der Abschluss war ihnen wichtig. In der Schule taten sie so, als wenn sie sich nicht kannten. Nur Nathalie schikanierte ab und zu Schüler auf der Highschool. Und ein einziges Mal, nur ein einziges Mal haben sie gemeinsam einen Schüler von der Schule fertig gemacht«, sagte Nick und während er sprach, fraß sich in seinen Leib ein unheilvolles Gefühl, da Annie seinen Blicken ständig auswich. Und dann, als ihre Blicke sich für einen winzigen Moment trafen, spien ihre Augen Feuer. In ihrem Blick lagen eine Erkenntnis, ein Geheimnis und eine Wut. Er war sich gewiss: Annie Walker hatte Spuren seiner Vergangenheit gefunden.

Er wandte seinen Blick sofort von ihr ab und starrte auf die Straße. Und etwas anderes bohrte sich wie ein spitzer Stachel in sein Herz: Verrat. Seine rücksichtslose Schnüffelei hinter ihrem Rücken. Er hatte eine Grenze überschritten, das wusste er.

Den Blick auf die Straße gerichtet erzählte er von dem Projekt Blindschleiche, das alle vier Mädchen zu einer entsetzlichen Tat verleitete und fortan als Geheimnis gehütet wurde.

»Aber das bedeutet, dass es vier Mädchen waren. Es gab aber nur zwei Puppen? Wie passt das zusammen?«, fragte Annie.

»Nun«, erwiderte Nick, »entweder eine von denen hatte mit unserem Mörder nichts zu tun oder ...«

»Oder Amy Lexus war nicht unsere erste Leiche!«, unterbrach ihn Annie.

»Nein. Sondern unsere zweite«, stellte Nick fest.

»Fuck. Wenn das wahr ist, wurde das erste Opfer noch nicht gefunden.«

»Ja. Wir müssen unbedingt die Namen der anderen aus der Clique rauskriegen. Aber jetzt erzählen Sie mir von Lance Roberts.«

Annie berichtete ihm von ihrem Treffen und schmückte nichts aus.

»Sie haben Glas zertrümmert und ihn angespuckt?«

Annie ignorierte seine Frage und fragte stattdessen: »Aber welches Verbrechen haben die vier begangen, das so stark behütet werden musste?«

»Das gilt es herauszufinden«, erwiderte er und ließ seine Frage unbeantwortet.

Dabei vermied er Annies Blick, die seine ungewöhnliche Unsicherheit bemerkte. Ein mulmiges Gefühl beschlich sie. Sie ahnte, dass sich gerade ein noch größerer Graben aus Misstrauen als ohnehin schon zwischen ihnen aufbaute.

»Nathalie erwähnte die Namen der Mädchen«, sagte er, nachdem er seine Fassung wiedererlangt hatte.

»Schießen Sie los.«

»Megan, Amy und Rose«, sagte er.

»Amy. Das ist unsere Amy Lexus, unser erstes. Wenn wir die Theorie mit der Clique verfolgen, dann sogar das zweite Opfer. Nathalie dann das dritte«, schlussfolgerte sie. »Wir müssen diese Megan und Rose finden. Eine von denen war unser erstes Opfer. Und eine davon wird das letzte sein.«

»Ich habe Ms. Morgan noch mal aufgesucht und sie gebeten, mir alle infrage kommenden Mädchen mit diesen Vornamen zu mailen.« Er aktivierte das Programm auf dem Display und rief seine Mails auf. Erleichtert stellte er fest, dass Ms. Morgan ihm die nötigen Informationen bereits zugesandt hatte.

Er überflog den Inhalt der Mail und fasste sie für Annie zusammen. »Okay, es gibt zwei Megans und drei Roses in den Parallelklassen, die infrage kämen.« Nick öffnete anschließend die SUBM Datenbank, die mit allen anderen im Land vernetzt war, und gab die Namen ein. »Das kann dauern«, sagte er.

»Ms. Sand hat das Projekt Blindschleiche ebenfalls erwähnt. Sie meinte, dass Nathalie Kontakt zu einem Jungen hatte. An den Namen erinnerte sie sich nicht mehr, nur dass er biblisch war«, sagte Annie.

»Blindschleiche kann nur auf das Aussehen des Jungen bezogen sein. Ich meine, wir haben doch alle in unserer Kindheit Spitznamen für Menschen gehabt, die anders oder hässlich aussahen, oder?«, fragte Nick, zückte sein Handy und rief Ms. Morgan an.

Es klingelte viermal, bevor Ms. Morgan abnahm und die Begrüßungsformel herunterleierte, als Nick sie harsch unterbrach.

»Preston!«, sagte er und drückte die Freisprechtaste.

»Mr. Preston, da haben Sie aber ein Glück. Als ob ich es geahnt habe. Ich habe die Anrufweiterleitung aktiviert. Es ist ja so aufregend mit Ihnen«, sagte sie beschwingt.

»Ja, aufregend mit mir, trifft es in der Tat, Ms. Morgan«, erwiderte er, wobei Ms. Morgan bei seinen Worten ins Telefon kicherte.

Annie schnalzte mit der Zunge und flüsterte ihm zu: »Nicht Ihr Ernst, oder?«

Nick ignorierte lächelnd ihren Kommentar und fuhr fort: »Ich brauche noch ein einziges Mal Ihre Hilfe. Bitte rufen Sie die alten Akten auf, über die wir gesprochen haben, und mailen Sie mir alle Schüler zu, die folgende Kriterien erfüllen: Alter fünfz...«

»Warten Sie, nicht so schnell. Ich muss mir erst was zu Schreiben holen«, unterbrach sie ihn. Kurze Stille, dann sagte sie: »So, jetzt können wir.«

»Männlich, Alter zwischen 15 bis 17. Dünn, mager, Brillenträger, ein Außenseiter, ein Loser, vielleicht mit einem Makel im Gesicht oder vielen Pickeln. Könnte auch ein Streber gewesen sein«, sagte er. Beide hörten im Hintergrund, wie Ms. Morgan eifrig diese Informationen aufs Papier kritzelte.

»Hallo, Ms. Morgan, Annie Walker hier«, schaltete sich Annie ein, »danke, dass Sie das für uns überprüfen.«

»Oh, Ms. Walker. Geht's Ihnen schon wieder besser?«

»Ja, danke.«

»Na, das ist doch klar, bei einer so charmanten Begleitung an Ihrer Seite. Da kann es Ihnen doch auch nur gut gehen.«

»Ähm«, stotterte Annie und sah Nick in sich hinein schmunzeln.

»Schon gut. Schon gut. Sie haben aber auch ein Glück mit mir, dass ich mich von zu Hause aus auf den Schulserver einloggen kann. Ich freu mich, wenn ich helfen kann.«

Sie verabschiedeten Ms. Morgan.

»Das heißt, unser Täter hat die Mädchen womöglich für irgendetwas bestraft, das fast zwei Jahrzehnte zurückliegt?«, fragte Annie.

»Sehr wahrscheinlich. Und etwas hat ihn dazu veranlasst, so viele Jahre später die Frauen umzubringen. Irgendwas hat ihn getriggert.«

Beide verstummten und blickten gedankenverloren für einige Kilometer in die Abenddämmerung. Seichter Regen nieselte vom grauen Himmel herab und ließ die purpurroten Mohnfelder bedrohlich wirken, bis ein zwitschernder Klingelton die Stille unterbrach.

»Preston.«

»Ich habe für Sie drei Namen«, sagte Ms. Morgan euphorisch, da sie sich so freute, Teil dieser Ermittlungen zu sein.

»Was würde ich nur ohne Sie tun, Ms. Morgan?«, fragte er neckisch.

»Haben Sie was zu schreiben?«

»Brauche ich nicht, danke.«

»Larry Bolt. Charlie Pence und Jacob Moor. Alle waren in Nathalies Parallelklassen.«

Nick bedankte und verabschiedete sich.

Annie rief derweil die Datenbanken auf. Nick diktierte ihr die Namen und sie speiste sie ein. »Okay, schauen wir mal, was er uns ausspuckt«, sagte sie. Dann drehte sie sich zu ihm und fragte: »Vogelgezwitscher?«

»Was?«, erwiderte Nick verdattert.

»Sie haben Vogelgezwitscher als Klingelton?«

»Das beruhigt mich«, antwortete er mit einem scharfen Unterton in seiner Stimme. »Schauen

Sie lieber, ob der Computer schon was gefunden
hat!«

Und wieder. Kurz und knapp, dachte sie sich.
Nick Preston gab nichts preis. »Nein«, erwiderte
sie und grinste künstlich. »Aber ich schließe die
ersten beiden aus. Es ist nur ein biblischer Name
unter ihnen. Und das ist Jacob. Warten wir aber
sicherheitshalber ab, was die Datenbanken finden
werden.«

»Okay, also wer bist du, Jacob Moor?«, flüsterte er und schaltete den Autopiloten ab, da er
den Rest der Strecke selbst fahren wollte.

Annie runzelte die Stirn. »Wollen Sie denn nicht
wissen, was ich noch in Lipton erfahren habe?«

Er blickte mit zusammengekniffenen Augen
auf die Straße. »Ach ja, Lipton. Da war doch noch
was.«

»Ja, da war noch was!«

»Na, dann schießen Sie mal los, Ms. Walker.
Machen Sie es aber kurz!«

Annie berichtete über den Besuch bei Ms.
Sand in Lipton.

Nick hörte ihr aufmerksam zu, untersuchte
ihre Stimmfarbe, ihren Atem und den Unterton
in jedem einzelnen Wort. Er analysierte, ob ver-
steckte Botschaften hinter ihren Aussagen lauerten. Aber er gestand sich ein: Sie war geschickt.
Sie sprach klar und sachlich. Vor allem lieferte sie
ihm nur die Informationen, die er hören sollte.
Doch er hatte etwas in ihrem Blick gesehen: Sie
wusste, dass er einst in Lipton gelebt hatte. Und
somit wusste sie auch, dass er sie im Büro angelogen hatte.

»So und jetzt Sie, Mr. Preston!«

»Okay, also der Tod des Vaters, das Auffinden seiner Leiche und die Schuld und Unfähigkeit der Mutter, ihr Kind aufzufangen, hatten Nathalies Welt zerstört. Aus dieser Krise hatte sie ohne Hilfe und Unterstützung, insbesondere als Teenager, nie herausfinden können«, schlussfolgerte Nick.

»Sehe ich auch so. Wir müssen rausbekommen, was die Frauen alles miteinander verbindet.«

»Noch was, Ms. Walker? Ansonsten würde ich jetzt gerne Gas geben. Es liegt viel Arbeit vor uns!«

Sie überlegte kurz und stellte mit Genugtuung fest: Er hatte während des Gespräches enorm angespannt das Lenkrad umklammert. Die feinen Adern, die sich an seinen muskulösen Armen abgezeichnet hatten, durchzogen seine schwarz schimmernden Tattoos und hinterließen eine reliefähnliche Landschaft.

Es fiel ihr schwer, ihn auf seine Vergangenheit in Lipton anzusprechen. Sie hatte so unendlich viele Fragen. Doch sie traute sich nicht, diese zu stellen. Zu intim empfand sie den Gedanken, dass Nick Preston eine Verlobte hatte. Eine tote Verlobte! Und dennoch: Er hatte sie angelogen. Konnte sie es ihm verübeln? Schließlich öffnete sie für ihn auch nicht die Türen zu ihrer Vergangenheit. »Ja, das war's. Dann fahren Sie uns mal schön heile nach Hause.«

Dann starrte sie aus dem Fenster, wo immer stärker werdender Regen unablässig gegen die Scheiben preschte. Gewitterschwarze Wolken zogen auf und hüllten die einst saftgrüne Landschaft in eine trostlose fahlbraune Einöde. Die News im Radio kündigten ein Unwetter an und ein paar Minuten später schallte das Lied *I washed my hands in muddy water* in den Truck hinein.

Niemand von beiden wollte diesen Song hören, doch keiner wagte es, den Sender zu wechseln. Das wäre einem Bekenntnis, vielmehr einer Offenbarung der Schuld, die auf ihnen lastete, gleichzusetzen.

Marge:
Nicht dein Hass und deine Schuld sind grenzenlos. Es ist deine Angst! Sie schwächt dich! Sie lähmt dich! Auf den ersten Blick!

Annie:
Auf den ersten Blick?

Kapitel 18

20:37 Uhr

Zurück auf der Dienststelle brieften sie Sam in ihrem Büro und baten sie, alle von ihnen eingespeisten Datenbanken im Blick zu behalten.

»Ich weiß, es ist spät, Sam, aber sobald es Neuigkeiten gibt, melde dich bitte!«, sagte Annie.

»Kein Problem. Und im Übrigen verlaufen die Modelagenturen im Sand. Ich habe nichts finden können. Eure Sekretärin und die Lipton-Spur sind wohl derzeit eure einzigen Hinweise, was Nathalie Sand betrifft.«

»Na toll, wenn wir nicht langsam was Handfestes in den Händen halten, müssen wir wohl auch mit einer vierten Leiche rechnen«, sagte Annie und verdrehte die Augen.

»Und je mehr Zeit verstreicht, desto geringer wird die Aussicht, den Mörder zu finden«, erwiderte Nick.

Annie nickte ihm zu.

»Okay, ich werd jetzt mal wieder weiter machen«, trällerte Sam und schwebte wie eine Fee aus dem Büro.

»Sam, bitte warte noch. Ich will dich kurz sprechen«, rief Annie ihr hinterher.

Sam hielt inne, drehte sich um und sah erst verdutzt zu Nick, bevor sie beide Augen auf Annie richtete. »Mr. Preston, ich könnte einen Kaffee vertragen. Wären Sie so freundlich? In der Zeit spreche ich kurz mit ihr«, sagte sie, lächelte und deutete zur Tür.

Nick warf ihr einen prüfenden Blick zu, machte aber keine Anstalten, ihrem Wunsch nachzukommen.

»Frauensachen, Mr. Preston. Frauensachen! Ich glaube nicht, dass Sie an unserem Gespräch teilnehmen wollen«, ergänzte Annie und lächelte versöhnlich.

Nick erwiderte darauf nichts. Er hob eine Augenbraue und glaubte ihr kein Wort.

»Bitte!«, insistierte sie.

Nick drehte sich auf dem Absatz um und verließ das Büro.

Annie schaute ihm hinterher und als er in die Küche abbog, schloss sie die Tür.

»Was ist los, Annie?«

»Warte«, erwiderte sie, kramte aus ihrer Hosentasche einen Zettel hervor und gab ihn Sam. »Lies!«

Sam faltete den Zettel behutsam auseinander, legte ihn auf den Tisch und strich ein paarmal drüber. Sie las die Botschaft und presste ihre Hand auf den Mund.

DU BIST DIE NÄCHSTE.
ICH BIN DEIN MÖRDER. LM

»Fuck!« Sie näherte sich Annie und schloss sie in ihre Arme, die ihre Umarmung stocksteif erwiderte. Erst als Sam sanft ihren Hinterkopf tätschelte, entspannte sie sich etwas. Sam flüsterte: »Die gleichen Initialen wie bei den Frauen. Scheiße. Wo hast du das her?«

Annie löste sich aus der Umarmung, nahm den Zettel vom Tisch und steckte ihn wieder in ihre Hosentasche. »Er hing an der Windschutzscheibe in Nashville«, sagte sie mit monotoner Stimme.

»Aber dann kannst du doch im Wächtermo...«

»Nein, kann ich nicht!«, schnitt sie ihr das Wort ab. »Ich habe ihn ausgeschaltet. Frag nicht, warum. Sobald ich Feierabend habe, schalte ich den Scheiß wieder ein«, erklärte sie und steuerte fast geistesabwesend, so als wäre sie in einer Parallelwelt, auf die Bürotür zu. »Bleib für mich dran, Sam!« Mit diesen Worten öffnete sie die Tür und deutete Sam an, zu gehen.

Sam kam mit besorgter Miene auf sie zu und blieb vor ihr stehen. »Annie«, flüsterte sie.

»Geh und scharre von mir aus in den dunkelsten Ecken in deinen Datenbanken. Ich will wissen, wer LM ist. Du hattest recht. Die toten Frauen sind eine Botschaft für mich.«

Sam nickte und huschte an Nick vorbei, der mit zwei Bechern das Büro betrat.

Annie sog den Duft von frischem Kaffee ein, der sie an karamellisierte Haselnüsse erinnerte und nahm den Becher entgegen, den Nick ihr reichte.

»Danke«, sagte sie und schlürfte den Kaffee, genoss das vollmundige Aroma, welches ihre Zunge mit einem samtigen Schokoladengeschmack überzog. Sie schloss dabei die Augen und träumte sich für einen winzigen Moment in die subtropischen Höhenlagen der brasilianischen Kaffeeplantagen, die sie vor etlichen Jahren in einem Urlaub besucht hatte.

Nick erfreute es, sie so friedlich am Tisch stehen zu sehen, und er lächelte. Er beobachtete, wie der Kaffeedampf ihr in die Nase stieg und ihre Lippen benetzte. Was für ein sonderbarer Moment, dachte er. So viel sinnliches Schweigen wollte er unbedingt in seinen Erinnerungen konservieren. Und so genoss er die Stille noch eine kleine Weile, bevor er sich räusperte.

Annie öffnete ihre Augen, die sich nur langsam an das grelle Bürolicht gewöhnten. Sie blinzelte und lächelte Nick zufrieden an.

Nick schmunzelte, ging an seinen Computer und projizierte seinen Bildschirm in die Mitte des Raumes. Er rief die 3D-Vermessung vom Tatort und die 3D-Obduktionsbilder von Nathalie Sand, die Mike und Donald im Laufe des Nachmittags beiden zugesandt hatten, nebeneinander auf.

Annie ging um die Tatorte und Leichen herum, während sie in aller Ruhe ihren Kaffee schlürfte.

Nick überflog währenddessen die Berichte.

»Der Tatort ist tatsächlich genau so wie unser erster, also der von Lexus«, stellte sie fest. »Keine Spuren, keine Fingerabdrücke, oder?«

Nick, noch im Lesefluss, zögerte mit seiner Antwort, nickte dann aber. »Genau. Wieder nichts.«

Annie legte ihren Kopf schräg und blickte auf Nathalie Sand, die gewaschen und wieder zusammengenäht auf dem Obduktionstisch lag. Annie starrte auf die Vagina. Sie runzelte die Stirn und ging näher an die Projektion heran. »Können Sie mir die Vagina vergrößern?«

Nick tippte auf seine Tastatur und stand auf. Er betrachtete das vergrößerte Bild der mit Blutergüssen bedeckten Vagina, deren Schamlippen ebenfalls grausam zusammengenäht worden waren.

»Das gibt's doch nicht«, sagte Annie fassungslos und zeigte auf die Naht, während Nick im selben Moment erkannte, was sie meinte.

Wie vom Blitz getroffen rannte er zum PC, um den Obduktionsbericht bis zum Ende zu lesen. »Nadelstich am Hals, Menstruationsblut im Rachen, Magen und Vagina, Blutergüsse ...«, murmelte er und las gebannt weiter bis zu der Stelle, die ihn brennend interessierte.

»Und? Nun schießen Sie schon los!«, sagte Annie und schaute ihn erwartungsvoll an.

Es dauerte eine kleine Weile, bis er antwortete: »Sie haben richtig gesehen. Die Vagina ist diesmal besser, also professioneller, zugenäht worden. Die Naht ist sauber. Präzise. Es wurde diesmal ein resorbierbarer Kunststofffaden benutzt.«

»Können Sie mir zum Vergleich die Vagina von Amy Lexus zeigen?«

Nick rief die Fotos auf und projizierte diese neben Nathalie Sand.

»Voilà«, sagte er.

»Unser Täter entwickelt sich«, murmelte Annie, während Nick weiter den Bericht überflog.

»Das gibt's doch nicht!«

»Was?«, fragte Annie und stellte ihren jetzt leeren Becher auf dem Schreibtisch ab.

Nick blickte vom Bericht hoch und sah sie an, konnte ihr aber bei den nächsten Worten nicht in die Augen schauen. »Nathalie Sand war schwanger!«

»Schwanger?«

»Ja, in der 7. Woche«, bestätigte er und tat so, als scrollte er den Bericht auf und ab, um den Augenkontakt mit ihr zu vermeiden.

»Hatte sie denn einen Freund gehabt?«, fragte Annie, die sehr wohl bemerkte, dass ihr sonst so beherrschter Kollege ihrem Blick auswich.

»Lance und Carmen haben nichts dergleichen erwähnt. Es gab auch keine Fotos von ihr in der Wohnung mit einem anderen Mann. Das Handy wird noch untersucht.«

»Meinen Sie, der Täter wusste, dass sie schwanger war?«

»Schwanger?«, murmelte er und kratzte sich im Nacken. »Das glaube ich nicht. Die wenigsten Menschen sind in der Lage, eine schwangere Frau zu töten. Das stellt selbst für viele Psychopathen und Serientäter eine Grenzüberschreitung dar«, erwiderte er mit staubtrockener Kehle, die sich anfühlte, als hätte er Sandpapier geschluckt. Er konzentrierte sich darauf, eine Erinnerung, die seine Schilde durchbrechen wollte, wieder in die Katakomben seines Friedhofs zu verbannen, was ihm zum Glück gelang.

»Da könnten Sie recht haben. Okay, er verfeinert seine Technik beim Zunähen also und das Opfer war schwanger«, fasste Annie zusammen, die Nick beobachtete, wie er gedankenverloren auf den Bildschirm starrte. »Alles gut bei Ihnen?

Sie sehen aus, als wenn Sie einen Geist gesehen
haben?«

Nick schüttelte sich kurz und stand auf. Am
Board angekommen, sagte er: »Ms. Walker. Es
könnte mir nicht besser gehen!« Dabei nahm er
einen Stift aus dem Stricksäckchen und schrieb
die beiden neuen Information an die Tafel.

»Alles klar, Mr. Kontrolletti! Alles klar«,
erwiderte Annie launisch, setzte sich auf ihren
Bürostuhl und legte ihre Beine gekreuzt auf den
Tisch. Sie beobachtete ihren Kollegen, der, ohne
auf diese Irritation weiter einzugehen, die Tafel
beschrieb, als wäre nichts geschehen.

Ergebnisse Selbsthilfegruppe Matt Cooper –
Anruf abwarten

Er kramte sein Handy heraus, öffnete seine Mailbox und rief sie ab. Die Leiterin bestätigte, dass
Matt Cooper Mitglied der Selbsthilfegruppe war.
Nick hinterließ eine weitere Nachricht, worin er
um die Namen der Gruppenmitglieder bat. Dann
mailte er Lance und Carmen, die den Beschluss
vom Staatsanwalt besorgen sollten.

Er wandte sich wieder dem Board zu und
schrieb:

Alibi Cooper.

Annie folgte interessiert seiner geschmeidigen
Handschrift.

Lance Roberts – Datenbankenabfrage

Blindschleiche – Jacob Moor und mögliche
Megans und Roses

Nick setzte ein dickes Ausrufezeichen hinter seine
Worte und drehte sich zu Annie um. »Ergänzungen?«

In Annie blitzte kurz die Frage auf: *Wieso
haben Sie mir nicht erzählt, dass Sie mal in
Lipton gelebt haben?* Schnell verwarf sie den
Gedanken. Sie hatte keine Lust auf eine Diskussion. Stattdessen verneinte sie, während sie sich
das Telefon krallte und Sam anrief.

»Ja, bitte?«, nahm Sam, die im Display Annies
Nummer erspäht hatte, den Anruf trällernd entgegen.

»Hast du schon Lance Roberts‘ Telefonate
und Mails gecheckt?«

»Warte ...« Annie hörte zu, wie Sam in ihre
Tastatur haute und schaltete für Nick den Lautsprecher ein.

»So, lass mich mal sehen, was ich für euch
habe.« Sie zog das letzte Wort absichtlich in die
Länge, bevor sie weitersprach: »Der Herr hat
vor acht Wochen mit Nathalie telefoniert. Das
Gespräch ging knapp sieben Minuten.«

»Noch andere Gespräche mit ihr?«, fragte Annie.

»Nein, zumindest nicht die letzten acht Wochen.
Aber eine Mail vor ein paar Tagen. Und ein paar
Chats. Aber die wertet euch Mike aus.«

»Was war der Inhalt?«, wollte Annie wissen.

»Maile ich dir gleich zu. Aber die Kurzversion lautet: Er wäre angeblich der Vater ihres
Kindes.«

»Na, da schau her«, erwiderte Nick. »Was für ein wunderbares Mordmotiv, finden Sie nicht auch?« Er blickte Annie an, die ihm zunickte.

»Na ja, sollten die beiden sich tatsächlich nicht mehr in all den Jahren begegnet sein, wollte sie ihn wohl erpressen! Danke, Sam«, sagte Annie und legte auf.

Nick unterstrich den Namen Lance Roberts, bevor er an Annie gewandt sagte: »Wir vernehmen ihn!«

»Einverstanden. Ich hol mir noch einen Kaffee und schreib Carmen eine Nachricht, dass sie ihn einladen soll. Wollen Sie auch noch einen?«, fragte sie und zeigte auf ihren leeren Becher.

»Nein, danke«, sagte er und bemerkte, wie sein Handy in der Hosentasche vibrierte, während Annie das Büro verließ. Ein verschmitztes Lächeln erwärmte seine Wangen, als er an Laura dachte, die er heute Abend wieder treffen wollte. Mit diesem Gedanken kramte er das Handy heraus und stellte sich vor, wie er seinen Kopf zwischen ihren Schenkeln vergraben würde. Der lüsterne Gedanke wurde allerdings auf der Stelle erstickt, als er auf dem Display eine Nachricht mit der Nummer seines Informanten sah. Er wählte die abhörsichere Leitung, worauf zwei Sekunden später die Schornsteinstimme in seinen Ohren ertönte.

»Die Informationen, die du wolltest, waren mehr als tief begraben! Da ist ein Ausbruch aus dem ADX Florence in Colorado, dem sichersten Gefängnis der Welt, ein Kinderspiel. Und ich habe noch nicht mal die ganze Akte einsehen können. Es ist nur ein kleiner Brotkrümel, den man für solche Angreifer wie mich hinterlassen hat.«

»Ich höre«, sagte Nick mit eiserner Stimme, dem es egal war, was es seinen Informanten an Zeit und Mühe gekostet hatte. Adrenalin sprengte seine Adern. Jede Faser seines Körpers spannte sich an.

»Walker und ihr Partner Bruckheimer untersuchten vor zwölf Monaten die Morde an fünf Frauen. Alle vergewaltigt und bestialisch ermordet. Zwei von ihnen wurden post mortem vom Täter missbraucht. Nach vier Wochen haben sie das Schwein aufgespürt. Er hieß Marc Mason. Beide gerieten aber in eine Falle.« Er legte eine Pause ein und Nick hörte, wie er Qualm tief einsog und genüsslich ausatmete. »Bruckheimer starb an dem Abend. Walker überlebte schwerst verletzt. Ich kann mir vorstellen, dass der Psycho kein Zuckerschlecken war!«

»Vergewaltigt?«

»Keine Ahnung. Vermutlich.«

»Du sollst die Scheiße nicht interpretieren. Ich will nur die Fakten.«

»Preston, ist ja gut!«

»Wie starb Bruckheimer?«

»Weiß ich nicht, alles geschwärzt.«

»Weiter!«

»Als man sie fand, war Walker nicht ansprechbar. Ein Dan Braker war der Erste am Tatort. Der sorgte dafür, dass niemand zu ihr durfte. Erst nach zwanzig Minuten holte er sie da raus. Erst danach konnten die Spurensicherung und alle weiteren Mitarbeiter der SUBM den Tatort untersuchen.«

»Ungewöhnlich«, murmelte Nick und fasste sich in die Hosentasche, berührte sein Fläschchen, dessen Inhalt er jetzt zu gerne inhaliert hätte.

»Was hast du gesagt?«

»Vergiss es! Du sagtest, er *hieß* Marc Mason«, erwiderte Nick drakonisch.

»Genau. Er ist tot.«

»Wie ist er gestorben?«

»Alles geschwärzt. Keine Ahnung. Er ist zumindest tot aufgefunden worden.«

»In welchem Krankenhaus hat man sie behandelt?«

»Keine Ahnung.«

»Wer hat diese geschwärzten Akten genehmigen lassen? Wo sind die Originalakten und die Berichte der Spurensicherung?«

»Keine Ahnung. Ich habe unzählige Firewalls geknackt, um an diese Akten ranzukommen. An die Originale komme ich nicht. Die sind so sicher wie das Gold in Fort Knox!«

»Mhhh. Ich benötige aber die ungeschwärzte Originalakte«, murmelte Nick. Sein Informant zog an seiner Zigarette. Nick spürte förmlich, wie der heiße Qualm sich in seine Lunge brannte. »Red weiter!«

»Nun ja, an diese Akten, die du so dringend haben möchtest, komme ich nicht heran. Wie gesagt, es fand ein erbitterter Kampf statt. Walker schwer verletzt. Ihr Kollege von Mason getötet und Mason erlag seinen Verletzungen!«

»Bruckheimer. Er hieß Bruckheimer!«, sagte Nick und legte auf. Er hing seinen Gedanken nach, während er seine Poppersflasche in der

Hosentasche in seiner Handfläche unaufhaltsam drehte. Es brauchte keine Sekunde, um zu begreifen, dass die toten Frauen mit den Narben am Hals, die Sam und Annie vor ihm verheimlichten, und den MM mit Marc Mason in Verbindung standen. Er wusste jetzt ebenfalls, dass Annie Walker eine traumatisierte Sonderermittlerin war. Er hoffte inständig, dass sie nicht vergewaltigt worden war. Und er war sich sicher, dass Dan Braker dafür gesorgt hatte, dass die Akten geschwärzt und versiegelt worden waren. Es gab eine Akte, in der die Wahrheit stand. Die Frage war nur, wo sie sich befand. Dan Braker hatte seine Gründe und Beziehungen, warum er Annie Walker und die Wahrheit schützte und die Vergangenheit somit offiziell begrub.

Nicks Mutmaßungen über den Tod von Leo Bruckheimer und Marc Mason türmten sich mit allen nur denkbaren Möglichkeiten auf, wie die beiden zu Tode gekommen sein könnten. Sein Magen krampfte und schnürte ihm die Luft zum Atmen ab, als ihm klar wurde, dass keiner von beiden eines natürlichen Todes gestorben war. Und Annie Walker? Sie war die einzige Überlebende, vermutlich vergewaltigt. Aber auf alle Fälle traumatisiert. Der Schmerz, der Nick jetzt durchfuhr, war so kolossal, als würde eine Splitterbombe ihn von innen zerreißen. Er war zwar nie sexuell missbraucht worden, aber er wusste nur allzu gut, dass es nur ein Ereignis brauchte, um jegliche Lebensfreude, jegliche Herzensgüte und Zuversicht in einem Menschen auszulöschen und dessen Seele zu vernarben.

Die Arbeit als Sonderermittler war ohnehin schon zermürbend und beförderte einen oft ins Reich der Finsternis, in der ein immerwährendes Inferno loderte. Eine Höllengrube, aus der nur die wenigsten wieder herauskamen. Ein Grund auch, warum Sonderermittler beim SUBM nur fünf bis sieben Jahre im Durchschnitt tätig waren, bevor sie meist zu einem Wrack wurden, dem Alkohol oder anderen Drogen verfielen.

Ihm war auch nicht klar, warum Dan Braker laut seinem Informanten zwanzig Minuten am Tatort gebraucht hatte, um eine der besten Sonderermittlerinnen des Landes in die Realität zurückzubeamen. Er konnte die Frage jetzt nicht beantworten. Stattdessen speiste er eine mentale Schublade für Annie Walkers schwärzesten Tag in seinem Labyrinth ein.

Nick hoffte aus tiefstem Herzen für Annie, die gerade in diesem Moment das Büro betrat, dass sie eines Tages durch ein glanzberauschtes Wunder wieder ins Leben zurückkehren könnte. Er verstand ihren Schmerz, auch wenn er ihr im Dienst im Wege stand. Jetzt, mit dem Wissen, das er hatte, brannte in ihm der Wunsch, ihr mehr denn je zu helfen. Darüber hinaus hatte er Dan Braker ein Versprechen gegeben!

Annie beäugte Nick, der am Whiteboard stand. Seine Nackenmuskeln waren angespannt und sein stachliges Herzschlagtattoo ragte wie auf einem Podest empor, so als wollte es vor dem Schmerz, den er verspürt, fliehen. »Sie sehen übrigens wieder so aus, als wenn Sie gerade einen Geist gesehen haben.«

Nick sammelte sich, legte einen Ruheschatten auf Annies Gedächtnisschublade und bemühte sich, sachlich zu klingen. »Alles gut. Auch ich habe eine Katze, die heute Morgen gestorben ist«, erwiderte er und lächelte gequält.

»Sehr witzig!«, konterte sie. »Können wir jetzt weitermachen, ja? Lance Roberts ist morgen für 16 Uhr vorgeladen.«

»Perfekt.« Das Telefon klingelte und Nick eilte dem Anruf entgegen. »Preston.«

»Sancha. Ola. Lautsprecher an?«

»Schieß los, Mike«, rief Annie in Nicks Richtung.

»Comprende. Also, es ist alles wie bei Lexus am Tatort. Nichts Neues. Aber ich habe euch jetzt die Auswertung der Handydaten beider Toten zugeschickt. Vielleicht helfen sie euch weiter! Muss auflegen. Hab zu tun!« Bevor Nick und Annie antworten konnten, legte er auf.

Nick setzte sich an den PC, öffnete die Datei, überflog Nummern und Nachrichten, bis er auf einen regen Chatverlauf mit Roberts stieß.

»Und?«

Nick reagierte nicht sofort.

»Fassen Sie es mit Ihrem Superhirn noch heute zusammen oder soll ich morgen noch mal nachfragen?«

Nick blickte vom Bildschirm auf und lugte Annie argwöhnisch an, die ihn angrinste und ihm mit ihrem Kaffeebecher zuprostete. Er lächelte, erinnerte er sich doch an ihre erste Begegnung in Dan Brakers Büro, wie er ebenfalls diese Geste voller Ironie ihr entgegengebracht hatte. »Sand hat ihn kontaktiert. Sie schwärmte von ihrem Sex vor zwei Monaten mit ihm! Sie behauptete, sie wäre von ihm schwanger und möchte Geld für das gemeinsame Kind von ihm. Sie bot ihm an, seine väterlichen Pflichten abzutreten. Wenn er nicht auf ihren Deal eingehen würde, drohte sie damit, öffentlich zu machen, dass er sie vor zwei Jahrzehnten vergewaltigt hatte.«

»Wie clever. Sie brauchte Geld und lässt sich von ihrem Vergewaltiger schwängern«, sagte Annie.

»Angeblich ja! Wer weiß, ob er tatsächlich der Vater war. Das müssen wir überprüfen. Nun, so war sie sich aber ziemlich sicher, dass sie zu Geld kommen würde.«

»Mag sein. Der Chatverlauf ist sehr einseitig. Roberts antwortete nur kurz und knapp.«

»Hat er ihr das Geld bezahlt?«

»Nein, das Treffen für die Übergabe des Geldes wäre heute gewesen«, erwiderte Nick.

Das Gespräch wurde plötzlich von Brad unterbrochen, der am Büro vorbeischritt. »Wow, Mr. Preston«, grölte er und klatschte dabei in die Hände. »Sie haben es ja doch drei Tage mit dem Drachen ausgehalten!« Er klatschte in die Hände. »Respekt!« Dann zeigte er Annie demonstrativ den Mittelfinger.

Annies Schläfen pulsierten bei dem Anblick seines knochigen Fingers. Ihre Wangen erröteten und die Augenbrauen verengten sich. Sie hasste ihren Kollegen seit dem Tag, als er ihr nach ihrer Wiederaufnahme im Dienst vor ein paar Monaten offen gestand, dass er glaubte, dass sie für den Tod von Leo verantwortlich sei. Naserümpfend schrie sie: »Du verfickter Mistkerl.« Der Kaffeebecher, den sie in den Händen hielt, flog im hohen Bogen in seine Richtung, klatschte scheppernd an die Tür und verfehlte ihn um Haaresbreite.

Beide Männer blickten synchron zum Scherbenhaufen, dann auf die Tür, an der der Kaffee herunterfloss, und schließlich auf Annie, die jetzt schwer atmend auf Brad Cannon zustürmte.

»Verpiss dich!«, warf sie ihm an den Kopf und boxte ihn auf die Brust. Brad taumelte und knallte gegen einen Bürostuhl, der unversehens mit ihm zusammen rücklings umkippte. Annie stand schnaufend, mit rot angelaufenen Wangen, breitbeinig vor ihm. Die Arme hatte sie demonstrativ in die Hüften gestemmt und blickte dabei zähnefletschend auf ihn hinab.

»Tickst du noch richtig?«, schrie er sie an. »Was glaubst du eigentlich, wer du bist, du verfickte Fotze?« Er sprang auf und lief, ohne auf eine Antwort zu warten, zu den Fahrstühlen und zeigte ihr im Gehen wieder den Mittelfinger.

Eine Schweißperle rann durch Annies Zornesfalte, die sie sich mit dem Unterarm abwischte. Sie wollte ihm hinterhereilen, als eine Hand sie am Arm packte und ins Büro zerrte.

Nick knallte die Tür mit seinem Fuß zu. »Es reicht, Ms. Walker!«, zischte er mit einem eisernen Unterton in der Stimme, der kein Fehlverhalten mehr dulden würde.

Annie spürte seine heiße Hand auf ihrem Arm. »Lassen Sie mich sofort los!«

Er reagierte nicht, sondern verstärkte seinen Handgriff. »So aufgewühlt gehen Sie da nicht raus«, drohte er ihr.

Sie blickte in seine Augen, die vor Wut wie ein Inferno glühten. Sie wägte ab, wie viel Chancen sie hatte, sich aus seinem festen Griff zu befreien, ohne dass sie ihm oder er ihr wehtun würde. Mit den nächsten Worten packte sie alles auf eine Karte. Sie setzte ein künstliches Lächeln auf und sprach mit gedämpfter Stimme: »Ich schlage vor, Mr. Preston, Sie lassen mich jetzt augenblicklich los, damit ich mir den Scheißkerl noch mal vornehmen kann. Ich fand es nämlich äußerst unhöflich, dass er uns derartig bei unserer Arbeit gestört hat!«

Nicks Blicke durchlöcherten sie. Er verstärkte seinen Handgriff und zwiebelte dabei leicht ihren Unterarm.

»Sie tun mir weh!«

»Ist mir scheißegal! Ich will, dass Sie sich wieder beruhigen!«

Sie hielt seinem Blick stand und konzentrierte sich auf ihren Atem, hob dabei demonstrativ ihr Kinn und sprach die nächsten Worte grausam nüchtern aus: »Oh, ich beruhige mich gerne. Ich bleibe sogar hier mit Ihnen im Büro. Aber nur … wenn wir darüber sprechen, dass Sie mich angelogen haben!« Sein linkes Auge zuckte. Sein Griff ließ nach. »Wollen wir über Lipton sprechen? Vielleicht über Ihre Verlobte? Ihre tote Verlobte, Mr. Preston!«

Augenblicklich stürzte der Himmel über ihm ein und versenkte ihn in die Hölle, die er zu gut kannte.

Seine Krallen öffneten sich und sein Arm sackte herunter, hing schlaff an seinem Körper herab.

Annie lächelte triumphierend. »Wusste ich es doch!« Sie wartete nicht auf eine Antwort, sondern stürmte in Rekordgeschwindigkeit aus dem Büro, schnurstracks auf Brad zu, der sich mit jemandem vor dem Fahrstuhl unterhielt.

Nick brauchte nur einen winzigen Moment, um sich aus seiner Lethargie zu lösen. Doch dieser Moment reichte aus, um festzustellen, dass Annie Walker keine zwei Meter mehr von Brad entfernt war.

Die Fahrstuhltür öffnete sich. Brad verabschiedete sich von seinem Kollegen und ging hinein. Annie, die nun seine Schulter packte und ihn zu sich herumriss, bemerkte er viel zu spät. »Bleib stehen, du Scheißkerl!«

Nick sprang währenddessen wie ein Berglöwe auf der Jagd über einen Bürohocker und sprintete auf den Fahrstuhl zu. Sein Blick richtete sich auf die beiden, und er sah, wie Annie Brad in einem Ruck an die Fahrstuhlwand schleuderte.

Die Türen schlossen sich und in der allerletzten Sekunde quetschte Nick seine Hand in den Türspalt. Die Türen vibrierten und öffneten sich.

Annie drehte sich zu ihm um. »Was ...?«

Nick packte sie am Kragen ihres Shirts und katapultierte sie in die rechte Ecke des Aufzuges, während er mit der anderen Hand Brad rausschubste. »Verschwinden Sie«, fauchte Nick.

Brad fiel wie ein nasser Sack zu Boden und sah mit weit aufgerissen Augen zu, wie Nick auf einen Knopf auf der Armatur schlug.

Die Türen krachten zu und der Fahrstuhl setzte sich in Bewegung. Beide standen sich keuchend gegenüber. Lauerten auf die Reaktion des anderen, bis Nick auf die Stopptaste haute.

»Was soll das? Setzen Sie den scheiß Fahrstuhl wieder in Gang!«

Er bäumte sich auf, stellte sich wie ein Aufseher aus der Finsternis vor sie und legte eine Hand schützend auf das Tastenfeld. Hinter seinem Blick verbarg sich pure Raserei. Seine Augenbrauen zogen sich bedrohlich zusammen und eine tiefe Falte grub sich in seine makellose Haut. Er atmete schwer. Sie roch seinen erhitzten, nach Kaffee duftenden Atem.

»Fuck! Lassen Sie mich raus!«, schrie sie ihn an. Schweißperlen liefen ihre Schläfen hinunter. Ihr Muttermal glühte und sie atmete flach. Ihre Augen rollten nervös von einer Seite zur anderen, scannten den Fahrstuhl nach einem Fluchtweg ab.

»Ms. Walker«, sagte er unterkühlt, »ich werde Ihre Diensttauglichkeit anzweifeln!«

»Ganz bestimmt nicht!«, fuhr sie ihn an und blieb mit offenem Mund stehen.

Er näherte sich einen Schritt.

Annie wich instinktiv zurück. Drückte sich an die Fahrstuhlwand. Spürte die Kälte in ihrem Rücken, die sie dankbar in sich aufsog.

»Ich beende unsere dienstliche Partnerschaft. Ich arbeite an diesem Fall ab morgen früh allein, beziehungsweise lasse mir jemand anderen zuteilen!«

»Das ist nicht Ihr Ernst?«, flüsterte sie.

»Das Fass ist übergelaufen, Ms. Walker. Sie haben sich nicht unter Kontrolle.« Er näherte sich nur wenige Zentimeter, drängte sie weiter an die Wand. »Ich kann und will nicht mehr mit Ihnen weiterarbeiten. Sie gefährden im Ernstfall mein Leben. Das werde ich nicht zulassen!« Nur einen Hauch von ihr entfernt spürte er ihre Hitze, die von ihren Wangen ausstrahlte. Sein intensiver Blick nagelte sie an der Wand fest. Seine Lippen öffneten sich und erbarmungslos abgestumpft drangen die Worte aus seinem Mund. »Sie sind für jeden hier unerträglich! Morgen früh um sieben liegt mein Antrag auf Überprüfung Ihrer Diensttauglichkeit auf Brakers Tisch!«

»Sie bluffen!«

»Im Leben nicht, Ms. Walker!«

»Dan würde dem niemals zustimmen!«

»Da bin ich anderer Meinung!«

Er haute auf eine Taste und der Fahrstuhl fuhr mit einem Ruck los.

»Sie bluff...«, hauchte sie.

Er ignorierte die zum Eiszapfen erstarrte Annie Walker und während die Türen sich öffneten, sagte er: »Ich wüsste nicht, was Sie gegen meine Entscheidung tun könnten!«

Kapitel 19

21:35 Uhr

Nick krempelte den Kragen seines Mantels hoch und streifte durch die Beale Street, mit Kurs auf die Jerry Lee Lewis' Bar. Der Wind peitschte ihm ins Gesicht und kühlte seine erhitzten Wangen ab. Angekommen, im warmen Bauch der Bar, suchten seine Augen die Theke ab. Laura war nicht da. Er seufzte und setzte sich auf einen Barhocker. »Den besten Whiskey, den Sie haben, bitte«, sagte er zum Barkeeper, zückte dabei sein Handy und prüfte die Mailbox. Laura hatte weder angerufen noch eine Nachricht hinterlassen. Er wählte ihre Nummer. Ein beunruhigendes Gefühl im Magen bahnte sich an, als er dem endlosen Piepen am anderen Ende der Leitung lauschte. Sie nahm nicht ab.

Der Barkeeper schob ihm den Drink zu, den Nick in einem Zug ausschlürfte.

Der Whiskey betäubte seine Kehle für einen Moment, wofür er sehr dankbar war. »Noch einen, bitte. Aber diesmal einen Doppelten!«

Nick schloss die Augen und rekapitulierte die heutigen Ereignisse. Wie ein Film spulte er den Tag ab. Als Beobachter aus der Ferne betrachtete er jede Szene, deutete jede Geste, analysierte jedes

Gespräch. Wie ein Schatten stand er in seinen Gedanken neben Annie, spürte ihre Unsicherheit im Sekretariat. Ihre Angst auf dem Schulgelände und ihre Wut in der Kirche. Er witterte den Graben aus Geheimnissen zwischen ihnen auf der Rückfahrt und die Wahrheit, als Ohrfeige verpackt, als Annie seine tote Verlobte erwähnte. Ihren Triumph in ihren Augen im Büro. Die Hitze zwischen ihnen im Fahrstuhl.

Er bereute seine Worte zutiefst. Sein Herz rutschte ihm in die Hose, bei dem Gedanken, nicht mehr mit ihr zusammenzuarbeiten. Aber er wusste auch, dass er keine Wahl gehabt hatte. Ihm war ohne jeden Zweifel bewusst: Annie Walker würde ihm ohne Leidensdruck ihre Geschichte niemals offenbaren. Genauso würde er auch seine nicht ohne Weiteres preisgeben.

Annie Walker war nicht arbeitsfähig, das wusste er, und sie brauchte Hilfe. Er würde alles darum geben, sie zu unterstützen, um ihr zu helfen, wenn sie es doch nur zulassen würde. Er hoffte inständig auf ein Wunder, da er sehr gerne mit ihr weiter zusammenarbeiten wollte. Mit seiner Drohung setzte er alles auf eine Karte und forderte sie heraus. Er war sich sicher, Annie Walker verstand. Wusste, was sie ihm jetzt bieten musste, damit er vielleicht seine Entscheidung revidierte.

Nick benetzte seine Kehle mit einem weiteren Schluck, denn da war noch etwas anderes, was ihn zutiefst irritierte. In dem Moment, als sie zitternd vor ihm unter der Dusche gestanden und er in ihren Augen pure Verzweiflung und

Wut wahrgenommen hatte, hatte er es entdeckt. Etwas, das er noch nie in seinem Leben empfunden hatte. Noch nicht einmal bei seiner toten Verlobten. Er erinnerte sich, wie eiskaltes Wasser seinen Körper tränkte und ein Zauber in diesem bizarren Moment durch ihn gefegt war. Ein Hochgefühl, welches bis zu seinem Erinnerungsfriedhof vorgedrungen war und ein gewaltiges Feuerwerk darüber entfacht hatte. Die Funken, die es versprühte, hatten sich über seine Narben im Geist gelegt und seine Furcht vor seiner boshaften Persönlichkeit besänftigt, die, so hoffte er, niemals die Oberhand gewinnen sollte. Und sie hatten vor allem seine Schuldgefühle gedämpft. Diese Magie fesselte und erschütterte ihn zugleich. In diesem winzigen Moment wurde ihm schmerzhaft bewusst: Annie Walker war mit einem Mal zu seiner Achillessehne geworden.

Aber niemals würde er zulassen, dass sie ihm schadete. Niemals. Er wollte sie weiterhin als Partnerin im Dienst haben und ihr helfen. Das war seine Mission. Alles andere war inakzeptabel. Denn auch er trug eine schwere Last mit sich, die so gewaltig war wie ein Stahlträger, der das Dach des höchsten Turms dieser Erde stemmte. Und deshalb war er überzeugt: Auch eine Annie Walker musste lernen, mit ihrer eigenen Last zu leben. So wie er es nach all den schrecklichen Erlebnissen geschafft hatte.

Vogelgezwitscher riss ihn aus seinen Gedanken. Er packte sein Handy und seufzte, als er Sams Nummer im Display sah. »Was gibt's?«, fragte er enttäuscht und rieb sich die Augen.

»Na wenigstens erreiche ich dich!«

»Was ist mit Ms. Walker?«

»Keine Ahnung. Ich hab's schon etliche Male versucht. Sie geht nicht ans Handy.« Sie atmete tief ein. »Pass auf. Die Identitäten von unseren Megans und Roses herauszufinden dauert noch an. Sorry! Eine von ihnen hatte vor fünf Jahren einen Autounfall und ist gestorben. Bei den anderen, die wie unsere Puppen ebenfalls braune Haare haben, da überprüfe ich gerade Wohnorte und Vergangenheit. Wird aber alles erschwert, wenn, wie zum Beispiel meine zweite Rose auf der Liste, verdammte drei Mal geheiratet hat.« Sam sprach so hastig, dass sie nach Luft japste.

Nick stöhnte auf, da sie keine brauchbaren Informationen lieferte. »Sam, ich bin müde. Das hätte bis morgen warten können!«

»Ist gut, Nick! Ich merke schon«, sagte sie abschätzig und zog das nächste Wort absichtlich in die Länge. »Aber, bei den Männern bin ich fündig geworden.«

Er spitzte die Ohren und erhob sich vom Stuhl.

»Larry Bolt und Charlie Pence sind brave Familienväter und haben eine astreine Historie. Keine Krankenhausgeschichten, keine Psychologen. Psychiater, Strafzettel. Fehlanzte...«

Nick unterbrach sie hastig. »Und Jacob Moor?«

»Nun, dieser Mann war einst wirklich keine Augenweide. Ich schicke dir ein Foto aufs Handy. Da ist er sechzehn. Interessanterweise gibt es jedoch nach seinem Schulabschluss keine weiteren Einträge, Daten oder Bilder von ihm. Und glaub mir, ich kann mit Datenbanken umgehen.

Es ist, als ob er von der Bildfläche verschwunden ist.«

»Hast du ihn mal altern lassen und die Animation durch die Datenbanken gejagt?«, fragte er.

»Nick, wirklich! Das ist eine Beleidigung! Natürlich habe ich das gemacht«, sagte sie schnippisch.

»Gestorben?«

»Das glaube ich nicht, dann hätte man ihn irgendwann anhand seines Gebisses identifiziert. Diese Daten haben wir ja noch aus seiner Kindheit. Also, wenn du mich fragst, hat jemand diesen Mann verbuddelt oder er ist im Ausland abgetaucht. Die ausländischen Datenbanken habe ich allerdings noch nicht durchforstet.«

»Noch was, Sam?«

Sie zögerte. Verschwieg ihm, dass sie auch Annie sprechen wollte, da es Neuigkeiten von den Schmucknarbenfrauen gab. »Nein. Ich meld mich, sobald es was Neues gibt.«

»Okay«, sagte er, aber glaubte ihr nicht. »Gute Arbeit, Sam.«

»Ich weiß«, erwiderte sie und legte auf.

Sein Handy piepte. Er öffnete das Foto, das Sam ihm geschickt hatte. Der junge Mann auf dem Bild hatte eine schneeweiße Haut, die so dünn wie Pergament wirkte. Sein Gesicht war von tiefen Kratern aus Pickeln und Mitessern durchzogen. Auf seiner schmalen Höckernase grub sich eine gelbbraune, kantige Vollrandbrille in den Nasenrücken. Die dicken Gläser ließen seine erbsengrünen Augen kleiner wirken und die Gesichtskonturen schmaler. Mit seinem goldblonden, strähnigen Pony verdeckte er die Pickel auf seiner breiten Stirn. Ein Haarschnitt fehlte gänzlich, folglich hingen sie platt herunter. Dieser Mann sollte eine Schlüsselrolle in Nathalie Sands Leben gespielt haben? Das konnte Nick kaum glauben.

Doch irgendetwas irritierte Nick. Es war jedoch noch nicht greifbar. Ihm war, als würde er mit seiner Hand nach einer verblassenden Silhouette im dichten Nebel greifen und seine Finger verfehlten diese immer wieder. Ein beklemmendes Gefühl durchzog seine Eingeweide, insbesondere, als in seiner Fantasie die Silhouette die Gestalt einer zähnefletschenden Kreatur annahm.

Kapitel 20

gegen 20 Uhr

Inmitten der vielen parkenden Autos, unter einer tiefliegenden Wollmütze versteckt, lugte er durch die bodentiefen Fenster des Hundesalons Dogs'n Roses. Er beobachtete eine lächelnde Frau, die einem schneeweißen Pudel das Fell scherte.

Es wirkte auf ihn fast meditativ, wie sie mit der Schermaschine über die Haut des Tieres streifte. Er schloss die Augen und spulte dieses Bild immer wieder in seinen Gedanken ab, hörte dabei dem Summen der Maschine zu und genoss diesen Moment der Ruhe.

Nach einer Weile öffnete er die Augen und nahm aus dem Handschuhfach sein Tagebuch heraus. Er zückte den Stift und schrieb mit einem dämonischen Lächeln die nächsten Zeilen:

Tagebuch,

morgen habe ich mein Leben wieder zurück. Rose Parker alias Rose Blake, wie sie jetzt heißt, wird das letzte Opfer sein. Wenn sie wüsste, dass sie in den nächsten Stunden sterben wird, würde sie nicht so seelenruhig dem Viech das scheiß Fell scheren.

Meine Qualen werden schlimmer. Jeden Tag durchlebe ich meinen schwärzesten Tag aufs Neue. Ich kann es nicht mehr abstellen. Ich sehe, wie sie mich quälen und demütigen. Wie sie mit mir spielen und mich erniedrigen.
Aber weißt du, was ich auch noch sehe? Ich sehe ihr Leid. Ihre Qualen. Ihren Tod.
Ich sehe, wie sie sich winden, wenn ich sie zunähe. Wie sie abwägen, ob sie sich die Haut vom Leib reißen, um zu fliehen, oder ob sie bis zum letzten Stich die Schmerzen ertragen, mit einem winzigen Funken Hoffnung in ihren Herzen, dass ein Wunder geschieht und sie rettet.
Aber, liebes Tagebuch, du ahnst es! Nichts hat die Schlampen gerettet. Rein gar nichts. Ich bin wie ein Gott. Ich entscheide, wie und wann sie endlich in der Hölle brutzeln.
Ich sehe Megan Wrights weit aufgerissene, blutunterlaufene Augen, als ich ihr das widerwärtige Menstruationsblut in den Mund tröpfle. Ich sehe Amy Lexus, wie sich das Blut in ihrer Mundhöhle ergoss und wie sie würgt. Ich sehe die Schlampe Nathalie Sand, die Blut spuckte, bis ich ihr das Maul zuklebte.
Gott, ihre Tode erleichtern mich. Ich spüre Frieden in mir. So wohltuend wie ein heißes Bad, das nach Lavendel duftet.

Er atmete tief ein und sah dem Regen zu, der gegen die Windschutzscheibe plätscherte und

seine Sicht trübte. Die aschgrauen Wolken wirkten bedrohlich und verdrängten den majestätischen Mond, der die anfallende Nacht begrüßte. Er lächelte und schrieb weiter:

Er lehnte sich in dem Sitz seines imposanten Sportwagens zurück und leckte sich über die Lippen, so verlockend, so zuckersüß war der Gedanke, dass die heutige Nacht seine Qualen beenden würde. Ein breites Grinsen offenbarte seine makellosen Zähne, die im aufflackernden Mondlicht erstrahlten. Er griff nach seinem Handy und wählte die Schnellwahltaste.

Nach dem zweiten Klingeln meldete sich eine schüchterne Stimme: »Ja, Schatz?«

»Hi Babe«, sagte er sanft. »23 Uhr schlagen wir zu! Airways Boulevard. Dogs'n Roses. Es läuft alles so ab, wie wir es geplant haben.«

Marge:
Ja, auf den ersten Blick!
Schau, all das Leid und
der Schmerz können dich
auch stärken. Wusstest
du das nicht? Es liegt an
dir, Annie.

Annie:
Aber was, wenn mein
Herz schon fast einem
Stück Kohle gleicht und
es kurz davor ist, in Staub
zu zerfallen?

Kapitel 21

Annies Hände wanderten schwungvoll über die Klaviertasten. Sie schloss ihre Augen und wippte mit dem Oberkörper meditierend auf ihrem Hocker hin und her. Jede einzelne Note sog sie auf. Die unterschiedlichen Tonfarben und die Schwere des düsteren Hallelujas von Leonard Cohen hallten durch ihr Wohnzimmer.

Immer wieder wischte sie ihre klitschnassen Hände an der Jeggins trocken und unterbrach somit ungewollt das Spiel. Danach schlugen ihre Finger härter auf die Tasten. Sie ärgerte sich, dass ihre Gedanken sich nicht sortierten. Selbst Bachs Praeludium vermochte nicht, ihre Laune zu heben. Hatte es dieses Stück doch bisher immer geschafft, sie zu beruhigen.

Die Ereignisse des heutigen Tages durchschüttelten sie wie ein Erdbeben und hinterließen in ihr einen Trümmerhaufen. Gedankenfetzen über den Streit mit Nick und Brad, die Berichte von Ms. Morgan, die Gespräche mit Robert Lance und Ms. Sand schichteten sich auf und verursachten ein innerliches Chaos.

Sie klappte wütend den Flügel zu. »Fuck«, schrie sie. Sie musste raus. Sie musste rennen. Laufen, bis sie ihre Knochen nicht mehr spürte. Annie schlüpfte ungeachtet des Regens, der gegen ihre Fenster prasselte, in ihre Sportklamotten.

Ein paar Minuten später empfing sie warme Gewitterluft, als sie ihr Haus verließ. Sie atmete tief ein und aus. Die Luft strömte in ihre Lungen, legte sich wie Balsam auf sie nieder und besänftigte ihre Atmung, aber noch nicht ihren Geist.

Sie sprintete über die Straße am Botanischen Garten vorbei, den sie auf dem Rückweg durchqueren wollte, und bog in die Park Avenue ab. Warmer Regen durchnässte sie, aber sie empfand ihn als willkommen, kühlte er doch ihren überhitzten Körper ab.

Den Mann im Auto, der ihr distanzwahrend folgte, bemerkte sie nicht. Grinsend verspürte er bei ihrem Anblick einen höllischen Druck in seiner Hose. Schon bald würde Annie Walker hautnah miterleben, wie die Explosion seines Schwanzes und ihr darauffolgender, qualvoller Tod ihn zum glücklichsten Mann auf Erden machen würde. Heute Nacht wollte er sie. Er wartete nur noch auf den richtigen Zeitpunkt!

Er kramte aus seinem Handschuhfach eine Pistole heraus. Leckte sich einen übrig gebliebenen Muffinkrümel von den Lippen und starrte aus sicherer Entfernung auf Walkers perfekten, wohlgeformten Körper. Ein Kribbeln flammte in ihm auf, wenn er nur daran dachte, wie er sich an ihr vergehen würde, bis er den letzten Atemzug aus ihren Lungen peitschte.

Er schaltete jetzt das Taxilichtsignal an und lauerte ihr etwas dichter auf. Folgte ihr jedoch unauffällig und bewunderte ihre Ausdauer, wie sie durch die Straßen von Memphis rannte, als ob es kein Morgen gäbe. Vorbei an Las Delicias, einem Mexikaner, den er des Öfteren mittags aufsuchte, wenn er von dem Lauern auf Walker eine Pause brauchte. Vorbei am Park Avenue Animal Hospital. Vorbei an Laternen, die wie Gespenster ihren Weg kreuzten, und vorbei an Menschen, die unter einem Regenschirm Schutz suchten.

Annie jagte ihren Gedanken hinterher, wollte sie wieder einfangen, bändigen und ordnen. Denn eins war klar: Ein Gespräch mit Nick Preston und vor allem eine Entschuldigung waren unvermeidlich. Sie wollte, nein, sie musste noch an diesem Abend mit ihm sprechen, wenn sie seine Partnerin bleiben wollte. Im Inneren ihres Herzens wusste sie, dass er ihr helfen mochte. Wie genau, blieb ihr ein Rätsel. Es war vielmehr ein Gefühl, eine zuversichtliche Ahnung. Doch trotzdem zog sich bei diesem Gedanken ihr Magen zusammen. Ein plötzliches Seitenstechen erinnerte sie daran, dass sie zu schnell gerannt war.

Keuchend blieb sie stehen, stützte sich mit den Händen auf den Oberschenkeln ab und rang nach Atem. Ihre Gedanken ermahnten sie, die Diensttauglichkeitsprüfung um jeden Preis zu vermeiden. Koste es, was es wolle. Denn ohne jeden Zweifel würde sie gnadenlos durch diese Prüfung fallen. Und wenn dem so wäre, wäre sie sicherlich dem Abgrund noch näher, als sie es ohnehin schon war. Die bittere Erkenntnis, dass sie Dans Urteilsvermögen trauen musste und

Nick Preston brauchte, um ins Leben zurückzukehren, traf sie mit so großer Wucht, wie der peitschende Regen, der unablässig ihr Gesicht ohrfeigte. Der Schmerz, den er auf ihren Wangen hinterließ, verstärkte die Wahrheit, die sie jetzt so deutlich vor sich sah wie das blinkende Taxi, das neben ihr anhielt und dessen Fenster heruntergelassen wurde.

Sam versuchte vergeblich, Annie anzurufen. Sie verfluchte ihre Mailbox und wünschte, sich an Orte beamen zu können. Nervös strich sie sich eine Strähne aus der Stirn. Sie biss sich auf die Lippen, denn sie wusste: Annie schwebte in größter Lebensgefahr. Die Nachricht an der Windschutzscheibe und die toten Frauen stellten keinen Zufall dar. Voller Sorge überlegte sie für einen winzigen Moment, Nick von den Morden zu erzählen, verwarf aber den Gedanken augenblicklich. Stattdessen stöberte sie durch die Akte Marc Mason und sog seinen Werdegang zum Mörder auf. Mit großem Interesse las sie ein Gutachten, das ihr bisher unbekannt war. Sie wühlte in seiner Vergangenheit herum und ihr stockte der Atem, als sie auf den Tag seiner Geburt stieß.

Nachdem Nick frustriert nach Hause getrottet war, versuchte er weitere Male, Laura zu erreichen. Leider blieb er erfolglos. Er schenkte sich einen exquisiten Chivas Royal Salute Whiskey ein und war gerade dabei, das Glas zu seinen Lippen zu führen, als es plötzlich an der Tür Sturm klingelte.

Misstrauisch runzelte er die Stirn. Mit dem Drink fest in seiner Hand ging er zur Tür und erspähte im Display der Gegensprechanlage Annie, die vollkommen durchnässt vor seinem Wohnhaus stand. Er hätte sie überall und in jedem Zustand erkannt. Doch diesmal beunruhigte ihn ihr Aussehen zutiefst.

Hektisch scannte Annie ihre Umgebung ab und schlug mit den Fäusten gegen die Tür. »Lassen Sie mich rein. Bitte!«, flehte sie.

Nick drückte auf den Türsummer.

Annie fiel wie ein nasser Sack in den Hausflur. Sie rappelte sich auf, rannte die Treppen hoch und kam völlig außer Atem im Dachgeschoss an. Bei Nicks Anblick, der lässig, nur mit einem Unterhemd und einer Trainingshose bekleidet, in der Türzarge stand, brannte ihr Herz, so erleichtert war sie darüber, dass er zu Hause war. Als sie seinen besorgten Blick sah und auf die dämonischen Motive im Spinnennetz auf seinem rechten Arm blickte, erlosch die Hitze in ihrer Brust. Durch das kalte Flurlicht wirkten seine Tattoos noch grotesker und seine markanten Gesichtszüge stachen wie die Klinge eines Messers hervor. Sie rang nach Luft und stützte sich an der Wand mit dem Ellenbogen ab.

»Ms. Walker?«, fragte er und ging auf sie zu. »Was ist ...«

Sie erhob die Hand und signalisierte ihn, dass sie noch einen kleinen Moment brauchte und vor allem brauchte sie etwas Abstand. Das Regenwasser tropfte aus ihren Haaren auf den samtfarbenen Natursteinboden. Jeder Tropfen weckte eine Erinnerung und erschütterte sie bis ins Mark.

Das offene Fenster.

Die Mündung der Pistole.

Den Atem, den sie vor Schreck angehalten hatte.

Ihr bebendes Herz, das gegen ihre Brust geschlagen hatte.

Ihr angestrengter Blick ins Innere des Taxis, bis die Augäpfel geschmerzt hatten.

Ihr weit aufgerissener Mund, als sie dem Teufel höchstpersönlich in die Augen gestarrt hatte.

Ihr Verstand hatte in diesem Moment das Unmögliche begriffen. Ihr Geist hatte geschrien: »Lauf!« Doch sie war wie erstarrt gewesen. Stocksteif, unfähig zu handeln, war sie gelähmt angesichts des Anblicks des Bösen. »Sie?«, hatte sie gekrächzt.

Er hatte sie angegrinst und die Zähne wie ein Bluthund gefletscht. Dämonen ihrer Vergangenheit hatten ihre jetzt sterbende Seele überschwemmt.

»Lauf um dein Leben!«, hatte ihr Geist gerufen. »Lauf!« In dem Moment, als er die Pistole entsicherte, rannte sie los, als wäre sie vom Blitz getroffen worden.

Nicks Gesicht hatte sich in ihre Gedanken gemeißelt und sie war dem Mann entgegengerannt, der ihr als einziger Sicherheit bieten konnte. Zumindest glaubte sie das.

Sie war in die Patterson Street geprescht und dann in die Clayphil Avenue abgebogen. Dabei war sie durch Vorgärten gesprungen und im

Zickzack um ihr Leben gesprintet. Mithilfe ungeahnter Adrenalinreserven war sie über Büsche und Bänke gesprungen und hatte kleine Gassen wie ein aufgescheuchter Hase bei der Jagd durchquert.

Irgendeine Kraft hatte sie intuitiv zu Nicks Apartment geführt. Natürlich hatte sie gleich am ersten Tag recherchiert und wusste, wo er wohnte. Und so stand sie da. Klitschnass. Das Wasser sammelte sich zu einer Pfütze unter ihr.

»Ms. Walker. Bitte. Schauen Sie mich an!«, sagte Nick und riss sie aus dem Albtraum. Seelenlose Augen begegneten seinem Blick. All den Schmerz, den sie enthielten, sog er wie ein Schwamm auf.

»Ist die Haustür unten zu?«

»Ja. Ist sie!«

Sie nickte und blickte sich nervös um.

»Ms. Walker. Hier ist niemand, außer wir beide!«

»Ich«, krächzte sie. Ihre Stimmbänder fühlten sich an, als ob sie von einem Betonklotz zerquetscht würden. Sie schluckte.

»Sie sind ein Häufchen klitschnasses Elend«, flüsterte er und lächelte. Er deutete mit seinem Blick zur Pfütze, in der sie stand. »Kommen Sie bitte erst mal rein!«

Sie blickte an sich herab und bemerkte erst jetzt den Modder unter ihren Schuhen und an ihren Beinen. »Scheiße!«, fluchte sie. Jetzt klapperten ihre Zähne und sie zitterte. Sie rieb sich beide Arme mit den Händen und ging ein paar Schritte auf Nick zu.

»Ich meine es ernst. Kommen Sie bitte rein«, sagte er. »Im Gästebad, erste Tür auf der linken Seite, finden Sie Handtücher. Gerne gebe ich Ihnen ein T-Shirt und eine Trainingsho...«

»Nein danke. Handtücher reichen vollkommen«, unterbrach sie ihn hastig.

»Okay. Ich mache uns einen Tee. Lassen Sie sich so viel Zeit, wie Sie brauchen.«

Er hämmerte mit der Faust gegen das Lenkrad, bis seine Fingerknöchel bluteten. Der heulende Wind und der peitschende Regen verschluckten seine Schreie. Die Passanten, die mit ihren Regenschirmen gegen den Wind ankämpften, suchten sich einen Weg ins Trockene und ignorierten das Taxi, das schwach beleuchtet am Straßenrand stand.

Er hätte ihr sofort ins Bein schießen sollen. Aber ihr schmerzverzerrter Blick hatte ihn so sehr erregt. Er hatte ihre Angst aufgesaugt. Dieser eine Moment hatte allerdings ausgereicht, für ihre Flucht.

Er hatte zur Verfolgung angesetzt, jedoch ihre Spur verloren. Aber er hatte seine Hausaufgaben gemacht. Er wusste, es gab nur zwei Orte, wo sie jetzt sein konnte. Und er wusste auch, dass sie nie im Leben zu sich nach Hause gerannt wäre.

Er fuhr zu seinem Arbeitsplatz, parkte das Taxi und wechselte das Auto. Ein diabolisches Grinsen entstellte sein Gesicht, denn er dachte daran, wie er vor ein paar Stunden die Fickfreundin von dem Mann getötet hatte, den er jetzt beabsichtigte zu beschatten.

Nick ignorierte das Brummen seines Handys in seiner Hosentasche. Er stellte Tassen und Kanne sowie ein paar Käsewürfel auf ein Tablett und ging zu Annie hinüber, die mittlerweile eingehüllt in einer Decke auf seiner Couch saß und sein Loft mit großen Augen bestaunte. Er stellte alles auf dem Tisch ab und schenkte ihnen ein.

Annies Augen wanderten zu den bedrohlichen Landschaftsgemälden und Porträts von Menschen, die an den Wänden hingen. Die Porträts hatten eins gemein: eine schmerzverzerrte Fratze in einem makellosen Gesicht. Und der Maler bettete sie alle in ein idyllisches Setting ein, sodass diese Bilder auf unheimliche Art und Weise etwas Beruhigendes in ihr auslösten.

Ihr Blick wanderte an antiken Kommoden vorbei. Ihre müden Augen erspähten mannshohe Skulpturen in jeder Ecke des Lofts. Sie bewachten wie stille Wächter sein Heim. Kunstgegenstände, die perfekt aufeinander abgestimmt waren, schmückten abgewetzte Vitrinen. Wenn sie nicht wüsste, dass hier einer der besten und vor allem geheimnisvollsten Sonderermittler wohnte, der tagein, tagaus Mörder jagte, hätte sie denken können, hier wohnte ein Künstler, wie er im Buche stand.

Am anderen Ende des Lofts sah sie einen halb aufgezogenen smaragdgrünen Samtvorhang, hinter dem ein antikes Himmelbett, ein wahrer Blickfang, wie sie fand, hervorlugte. Dann schweifte ihr Blick nach links und sie entdeckte ein Atelier. Dort zog ein riesiges, unvollendetes Gemälde sie unerklärlich an. Wellen von Trauer und Schwermut,

die von diesem Bild ausgingen, schwappten auf sie
über. Eine Person stand auf schlammigem Boden
verwurzelt, scheinbar mit der Unterwelt verbunden. Dämonische Augen und knöchrige Krallen
griffen nach ihrem Körper und rissen Stücke heraus, um die zähnefletschenden Münder am Rande
des Gemäldes damit zu füttern.

»Es ist längst noch nicht fertig. Ich arbeite seit
einem Jahr daran. Viel Zeit bleibt mir ja nicht für
Hobbys bei diesem Job. Na ja, und ich kann mich
nicht entscheiden, ob die Person weiblich oder
männlich sein soll«, sagte Nick mit gedämpfter
Stimme und reichte ihr eine Tasse Tee.

Sie nahm ihm die Tasse ab und genoss die
Wärme.

»Danke«, sagte sie. »Lassen Sie Körper und
Gesicht unbenannt. So steht es für jeden Seelen-
schmerz in dieser Welt.«

»Mhhh ...«, erwiderte er stirnrunzelnd.

Sie nippte an ihrem Tee. »Haben Sie auch all
die anderen Gemälde hier gemalt?«

»Ja. Irgendetwas brauchen wir doch, damit
wir nicht wahnsinnig werden, in unserem Job,
oder?«, sagte er und machte es sich in seinem
laubgrünen, gepolsterten Ledersessel, der ihr
gegenüberstand, bequem.

»Ja«, stimmte sie ihm zu. »Ich spiele Klavier.
Das hilft mir, nicht wahnsinnig zu werden.«

»Ich weiß.« Er trank einen Schluck, während
Annie sich noch enger in die Decke einhüllte.
Nicks Handy vibrierte erneut. Er ignorierte es
und schlürfte stattdessen seinen Tee seelenruhig
weiter.

»Gehen Sie ran!«

»Das kann warten. Es gibt gerade Wichtigeres«, sagte er und blickte sie herausfordernd an.

Annie umschloss mit beiden Händen ihre Tasse und blies vorsichtig über den Tee. Sie überlegte krampfhaft, welche Worte sie wählen sollte.

Nick setzte sich in den Schneidersitz. »Ms. Walker ...«

»Es tut mir leid«, hauchte sie ihm entgegen.

Er durchbohrte sie mit seinem Blick und schwieg.

Annies Augenbrauen zogen sich zusammen und ihr Mund öffnete sich leicht. Ihr Blick war voller Leid. Sie sah ihn an und wusste, es reichte ihm nicht. Er wollte mehr hören. Tief einatmend stellte sie die Tasse auf dem Tisch ab, hockte sich auf die Couch und sagte: »Wirklich. Es tut mir leid, dass ich Sie ständig so anschnauze. Ich ...« Ihre Stimme versagte, da seine bohrenden Blicke sich wie Glut auf ihrer Haut anfühlten. Sie seufzte. »Hören Sie, mein damaliger Partner, Leo, war Dan Brakers bester Freund. Dan und Leo arbeiteten vor Dans Beförderung ebenfalls als Team in der Sondereinheit zusammen. Sie standen sich sehr nahe. Als Leo mein Partner wurde, war das die beste Entscheidung meines Lebens. Wir verstanden einander. Waren ein grandioses Team. Wir passten aufeinander auf. Er war mein Mentor. Ein Freund.«

Nick hörte aufmerksam zu und goss sich eine weitere Tasse Tee ein. Stumm wie ein Fisch lehnte er sich wieder in seinen Sessel zurück und legte einen Fuß auf sein Knie.

Annie schluckte den Brocken in ihrem Hals herunter. »Vor knapp einem Jahr arbeiteten wir an einem Fall, bei dem Leo ums Leben kam.«

»Mein Beileid, Ms. Walker.«

Sie wickelte sich nervös aus der Decke heraus und setzte einen Fuß auf dem Boden ab. Sie beugte sich leicht nach vorn. »Ich habe es gerade so da rausgeschafft. Es war ein Kampf auf Leben und Tod mit einem Serienvergewaltiger und Mörder. Leos Tod hat mich tief getroffen. Es hat mich verändert. Sehr sogar.«

Nick erkannte an ihrem Blick die stille Bitte, nicht weitersprechen zu müssen, der er aber nicht nachkommen wollte. Er wollte mehr. Er wollte die Wahrheit. Denn nur so konnten sie beide in Zukunft vertrauensvoll und respektvoll miteinander arbeiten. Mit den nächsten Worten setzte er alles auf eine Karte. »Bei allem Respekt, Ms. Walker. Der Tod eines Partners ist schwer zu ertragen. Sie und Dan Braker haben mein tiefstes Mitgefühl. Aber ...«

Annie wippte mit ihrem Bein nervös hin und her und eine leichte Gänsehaut bildete sich auf ihrem Arm.

»Mich interessiert ehrlich gesagt nicht wirklich, in welcher Beziehung Ihr Partner zu unserem Boss stand. Dan Braker soll hier keine Rolle spielen. Es geht einzig und allein um Sie! Alles andere ist mir egal.«

Annies Puls schoss ihr in die Schläfe. Ihre Wangen erhitzten und ihr Muttermal pochte. Dennoch hielt sie seinem Blick stand.

Das Handy in Nicks Hose summte erneut.

»Wollen Sie nicht mal rangehen?«, fragte sie zischend.

Nick ignorierte ihre Frage. »Sie behandeln andere Menschen wie Dreck! Mich ebenfalls«, sagte er messerscharf. »Sie sind nicht in der Lage, Ihren Job adäquat auszuüben, weil Sie a«, er hob den Daumen, »Panikattacken haben und b«, er streckte demonstrativ seinen Zeigefinger in die Höhe, »sich von Ihren Gefühlen und Ängsten leiten lassen. Das Risiko, Fehler zu machen und somit mein Leben, was in unserem Job eh am seidenen Faden hängt, an Ihrer Seite zu riskieren, steigt durch Ihre Unzulänglichkeiten immens!« Jetzt beugte er sich nach vorn, wobei er einen Fuß auf dem Boden abstellte. »Ms. Walker, Sie wollen mir doch nicht ernsthaft weismachen, dass der Tod Ihres Dienstpartners Sie so aus der Bahn geworfen hat, oder? Das kann unmöglich Ihr Ernst sein und verletzt mich, wenn Sie glauben, dass ich darauf reinfalle!«

Ihr Muttermal kribbelte und verströmte eine unerträgliche Hitze. »Hören S...«

»Die Wahrheit, bitte!«, unterbrach er sie.

Kein Zauber dieser Erde hätte ihre Stimmbänder beleben können. Brettsteif schaute sie ihn mit angsterfüllten Augen an. Er sah das Pulsieren ihrer linken Schläfe, das Zucken ihres Males und die feine Schweißperle, die daran herunterlief. Ihre aufgerissenen Augen flehten ihn an, endlich aufzuhören und nicht weiter nachzubohren.

»Gut. Wie Sie meinen«, sagte er und seufzte. »Sie stellen für mich ein Risiko dar. Ich bleibe bei meiner Entscheidung. Ab morgen früh sieben Uhr sind wir keine Partner mehr! Gehen Sie jetzt bitte.« Er erhob sich. Das Handy in seiner Hosentasche brummte in der Stille wie eine Horde Hornissen. Genervt verdrehte er die Augen und zog es aus der Tasche heraus. Gerade als er seinen Blick senkte, um zu schauen, wer den penetranten Anruf tätigte, sprang Annie von der Couch auf.

»Bitte! Ich verspreche Ihnen, ich reiße mich zusammen. Ich brauche meine Arbeit. Ich ...« Sie sortierte ihre Gedanken. »Ich arbeite intensiver mit meiner Therapeutin zusammen. Ich werde ein Anti-Agressionstraining absolvieren. Aber bitte, bitte entziehen Sie mir nicht meinen Job!«, flehte sie ihn an und schlich wie eine Katze einen Schritt auf ihn zu.

Er schüttelte den Kopf. Das Handy, fest von seiner Hand umschlossen, pulsierte mit seinen Adern um die Wette. »Das reicht mir nicht! Die Wahrheit! Erzählen Sie mir von der Nacht, in der Bruckheimer starb.« In dem Moment, als er seinen Nachnamen ausgesprochen hatte, erkannte er seinen Fehler.

Annie bedeckte ihre Lippen mit ihrer Hand. Sie flüsterte: »Woher kennen Sie seinen Namen?«

Das Brummen in Nicks Hand erstarb. Er ignorierte ihre Frage. Jetzt war es auch egal, was er als Nächstes sagte. Er holte sein Ass aus dem Ärmel. »Erzählen Sie mir von Marc Mason!«

Messerscharfe Worte ritzten sich in ihren Geist. Masons Gesicht flammte auf, wie er ihr vor noch nicht einmal einer halben Stunde aufgelauert hatte, gefolgt von der Erinnerung, wie er im Keller über sie hergefallen war. Sie schwankte

wie ein Schiff auf hoher See und wich einen
Schritt zurück. »Woher?«

»Das spielt keine Rolle! Ich will die Wahrheit wissen. Nur so bleiben wir ein Team. Also, wer ist dieser Mann?«

Annies Blut kochte. »Ich kann Ihnen die Wahrheit nicht erzählen!«, schrie sie.

Nick setzte zur Antwort an. Doch das Handy in der Hand vibrierte erneut und nervte wie ein kläffender Hund. »Fuck!« Er schmiss es auf den Sessel, wo es unbeirrt weiter surrte. »Weshalb können Sie mir nicht die Wahrheit erzählen?«, zischte er. Er schlich zu Annie, die instinktiv zurückwich und auf das surrende Handy schaute, was ihre Nerven fast zum Überlaufen brachte. »Weil ... Wenn Sie die Wahrheit kennen, Sie erst recht nicht mehr mit mir zusammenarbeiten wollen!«

»Weshalb?«, flüsterte er und näherte sich, bis sie nur noch eine Handbreit entfernt von ihm stand. Das Klingeln verstummte und Stille senkte sich über den Sessel, worüber er sehr dankbar war, da Annie ihre nächsten Worte so leise flüsterte, dass er sich anstrengen musste, sie zu verstehen.

»Weil ich ein Monster bin.« Sie legte ihr Kinn auf die Brust und schluchzte.

In ihren Worten spürte Nick ihren ganzen Schmerz. Er legte seinen Zeigefinger unter ihr Kinn und hob es an. Sargschwarze Pupillen hinter einem von Tränen verschleierten Blick flehten ihn an, aufzuhören, sie zu löchern. Und trotzdem erwiderte er mit einer gnadenlos unterkühlten

Stimme: »In jedem von uns schlummert ein Monster, Ms. Walker.«

Annie verstand nicht. Aber es war ihr auch egal. Hauptsache, sie musste nicht von ihrer Vergewaltigung und Masons Auferstehung erzählen. Und dennoch grummelte in ihr etwas anderes. Ein Flackern durchzuckte ihren Körper. Es war nahezu unmöglich, dass Dan, Sam, Mike, Donald oder ihre Therapeutin Nick Preston etwas über ihre Vergangenheit erzählt hatten. Und somit war ihr unumstößlich klar, dass Nick Preston hinter ihrem Rücken geschnüffelt hatte.

Ihr Magen krampfte.

Verrat und List lullten beide ein, während sie wachsam schwiegen. »Ich weiß nicht, ob in Ihnen auch ein Monster schlummert, Mr. Preston.« Sie schob seinen Finger vom Kinn und fasste all ihren Mut zusammen. »Aber was ich weiß, ist, dass sie unmöglich Leos vollständigen Namen oder den Namen von Marc Mason wissen können«, flüsterte sie und funkelte ihn an.

Seine Nackenmuskeln spannten sich an. Aber sein vernichtender Blick brachte unmissverständlich zum Ausdruck, dass er ihr einen Scheiß sagen würde. Er beantwortete ihre Frage nicht. Stattdessen hauchte er: »Noch einmal, Ms. Walker. Die Wahrheit!«

»Die Wahrheit? Fuck!«

Nick spürte die sengende Hitze in ihrem Atem.

»Fangen Sie an, mir die Wahrheit zu erzählen! Woher haben Sie die Informationen? Ach ja, und wo wir schon dabei sind, uns auszusprechen!« Sie lächelte gekünstelt. »Warum haben Sie mir nicht erzählt, dass Sie in Lipton gelebt haben? Stattdessen haben Sie mich angelogen!«

Wut gärte in ihm. Die Falte tief zwischen seinen Augenbrauen spiegelte seinen Zorn wider. Kaltherzig flüsterte er ihr zu: »Woher auch immer Sie Ihre Informationen haben. Man wird mich mit jemand anderem verwechselt haben.«

Sie atmete seinen nach Minze riechenden, heißen Atem ein und erwiderte: »Das ist unmöglich.« Ihre Augen durchbohrten seine Seele. Langsam sprach sie die nächsten Worte aus. »Sie sind einmalig. Unverkennbar.«

Nicks Lippen öffneten sich leicht. Darauf hatte er keine Antwort. Das erste Mal in seinem Leben war er sprachlos. Seine Knie zitterten, für Annie nicht sichtbar, da er jeden Muskel in seinem Körper anspannte.

Und so standen sich beide schwer atmend gegenüber und hielten ihren Blicken stand. Keiner wagte es, dem anderen eine zufriedenstellende Antwort zu geben.

Der brummende Sessel zerriss die Stille. Annies Nervenkostüm platzte. »Jetzt nehmen Sie doch endlich mal den scheiß Anruf entgegen!«

Kapitel 22

Rose döste vor sich hin und wälzte sich im Bett wie ein Kleinkind, das nicht recht in den Schlaf fand. Der Regen peitschte gegen die Fensterscheiben und erinnerte sie an eine alte, mit hölzernem Rahmen und Fell bespannte Trommel, die sie aus einem Ferienlager aus ihrer Jugend kannte.

Immer wieder richtete sie ihren Blick an die Zimmerdecke, wo Schattenspiele vom kalten Laternenlicht der Straße mit der Zimmerpflanze auf der Fensterbank ein Gruselschauspiel veranstalteten. Sie sah Monster, Greifarme und Schlangen, die in ihr ein beklemmendes Gefühl auslösten.

Nach einer Weile verloren die Schatten ihre Boshaftigkeit und die Unruhe wich. Ihre Augenlider senkten sich allmählich, um den wohlverdienten Schlaf nach einer Zwölfstundenschicht einzuläuten.

Sie quetschte sich die Bettdecke zwischen die Beine und drapierte das Kissen im Nacken, als ein Klirren aus dem Flur sie alarmierte. Wie das Maul eines gewaltigen Flusspferdes riss sie ihre Augen auf, horchte in die Stille hinein und wünschte sich die Ohren ihrer Vierbeiner herbei, denen sie täglich das Fell schor. Doch mehr, als den immer stärker prasselnden Regen, der an ihre Scheiben trommelte, nahm sie bei bestem Willen nicht wahr.

Unruhe breitete sich dennoch in ihr aus. Ihre Unterlippe kribbelte und sie zappelte nervös mit ihrem Fuß unter ihrer Decke auf und ab. Sie überlegte, ob sie nachschauen sollte. In ihrem Geiste spulte sich der Song *I can't stand the rain* von Tina Turner unzählige Male ab. Und genau das war es jetzt auch, was sie störte. Der Regen überschattete ihre Sinne und das wollte sie nicht. Sie wünschte sich, dass er aufhörte, und hoffte, dass sie sich das Geräusch nur eingebildet hatte.

»Beruhige dich«, ermahnte sie sich und atmete tief ein. Ein Donner zersprengte die Wolken und knallte durch die Nacht. Rose zuckte zusammen und richtete ihren Oberkörper auf. Sie hörte ihren Herzschlag und ihr Entschluss stand fest: Sie musste sich vergewissern, dass ihre Fantasie ihr einen Streich spielte. Sie schlüpfte aus der Decke und stülpte sich ihre Hausschuhe über, blickte zur Schlafzimmertür und runzelte die Stirn, denn unter dem Türspalt schimmerte mattes Licht. Tief einatmend schlich sie zur Tür und streckte ihre Hand aus. Ihre Fingerspitzen berührten die kalte Türklinke. Entschlossen umklammerte sie diese, hielt inne und legte ihr Ohr an die Holztür.

Sie konzentrierte sich mit zugekniffenen Augen auf das, was hinter der Tür lag. Ihr eigener Herzschlag pulsierte und schlug gegen ihre

Brust. Rose hörte den Regen, der hinterrücks um Aufmerksamkeit buhlte und wieder Tina Turner in ihrem Kopf, die von bittersüßen Erinnerungen trällerte und Rose leider nur noch mehr verunsicherte.

Ihre Handflächen schwitzten und sie wischte sich die rechte Hand an ihrem Nachthemd ab. Behutsam drückte sie die Klinke hinunter.

Plötzlich schepperte der Himmel wie zwei Schlagzeugbecken in einem Orchester. Rose schreckte zusammen und ein Schrei huschte über ihre Lippen. Das Adrenalin strömte wie ein reißender Fluss durch ihren Körper. Ihre Lippen zitterten und ihre Brust hob und senkte sich.

»Es ist nur ein Gewitter. Ein Unwetter, mehr nicht«, flüsterte sie sich Mut zu.

Und trotzdem beschlich sie ein ungutes Gefühl. Mit festem Griff drückte sie erneut die Klinke hinunter und öffnete die Tür einen Spalt. Vorsichtig lugte sie durch den Schlitz auf den Dielenboden. Verschwommen nahm sie den kleinen Lichtschein wahr. Dann öffnete sie die Tür ein weiteres Stück, wobei ihre Augen auf genau dieselbe Stelle gerichtet waren, von der die Lichtquelle kam. Ihr kleines Flurlicht neben ihrer Schlafzimmertür leuchtete mitten in der Nacht. Sie war zutiefst irritiert. Die Klinke immer noch fest in ihrer Hand.

In dem Moment, als ihr Gehirn begriff, dass es sich nicht nur um ein Flurlicht handelte, sondern auch um einen Bewegungsmelder, bewegte sich ein moorschwarzer Schatten durch die gedämpfte Dunkelheit auf sie zu. Gelähmt von der Angst, die ihren Körper mit eisernen Klauen packte, starrte sie auf das sich auf sie zubewegende Unbekannte. Einen Herzschlag später sah sie Füße, die merkwürdig eingehüllt waren.

Jetzt drohte ihr Herz zu zerbersten. Eine innere Stimme schrie sie an, sie solle rennen, und zwar so weit sie konnte. Doch Roses Beine fühlten sich an wie ein Zementsack.

Aus dem Schatten wurde eine Silhouette.

Aus der Silhouette eine Gestalt, die einen Plastikoverall trug.

Aus der Gestalt ein Mann.

Das Licht strahlte armselig auf seinen Oberkörper. Doch das spielte kaum eine Rolle. Denn je dichter er kam, desto mehr stach der Fremde aus der Dunkelheit hervor.

Sie erschauderte und Gänsehaut überzog ihren Körper wie ein Panzer. Angstzerfressen wanderte ihr Blick zu seinen Schultern, zum Hals, zum Mund und dann zu seinen Augen.

Ein Blitz erhellte die Nacht.

Ein Schrei, den sie mit ihrer eigenen Hand vor dem Mund erstickte.

Und dann rollte eine Flut an Erinnerungen über sie hinweg wie ein Bombenhagel. Sie starrte dabei in die zornigsten Augen, die sie je gesehen hatte. Diese Augen erinnerten sie an glutrote Kohlen, die auf einem Scheiterhaufen verbrannten. Sie konnte sich diesem Blick nicht entziehen. Ihre Kehle schmerzte und war trocken wie Zunder. Sie schluckte hörbar laut den Kloß hinunter, der ihr das Atmen erschwerte.

Dieser tief sitzende Hass in seinen Augen spiegelte ihre Schuld und ihr Verbrechen wider. Er brannte sich in ihre Seele und katapultierte ihren Geist in die Untiefen längst begrabener Erinnerungen.

Sie kannte diesen Mann. Es traf sie wie ein Schlag. Ihre Lippen bebten und ein stummer Schrei entrann ihrer Mundhöhle. Niemals hätte sie diese Augen vergessen können. Damals, vor über zwanzig Jahren, waren sie nicht voller Hass und unbändiger Wut gewesen, sondern voller Angst und Ekel.

Ihre Knie wurden weich. Ihre Hand sackte von der Türklinke. Sie klammerte sich mit beiden Händen an den Türrahmen. Ein Splitter bohrte sich in ihren Zeigefinger, wie die Klauen der Vergangenheit in ihren Geist. Ihr längst vergessener Albtraum sprang in einem Satz nach vorn und rammte ihr eine kalte Nadel in den Hals. Roses Augen schlossen sich wie ein bleischwerer Vorhang und rabentiefe Schwärze hieß sie willkommen.

Kapitel 23

23:30 Uhr

Heute ist Ihr Glückstag«, sagte Nick, während er aus seinem Loft stürmte.

Annie eilte ihm hinterher. »Ich verstehe nicht.«

»Ziehen Sie die Tür zu und folgen Sie mir«, rief er ihr zu und rannte die Treppen zur Tiefgarage hinunter.

Seine nächsten Worte hallten Annie im Hausflur entgegen. Seine Stimme eisig kalt. »Ihre Deadline ist morgen, sieben Uhr. Sie haben es in der Hand. Und nun kommen Sie!«

Während der Fahrt erzählte er ihr von Sams Anruf. Er berichtete, dass man eine weitere Leiche in Nashville gefunden hatte. Die Kollegen vom dortigen SUBM entdeckten Parallelen in den Datenbanken und informierten Dan Braker.

»Es handelt sich um Megan Wright, oder?«

»Ja. Unser erstes Opfer, so gesehen.«

»Aber wir können unmöglich zum Tatort fahren. Ein Sturm zieht auf.«

»Deshalb fahren wir jetzt zur Dienststelle und hoffen, Sam hat was Brauchbares für uns.«

Sie hingen ihren Gedanken eine Weile nach. Für Annie war dieser Wendepunkt ein Segen und sie schämte sich bei dem Gedanken daran, dass eine weitere Leiche ihr das Gespräch mit Nick Preston ersparte. Vorerst, das war ihr klar. Sie wollte diese Zeit nutzen, um ihn vom Gegenteil zu überzeugen. Ihm zeigen, dass sie sich doch in Extremsituationen unter Kontrolle hatte und somit eine unverzichtbare Partnerin für ihn war.

In Dans Büro angekommen brachten sich alle vier, jeder mit einem Kaffee in der Hand, auf den gleichen Stand.

Sam projizierte die Tatortfotos von den Kollegen aus Nashville in den Raum.

»Damit haben wir absolute Sicherheit. Megan Wright war unser erstes Opfer. Die Vagina ebenfalls wie bei Amy Lexus stümperhaft zusammengenäht und es liegen drei Puppen in der Blutlache«, sagte Nick.

»Was ich allerdings nicht ganz verstehe. Warum hat er beim Zunähen von Nathalie Sands Vagina einen anderen Faden benutzt?«, fragte Annie.

Alle überlegten und betrachteten die Leiche. Dan kratzte sich am Kopf. Nick schlürfte seinen Kaffee. Annie runzelte die Stirn und Sam knabberte auf ihren Lippen.

»Na ja, es ist vermutlich leichter, mit einer professionellen Nadel den Faden durchs Fleisch zu ziehen. Ich stell mir das nicht gerade einfach vor! Es hat ihn vielleicht angeekelt«, erwiderte Nick nach einer Weile.

»Keine Ahnung. Aber die Vaginas spielen für den Mörder eine bedeutende Rolle«, sagte Dan und juckte sich am Arm.

»Sam, wer hat sie gefunden?«, fragte Nick und rieb sich die Schläfen, da sich Kopfschmerzen in seinem Schädel anbahnten.

Sam stand auf, tippte etwas in ihr Tablet und projizierte weitere Bilder vom Nashville Tatort in den Raum. »Ihre Lebensgefährtin. Diese kam aus Atlanta angereist und hatte sie vor ein paar Stunden gefunden und sofort die Polizei informiert.«

»Danke dir, Sam«, sagte Dan und goss sich aus einer Thermoskanne noch einen Kaffee ein. »Wie weit bist du mit der Suche nach der vierten Frau?«

»Glaubt mir, meine Datenbanken arbeiten auf Hochtouren. Ich bin auf der Suche nach einer Rose. Ich kann sie aber nicht eindeutig identifizieren. Ich habe jemanden in der engeren Auswahl. Aber das Problem ist, dass meine Auserwählte zwei Mal geheiratet und die Namen ihrer Männer angenommen hat. Sie hatte Wohnsitze im ganzen Land. Das dauert, Jungs. Wenn das unsere Rose ist, seid ihr die Ersten, die es erfahren«, sagte sie genervt und richtete ihren Blick auf Nick. »Jetzt zu deiner Anfrage vorhin aus der Bar. Da war ich etwas erfolgreicher.«

»Welche Anfrage?«, raunte Annie.

»Nun, er bat mich aufgrund der wenigen Zeit, die uns noch bleibt, mich in die Datenbanken der Selbsthilfegruppe einzuhacken, da wir den Anruf der Institution ja wohl vor morgen ...« Sie schaute auf ihre Armbanduhr. »Na ja, ist ja auch egal.« Sie eilte zum Konferenztisch und kramte aus einem Stapel Papiere eine Liste hervor, auf der alle Namen der Mitglieder von Coopers

Selbsthilfegruppe notiert waren. Sie reichte diese Nick, der in Windeseile den Inhalt überflog.

Plötzlich haute er mit der flachen Hand auf den Tisch.

Annie und Sam zuckten vor Überraschung zusammen.

»Wusste ich es doch!« Dann rannte er zum Whiteboard, krallte sich einen Stift und schrieb den Namen Jake Sump an die Tafel. »Sam! Ich will alles haben, was du zu diesem Namen finden kannst! Und zwar so schnell wie möglich!«

In einem Rausch vom Adrenalin, das jetzt durch ihre Adern schoss, tippte sie geschwind auf die Tastatur ihres iPads, wischte nach rechts, nach links und vergrößerte Daten, bis sie schließlich ein Profilbild vom Sozialversicherungsausweis von Jake Sump in den Raum projizierte.

»Heilige Scheiße!«, fluchte Nick, rannte zur Tür und rief: »Ms. Walker, kommen Sie! Sam! Ich will die Adresse von dieser Rose. Leg dich ins Zeug. Sie ist die Nächste!«

Kapitel 24

23:55 Uhr

W ach auf, du Miststück«, dröhnte es in ihren Ohren. Ihre Lider waren so schwer, als wenn ein Steinbruch auf ihnen lastete.

Der Mann klatschte ihr eine Faust ins Gesicht und zerschmetterte ihren Nasenrücken. Blitze und Sterne explodierten in Lichtgeschwindigkeit in einem schwarzen Nebel in ihrem Kopf. Der schwere Körper auf ihrem Becken, den sie erst jetzt bemerkte, erschwerte ihr zusätzlich das Atmen und die Flucht. Sie röchelte und spuckte Blut. Speichel lief ihr als blutverschmierter Sabber die Mundwinkel hinunter und benetzte ihren Hals.

»Mach deine verdammten Augen auf und sieh mich an!«, brüllte er sie an.

Mit aller Kraft öffnete sie ihre verklebten Augen. Sie starrte an die Decke ihres Wohnzimmers und hob den Kopf an, um sein Gesicht zu sehen. Aber irgendetwas hielt sie fest. Mehr als zwei oder drei Zentimeter löste er sich nicht vom Teppich. Sie bewegte ihren Kopf nun panisch nach rechts. Auch hier zog es an ihren Haaren und ihre Kopfhaut schmerzte bei jeder Bewegung, die sie machte. Sie schrie: »Hilfe! Hilfe!« Sie versuchte, immer wieder ihren Kopf nach oben zu heben, doch ihre Kopfhaut spannte und ein gewaltiger Schmerz durchzuckte ihre Schädeldecke. Blut schoss in ihren Kopf und rauschte in ihren Ohren. Ihre Pupillen bewegten sich panisch abwechselnd nach rechts und links, um den Raum abzuscannen. Doch ihre Sicht war eingeschränkt. »Hilfe!«

»Halt deinen Mund, du Schlampe!«, sagte ihr wahr gewordener Albtraum, während er sich zu ihr hinunterbeugte. Er war so nah, dass sie die Poren in seinem Gesicht sehen konnte. Er lächelte, nahm ihren Kopf in beide Hände und zog ihn zu sich heran. Sein Gesicht war nur noch eine Handbreit von ihrem entfernt. Dunkelbraune Augen töteten sie jetzt schon mit nur einem Blick.

»Bitte! Hören Sie auf«, wimmerte sie schmerztrunken. Ihre Kopfhaut zum Zerreißen gespannt, gab nicht nach. Das Ziehen in ihrem Kopf war unerträglich, als wenn man sich splitterfasernackt durch Stacheldraht durchwühlte. »Bitte!«

»Wieso siezt du mich, he?«, fragte er und ohrfeigte sie.

Rose weinte in sich hinein. Denn sie war dankbar für diese Ohrfeige, die nur ein Brennen auf ihrer Wange hinterließ. Die unerträgliche Spannung ihrer Kopfhaut ebbte dafür ab. Aber es nistete sich etwas anderes in ihren Haarwurzeln ein. Es brannte und juckte mittlerweile, als wenn ein Volk von Läusen ihren Kopf bewohnen würde.

Jake erhob sich und war eine Armlänge von ihr entfernt. Er starrte sie eindringlich an.

Sie hatte keine Chance, sich seinem Blick zu entziehen. Wagte es nicht, die Augen zu schließen. Und so verstrichen qualvolle Sekunden, in denen sie einander beobachteten.

»Warum siezt du mich, habe ich dich gefragt!«

»Ich ...« Ihre Stimme streikte. Sie fand nicht die richtigen Worte.

»Ich verstehe das nämlich nicht«, sagte er freundlich, pausierte eine Weile und atmete dabei schwer. Dann schrie er: »Schließlich steckte mein Schwanz schon in deiner versifften Fotze, du Schlampe!« Er klatschte ihr die Hand ins Gesicht.

Sie rang nach Atem und Tränen flossen über ihre Wangen. Erinnerungsfetzen an den schwärzesten Tag in ihrer Jugend luden die Luft auf und ihre Lungen füllten sich mit einer alten Schuld.

Bis zu diesem Tag hatte Rose immer gedacht, der Tod ihres elfjährigen Bruders, der im Percy Priest Lake bei einem Familienausflug auf Bear Island, vor über 20 Jahren, ertrunken war, wäre ihr schwärzester Tag gewesen. Doch sie hatte sich geirrt. Die Wochen danach hatte sie sich mit Alkohol und Marihuana betäubt. Und als sie dann auf Nathalie und die anderen zwei Mädchen getroffen war und sie ihren Schmerz gemeinsam verarbeiteten, war Hoffnung auf eine bessere Zukunft in ihr aufgekeimt. Denn alle drei hatten ihr in dieser schweren Zeit geholfen. Und als Nathalie dann von Jacob erzählte, hatte die Clique eine Mission. Eine Aufgabe. Nichts ahnend, dass ihr schwärzester Tag noch bevorstand. Der Tag, der ihre moralischen Grundsätze ins Wanken brachte. Der Tag, an dem sie vollgedröhnt mit Alkohol Jacob Moor in seinem eigenen Haus unter Drogen gesetzt und missbraucht hatten. Wie eine Endlosschleife lief der Horror in ihren Gedanken ab.

Jake fixierte sie mit seinem Blick und wusste, dass sie sich an alles erinnerte. Er sah, wie die Erinnerungen sie quälten und die Tränen ihr die Sicht nahmen.

»Es tut mir leid, Jacob«, flüsterte sie und öffnete ihre Augen.

Eine winzige Träne quälte sich aus seinem Lid, die er mit seinem Handrücken sofort wegwischte. Er schüttelte den Kopf. »Nein, das, was ihr getan habt, ist nicht entschuldbar!«

»Wir waren Junkies an diesem Tag«, schluchzte sie.

»Es spielt keine Rolle, ob ihr vollgedröhnt wart. Ihr habt euch an mir vergangen. Das ist Fakt!«

»Ich würde alles tun, um meine Schuld zu begleichen. Aber bitte, lass mich gehen«, flehte sie.

»Man kann Vergangenes nicht ändern. Wohl aber die Zukunft! Und deine Zukunft wird in dieser Nacht enden.«

»Bitte, Jacob, bitte«, wimmerte sie.

»Ich heiße nicht mehr Jacob. Jacob ist tot«, sagte er messerscharf und beugte sich zu ihr hinunter. »Es gibt kein Entrinnen, Rose!«

Sie starrte in seine pechschwarzen Pupillen, in denen sich, wie auf einer Leinwand im Kino, der besagte Tag als Schwarz-Weiß-Streifen abspielte.

Kapitel 25

23: 25 Uhr

Der Regen hinterließ mittlerweile Rinnsale auf den Straßen, während Nick mit hoher Geschwindigkeit durch die Nacht raste. Der Wind pfiff lautstark am Auto vorbei.

»Jake Sump ist Jacob Moor?«, fragte Annie.

»Genau. Sam sendete mir gestern Abend ein Foto von Jacob Moor aufs Handy und ich wusste, irgendwoher kannte ich diese Augen. Ich ... Ich konnte es nur nicht einordnen.«

»Aber wo haben Sie ihn denn nun gesehen?«

»Das habe ich, ehrlich gesagt, nicht.«

Annie rückte sich im Sitz zurecht und rieb sich die Augen. »Herrgott noch mal, können Sie mal aufhören, in Rätseln zu sprechen?«

Er schüttelte den Kopf und lächelte. »Schon gut. Sie haben ja recht. Also, an dem Tag, als ich Sie nach Hause geschickt habe, bin ich doch mit Sam noch mal zum Lexus-Tatort«, sagte er und warf ihr einen kurzen Blick zu.

»Scheiße, schauen Sie auf die Straße«, fluchte sie.

»Wir begegneten Matt Cooper und sind mit ihm zusammengestoßen. Dabei fielen ihm seine Einkäufe und ...« Er blickte sie erneut an.

»Verdammt, Sie sollen auf die Straße gucken!«

Nick folgte ihrer Anweisung und freute sich über die nächste Frage.

»Ja, was und ...?«

»Und ein Schlüsselanhänger auf dem Boden, den ich aufsammelte. Das Foto auf diesem Anhänger habe ich mir selbstverständlich eingeprägt.«

»Natürlich haben Sie das! Natürlich!«

»In dem Moment, als ich den Namen Jake Sump auf der Teilnehmerliste der Selbsthilfegruppe sah, traf es mich aus zwei Gründen wie ein Schlag.«

Annies Handflächen schwitzten und sie rieb sich diese an ihrer Hose trocken.

»Das Foto des jungen Jacob Moor ähnelte dem Bild auf dem Schlüsselanhänger. Man sieht es nur, wenn man es genauer betrachtet. Und glauben Sie mir, ich habe mir das Bild auf die Netzhaut gefräst und ich sage Ihnen: Jacob Moor ist Jake Sump. Nur nach einigen chirurgischen Eingriffen an den Wangenknochen und an der Nase. Er hat die Ohren etwas dichter anlegen lassen. Muskelmasse aufgebaut, Haare gefärbt. Trägt farbige Kontaktlinsen. Plus einen adretten Haarschnitt. Und voilà, schon ist man ein anderer Mensch!«

Annie verglich derweil beide Fotos in den Datenbanken auf dem Display ihres Handys. Jacob Moor als Teenager und Jake Sumps Passfoto vom Sozialversicherungsausweis. »Sie haben recht. Es sind dieselben Männer! Und ...« Sie stockte, da sie aus den Augenwinkeln einen Krankenwagen im Rückspiegel bemerkte, der sich ihnen langsam auf der Nebenspur nährte. Annie schloss die Augen und ließ die neuen Erkenntnisse auf sich wirken.

»Und ...?«, hakte Nick nach.

»Und nicht nur, dass Jacob Moor sein Aussehen gänzlich geändert hat. Er hat auch seinen Namen geändert, wollte aber damit nicht seine Vergangenheit auslöschen.«

»Genau!«

»Jacob und Jake sind beides biblische Namen, mit der fast gleichen Bedeutung.«

»Ja. Bedeutet so viel wie, Gott möge schützen.«

»Und Moor und Sump sind Synonyme!«

»So sieht es aus«, erwiderte Nick und stoppte an einer Ampel.

»Interessant«, flüsterte sie und blickte an der Rechtsabbiegespur auf den Vorderreifen des Krankenwagens, der jetzt neben ihnen anhielt. Aus den Augenwinkeln vernahm sie ein diabolisches Grinsen des Fahrers im Inneren, das sich durch das Panzerglas des Cybertrucks bohrte und in ihr ein Herzbeben auslöste. Mit geöffnetem Mund und angstverzerrten Augen hob sie ihren Kopf und beobachtete, wie Mason grinsend mit seinem Zeigefinger symbolisch seine Gurgel von links nach rechts aufschnitt. Die Botschaft war klar: Sie würde bald sterben! Ihr Puls raste und sie stemmte vor Angst ihre Beine in den Boden. Ihr Magen zog sich zusammen und würgte gegen die Angst an. Sie versuchte mit aller Kraft, ihren Körper, ihre Wut und ihre Ohnmacht zu bändigen. Das nervöse Trommeln von Nicks Zeigefinger auf dem Lenkrad riss sie aus ihrer Lethargie, als endlich die Ampel von Rot auf Grün wechselte.

»Fahren Sie. Bitte«, zischte sie, mittlerweile schweißgebadet. Dabei strengte sie sich an, nicht nervös oder allzu unfreundlich zu klingen.

Kapitel 26

Jacob steckte seinen Ranzen unter den Arm und öffnete die Haustür. Abrupt blieb er stehen, denn Nathalie und ihre drei Anhängsel standen grienend vor der Tür.

»Na, du?«, begrüßte ihn Nathalie Kaugummi kauend und trank anschließend einen Schluck aus der Sektflasche in ihrer Hand. »Lust auf Schwänzen heute bei diesem geilen Wetter?«

Er blickte an den Mädchen vorbei zur Straße und wünschte sich nichts sehnlicher, als zum Bus zu laufen. »Nein, ich muss los. Zur Schule.«

Megan schritt aus der Traube kichernder Girlies heraus und plusterte sich vor ihm auf.

Er roch ihre Alkoholfahne, rümpfte die Nase und wich zurück.

»Na komm, Blindi. Lass uns heute mal was Verbotenes machen«, sagte sie und lächelte ihn an. Sie hob ihre Hand, berührte sein Kinn und öffnete lasziv ihren Mund. Streichelnd glitten ihre weinrot lackierten Nägel über seine Kraterlandschaft auf den Wangen.

Jacob zuckte bei dieser Berührung zusammen. Noch nie hatte ihm jemand derartig über die

Wange gestreichelt. Er schluckte hörbar laut und erduldete ihre Berührungen stocksteif.

»Deine Eltern sind arbeiten und in der Schule juckt es eh niemanden, ob du da bist oder nicht«, sagte Megan.

»Ich muss zur Schule«, sagte er mit zitternder Stimme und blickte erneut an den Mädchen vorbei. Er sah den Bus, der an seinem Haus vorbeifuhr, und bemerkte, wie Amy und Rose einen verschwörerischen Blick austauschten und dabei schmunzelten.

Die Situation gefiel ihm überhaupt nicht. Nervös zappelte er mit den Füßen auf und ab. Schule bedeutete ihm alles. Er hatte das dringende Bedürfnis, in den nächsten Bus zu steigen und wollte einfach nur weg. Weg von diesen, in seinen Augen, wie Nutten aufgebrezelten Mädchen, die schon am frühen Morgen stanken, als wenn sie in einen Rumtopf gefallen wären. Außerdem traute er ihnen nicht über den Weg. Mädchen hatten ihn bisher entweder ignoriert oder gemobbt. Außer Nathalie. Sie war die Erste, die zwar oberflächliche Gespräche seit ein paar Wochen mit ihm führte, aber wenigstens hänselte sie ihn nicht. Er ertrug ihre Gegenwart, obwohl er nicht genau wusste, was sie von ihm wollte. Sie war wie ein verspieltes Kätzchen, das gelegentlich seine Nähe suchte. Das gefiel ihm irgendwie.

Aber sein Herz schlug schneller, wenn er Jungs begegnete. Nicht, dass sie ihn nicht auch schubsten, ärgerten oder schlugen. Aber da war noch etwas anderes, was sie in ihm auslösten. Er ahnte bereits etwas, wollte es aber noch nicht wahrhaben.

Megan ergriff erneut das Wort und berührte seine Brille. Sie glitt mit ihrem Zeigefinger den Rahmen entlang. »Ich schlage vor, Blindi«, sie nahm ihm vorsichtig die Brille ab und reichte diese Amy, »wir amüsieren uns heute.«

»Was soll das? Gib mir meine Brille wieder!«

Megan ignorierte seine Bitte und schob ihn ein paar Meter von der Eingangstür weg. Die Clique betrat jubelnd das Haus und prostete sich mit den Flaschen in der Hand zu. Die Haustür wurde zugeschlagen, reihum tranken sie einen Schluck und brachen wie gackernde Gänse in Gelächter aus.

»Findet sein Zimmer!« Megan hielt sich den Bauch fest, der ihr vom Lachen wehtat. »Inspiziert das Haus, Mädels«, befahl sie.

Jacob hörte, wie sich alle wie gehorsame Ameisen verteilten und durch sein Zuhause stampften wie eine Horde Elefanten. Verschwommen sah er, wie Megan ihre Jacke auf den Boden warf und sich zu ihm umdrehte.

»Du wirst diesen Tag nie vergessen, Blindi.« Dann gab sie ihm einen freundschaftlichen Stupser mit der Faust auf seinen Bauch.

»Hier oben«, schrie Nathalie. »Los, kommt hoch!«

Megan nahm Jacob an die Hand, der wie ein kleines Kind neben ihr hertrottete. Stufe für Stufe folgte er ihr und begriff nicht, warum er nicht stehengeblieben war. Sein Magen rumorte und seine Knie schlackerten. Trotzdem empfand er die Situation als ziemlich abenteuerlich. Denn noch nie hatte sich jemand bemüht, Zeit mit ihm

zu verbringen. Seine Eltern schloss er in seinen
Gedanken dabei aus. Und so wollte er wissen,
was die Mädchen mit ihm Aufregendes vorhatten.
Seine Vorfreude dämpfte sich, als sie sein Zimmer betraten.

»Wieso schläfst du in einem Hochbett,
Blindi?«

»Was?«

»Wieso hast du kein normales Bett, wie jeder
andere auch, will sie wissen?«, fragte Amy und
schüttelte dabei den Kopf.

Er hatte darauf keine Antwort. Er erinnerte
sich gar nicht mehr daran, warum er überhaupt
ein Hochbett besaß. Er verstand auch nicht,
warum das für Megan so wichtig war.

»Gott, ist der dämlich«, sagte Rose und
kicherte in sich hinein.

»Egal! Leg dich auf den Boden!«, befahl
Megan.

»Was? Nein, das werde ich auf gar keinen Fall
tun!«

Eine Ohrfeige traf sein Gesicht. Megan trat
so dicht an ihn heran, dass sie die Hitze seiner
Wange wahrnahm. Ihr stinkender Atem benetzte
seine Lippen. »Wenn ich sage, leg dich auf den
Boden, dann tust du das auch, oder ...« Sie holte
aus ihrer Hosentasche ein kleines Schweizer
Taschenmesser heraus, klappte es auf und hielt
es ihm an den Hals.

Jacob spürte die kalte Klinge, die sich in sein
Fleisch bohrte, sah verschwommen den feuerroten
Handgriff und überlegte fieberhaft, ob und wie er
die Flucht ergreifen sollte. Doch die Antwort in

seinem Herzen beunruhigte ihn: Er war ohne Brille chancenlos. Selbst, wenn er wie wild um sich schlagen würde, könnte er nicht fliehen, denn er sah die Welt nur verschwommen. Wie ein Bild, in dem die Farben miteinander verschmolzen.

Sie drückte die andere Hand auf seine Schulter und zwang Jacob in die Knie. Verzweifelt legte er sich auf den Boden. »Gut so«, sagte Megan. »Nathalie, mein Rucksack. Ist ja nicht so, als ob wir nicht auf alles vorbereitet wären!« Nathalie warf ihr den Rucksack vor die Füße. Megan kramte eine kleine Flasche Chloroform heraus.

»Cool, Megan. Von deinem Dad geklaut?«, fragte Nathalie und nahm einen weiteren Schluck vom Sekt.

»Aber so was von«, erwiderte sie, nahm ein Taschentuch und tränkte es ein wenig mit der Flüssigkeit. Sie setzte sich auf Jacob und legte ihm das Tuch auf den Mund.

»Was ...?« Ein süßer Duft legte sich auf seine Lippen nieder und Dunkelheit ummantelte ihn.

Sie erhob sich.

»Okay, ich zieh ihn aus«, sagte Rose.

»Ich binde ihm die Beine fest«, sagte Amy.

»Und ich die Arme«, jubelte Nathalie und klatschte in die Hände.

»Arme über Kopf und Beine locker auseinander, Mädels«, befahl Megan und grinste.

Die Mädels befolgten Megans Anweisungen und zogen ihn kichernd aus. »Boah, ist der dünn«, raunte Amy.

»Bist du sicher, dass der einen hochkriegt, Megan?«, fragte Nathalie.

»Aber so was von«, erwiderte Megan und hielt eine Pille in ihrer Hand. Sie grinste die Mädels an. »So was von!«

»Aber attraktiv ist was anderes. Ganz ehrlich«, sagte Rose und verzog ihr Gesicht, als sie ihm den Slip auszog und in die Ecke warf. »Viel Spaß beim Ficken, Megan!«

»Wer sagt, dass nur ich ihn ficke«, erwiderte sie und ein teuflisches Grinsen entblößte eine Fratze. »Nathalie und Amy wollen auch ihren Spaß, haben sie mir gesagt.«

Rose runzelte die Stirn. »Ist mir egal, was ihr macht. Ich werde ihn nicht ficken!«

»Nun kriegt euch beide mal wieder ein«, warf Nathalie ein.

»Wir werden sehen«, sagte Megan, setzte sich auf den Boden und zündete sich eine Zigarette an.

Nathalie blickte mit besorgter Miene zu Rose, die leise den Kopf schüttelte und sich dann ebenfalls auf den Boden hockte.

»Wie auch immer«, sagte Nathalie, nahm Jacobs Arme, legte sie über seinen Kopf, kreuzte sie und band diese mit einem Seil zusammen. »Fertig«, trällerte sie, stand auf, stemmte ihre Hände in die Hüften und blickte auf Jacob hinab, der in diesem Moment seine Stirn runzelte. »Der träumt wahrscheinlich schon den Albtraum, der gleich zur Realität wird«, sagte sie und genehmigte sich einen weiteren Schluck.

»Was bitte ist daran ein Albtraum, wenn er von vier geilen Frauen gefickt wird, he?«, fragte Megan und grinste.

»Äh, noch mal. Ich werde nichts dergleichen tun!«, erwiderte Rose.

»Ja, ja Rose. Schon klar! Los, Amy, binde seine Beine fest. Der wacht gleich auf«, sagte Nathalie und lächelte Rose neckisch an.

»Macht mal halblang, ihr Süßen«, schaltete sich Amy ein und fesselte seine Fersen.

Jacob bemerkte, wie jemand an seinen Füßen zuppelte und erlangte allmählich das Bewusstsein wieder. Sein Kopf dröhnte vor Schmerz. Er öffnete langsam die Augen.

»Wunderbar. Der Star des heutigen Tages ist erwacht«, keifte Amy.

Megan schoss mit der Kippe im Mund in die Höhe, riss Rose die Flasche Sekt aus der Hand und setzte sich auf Jacob, der erst jetzt bemerkte, dass er komplett nackt war.

»Was? Was habt ihr mit mir gemacht?«

»Nun ...«, sagte Megan. »Ich habe doch gesagt, du wirst diesen Tag nie wieder vergessen! Amy, komm her und halt seinen Kopf hoch.«

Amy kam angerannt, kniete sich hinter seinen Kopf, legte diesen in ihren Schoß und schaute Megan diabolisch in die Augen.

Megan lächelte und führte ihre Hand zu seinen Lippen, steckte die Pille hinein und legte ihm den Flaschenhals in den Mund. »Trink!«

»I...!«

»Trink!«, wiederholte sie und flößte ihm den Sekt in den Rachen. Jacob schluckte unaufhaltsam und achtete darauf, dass er sich nicht verschluckte. Megans Augen blitzten. Sie hielt ihm die Flasche weiter in den Rachen. Der Sekt sprudelte in seiner

Mundhöhle und stieg ihm in die Nase. Unweigerlich spuckte er die süffige Flüssigkeit aus und hustete.

»Scheiße verdammt, du Dreckskerl!«, fluchte Megan, deren Hose nun nass war. Sie legte ihren Kopf schief und grinste. »Tja, dann muss ich mich wohl genau jetzt ausziehen.« Sie zog ihr T-Shirt aus und warf es in eine Ecke. »Mädels! Los, zieht euch auch aus!«

Jacob verstand immer noch nicht und beobachtete nebulös, wie sich dunkle Schatten in schneeweiße verwandelten.

»Rose, auch die Unterwäsche«, ermahnte sie Nathalie.

»Will ich aber nicht!«

»Lass sie! Alles zu seiner Zeit, Süße«, erwiderte Megan und blickte auf Jacob herab. »Sieh mal einer an! Was haben wir denn da?« Sie setzte sich auf seine Hüfte und führte sein Glied in sich hinein.

»Nein! Aufhören, bitte. Ich will das nicht!«, schrie er.

»Ist klar, Jacob Moor. Ist klar! Jeder Mann würde das wollen!«

»Nein, lass das. Ich will das nicht. Aufhören!«, brüllte er und fuchtelte mit seinen Armen und Beinen umher. Er versuchte, sich vom Fleck zu bewegen, hob das Becken an, doch er merkte, wie schwach er noch vom Betäubungsmittel war. »Scheiße, runter von mir!«

Megan knallte ihm eine ins Gesicht. »Schnauze, Blindi«, schrie sie und stieg von ihm ab. »Rose, das Klebeband!«

Rose ging wie eine Elfe zum Rucksack, nahm es heraus und reichte es Megan.

»Danke, Süße.« Sie löste circa zehn Zentimeter, riss es mit den Zähnen ab und klebte es auf seinen Mund. »So, und jetzt hältst du das Maul. Und damit du dich nicht mehr so viel wehrst, werde ich dich jetzt mal fixieren.« Sie stand auf und riss jeweils vier meterlange Stücke ab und gab jedem eins davon.

Nathalie stellte seine Arme ruhig, indem sie sie am Boden festklebte. Amy und Rose klebten seine Waden und die Oberschenkel am Boden fest.

Megan fixierte seine Brust am Boden. »Jetzt kannst du dich wehren, wie du willst. Es gibt kein Entkommen, Jacob Moor!« Dann setzte sie sich wieder auf ihn und führte sein Glied langsam in sich ein. Sie stöhnte und legte dabei ihren Kopf in den Nacken. Ihre blonden, gelockten Haare fielen bis in seinen Schoß. Sie öffnete leicht die Lippen. Amy trat dichter an die beiden heran und setzte den Flaschenhals an Megans Mund. Sie trank genüsslich den Sekt, den Amy ihr einflößte. Der Sekt rann aus ihren Mundwinkeln und tropfte auf Jacobs Bauch.

»Höö...f! Bi...!«, winselte er dumpf ins Paketband hinein.

Doch Megan scherte sich nicht um seine Hilferufe. Sie bewegte ihr Becken weiter auf seiner Hüfte, beugte sich zu ihm hinunter und blickte ihm tief in die Augen. »Gott, küssen werde ich dich nicht, Blindi! Aber ficken! Ich muss schon sagen, dein Schwanz ist geil.« Dann ohrfeigte sie ihn mehrere Male hintereinander, während sie auf seiner Hüfte ritt.

Die Mädels jubelten Megan zu, öffneten eine weitere Flasche Sekt, flößten sie wie einen sprudelnden Wasserfall in sich hinein. Ausgelassen umtanzten sie das stöhnende Pärchen.

Schweißgebadet fiel Megan auf Jacobs Oberkörper, als sie einen gemeinsamen Höhepunkt erlebten.

Jacobs Nasenflügel bebten. Er spürte ihre harten Nippel auf seiner Brust.

Sie flüsterte ihm ins Ohr: »Du hast immer noch nicht genug? Nicht wahr?«

»Nei...!«, brüllte er.

»Die Pille wirkt, wie geil!«, kläffte Nathalie und stieß auf.

»O ja. Komm her, Süße. Jetzt bist du dran!«

Jacob schüttelte den Kopf panisch hin und her. »Nei...!

Nathalie stand auf und ging auf die beiden zu.

»Das Paketband, wo ist das?«, rief Megan.

»Hier«, erwiderte Amy.

Megan riss zwei Teile ab. Das eine klebte sie auf seine Stirn und fixierte damit seinen Kopf auf dem Boden, das andere klebte sie auf seinen Kehlkopf.

Jacob, der nach Atem rang, riss die Augen weit auf. »Schlam...«

»Schaut ihn euch an. Ich sehe Lust in seinen Augen«, sagte Megan und nahm die angezündete Zigarette von Rose.

»So. Nathalie. Jetzt bist du dran!«, schrie Amy und kicherte in ihre Hand hinein.

Nathalies Augen blitzten vor Lust, als sie sein steifes Glied sah. »Geil! Jacob! Wer hätte das gedacht, dass unsere Freundschaft«, sie setzte sich auf ihn, »so innig sein wird!« Dann ritt sie ihn ekstatisch, beugte sich zu ihm hinunter und grub ihre Fingernägel in seine Haare, zog daran, bis er vor Schmerz schrie.

Die Mädels kreischten im Hintergrund, klatschten in die Hände und feuerten Nathalie an.

»Ja, Babe. Tu ihm weh!«, schrie Rose und trank den letzten Schluck aus ihrer Flasche.

Nathalie zog an seinen Haaren, kreiste ihr Becken auf seinem und riss ihm ein Haarbüschel aus.

Jacob kreischte und Sabber lief aus seinen Nasenlöchern.

Nathalie schrie vor Lust, als sie ihren Höhepunkt erlebte, und sackte auf seinem klebrigen Oberkörper zusammen.

»Gut gemacht.« Megan tätschelte ihr die Schulter und gab ihr eine Zigarette. »Hier.«

Nathalie blickte sie dankbar an und sog den Qualm in sich auf. Sie pustete Jacob ins Gesicht, der sie hasserfüllt ansah. »Ach komm. Du hast es genossen!« Dann stand sie auf und sagte zu Amy: »Komm her. Sein Schwanz ist noch so was von warm.«

Amy wackelte zu Jacob und grinste ihn an. »Bringen wir mal ein bisschen Abwechslung ins Spiel.« Sie setzte sich mit dem Rücken zu ihm auf ihn drauf und hielt sich an seinen Knien fest. Amy bewegte ihre Hüften. Rose und Nathalie gossen ihr Sekt über den Kopf. Amy saugte ihn auf, leckte sich über die Lippen und stöhnte. »Ja! Ja!«, schrie sie, als auch sie nach einer Weile ihren Höhepunkt erlebte.

Jacob rang nach Luft. Das Atmen fiel ihm schwer, da das Klebeband auf seinen Kehlkopf drückte. Jeder Schrei. Jedes Wort, das seiner trockenen Kehle entrann, vernarbte sie.

Amy glitt von Jacob und legte sich auf den Boden. »Eine Zigarette bitte, Rose.« Rose taumelte ihr entgegen, steckte ihr einen Glimmstängel in den Mund und zündete ihn an. Amy schloss die Augen und pustete den Qualm aus. »Was für ein Ritt«, flüsterte sie und grinste in sich hinein.

Megan stand auf und stellte sich hinter Rose. Sie flüsterte ihr ins Ohr: »Du bist dran.«

Stocksteif erwiderte Rose: »Ich sagte, ich will nicht!«

Megan umschlang ihren Oberkörper und legte eine Hand auf ihre Brust, wühlte ihren Busen aus dem BH und sagte: »Nun«, sie streichelte über Roses steifen Nippel, »wie ich die Sache sehe, bist du geil!« Sie öffnete den Verschluss ihres BHs und streifte ihn von ihrem Körper ab.

»Megan, bitte!«

Als Megan ihren Slip berührte, packte Rose ihre Hand.

»Jetzt stell dich nicht so an und fick ihn!«

Rose zögerte und blickte in Jacobs angstverzerrte Augen.

»Fick ihn!«

»Ich kann nicht!«

»Wir haben dafür gesorgt, dass er sogar noch Stunden danach einen Ständer haben wird! Also

setz dich jetzt endlich rauf und fick ihn!« Sie
schubste Rose und riss ihr dabei den Tanga vom
Leib. »Fick ihn!«

Rose schluchzte auf. »Ich kann nicht, verdammte Scheiße!«

»Warum nicht!«, brüllte Megan.

»Ich habe meine Tage!«

Megans Blick war vernichtend. Sie packte
Roses Arm, zog sie zu Jacob. »Spreiz deine verdammten Beine und setz dich jetzt auf ihn drauf,
oder ich sorge dafür, dass du morgen, wie der hier,
von drei Typen, aber gleichzeitig, gefickt wirst,
sodass du tagelang nicht mehr laufen kannst!«

Amy und Nathalie hielten die Luft an. Keine
von beiden wagte sich, Megan zu widersetzen,
bis Amy als erste das Wort ergriff.

»Nun los! Ist doch nicht so schlimm. Ich hab
auch mal mit ›nem Typen gevögelt und meine
Tage gehabt.« Sie tätschelte Rose die Schulter
und rülpste. »Oh, sorry«, sagte sie und kicherte.

»Ihm wird's gefallen«, sagte Nathalie beschwipst.

»Tu es!«, forderte Megan ein.

Roses Augen füllten sich mit Tränen, die über
ihre heißen Wangen rannen. Sie stieg über Jacob
und flüsterte: »Verzeih.« Dann setzte sie sich auf
ihn und schloss ihre Augen.

»Beweg deine Hüften«, forderte Megan und
klatschte Rose auf den Arsch. »So ist gut!«

Rose bewegte sich wie ein Roboter, ließ dabei
ihre Augen geschlossen und träumte sich in eine
Fantasiewelt aus ihrer Kindheit.

Im Hintergrund hörte sie die drei Mädchen
jubeln und Jacobs erstickte Schreie. Minuten

vergingen, in denen in Rose mit jeder Sekunde, die verstrich, ein Teil ihrer Seele starb. Der Schmerz, der sich wie ein Eispickel in sie bohrte, war so gewaltig, dass sie ihren Tränen freien Lauf ließ.

Megan beobachtete sehr genau das Schauspiel und ergötzte sich am Leid beider. Sie hockte sich an Jacobs Kopf und sagte: »Öffne die Augen, Rose, und sieh ihn an. Beweg dich dabei weiter.«

Rose schüttelte den Kopf.

»Sieh ihn an!«, brüllte Megan.

Rose öffnete ihre Augen und sah ängstlich Megan zu, wie sie ihre Hand auf Jacobs Nase presste. Sie sah, wie Jacobs Augen immer größer wurden und seine Pupillen wie ein Pingpongball hin- und her wanderten.

Megan lächelte und presste noch doller ihre Hand auf sein Gesicht.

Rose stockte. »Hör auf! Hör auf. Er kriegt keine Luft!«

»Beweg dich, habe ich gesagt! Und schau ihn an!«

Rose kreiste ihr Becken und sah in Jacobs mittlerweile rot angelaufenes Gesicht. Schweißperlen rannen ihm an der Stirn hinunter und seine Augäpfel quollen hervor. Sein Gesicht lief jetzt blau an. Rose weinte stille Tränen und bewegte sich, ohne die geringste Spur von Lust zu empfinden. »Bitte Megan, er erstickt!«, kreischte Rose.

Nathalie und Amy beobachteten wortlos und betrunken das Spektakel. Beide trauten sich nicht einzugreifen und seufzten erleichtert auf, als Megan die Hand von seiner Nase löste und das Klebeband in einem Ruck von seinen Lippen zog.

»Ahhhhhh!«, schrie Jacob und japste nach Luft, die in seine Lungen strömte. Die ersten Atemzüge fühlten sich an, als ob er heißen Dampf einatmete. Tränen verschleierten seinen Blick und verschlimmerten die Hitze in seinem Gesicht.

»Weiter Rose. Ich will, dass du kommst.«

Jacob drückte seinen Rücken durch, um mehr Sauerstoff in seine Lungen zu pumpen. Doch es gelang ihm nicht richtig.

»Ich kann nicht! Ich kann nicht! Und ich will nicht!«, schrie sie Megan an, die sie mit gleichgültigem Blick betrachtete. In diesem Moment wusste Rose, dass die Freundschaft zwischen ihnen erloschen war.

Auf einmal schoss Megan ein Gedanke durch den Kopf, der so perfide war, aber zeitgleich auch so angenehm süß auf ihrer Zunge schmeckte, dass ihr Bauch anfing zu kribbeln. Sie stand auf, ignorierte den immer noch röchelnden Jacob zu ihren Füßen und schlich auf Rose zu. Dann streichelte sie ihre Haare und beugte sich zu ihr hinunter. »Schau mich an, Rose!«

Rose schüttelte den Kopf. Tränen würgten ihre Augen. Ihre Wangen brannten.

»Schau mich an«, forderte Megan sie erneut auf und kniff ihr dabei in den Po.

Rose öffnete wimmernd ihre Augen. »Megan, bitte! Lass mich.«

»Nein. Wir ziehen die Sache hier gemeinsam durch.«

»Ich will nicht mehr«, jammerte sie.

»Wenn du nicht kommen willst, machst du eben etwas anderes, was mir gefallen wird!«

»Nein«, flüsterte sie.

»Amy, mein Messer!«

Amy rannte zum Messer, das auf dem Boden lag, und reichte es Megan. Die Klinge bohrte sich in Roses Brust, bis ein Tropfen Blut ihre schneeweiße Haut bedeckte.

»Wenn du nicht tust, was ich von dir verlange«, flüsterte Megan, »wirst du morgen wie angekündigt, aber mit verstümmelten Titten gefickt.« Sie freute sich über das Zucken, das Roses Körper in diesem Moment durchfuhr, und schrie: »Und zwar so lange, bis du aus jeder Körperöffnung blutest. Ist das klar!«

Rose riss die Augen auf. Ihr Puls schoss in die Höhe.

Mit eiskaltem Blick hauchte Megan: »Und jetzt setz dich auf sein Gesicht.«

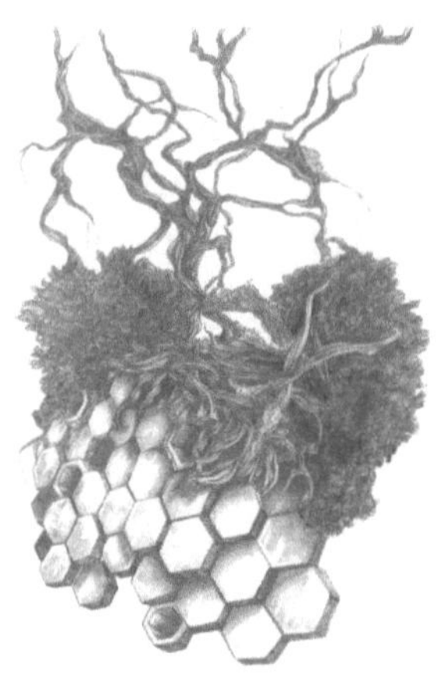

Marge:
Dann heile dein Herz und erschaffe aus Kohle, Staub und Asche einen Diamanten.

Annie:
Aber wie soll das gehen?

Kapitel 27

Tag 4: 00:40 Uhr

All die Jahre dachte Rose, sie hätte vergessen. Doch die Vergangenheit vergaß nie. Sie war so präsent wie der Mann, der sich über sie beugte.

»Rache ist geduldig, Rose! Ich habe es all die Jahre verdrängt! Aber nachdem ich Amy zufällig wieder begegnet war, wusste ich: Der jahrelange, stumme Hass auf euch tränkte meine Lust nach Rache.«

»Bitte«, flehte Rose Jake an. Tränen nahmen ihr die Sicht. »Erstatte Anzeige. Ich werde für alles büßen. Wir gehen alle dafür ins Gefängnis. Aber bitte, lass mich gehen.«

»Rose, ich glaub, du verstehst nicht. Hast du mich gehen lassen? Hast du mich verschont?«

Sie schüttelte den Kopf, so gut es ging. »Nein«, schluchzte sie.

Er lachte lautstark. »Und Rose. Du scheinst es noch nicht zu wissen, oder?«

»Was?«

»Du bist die Einzige, die noch lebt. Die anderen Schlampen habe ich alle gekillt!«

Roses Mundhöhle entrann ein stummer Schrei. »Nein, das hast du nicht!«

»Doch!«

»Wir wussten nicht, was wir taten. Wir waren vollgedröhnt. Noch Kinder! Du kannst uns doch nicht alle umbringen!«, schluchzte sie.

»Kinder?«, schrie er sie an und ohrfeigte sie. »Ihr wart sechzehn. Sechzehn!« Eine weitere Ohrfeige traf ihre Wange. »Stundenlang! Ich habe eure dreckigen Fotzen stundenlang ertragen müssen!«

Tränen stürzten wie ein reißender Fluss ihre Wangen hinunter. Sie hatte den Tag, an dem sie gemeinsam Jacob Moor missbraucht hatten, verdrängt. Der Tag, an dem jede einzelne von ihnen zu einem Monster mutiert war. Angestochen vom Schmerz, den ihnen die Welt einst selbst eingebrannt hatte. Angestochen von der Kraft der Gruppe und der Übermacht ihrer weiblichen Reize hatten sie ihn auserwählt, um ihr persönliches Leid zu stillen.

Sie dachte an die arme Seele Megan, die jahrelang von ihrem Vater erniedrigt und verprügelt worden war, bis er sie krankenhausreif geschlagen hatte, und an deren Mutter, die zwei Wochen später an einer Überdosis Heroin gestorben war. Megan war da erst dreizehn gewesen. Sie dachte an Nathalie, die ihren Vater auf tragische Weise verloren hatte, und sie dachte an die magersüchtige Amy, die von ihrer Mutter wie ein Tier eingesperrt und behandelt worden war. All die vernarbten Seelen, die sich verbündeten und geglaubt hatten, dass, wenn man selbst zum Monster wurde, man automatisch glücklicher war. Denn das war es, was sie am Ende jedes einzelnen Tages sein wollten: glücklich. Wie sich Rose doch getäuscht hatte.

»Heul ruhig, Rose. Das wird dir auch nicht helfen.«

Rose versuchte, ihre Arme und Beine zu bewegen, ihren Kopf anzuheben, aber aus einem ihr unerklärlichen Grund gelang es ihr nicht.

»Na, wie ist es, wenn man sich nicht bewegen kann?«, fragte er und kam ihr dabei so nahe, dass seine Lippen jetzt nur wenige Zentimeter von ihren entfernt waren. »Erinnerst du dich noch, wie ihr mich bewegungsunfähig gemacht habt?«, schrie er.

»Warum kann ich mich nicht bewegen?«, wimmerte sie.

Er lächelte. »Ich habe deinen ganzen verschissenen Körper festgeklebt!«

»Was?«

»Ich wollte es noch etwas mehr toppen, als das, was ihr mit mir gemacht habt. Schließlich sind ja hier keine vier Leute am Werk. Ich will ja nicht riskieren, dass du mir abhaust.«

»Ich verstehe nicht.«

»Bewegst du dich, wirst du Schmerzen haben. Wenn du fliehen willst. Bitte schön. Aber dann reißt du dir die Haut vom Leib.« Er grinste sie zähnefletschend an und Rose schrie sich die Seele aus dem Leib.

Jake achtete nicht weiter auf ihre Hilfeschreie und stopfte ihr das Maul mit einem Lappen. Er war in seiner Welt gefangen, die er sich seit Monaten geschaffen hatte. Er hatte alles mit einer so großen Intensität geplant, dass er kein

Mitleid empfand. Noch nicht einmal für Rose, die ja streng genommen zum Sex mit ihm gezwungen worden war. Er wollte ihren Tod, weil alle vier daran schuld waren, dass er nach der Schule nie wieder an sein altes Leben erinnert werden wollte. Diese vier Frauen hatten alle dazu beigetragen, dass er heute ein anderer Mensch war.

Rose kämpfte mit den Tränen und konzentrierte sich auf ihre Atmung durch die Nase, da sie drohte, vor Angst zu hyperventilieren.

Jake erhob sich von ihrem Oberkörper und entfernte sich. Auf einmal hörte sie, wie er etwas in den Flur rief: »Alles okay bei dir?«

»Ja, alles ruhig hier«, grunzte jemand.

Eine weitere Welle voller Panik erfasste sie, denn nun wusste sie: Er war nicht allein. Hatte sie bis eben gehofft, dass sie sich vielleicht doch losreißen konnte, egal wie viel Schmerz es verursachen würde, sich von diesem Kleber wegzureißen, sank ihr Überlebenswille jetzt auf null. Sie hörte, wie irgendetwas aufgerissen wurde, und aus dem Augenwinkel sah sie, wie eine Nadel aufblitzte, an der ein Faden lose herunterhing. Wieder beschleunigte sich ihr Atem in einer Geschwindigkeit, als wenn ein Schnellzug an Fahrt aufnahm. Ihren Blick an die Decke geheftet sah sie seinen Schatten, wie er sich zwischen ihre gespreizten Beine setzte und Nadel und Faden auf ihrem Bauch ablegte.

Aus seiner Gürteltasche kramte er eine kleine Flasche mit rotem Inhalt und eine Spritze heraus. Langsam drehte er die Flasche auf und zog die Spritze mit dem Blut auf. Die Hälfte der

Flüssigkeit ließ er drin, verschloss die Flasche wieder und steckte sie in seine Bauchtasche.

Roses Augen schmerzten von der Anstrengung, alles genau beobachten zu wollen, da ihr Sichtfeld deutlich eingeschränkt war. Mehr als ein paar Handbewegungen seinerseits und irgendetwas Dunkelrotes konnte sie beim besten Willen nicht in dieser Position erkennen. Kopfschmerzen breiteten sich aus und hämmerten gegen ihren Schädel. Und auch wenn sie nicht alles sah, reichten diese Bildfetzen aus, um das Unfassbare zu erfassen. Nadel und Faden. Nadel und Faden schwirrten wie Hornissen in ihrem Kopf herum. Sie bäumte sich auf, doch ihre Haut spannte bei dieser Bewegung so stark, dass der Schmerz ihr bis in die Zehen fuhr. Sie schrie in den Lappen hinein und spürte, wie kalte Gummihandschuhe ihre Vagina berührten. Sie zuckte zusammen.

»Selbst in der Hölle sollst du niemanden mehr ficken können.« Er spreizte ihre Schamlippen und führte die Spritze in sie ein.

Rose schrie wieder laut in sich hinein. Doch ihre Schreie erstickten im vollgesabberten Lappen in ihrem Mund, der mittlerweile nach fauligen Eiern roch. Sie würgte und schluckte die angesammelte Spucke in ihrer Mundhöhle hinunter.

»Halt's Maul! Je mehr du dich beim Schreien bewegst, umso mehr verletze ich dich mit der Spritze. Willst du das?«

Roses Schreie verebbten und sie spannte jeden Muskel ihres Körpers an. Eine kühle Flüssigkeit floss in ihre Vagina. Dann sah sie etwas Silbernes blitzen: Nadel und Faden. Sie hyperventilierte. Ihre Brust bäumte sich auf und Schnodder lief ihr aus der Nase.

»Wenn du nicht stillhältst, brauche ich länger, Rose«, sagte er seelenruhig und setzte zum ersten Stich an. Die Nadel durchbohrte das zarte Fleisch. Zwischen ihren Schenkeln brannte es unerträglich, während ihr eigenes Blut ihre Schenkel benetzte und fremdes Blut sich in ihrem Leib einnistete.

Kapitel 28

00:27 Uhr

In der Wohnung ist es dunkel. Es gibt keine Feuertreppe. Keine weitere Fluchtmöglichkeit als diese Tür hier«, sagte Annie und blickte auf die Eingangstür.

»Dann wollen wir mal«, sagte Nick und schritt voran.

Eingehüllt in schusssichere Westen und mit einer Waffe in der Hand stürmten sie das Haus. Sie rannten die Treppen hoch, schlichen an Amy Lexus' Wohnung vorbei und blieben vor Matt Coopers Haustür stehen.

Nick gab Annie ein Handzeichen und deutete mit seinem Blick zur Tür. Annie nickte ihm zu. Er wich einen Schritt zurück, lief los und rammte gegen die Wohnungstür, die er dadurch aus den Angeln riss. Sie schmetterte gegen die Wand und der Aufprall zerriss die Stille in dieser frühen Nacht.

Gemeinsam sicherten sie jeden einzelnen Raum. So, als wenn sie seit Jahren miteinander vertraut waren. Nick überraschte sein intuitives Vertrauen, das er in Annie in genau diesem Moment setzte. Hoffnung keimte in ihm auf und ein kleines Lächeln huschte über seine starre

Miene. Vielleicht könnte er sein Versprechen doch halten. Er war froh, sie jetzt an seiner Seite zu haben.

»Niemand hier. Wie erwartet«, flüsterte Annie und knipste das Licht im Wohnzimmer an. Beide nahmen ihre Nachtsichtgeräte von den Augen. Zahlreiche Fotos von zwei glücklichen Männern, die das Leben in allen Zügen genossen, schmückten das Wohnzimmer, in dem sie standen.

»Was für ein glückliches Paar«, sagte sie, nahm ein Foto in die Hand, auf dem Jake Sump und Matt Cooper, beide freudestrahlend, in einer Achterbahn saßen.

Nick näherte sich Annie und betrachtete das Foto eindringlich. »Glücklich ja. Aber krank im Kopf«, erwiderte er, fischte sein Handy aus der Hosentasche und rief Dan an, bei dem er Bericht erstattete und eine Fahndung gegen die beiden Männer veranlasste. Nick wollte gerade auflegen, als Sam im Hintergrund schrie: »Ist einer von beiden dran? Gib sie mir, Dan! Schnell!«

Kapitel 29

00:30 Uhr

Eingehüllt in der Dunkelheit beobachtete er aus sicherer Entfernung, wie Walker und Preston ins Haus stürmten. Er klebte ihr jetzt an den Fersen, nur um sie im richtigen Moment zu kidnappen. Äußerst vorsichtig wollte er dabei vorgehen, denn er war sich nicht sicher, ob er ihrem Partner kräftemäßig gewachsen war.

Er spitzte die Lippen und rief sich ihre von Angst zerfressenen Augen in Erinnerung, als sie ihn am Straßenrand im Taxi und im Krankenwagen angeglotzt hatte. Die Erkenntnis, wer er war, oder besser gesagt, wer er nicht war, hatte in ihr einen Höllenschmerz und in ihm einen Höllenzauber entfacht. Denn die Schönheit aus ihrem Gesicht war augenblicklich verloschen und stattdessen hatte sich eine schmerzverzerrte Fratze daraufgelegt. Er bekam sofort einen Steifen.

Er freute sich auf ihren qualvollen Tod. Denn dieser wäre gerecht, in seinen Augen, und würde ihn zum glücklichsten Menschen auf Erden machen. Er spähte auf seine Armbanduhr. 0:35 Uhr.

»So, Annie Walker. Jetzt vernichte ich dich! Spielen wir weiter«, sagte er zu sich selbst und nahm aus dem Handschuhfach einen in Alufolie gewickelten Zettel heraus und stieß die Tür auf. Den Jackenkragen hochgeschlagen, das Basecap tief ins Gesicht heruntergezogen, kämpfte er sich durch den peitschenden Regen zum Cybertruck. Er steckte den Zettel unter den Scheibenwischer und stieß einen kleinen Jubelschrei aus, als der Truck keinen Alarm auslöste.

Zügig schritt er durch die tobende Nacht zu seinem Krankenwagen zurück und lauerte in der spärlich beleuchteten Parkzone beiden auf. Er zündete sich eine Zigarette an und inhalierte den Rauch tief in seine Lungen.

Er lehnte sich nach vorn, als Walker und ihr Partner aus dem Haus stürmten und ins Auto stiegen. Der Cybertruck fuhr mit quietschenden Reifen los und kam wenige Sekunden später abrupt zum Stillstand.

Seine Handflächen schwitzten und seine Fingerspitzen kribbelten. Sein Puls schlug in die Höhe, als er Preston aus dem Auto preschen sah, der den Zettel unter dem Scheibenwischer hervorzog. Ihm blieb fast das Herz stehen, denn er wusste: Die Nerven von Walker lagen spätestens jetzt blank.

Ob Preston wusste, was sie Abscheuliches und Verwerfliches getan hatte und deshalb den Tod verdiente?

Kapitel 30

Er setzte zum vorletzten Stich an und war begeistert, wie sauber die Naht diesmal war. Übung machte eben den Meister, dachte er sich. Das Training an der Schweineoberschale, die Instruktionen von Matt, der geübt im Nähen von Zahnfleischwunden bei seinen Patienten war, und das Zunähen von Nathalies Schamlippen mit diesem besonderen Faden hatten seine Wirkung nicht verfehlt.

Rose wimmerte halb ohnmächtig vor sich hin und lag wie ein totes Stück Fleisch in ihrem eigenen Blut auf dem Boden.

Jake zog ein letztes Mal die Nadel durch das weiche Fleisch, verknotete den Faden und durchschnitt ihn. Zufrieden stand er auf, stemmte seine Arme in die Hüfte und begutachtete sein Opfer.

»Fertig?«, rief ihm Matt mit zittriger Stimme von Weitem zu, da er den Anblick der Frau nicht ertrug. Seine Augen fest eingebrannt in den Boden des Wohnzimmers stand er in der Türzarge und wollte nur noch von diesem Ort weg. Wieder ein normales Leben mit seinem Jake führen, der wie ausgewechselt gewesen war, seitdem er Amy

Lexus im Hausflur getroffen hatte. Seit diesem Tag war Jake wie schlaftrunken und erst, als Matt drohte, sich zu trennen, was er im Übrigen nie getan hätte, war Jake mit der Sprache herausgerückt. Er hatte ihm seine tragische Geschichte und vor allem von seinem bestialischen Plan erzählt.

Die Liebe zu Jake ließ ihn über sein Vorhaben und die Gräueltaten hinwegsehen. Er verstand Jake sogar. Er war davon überzeugt, dass Jakes Rache ihn heilen würde. Und erst dann könnten sie wieder ein normales Leben führen. Niemand würde je davon erfahren. Denn er würde schweigen wie ein Grab. Niemals würde er die Liebe seines Lebens verraten: Im Gegenteil – er würde für sie sterben!

Während Matt seinen Gedanken nachhing, packte Jake Schere, Nadel und Faden in seinen Seesack zurück und holte das Wellblech heraus. »Komm her! Bring die Klebepistole vom Tisch mit und hilf mir mit dem Blech.«

Mit gesenktem Blick und knirschenden Geräuschen von den Anzügen, die sie trugen, näherte er sich seinem Freund und stellte beide Sachen neben der Frau ab. Mit ausgestreckter Hand signalisierte Jake, dass er sich neben ihm niederlassen solle. Matt gehorchte und spürte die weiche Hand seines Freundes, trotz des blutverschmierten Handschuhes, die jetzt seine Wange berührte und nach Blut roch. Matt würgte. Er hasste Blut.

»Sch...«, sagte Jake und presste seine Lippen auf Matts Mund.

Umgeben vom Verbrechen und beflügelt von der Liebe zu Jake saugte Matt den Kuss in sich auf, bis Jake die Lippen von ihm löste.

»Es ist bald vorbei. Bald sind wir wieder glücklich«, flüsterte Jake und reichte Matt das Blech, während er sich mit der Klebepistole erhob und sich vor sein Opfer hinkniete.

Rose öffnete ihre verklebten Augen. Unerträgliche Schmerzen durchzogen ihren Unterleib wie eine Armee Schwertkämpfer, die mit ihren Klingen ins Fleisch stocherten. Das makellose Weiß ihrer Wohnzimmerdecke übte etwas Beruhigendes auf sie aus. Jacob hatte recht behalten. Nichts auf dieser Welt hätte sie jetzt noch retten können. Diese Erkenntnis traf sie wie ein Schlag und so ergab sie sich ihrem Schicksal und wartete auf ihren Tod. Sie wusste, dass sie nicht die geringste Chance hatte zu fliehen. Wie denn auch? Jacob Moor hatte sie bewegungsunfähig gemacht, so wie einst ihre Clique ihn.

Ihre Haut juckte, als wenn eine Heerschar von Flöhen sich auf ihr niedergelassen hätte, um ihren bevorstehenden Tod zu feiern. Rose schrie ihren Schmerz in den versifften Lappen, der nach ihrer faulen Spucke stank und nahm das Gewusel der zwei Männer, die das Wellblech um sie herum platzierten, nur diffus wahr.

Alte Bilder aus Kindertagen ploppten in diesem Moment auf. Sie sah, wie sie als Kind mit ihrer Cousine im Vorgarten ihrer Eltern Hagebutten gesammelt hatte, um daraus Juckpulver herzustellen. Voller Vorfreude hatten die beiden die kleinen Säckchen zum Trocknen auf die Heizung gelegt. Niemals hatten sie damit gerechnet, dass ihr gerissener jüngerer Bruder diese fand und den beiden selbst einen Streich spielte.

Ein verschmitztes Lächeln unter dem Klebeband beendete die Schmerzensschreie. Rose seufzte in sich hinein und sah, als wenn es gestern gewesen wäre, wie ihr Bruder heimtückisch die beiden mit dem Juckpulver beworfen hatte. Rose und ihre Cousine waren wie zwei wildgewordene Affen umhergesprungen, hatten sich wie wild gekratzt, sich auf dem Rasen gewälzt und den kleinen Scheißer mit übelsten Beschimpfungen bis in alle Ewigkeiten verflucht. Lange hatte sie ihren toten Bruder nicht mehr so klar und deutlich vor ihren Augen gesehen. Sie fragte sich, ob das ein sicheres Zeichen für ihren Tod war, der unmittelbar bevorzustehen schien. Die vergessene Liebe zu ihrem toten Bruder strömte in Wellen in jede Zelle ihres Körpers und beruhigte ihr Gemüt.

Die Diashow in ihrem Kopf riss abrupt ab, denn die Schritte ihres Peinigers holten sie in die Wirklichkeit zurück. Instinktiv zappelte sie und versuchte, sich zu bewegen. Es war ihr egal, wenn sie sich dabei die Haut abreißen würde. In dem Moment, als sie die Wärme ihres Bruders spürte, entschied sie sich für das Leben. Sie wollte leben und vor allem: überleben. Unabhängig von all dem Bösen, was sie vor über zwanzig Jahren erlebt hatte, war ihr eines vor Ewigkeiten klar geworden: Auch sie war ein Opfer der Gesellschaft und vor allem ein Opfer der Clique.

Rose stemmte den Kopf in den Boden und bäumte ihren Oberkörper auf. Ihre Haut am

Rücken spannte und leistete Widerstand. Sie hörte, wie sie sich vom Boden löste. Der Schmerz, der sie dabei überrollte, schoss wie ein gewaltiger Feuersturm in ihren Kopf. Ihre dumpfen Schreie versiegten im versifften Fetzen in ihrer Mundhöhle.

»Lass das, du Schlampe«, brüllte Jake. »Du machst es für dich nur noch schlimmer!« Er stellte sich breitbeinig auf Kopfhöhe mit einem Kanister in der Hand über sie und schaute zu ihr hinab.

Roses Augen weiteten sich. Er drehte den Schraubverschluss des Kanisters auf, der eine rote Flüssigkeit enthielt. Ein dämonisches Lächeln entstellte Jakes Gesicht.

Er schlich zu ihren Füßen. Langsam senkte er den Kanister und ein kleiner Schwall floss auf ihre Füße. Warme Tropfen besprenkelten ihre Beine. Er goss die schleimige Flüssigkeit über ihre Schenkel. Dann auf ihren Bauch und ihre Brüste.

Rose hob ihren Kopf an. Trotzte dem Schmerz. Ihr Blickfeld war immens eingeschränkt. So gut es ging, schaute sie nach unten, in die Richtung, wo er stand. Ihr war, als ob ihre Augäpfel dabei heraussprangen, so sehr strengte sie sich an, ihn sehen zu wollen. Er kam ihrem Kopf immer näher. Spritzer trafen ihr Gesicht. Sie krampfte und Ekel durchfuhr sie. Ihre ausgedörrten Zellen saugten die rote Suppe auf. Ein metallischer Geruch drang in ihre Nase: Blut! Die Frage, war nur, in wessen Blut sie gerade gebadet wurde.

Kapitel 31

00:55 Uhr

Wir haben für solche Kinkerlitzchen keine Zeit«, fauchte Annie Nick an, der den Zettel aus der klitschnassen Alufolie ausgewickelt und gelesen hatte. »Was ist das, Ms. Walker?«

»Keine Ahnung. Können wir jetzt los?«

»Ms. Walker. Wir beide wissen, dass das hier«, er fuchtelte mit dem Zettel vor ihrem Gesicht herum, »eine Nachricht für Sie ist!«

Sie wollte ihm den Zettel aus der Hand reißen, doch Nicks Hand schnellte zurück.

»Schalten Sie die Aufnahmen vom Wächter ein. Ich will wissen, wer sich dem Auto genähert hat.«

Sie reagierte nicht.

»Jetzt! Ms. Walker!«

»Das geht nicht. Ich habe den Wächter in Nashville, als wir im Sekretariat waren, ausgeschaltet und vergessen, ihn wieder einzuschalten.«

»Das glaub ich jetzt nicht«, zischte Nick. »Darf ich Sie fragen, warum Sie so eine wichtige Funktion an unserem Dienstauto ausschalten?«

»Weil dieses scheiß Auto genauso viel Aufsehen auf einem Schulparkplatz erregt wie ein Ufo am Himmel, verdammt noch mal! Und jeder beschissene Schüler das fuck Fahrzeug bestaunen wollte!«

Nick schnaubte und atmete tief ein. »Und warum ... haben Sie es nicht wieder eingeschaltet?«, fragte er, startete den Motor und preschte davon.

»Weil ich ...«

»Ersparen Sie mir Ihre Lügen und Unzulänglichkeiten, Ms. Walker!«

»Hören Sie ...«

Er bremste abrupt ab und sah ihr tief in ihre feucht glänzenden Augen. Mit eiserner Stimme sagte er: »Sie sind eine Katastrophe! Jede Minute mit Ihnen ist wie eine Fahrt mit der Achterbahn. Nur mit dem Unterschied, dass man auf brennenden Sitzen durch die Hölle fährt. Sie sind untauglich. Krank und gebrochen.« Er machte eine Pause und dann lockte er sie mit seinem Joker endgültig aus der Reserve. »Und es ist mir egal, dass Bruckheimer abgeschlachtet wurde und Mason Sie vergewaltigt hat!«

Annies Kehle entrann ein stummer Schrei. Der Regen, der gegen die Scheiben peitschte, und der sargschwarze Himmel über Memphis verstärkten die Wirkung seiner Worte. Noch nie hatte jemand die Wahrheit so schonungslos ausgesprochen. Doch was sie am meisten erschütterte, war die Tatsache, dass er die Wahrheit kannte. Ihre Hand, die in sein Gesicht klatschte, sah er diesmal nicht kommen. »Sie hinterhältiges, mieses Schwein!«

Nicks rechte Augenbraue zuckte. Er ignorierte ihre Worte und ihre Ohrfeige. Mit gequältem

Blick fuhr er los und bemerkte aus dem Augenwinkel, wie Annie Walker sich gegen ihren Sitz stemmte und ihre Atmung kontrollierte.

Sie blinzelte gegen die Tränen an. Genau in diesem Moment wünschte sie sich, sie wäre einst im Keller gestorben. Chancenlos und ohne auf ein Wunder hoffend wünschte sie sich, heute Abend, bei diesem Einsatz, zu sterben.

Nicks Wange brannte und erinnerte ihn daran, wie rücksichtslos seine Worte ihre Seele zerfetzt hatten. Doch er war wütend. Wütend darüber, dass die angeblich beste Ermittlerin ein seelisches Wrack war und seine Ermittlungen gefährdete. Noch wütender machte es ihn allerdings, dass sie ihn ständig anlog und ihm einen sehr wichtigen und vor allem, wie er vermutete, lebensbedrohlichen Nebenschauplatz verheimlichte. Und noch mehr überraschte ihn, dass er so viel Gefühl, egal ob Wut oder Enttäuschung, einem Menschen entgegenbrachte, den er erst seit ein paar Tagen kannte.

Voller Wucht traf ihn die Erkenntnis, dass Annie Walker, trotz all ihrer Geheimnisse und Unzulänglichkeiten, einen Anker in seinem Herzen hinterlassen hatte. Das hatte er nie beabsichtigt. Er musste diesen Ankerplatz zerstören. Annie Walker würde nach dieser Nacht Geschichte sein. Er gravierte diesen Satz in die Schublade, die er in seinem Labyrinth für sie geschaffen hatte, und hoffte, dass er recht behalten würde.

Nur noch wenige Stunden.
Ich bin dein Mörder. LM!

Die Worte schmatzten sich immer wieder in seine Gedanken, während er über die menschenleeren Straßen zur Adresse fuhr, die Sam ihnen durchgegeben hatte.

Mit dem Blick auf das kommende Unheil gerichtet und einer Stimme, die scharf und beherrscht war, sagte er: »Wenn das alles hier vorbei ist und Sie weiter mit mir zusammenarbeiten wollen, werden Sie mir jede einzelne Frage beantworten, die ich beantwortet haben möchte. Und wenn mir Ihre Antworten nicht gefallen, fege ich wie ein Orkan über Sie hinweg und zwinge Sie in die Knie, bis Sie mir die Wahrheit sagen. Lügen Sie mich an oder verheimlichen mir was, schwöre ich Ihnen, mache ich Sie fertig und nie wieder werden Sie als Sonderermittlerin eingesetzt.«

Annies Herzschlag setzte aus. Sie zweifelte keineswegs an seinen Worten. Ihre Stimmbänder waren wie begraben unter der Last seiner Worte.

Kapitel 32

01:30 Uhr

Jake Sump kippte, ohne die geringste Spur von Eile, das Blut über Roses Dekolleté. Die Suppe floss zäh aus dem Kanister und schwappte auf ihren Hals, auf ihren Mund, in ihre Nase und tränkte ihre Haare.

Der metallische Geruch nistete sich in ihre Nasennebenhöhlen ein. Die feinen Nasenhärchen sogen den Gestank auf. Jeder Atemzug war eine Qual. Sie zählte langsam Schafe an einem azurblauen Himmel, nur um nicht zu würgen. Konzentrierte sich auf ihre Atmung. Doch ihr Magen krampfte, trotzdem und zog sich wie eine Assel zusammen.

Sie würgte.

Hustete in den speicheldurchtränkten Lappen hinein und verschluckte sich.

Rose hyperventilierte und ihre Augen quollen aus ihren Augenhöhlen hervor. Auf ihren Pupillen brannte sich ein Bild von vor über 20 Jahren, wie ihr Peiniger, Jacob Moore, um sein Leben rang, als Megan ihm die Luft zum Atmen nahm.

Jake beobachtete ihren Kampf um Leben und Tod. Er verdrehte die Augen und bückte sich, riss ihr das Klebeband vom Mund und zog den Lappen heraus.

Rose bewegte ihren Kopf so weit sie konnte nach rechts und spuckte Blut, Sabber und Kotze, die wie ein Rinnsal an ihren Mundwinkeln hinunterliefen.

Er beobachtete sie dabei und grinste. Tauchte den Lappen in das Blut, wrang ihn aus und nahm Roses Kopf in seine Hände. Er blickte ihr in die Augen und hielt den blutroten Lappen vor ihr Gesicht.

»Nein! Nein! Nein!«, schrie sie. Sie schüttelte ihren Kopf und riss sich dabei ein Haarbüschel heraus.

Jake lächelte neckisch. »Damit du dich schon mal daran gewöhnst, an den Geschmack von Blut in deinem Mund.«

»Bitte, Jacob, bitte!« Sie blickte ihn angsterfüllt an.

»Ich stopfe dir noch was viel Schlimmeres in dein verficktes Maul!« Mit diesen Worten legte er das blutgetränkte Tuch in ihre Mundhöhle. Er lächelte zufrieden und setzte sich neben sie, tauchte seine mit einem Handschuh überzogene Hand in das Blut hinein und rieb damit fast zärtlich ihre Beine und ihre Vagina ein.

Rose konzentrierte sich währenddessen auf eine einfache überlebenswichtige Regel: Atmen.

Gerade, als seine Hände ihren Bauch streiften, hörte er das Zersplittern von Glas aus dem Erdgeschoss.

»Fuck!«, hörte er Matt fluchen, der in das Wohnzimmer stürmte und Jake Hilfe suchend anschaute.

Jake stand auf. »Bleib ruhig! Wir haben darüber gesprochen, was wir in solch einem Fall machen«, flüsterte er.

Matt nickte und nahm den Baseballschläger, den er vorsorglich im Flur postiert hatte.

Jake griff nach der Waffe, die er für den Notfall auf der Couch deponiert hatte. Wer auch immer ihn überraschte. Er war sich sicher, dass nur zwei Menschen dieses Haus lebend verlassen würden: er und Matt!

Kapitel 33

Einige Minuten zuvor

Nick parkte eine Straße entfernt vom Dogs'n Roses und unterbrach die Stille. »Egal, was gleich passiert. Wir gehen davon aus, dass Cooper und Sump am Tatort sind.«

Annie blickte entschlossen in Nicks vor Aufregung glänzende Augen.

Er setzte zu seinen nächsten Worten an, doch seine Stimme versagte, so sehr berührte ihn Annies Bemühung in ihrem Blick, alles so normal wie möglich aussehen zu lassen. »Sie …«

Die Schwermut in ihren Augen lockte eine verscharrte Erinnerung aus seiner mentalen Festung hervor. Sie erinnerte ihn an die verzweifelten Augen eines Kindes, das alle Hoffnung in Nicks letzte Worte gelegt hatte, als er durch ein Kellerfenster flüchtete, um sie beide aus dem Albtraum, in dem sie als Kinder gefangen gewesen waren, zu befreien. »Warte hier! Ich hole Hilfe. Ich hol dich hier raus!«, hatte er einst dem verängstigten Sechsjährigen zugeflüstert.

»Versprich es!«

»Ich verspreche es!« Und damit war er aus dem Fenster getürmt und – und nie wieder zurückgekommen.

Die Erinnerung an sein gebrochenes Versprechen, das für ihn persönlich einem Verbrechen gleichzusetzen war, versetzte Nick einen Stich ins Herz. Kalter Schweiß lief ihm im Nacken hinunter.

Wie schaffte es Annie Walkers Blick, diese Erinnerung aus seinen Katakomben zu befreien, dachte er, als ihn ein Blitz im wolkenverhangenen Himmel in die Wirklichkeit zurückholte. Einen tiefen Atemzug später fügte er entschieden hinzu: »Sie übernehmen Cooper und ich Sump. Einverstanden?«

»Ja, Mr. Preston«, antworte Annie ironisch und zückte ihr Handy.

»Was machen Sie?«

»Ich rufe vorsorglich Verstärkung und einen Krankenwagen. Es kann dauern, bis die bei diesem scheiß Wetter vor Ort sind«, antwortete sie schnippisch und drückte auf eine der Nummern in ihren Favoriten.

Nick nickte und stieg aus dem Truck. Kalter Wind peitschte gegen seine Wangen. Er öffnete den Kofferraum, schnappte sich einen Einsatzhelm und reichte Annie ebenfalls einen.

Dann zogen beide ihre Jacken aus und warfen sie in den Kofferraum. Annie überprüfte noch einmal den Reißverschluss ihrer Weste. Nick klopfte mit den Händen auf seinen Bauch, als ob er testen wollte, wie fest und schusssicher sie war. Annie verdrehte die Augen und nahm aus einem Seitenfach zwei Einsatzbrillen, die mit Aktivierung der Drohne, die Nick wenige Sekunden später in den Händen hielt und einschaltete, ihr fünftes Auge darstellte.

Sie setzten sich die Brillen auf und synchronisierten sie mit der Drohne via Bluetooth. Beide blickten sich an und schauten in das Spiegelbild des jeweils anderen. Es war ihnen nicht möglich, die Mimik des Gegenübers zu lesen, und trotzdem empfanden sie eine vertraute Verbindung. Als wenn man am Lagerfeuer saß und dem Knistern des trockenen Holzes zuhörte. Das Glimmen der Glut einen verzauberte und man dem Tanz der Feuerfunken in den Nachthimmel hinterherschaute, während die Wangen von der Hitze leicht glühten. Dieser Moment, wo man alles um einen herum vergaß, die Schönheit des Augenblicks in sich aufsaugte und sich absoluter Frieden in das Seelenleben einnistete.

»Ready?«, schrie Nick, während der Wind um seine Ohren jaulte, und preschte mit pochendem Herzen mit der Minidrohne voran zu Dogs'n Roses.

Sie positionierten sich jeweils rechts und links neben der gläsernen Eingangstür und spähten in den Salon, in dem es stockduster war. Die einzige Lichtquelle entsprang aus einem der Fenster im Obergeschoss.

Nick zog einen kleinen Dietrich aus der Innentasche seiner Weste hervor. Mit geschickten Bewegungen öffnete er damit die Tür. »Wunderbar«, flüsterte er und hielt dabei den Türknauf fest umschlossen. Er öffnete die Tür nur einen Spalt, damit die Drohne hineinfliegen konnte, und horchte in das Haus hinein. Genau in diesem Moment knallte ein Donner durch die Dunkelheit. Der Windstoß, den er mit sich führte, fegte über die Straße hinweg und entriss Nick den Knauf.

Die Tür schlug gegen die Wand und das Glas zersplitterte. Das matte Licht der Straße schien jetzt in den finsteren Salon und die Glasscherben im Windfang funkelten wie schimmernde Diamanten.

Annie stieß einen Fluch aus und betrat nach Nick das Haus. Unter ihren Stiefeln knirschten die Scherben. Annie verschanzte sich sofort hinter der Kasse. Nick hinter einer frei stehenden Badewanne. Er setzte sich auf den Boden und ließ die Drohne in jeden Winkel gleiten.

Wie erwartet, war niemand außer ihnen im Untergeschoss. »Kommen Sie«, flüsterte er und stand auf. »Hier ist alles sicher.« Er zeigte mit dem Zeigefinger auf die Treppe und schlich, dicht gefolgt von Annie, mit gezogener Waffe die Stufen hoch. Die Glassplitter vom Windfang knirschten unter ihren Sohlen. Der pfeifende Wind hüllte das stockfinstere Haus in eine gespenstische Atmosphäre ein.

Sie wussten, das Ende der Stufen kündigte die Nacht der Entscheidung an.

An der letzten Stufe angelangt, gab Nick Annie ein Zeichen.

Annie positionierte sich neben der Tür.

Nick zählte von drei runter und stieß mit seinem Fuß die Wohnungstür auf. Das Schloss sprang mit einem gewaltigen Schwung aus seiner Haltung und die Tür flog gegen die Wand.

Nick sprang auf die gegenüberliegende Seite von Annie, stemmte seinen Rücken gegen die Wand und manövrierte die Drohne durch den menschenleeren Flur, der vor ihnen lag. Das Licht des Bewegungsmelders und die Schatten der Drohne ließen den Raum schauderhaft wirken, als sie über die Türschwelle traten. Nick horchte in den Flur hinein. Am Ende des circa fünf Meter langen Raumes flackerte ein Licht unter einer geschlossenen Tür auf.

Sie schlichen an einer Kommode und an einem massiven, antiquierten Schrank vorbei. Nick stoppte und sichtete mithilfe der Drohne Badezimmer und Schlafzimmer. Beide Zimmer waren verlassen.

Nick atmete erleichtert auf.

Langsamen Schrittes näherten sie sich der letzten Tür. Nick erhob die Faust. Annie blieb stehen. Beide spitzten die Ohren wie ein Rudel in der Nacht auf Beutejagd. Nicks Nackenhaare rebellierten und Annies Schläfe pulsierte, als sie das Wimmern einer Frau hörten. Nick griff nach der Türklinke und drückte diese behutsam herunter. Annie wich einen Schritt zurück. Sie konzentrierten sich auf die Geräusche hinter der Tür und bemerkten nicht den Angreifer, der mit einem Baseballschläger bewaffnet aus dem Schatten des Schranks hervorschlich.

Im Geiste bekreuzigte sich Matt Cooper. So glücklich war er darüber, dass die Schranktür nicht knarrte und der Wind, der von draußen ins Haus blies, jegliche Geräusche verschluckte.

Nick öffnete die Tür einen Spalt. Die Drohne flog ins Wohnzimmer. Über ihre Brillendisplays sahen sie Rose Blake, mit weit aufgerissenen

Augen und vollgestopftem Mund, schwer atmend in einer Blutlache liegen.

Niemand sonst war augenscheinlich in diesem Raum. Und dennoch wussten beide: Rose Blake war definitiv nicht allein. Doch das war in diesem Moment egal.

Um jeden Preis wollte Nick sie retten. Er suchte den Lichtschalter und knipste das Licht an.

Auf Zehenspitzen schlich Matt Cooper sich an Annie heran und erhob den Schläger.

Nick riss sich die Brille vom Kopf und stürmte zum Opfer.

Genau in diesem Moment bemerkte Annie im Display, und Nick viel zu spät aus dem Augenwinkel, wie sich eine Gestalt hinter der Küchentheke erhob und eine Waffe auf Nick richtete.

»Preston, in Decku...!«, schrie Annie. Ein harter Schlag traf sie zwischen den Schulterblättern. Annie wankte.

Nick rannte in gebückter Haltung zu Rose. Jemand feuerte vier Schüsse im Wohnzimmer ab. Er krachte zu Boden, berührte dabei mit seinem Fuß das Wellblech, das Rose umgab, und riss bei seinem Sturz die ausgelegte Bodenfolie auf. Das Blech verzog sich. Blut rann hervor und sickerte in die Fugen und Astlöcher des Holzfußbodens.

Annie rang nach Atem. Sie bäumte ihren Oberkörper zu einem Hohlkreuz auf und inhalierte die stickige Luft, bis ein weiterer Schlag ihren unteren Rücken traf. Eine Rippe knackte und sie schlug wie ein nasser Sack auf den Knien auf. Die Waffe fiel ihr aus der Hand. Ihre Rippen und ihre Lungen brannten. Doch das alles war ihr egal. Sie hoffte, dass Nick nicht lebensgefährlich verletzt worden war. Noch einmal könnte sie den Verlust eines Partners nicht ertragen.

Cooper kickte die Waffe mit seinem Fuß unter die Kommode. Er holte zu einem weiteren Schlag aus und schmetterte den Schläger auf die unteren Rippen.

Annie sackte zusammen und biss sich dabei auf die Zunge. Der metallische Geruch ihres Blutes durchströmte ihre Nasenflügel. Sie schnappte wie ein Fisch in einer Pfütze nach Luft. Doch ihre Lungen füllten sich nicht ausreichend mit dem Lebenselixier, das sie so dringend benötigte.

Cooper stellte sich vor ihren Kopf. Er packte ihren Zopf, der aus ihrem Helm hervorlugte, und zog Annie daran hoch.

Sie starrte auf seine vergilbten Fußnägel und Dämonen der Vergangenheit würgten die verhassten Erinnerungen aus ihrem Geiste hervor.

Nick hörte die verzweifelten Schreie von Rose Blake, als er auf dem Boden aufschlug. Seine Waffe fiel ihm dabei aus der Hand und flog im hohen Bogen auf das Sofa in der Ecke des Raumes. Dank Annies Warnung hatte er keine Kugel abbekommen. Blitzschnell scannten seine Augen den Raum ab. Sump kam auf ihn zu. Die Waffe immer noch in der Hand und feuerte erneut ab. Diese Kugel bohrte sich in Nicks Weste.

Jake lächelte.

Nick schüttelte seinen Kopf und spürte den Druck des abgefeuerten Schusses. Flink griff er nach der Stehlampe, die neben ihm stand, erhob sich pfeilschnell und warf sie auf Sumps Oberkörper. Er stürmte zum Esstisch, riss ihn in einem Ruck um und verbarrikadierte sich dahinter.

Sump wehrte die Lampe mit seinem Unterarm ab. Er nahm den jämmerlichen Fluchtversuch seines Gegenübers mit einem Grinsen wahr und eröffnete erneut das Feuer. Die Kugeln durchlöcherten das Holz wie ein Sieb und trafen auf Nicks Brust, der durch die Wucht an die Wand geschleudert wurde.

Annies Überlebenskampf wurde durch zwei Dinge stimuliert. Zum einen durch das Abfeuern eines Kugelhagels im Wohnzimmer. Und zum anderen gesellte sich zum Adrenalin in ihrem Körper, Ekel. Auf die letzten vergilbten Füße hatte sie vor knapp zwölf Monaten gestarrt, kurz bevor Marc Mason sie ein zweites Mal vergewaltigen wollte. Mit dieser Erinnerung erweckte Matt Cooper das Raubtier in ihr.

»Du miese Schlampe«, schrie Cooper und trat ihr in den Unterleib. Sie krümmte sich wie ein Embryo auf dem Boden.

Wut schnellte in ihr wie ein Fontaine in die Höhe.

»Lasst uns einfach in Ruhe!« Er holte mit dem Schläger aus und rammte ihn auf ihren Oberschenkel.

Annie kreischte. Füllte ihre Lungen mit Sauerstoff. Die Stelle am Schenkel brannte wie Feuer.

»Nur noch eine Frau! Eine Frau«, schrie er und holte zu einem weiteren Schlag aus.

Das Brennen in ihrem Bein zog sich jetzt bis zu ihrem Kehlkopf hoch und entfachte ein Feuer in ihr, das sie nicht bereit war zu löschen. Sie fletschte die Zähne. »Fick dich, du Bastard!«, schrie sie. Jede Faser ihres Körpers war elektrisiert. Sie vergaß jeglichen Schmerz und wirbelte bäuchlings einmal um ihre eigene Achse, streckte ihre Beine aus und stieß mit aller Kraft gegen seine Waden.

Matt Cooper ruderte mit den Armen, ließ vor Schreck den Schläger fallen, der auf den Boden krachte und in eine Ecke kullerte.

Sie warf sich auf den Rücken und stieß beide Beine in seinen Unterleib. Cooper knickte nach hinten weg und krachte auf sein Steißbein.

Etwas Warmes rann Nicks Arm hinunter. Drei Kugeln hatten seine Weste getroffen. Eine Kugel hatte ihn am Oberarm erwischt. Ein Streifschuss. Schweißperlen benetzten seine Stirn, die er sich mit seinem Unterarm abwischte.

Jake Sump kochte innerlich vor Wut. Sein Magazin war leer geschossen und sein Angreifer immer noch am Leben. Er schmiss die nutzlose Waffe auf den Boden und ärgerte sich darüber, dass er nicht an Ersatzmunition gedacht hatte. »Ahhh...!«, schrie er und rannte mit geballten Fäusten auf den Tisch zu.

Sumps Schrei paarte sich mit denen, die aus dem Flur kamen. Nick war kurz abgelenkt. Sein Herz setzte einen Schlag aus. Walker!

Ihre Stimme: gepresst, schmerzverzerrt. Sie kämpfte.

Sump wirbelte um den Tisch herum, rannte auf Nick zu und stemmte ihn an die Wand. Seine Finger umschlossen Nicks Hals. Er würgte ihn.

Nick spürte den Druck auf seinen Kehlkopf, doch das war ihm egal. Sein Blick richtete sich zum Flur, da er den Kampf dort hörte.

»Verdammter Mistkerl«, zischte Sump und erhöhte den Druck.

Angesichts des Schmerzes, der durch Nick fuhr, richtete er jetzt seine ganze Aufmerksamkeit wieder auf Sump. Seine Hände schnellten zwischen Sumps Unterarmen hervor und pressten sie auseinander. Sump, überrascht, mit welcher Leichtigkeit sein Gegenüber sich befreite, stockte der Atem. Nick schlug ihm eine Faust ins Gesicht. Sump wankte, schüttelte sich und holte ebenfalls aus.

Doch Nick duckte sich geschickt. Sumps Faust schlug auf den harten Wandbeton. »Fu...«, kreischte er.

Nick nutzte diesen Moment aus, sprang hinter Sump, grub seine Hände in dessen Haare und schmetterte seinen Kopf an die Wand. Nasenknochen knackten. Blut strömte heraus und tropfte auf Sumps Shirt.

Er krümmte sich und hielt sich die Hände vor die Nase. »Scheiße!«, fluchte er.

Nick kramte Kabelbinder aus der Weste. Inständig betete er, dass Annie ihren Kampf gewinnen würde. Er blickte zu Rose, deren Brust sich in rasanter Geschwindigkeit hob und senkte. Nick überlegte kurz, sprintete zu ihr und kniete sich nieder.

Sump schnappte sich eine Vase vom Fensterbrett.

»Warten Si...«, flüsterte Nick, während er seine Hand zu ihrem Mund führte. Rose riss die Augen auf und in ihren Pupillen spiegelte sich sein Angreifer wider. Sump schmetterte die Vase auf Nicks Kopf, die in winzige Stücke zersprang. Die Kabelbinder glitten Nick aus den Händen und die Splitter fielen Rose ins Gesicht und in ihre Augen. Nick stürzte nach vorn, seine Hand suchte Halt am Boden. Schwärze umhüllte allmählich seinen Geist.

Rose blinzelte gegen die Fremdkörper an und schrie aus tiefster Seele vor Schmerz und Verzweiflung.

Sump lief auf Nick zu und trat ihm in den Rücken.

Nick krümmte sich vor Schmerz. Sump holte ein weiteres Mal aus, doch Nick schoss mit aller Kraft nach oben. Ein Schwindel durchfuhr ihn und er wankte ein paar Schritte nach hinten.

Sump nutzte diesen Moment aus, stürmte auf ihn zu und schlug seine Faust unter Nicks Kinn. Nick taumelte, bis eine Wand ihn abfing. Sump sah seine Chance und schlug mit der flachen Hand auf Nicks Kehlkopf.

Der Schlag raubte ihm die Luft zum Atmen. Er öffnete den Reißverschluss seiner Weste und zog sie aus. Er atmete einen tiefen Atemzug ein.

Sump wich flink ein paar Meter zurück, grinste beim Anblick des nach Luft japsenden Mannes und genoss dieses Spektakel aus sicherer Entfernung. Er blickte zu Rose und sagte: »Gleich bist

du dran, du Schlampe! Aber erst mal«, er ging
zur Küche und zog zwei Messer aus dem Messer-
block, »erledige ich den Mistkerl!«

Annie schnellte hoch, riss sich die Brille vom
Kopf und stürzte sich wie eine Raubkatze auf
Matt Cooper. Sie sprang auf seinen wabbeligen
Körper und knallte ihm ihre Faust ins Gesicht.

Blut schoss aus seiner Nase und vermischte
sich mit seinem Speichel. »Du Sch...!«

»Schnauze!«, schrie Annie und klatschte Cooper mit beiden Handflächen auf die Ohren.

Es knirschte. Ein stechender Schmerz durchfuhr ihn. Ein Piepen in seinem Kopf dröhnte durch
seine Ohrmuscheln. Er kniff die Augen zusammen und presste sich die Hände auf die Ohren.
»Schlampe!«, kreischte er und spuckte Annie seinen blutigen und stinken Speichel ins Gesicht.

Annie ohrfeigte ihn hart und wischte sich den
Dreck mit ihrem Unterarm aus dem Gesicht.
Cooper schrie auf und winselte wie ein Welpe
am Boden. Annie stand grinsend auf. Sie öffnete einen Reißverschluss ihrer Weste und holte
Kabelbinder heraus. Sie packte seine Handgelenke.

»Lass das!«, kreischte Cooper und fuchtelte
mit seinen Armen umher.

Annie stellte sich aufrecht hin, blickte auf ihn
hinunter, lächelte und rammte ihm ihren Stiefel
in seine Eier. Cooper brüllte, krümmte sich und
hielt sich die Hände zwischen die Beine. Annie
kniete sich hin, zerrte an seinen Handgelenken
und verschnürte sie.

Am Kragen seines Anzuges schleifte sie Cooper ins Badezimmer. An einem Heizungsrohr befestigte sie mit einem weiteren Kabelbinder seine verschnürten Hände.

»Du verfickte, miese Schlampe. Du ...«

Annie trat ihm ins Gesicht. Knochen knirschten wie Sand zwischen Zähnen.

»Fu...«, jammerte Cooper.

»Halt's Maul, du verkommenes Schwein!« Flennend ließ sie ihn zurück und schloss die Tür hinter sich. Sie nahm ihren Helm ab und schmiss ihn in eine Ecke. Unten vor der Haustür hörte sie das Brummen eines Motors. Beflügelt vom Gedanken, der Krankenwagen oder die Verstärkung träfen ein, rannte sie zur Wohnzimmertür.

Kapitel 34

Nick sah einen Schatten mit zwei blitzenden Messern auf sich zurennen. Sump stürzte sich auf ihn und holte mit seinem rechten Arm aus. Nick wehrte diesen Angriff mit seinem linken Unterarm ab.

Sump funkelte ihn wütend an und stach blitzschnell in Nicks Schulter, drehte das Messer zwei Mal herum und zog es pfeilartig heraus. Nick brüllte wie ein Löwe. Blut sickerte wie zäher Schleim aus der klaffenden Wunde.

Sump grinste und schlitzte mit dem anderen Messer Nicks Unterarm auf. Er ergötzte sich für einen Moment an Nicks Leid. Das nutzte Nick aus und boxte Sump auf die Brust und versetzte ihm einen Kinnhaken.

Sump verlor das Gleichgewicht und das Messer in seiner Linken flog im hohen Bogen durch die Luft und schlug nur wenige Zentimeter neben Roses Kopf auf.

Annie stürmte ins Wohnzimmer und sah als erstes Rose, die ihre Augen aufriss, als das Messer direkt neben ihr aufschlug. Sie sah Jake wanken und ein Blick auf Nick durchschüttelte ihr Herz.

Blutverschmiert und schwer atmend, rief er ihr zu. »Rette sie!« Dann kickte er Sump das andere Messer aus Hand, rammte ihn, schob ihn mit aller Kraft gen Küche und schmiss ihn im hohen Bogen auf die Theke.

Annie stürmte zu Rose und ignorierte naserümpfend die Blutlache unter ihren Füßen. Sie kniete sich hin und beugte sich über Rose. »Ich bin hier, um Ihnen zu helfen. Warten Sie«, sagte Annie. Stille Dankbarkeit lag in Roses Blick. Behutsam nahm sie den Lappen und zog ihn ihr aus dem Mund. Der modrige Geruch, der ihr dabei entgegenkam, ließ sich ihre Nackenhaare aufstellen. Sie würgte.

»Miss«, krächzte Rose.

Annie versteifte sich. Ihr Atem ging flacher. Sie blickte taub auf Roses blutverschmierten und geschundenen Körper hinab.

Rose versuchte, den Kopf ein Stück anzuheben. »Miss«, krächzte sie und stöhnte vor Schmerz.

Annie kämpfte mit aller Macht gegen ihre Übelkeit an. Ihr Magen krampfte. Um sie herum nahm sie die Kampfgeräusche beider Männer nur noch dumpf wahr: Sie fühlte sich in ihrem eigenen Körper gefangen.

»Miss!«, schrie Rose, so laut sie konnte.

Nick horchte auf und blickte Annie an, sog ihren leidvollen Gesichtsausdruck in sich auf.

Sump nutzte diesen Augenblick und griff nach einem Korkenzieher.

»Walker!«, schrie Nick.

Annie zuckte bei seiner Stimme zusammen und richtete ihren Blick auf ihn. Sie sah in sein schmerzverzerrtes Gesicht, während Sump in diesem Moment den Korkenzieher in Nicks Brust bohrte.

»Spürst du das, du Dreckskerl?«

Nick jaulte wie ein Wolf in der Nacht und sackte auf die Knie.

Sump sprang von der Theke und trieb den Korkenzieher mit voller Kraft in Nicks Fleisch.

Nick stöhnte und erwiderte Sumps Blick mit tobenden Augen. Wut sprengte sich in seinen Verstand. Er erhob sich wie ein Titan.

Sump starrte ungläubig auf den Korkenzieher, der immer noch in Nicks Brust steckte.

Nick stieß Sump gegen den Küchenschrank. Er schlug ihm mit der Faust zwei Mal in den Magen. Drei präzise Schläge trafen seine Nieren.

Sump schrie und sackte auf die Knie.

Nick schwankte. Blitze flackerten vor seinen Augen. Ihm wurde schwarz, denn seine Kräfte schwanden rapide. Der Korkenzieher in seiner Brust brannte wie heißes Feuer. Er wusste, er hatte zu viel Blut verloren.

»Ich kann hier nichts für sie tun«, flüsterte Annie, rüttelte an ihrem Körper und blickte in Roses Tränen verschmierte Augen. Dann stand sie auf.

»Nein, bleiben Sie hier. Holen Sie mich hier raus!«, schrie sie Annie hinterher, die in den Flur stürmte und ihre Waffe suchte.

Sumps Blick traf auf einen Korb mit leeren Flaschen. Blitzschnell krallte er sich eine der Weinflaschen.

Nick stützte sich am Kühlschrank ab. »Hier wimmelt es gleich nur so von meinen Kollegen. Geben Sie auf«, krächzte Nick.

Sump musterte ihn. »Einen Scheiß werde ich! Schauen Sie sich doch an. Sie klappen mir eh gleich weg.« Ein breites Grinsen verzog sein Gesicht zu einer Grimasse.

»Es ist vorbei. Ihr Freund liegt grün und blau geschlagen im Bad«, schrie Annie, die jetzt mit auf Sump gerichteter geladener Waffe in der Tür stand.

Im Hintergrund wimmerte Rose vor sich hin.

Jake blickte zu ihr und flüsterte: »Das Miststück wird heute Nacht sterben. So wie die anderen. Und ihr auch!« Er setzte zum Angriff an.

Annies Zeigefinger zuckte. Gerade, als sie den Abzug betätigte, traf ein harter Schlag sie am Hinterkopf. Ihre Knie wurden weich und sie sackte zu Boden. Ein Schuss wurde abgefeuert. Nicks schmerzverzerrte Stimme beim Aufschlag auf den Küchenboden war das letzte, was sie hörte.

Rose hyperventilierte.

Jake Sump stellte vorsichtig die Flasche auf die Arbeitsfläche und stieg mit erhobenen Händen über Nick Preston, der reglos in einer Blutlache lag. Er blickte in die Augen eines Mannes, der schwer atmend und grienend im Wohnzimmer stand. »Wer ...?«

»Ich bin der Mörder von dieser Schlampe hier«, sagte er und zeigte auf Annie. »Die da«, er deutete auf Rose, »interessiert mich nicht. Mach mit ihr, was du willst!« Mit diesen Worten packte er Annies Zopf, steckte die Waffe in seine Hose und schleifte sie über den Dielenboden.

Kapitel 35

Sump lief auf sein Opfer zu. Rose schrie wie eine Furie. Doch der peitschende Regen, der gegen die Fenster trommelte, verschluckte ihre Hilferufe. »Du kannst schreien, so laut du willst, Rose Blake! Das wird dir jetzt auch nicht mehr helfen.« Sump setzte sich auf sie und öffnete den Reißverschluss seiner Gürteltasche. Er holte die letzte, mit Blut gefüllte, Plastikflasche heraus und hielt sie Rose vor das Gesicht.

Rose schluckte einen dicken Kloß hinunter. Tränen füllten ihre Augen und nahmen ihr die Sicht. »Bitte nicht!«

»Zu spät!« Er öffnete den Verschluss, schüttelte die Flasche vorsichtig und führte sie zu ihrem Mund.

Rose versuchte, den Kopf zu schütteln. Sie hielt die Luft an und stemmte ihren Kopf ins Holz.

Annies Kopfhaut brannte. Der Schmerz zog sich bis hinter ihre Augäpfel. Sie kam langsam zu Bewusstsein und öffnete ihre Augen. Sie sah, wie Sump sich mit einem teuflischen Grinsen zu Rose hinunterbeugte und eine Flasche mit rotem Inhalt an ihre Lippen hielt. Das genügte ihr, um die Wirklichkeit um sie herum zu greifen.

»Lass mich los«, brüllte sie und fasste sich mit beiden Händen an den Zopf, um die Spannung an der Kopfhaut zu reduzieren. Sie berührte dabei seine wulstigen Finger und kratzte ihm wie eine Wildkatze die Hände blutig.

»Ahh!«, fluchte Mason. Er schleifte sie an der Kommode vorbei, während Annie ihre rechte Hand in einen Schubladenknauf krallte. Ein Fingernagel riss ab und ein Holzsplitter bohrte sich in ihre Fingerkuppe, aber sie hielt weiterhin fest am silbernen Knauf.

Mason, verärgert über den Widerstand, zerrte stärker an ihrem Zopf, doch Annie ließ nicht los. Die Schublade öffnete sich schließlich bis zum Anschlag.

»Nimm deine dreckigen Finger von mir, du Schwein«, schrie sie, löste die eine Hand von ihrem Schopf und hielt jetzt mit beiden Händen das Holz der Schublade fest umschlossen.

Mason schnaubte, ließ ihren Zopf los, griff unter ihre Achseln und umschlang ihren Oberkörper. Er zerrte sie mit einem Ruck von der Kommode weg.

Annie wandte sich und zappelte wie ein Fisch. »Du Scheißkerl!«

Mason trat über die Schwelle zur Eingangstür. Annie grub ihre Nägel in die Türzarge und leistete erbitterten Widerstand. Mason wich einen Schritt nach hinten. Annie stemmte ihre Stiefel mit aller Kraft gegen den Türrahmen. Wie eine Spinne, die ihr Netz spannte, verteidigte sie diesen schmalen Durchgang. Sie wusste, dass, wenn sie erst einmal die Treppe erreicht hatten, die Hoffnung gering war, dass sie gemeinsam mit Nick dieses Haus verlassen würde.

Sump lächelte. Er quetschte mit seiner blutverschmierten Hand Roses Wangen zusammen. Ihre Nasenflügel bebten, als Sump unnachgiebig das Blut Tropfen für Tropfen in ihre Mundhöhle tröpfelte. Rose schluckte und würgte wenige Sekunden später. Dann presste Sump ihr die flache Hand auf die Lippen. »Schluck, Rose! Und kämpfe gegen das Würgen an! Nur so lebst du länger.«

Rose schluckte erneut. Doch diesmal war es hörbar laut.

»So ist gut. Das verschafft dir ein paar Minuten mehr Lebenszeit … bevor ich die Flasche wieder auffülle, um dir noch mehr Blut einzuträufeln!«

Rose riss die Augen auf und versank in den Tiefen seiner lodernden Augen.

»Du!«, schrie Mason, ließ sie los und umklammerte blitzschnell ihren Bauch.

Annie zuckte zusammen. Diese Stimme kannte sie nicht. Sie sah auf die borstigen Haare seines Unterarms. Galle schoss in einem Schwall die Speiseröhre hoch. Dann durchfegte sie ein Gedanke, den sie als abscheulich empfand, doch sie wusste, sie hatte kaum eine Chance. Ihr Angreifer war zu stark. Sie brüllte wie ein Raubtier, fletschte ihre Zähne und biss in Masons nach Motoröl stinkende Haut, bis Blut aus ihrer Mundhöhle lief.

Er jaulte auf. »Du elendes Miststück!«

Annie holte tief Luft und setzte erneut an. Wie eine ausgehungerte Bestie grub sie ihre Zähne in seinen Unterarm und riss ihm ein Stück Fleisch aus.

Mason brüllte vor Schmerz und ließ sie abrupt los. Annie duckte sich instinktiv, rammte ihm den Ellenbogen in seinen Magen, drehte sich um die eigene Achse und schlug ihm die Faust unters Kinn. Blut sprenkelte die kalkweiße Tapete. Mason wankte. Sein rechtes Auge zuckte.

Jetzt sah sie sein Gesicht. Er schnaubte vor Wut, als er mit seiner Zunge gegen einen losen Zahn stieß. Sie erstarrte.

»Du miese Schlampe!«

Ihre Gedanken überschlugen sich. Die Gänsehaut an ihrem Körper alarmierte all ihre Sinne. Es sah aus wie Marc Mason. Doch er war es nicht. Annie durchzuckte ein Gedanke. Mason hielt sich die flache Hand auf die triefende Wunde und hasserfüllte Augen töteten Annie im Geiste.

Sie machte auf dem Absatz kehrt. Mason preschte wie ein Pfeil nach vorn, packte sie am Hinterkopf, grub seine Pranken in ihren Nacken und zwang sie in die Knie. Annie schrie vor Schmerz. Er beugte sich zu ihr hinunter. Sie roch seinen blutigen Atem.

»Walker, du wirst heute sterben! Aber nicht hier.«

Annie packte die schiere Angst. Das Röcheln im Wohnzimmer. Nicks Grabesstille. Dieser Mann, der aussah wie ihr Peiniger, aber es nicht war. Sie nahm einen tiefen Atemzug und schrie so laut sie konnte, da der Wind durch die Eingangstür heulte:

»Preston! Preston!« Und dann schlug sie ihren Hinterkopf mit brachialer Gewalt gegen Masons Stirn, erhob sich blitzschnell und kickte ihrem wankenden Albtraum gegen die Brust. Mason fiel zu Boden. Schwindel überkam Annie, doch sie taumelte ins Badezimmer, stützte sich dabei an der Wand ab. Sie schmiss die Tür zu und drehte den Schlüssel mit zitternden Fingern bis zum Anschlag um.

Cooper sah Annies völlige Verzweiflung und lachte wie ein vom Wahnsinn zerfressener Clown.

»Du miese, verfickte Schlampe«, schrie Mason und stand torkelnd auf. Er rannte auf die Tür zu und schmiss seinen massigen Körper dagegen. Die Wucht ließ das Holz beben. »Ich schlachte dich ab, wenn ich dich kriege! Mach auf«, brüllte er. Mason setzte ein paar Schrittlängen zurück und knallte erneut gegen die Tür wie ein tollwütiges Tier. Das oberste Scharnier schoss aus den Fugen.

»Das war's. Jetzt sitzt du in der Falle«, schrie Matt Cooper und kicherte in sich hinein.

Nick hörte Annies Schreie und Roses Würgen. Dann schwere Stöße gegen eine Tür. All das alarmierte seine Sinne und aktivierte jegliche Reserven in seinem Körper. Er blickte auf die Blutlache, in der er lag. Die Kugel, die Mason auf ihn abgefeuert hatte, hatte seine Schulter durchbohrt und war im Holz der Küche steckengeblieben. Er fasste sich an die Stirn, die durch den Aufschlag auf dem Boden aufgeplatzt war.

Er kroch den Würgegeräuschen entgegen. Der Korkenzieher war durch den Aufprall noch weiter ins Fleisch gedrückt worden. Er achtete darauf, dass er nicht mit dem Teil in seiner Brust den Boden berührte. Nur dem Sturm und dem Gekreische im Flur war es zu verdanken, dass Sump ihn nicht bemerkte, der vor Rose kniete.

»Sind wir jetzt bereit zum Sterben?«, fragte er.

»Nei...!«, schmatzte Rose.

Er sang fast andächtig nun ein Lied über Hände, in denen die ganze Welt zu liegen schien, und goss bis zum letzten Tropfen das Blut in Roses Mundhöhle.

Nick winkelte sein Bein an, griff nach seinem Stiefel und zog ihn aus. Aus dem Augenwinkel beobachtete er, wie Sump sich tiefer über Rose beugte. Seine Lippen berührten jetzt fast die ihren.

Rose atmete rasselnd.

Nicks Hand glitt in seinen Stiefel. Seine Fingerspitzen ertasteten die verborgene Vertiefung unter der Einlegesohle. Dann holte er einen winzigen Revolver hervor.

Rose hustete.

Ein Schuss nah am Körper, kreiste als einziger Gedanke in seinem Kopf herum, als jemand im Flur zwei Schüsse abfeuerte und dann eine Tür aus den Angeln trat.

Rose pfeifender Atem und das dringende Bedürfnis, Annie zu helfen, fraßen sich in Nicks Geist. Er schoss wie ein Geysir in die Höhe, setzte die Waffe auf Sumps Halsschlagader und drückte ab.

Jake Sumps lebloser Körper schlug hart neben Rose auf, deren aufgeplatzten Lippen sich bereits violett verfärbten. Sie würgte, da Erbrochenes sich in ihrer Mundhöhle ansammelte. An die Decke starrend gurgelte Rose die letzten Atemzüge ihres Lebens.

Nicks Blick fiel auf das Messer, das wie ein Mahnmal neben ihr aus dem Boden ragte, und griff danach. Er hörte Annie schreien. Spähte in den Flur und sah Mason, wie er mit ihr über der Schulter aus dem Badezimmer trat. Eine Waffe war fest auf ihren Schenkel gerichtet. Sein Blick wanderte zurück zu Rose, deren Weiß aus den Augen hervorblitzte. Die Pupillen kaum sichtbar.

Sie röchelte.

Mason stampfte durch den Flur.

Nick musste eine Entscheidung treffen: Sollte er Rose Blake oder Annie Walker retten?

Kapitel 36

Nick handelte aus purem Instinkt: Er widmete Rose zehn Sekunden seiner kostbaren Zeit. Er spürte den Herzschlag in seinen Schläfen pochen, als er wie von Sinnen Roses Kopf grob anhob und die Klinge am Haarschopf ansetzte. »Nicht sterben!« Zentimeter für Zentimeter schnitt er ihr mit dem Messer die Haare ab. Dann drehte er leicht den Kopf zur Seite. »Und jetzt retten Sie sich!«

Rose lief das Blut aus den Mundwinkeln. Doch leider verschluckte sie sich, da sie zu schnell Luft in ihre Lungen pumpte.

Nick wusste, was er tun musste, um ihr das Atmen zu erleichtern. Doch die zehn Sekunden waren verstrichen. Seine Entscheidung unantastbar. Rose hustete und keuchte. Ihr Gesicht lief rot an. Er hörte das Rasseln von Blut in ihren Lungen und erhob sich. »Kämpfen Sie, Rose!«

Auf wackligen Beinen stürmte er los und bückte sich nach Annies Waffe, die nur ein paar Meter entfernt vor der Wohnzimmertür lag. Er rannte in den Hausflur und erspähte Mason, der bereits auf den ersten beiden Treppenstufen angelangt war. »Stehenbleiben!«

Mason verharrte.

»Preston«, hauchte Annie.

»Mr. Preston?«, wiederholte Mason herausfordernd, drehte sich um und lächelte Nick an. Das Holz der Treppe knarzte unter seinen Füßen.

»Stellen Sie Ms. Walker ab! Ich will ihr Gesicht sehen!«

Mason lachte kurz auf und legte dabei seinen Kopf in den Nacken. »Und was ist, wenn ich das nicht tue? Schauen Sie sich doch mal an! Sie bluten aus allen Löchern und Ihre Hand zittert.«

»Waffe weg!« Nick kämpfte mit aller Kraft gegen seine unruhige Hand an. Er wusste, er hatte zu viel Blut verloren. Er umschloss die Waffe mit beiden Händen.

»Was ist, wenn ich mich einfach umdrehe und mit ihr die Treppe runterspaziere? Schießen Sie mir dann in den Rücken? Und riskieren, dass wir beide tot unten aufschlagen?«

»Lassen Sie mich runter«, schrie sie. Sie boxte ihn aufs Steißbein, zappelte mit ihren Beinen umher und trat gegen Masons Oberschenkel.

Nick hatte keine Möglichkeit zu schießen, zu sehr riskierte er, Annie dabei zu treffen.

Mason packte ihre Hüfte, als wäre sie ein Fliegengewicht, drehte ihren Körper in einem Schwung um und stellte sie, mit der Waffe auf ihre Stirn gerichtet, vor sich hin. Er presste ihren Körper an seinen.

»Jetzt lassen Sie sie gehen!«

»Sie wissen, dass ich das nicht tun werde.«

Annie stöhnte vor Schmerz.

»Waffe weg!«

»Im Leben zielen Sie nicht und gefährden ihr Leben!«

Nick fletschte die Zähne und scannte Masons Körper nach der besten Stelle für einen Schuss ab. Doch er hielt Annie so fest an sich gedrückt, dass es aussichtslos erschien. Nick war sich nicht sicher, ob er mit seinen Verletzungen überhaupt in der Lage war, Mason präzise zu treffen. Trotzdem forderte er: »Waffe! Weg!«

»Sie sind kein eiskalter Mörder, Mr. Preston, so wie Ihre Kollegin hier!«

Nick hob eine Augenbraue.

Mason sah die Neugier in Nicks Augen aufblitzen. »Ja, Sie haben richtig gehört«, sagte er und ging mit Annie eine Stufe rückwärts die Treppe hinunter. »Ihre, ach so liebe, Partnerin ist eine eiskalte Mörderin.« Er ging eine weitere Stufe hinunter. »Wussten Sie das nicht? Sie wurde übrigens nie dafür bestraft!« Er nahm noch eine Stufe.

Annie schloss die Augen und ihre Stirn kräuselte sich bei Masons Worten. Ihre Mundwinkel verzogen sich nach unten und sie schluckte stumm ihren Schmerz hinunter.

»Das spielt hier und jetzt keine Rolle«, sagte Nick.

Annie öffnete überrascht ihre Augen.

Nick schaute ihr tief in die Augen und flüsterte: »Keine Rolle!« Dann schloss er langsam seine Augen.

Es waren der Tonfall und diese Geste, in der so viel Ruhe lag. Und trotzdem war Annie alarmiert: Es war die Ruhe vor dem Sturm. Und in dem Moment, als Nick seine Augen pfeilgeschwind wieder öffnete, wusste sie, was sie tun musste. Sie duckte sich, drehte sich um und rammte ihre Faust in Masons Eier.

»Ahhhh!« Mason krümmte sich.

Annie ergriff die Flucht und rannte auf Nick zu. Doch Masons Arme schnellten nach vorn und packten sie am Gürtel. Nick feuerte zwei Schüsse ab. Eine Kugel traf Mason in die Brust, die andere durchbohrte sein Schulterblatt. Annie knallte auf ihre Knie.

Mason wankte und Annie stieß ihm gegen das Schienbein. Er verlor das Gleichgewicht und kippte nach hinten. Annie immer noch fest in seinem Griff stürzte mit ihm Stufe für Stufe hinunter.

Nicks Herz setzte das zweite Mal an diesem Abend einen Schlag aus. Er schmiss die Waffe weg und wollte losrennen, doch ihm wurde schwarz vor Augen. Er stützte sich am Geländer ab. »Walker!« Schwärze ummantelte ihn und er sackte auf die Knie. Er spürte das warme Blut, das sein durchtränktes Shirt benetzte. Er kroch die Stufen hinunter. Dann schlugen beide Körper, erst Mason, dann Annie, hart auf. »Annie«, krächzte er.

Keine Antwort. Er zog sich am Geländer hoch, taumelte mit aller Kraft die Stufen herab und stützte sich dabei immer wieder am Gerüst ab. Sein Kopf dröhnte. Der Schwindel flutete sein Bewusstsein. Die letzten zwei Stufen übersprang er und knallte neben Annie auf die Knie. Mason, der nur ein paar Meter entfernt von ihr stöhnte, ignorierte er.

»Annie!« Er rüttelte an ihrem Körper. »Wachen Sie auf!« Der Wind jaulte durch die Nacht, blies durch die zerstörte Tür und verschluckte seine verzweifelten Wörter.

Er tastete ihren Rücken und ihre Oberschenkel ab. Erleichtert stellte er fest, dass sie sich zumindest keinen offenen Bruch zugezogen hatte. Doch angesichts der riesigen Blutlache, in der ihr Kopf lag, ahnte er, dass sie ernsthaft verletzt war. Seine Hände glitten über ihren Nacken und strichen über ihren blutversifften Kopf. »Annie«, flüsterte er verzweifelt. Und doch keimte Hoffnung in ihm auf, da sie noch die Weste trug. Er hoffte inständig, dass diese ihr ein wenig Schutz geboten hatte. Vorsichtig drehte er sie auf den Rücken. »Scheiße«, schrie er, als er ihre Platzwunde an der Stirn sah, aus der das Blut nur so sprudelte.

Mondlicht durchflutete den Windfang. Funkelnder Glasstaub wirbelte vom Boden auf. Obwohl die aufgeheizte Luft nach Blut stank, Roses röchelnder Atem und der Geruch des Todes das Haus einhüllte, lag in diesem Moment ein Zauber.

Nicks Herz glühte, während er sich sein Shirt vom Leib riss und auf die Wunde presste. Noch nie in seinem ganzen Leben hatte er solch sengende Hitze darin verspürt. Annie Walker war einzigartig, so wie das Gefühl, das genau in diesem Moment sein Herz eroberte. »Annie«, schrie er und hielt sein Ohr an ihre Lippen. Mit seinem Shirt fest auf ihre Wunde gepresst blickte er auf ihren Brustkorb. Sein Herz erstarrte: Sie atmete nicht.

Nick riss den Reißverschluss ihrer Weste auf und presste seine Handballen fest in die Mitte ihres Brustkorbes. Verzweifelt sah er zu, wie das Blut aus ihrer Wunde sickerte. Dann streckte er beide Arme durch und drückte auf den Brustkorb. In seinen Gedanken hallte das Lied *Highway to hell* von AC/DC, in dessen Takt er um Annies Leben kämpfte.

Aus dem Augenwinkel sah Nick, wie Mason durch die Scherben zur Tür kroch. Es kümmerte ihn nicht.

Nick löste sich von ihrem Brustkorb und überstreckte ihren Hals, verschloss ihre Nase, öffnete sanft ihre Lippen und presste seine darauf. Er sah, wie sich ihre Lungen mit seinem angstheißen Atem füllte.

Mason erhob sich im Türbogen und blickte über seine Schulter.

Nick löste sich von ihren Lippen und setzte sich wieder vor ihren Oberkörper. Während er drückte, donnerte der gnadenlose Rhythmus dieses Songs, laut und wild in seinen Gedanken. Dann sah er zu Mason, dessen vernichtender Blick auf Annies reglosem Körper ruhte. Die Feindseligkeit in seinen Augen kündigte seine Rache an.

»Sollten Sie Walker retten, schwöre ich Ihnen, wird sie Ihnen das nie verzeihen. Sie würde lieber durch Ihr Versagen sterben als durch meine Hand!«

Marge:
Durch Liebe und Dank-
barkeit.

Annie:
Als wenn das so einfach
wäre!

Kapitel 37

Ein stummes Blitzgewitter eröffnete das Feuer in ihrem Kopf. Panisch riss sie die Augen auf und keuchte in die Dunkelheit hinein. Sie kämpfte um jeden Atemzug, während der Sauerstoff ihre brennenden Lungen füllte und ihr Brustkorb dabei schmerzte. Ihre Rippen glühten und ihre Kehle kratzte, die so trocken wie Wüstenstaub war.

Annie öffnete die Augen und starrte an die Decke. Sie registrierte das monotone Piepen neben ihr, das sie als bedrohlich empfand. Ihr Blick schweifte durch das Zimmer, in dem sie lag. Der Monitor neben ihr und die Lichter der Stadt, die durch das Panoramafenster strahlten, nahmen dem Raum seinen Schauder. Sie blickte durch das Fenster und bewunderte Memphis' Silhouette. Die tanzenden Lichter hinterließen ein Schimmern im wolkenverhangenen Nachthimmel. Alles wirkte so friedlich. Dieser Frieden legte sich für einen Moment wie ein kühles Seidentuch auf ihren Körper nieder und besänftigte ihren Geist sowie die Lichtblitze. Sie atmete tief ein, seufzte und genoss die Ruhe eine Weile, bis ein erneuter Sturm ihren Kopf heimsuchte.

Sie schoss in die Höhe, als der stechende Schmerz ihren Oberkörper durchfuhr und ihr die Luft zum Atmen nahm. Ihre Hände wanderten zu ihren Schläfen, doch sie spürte nichts, außer dem dicken Verband um ihren Kopf. Trotzdem rieb sie mit ihren Handflächen über ihre Schläfen und wippte mit ihrem Oberkörper hin und her und riss sich das Pulsoximeter vom Finger. Das kontinuierliche Piepen verwandelte sich in ein schrilles Piepen. Sie hörte Schritte im Flur und sah zur Tür. Ein Schatten kündigte Besuch an. »Fuck«, fluchte Annie.

Jemand riss die Tür auf und stürmte zu ihr ans Bett. »Ms. Walker?!«, sagte die Schwester hektisch und drückte mehrere Knöpfe am Monitor. Das Piepsen verstummte. Sie nahm das Oximeter und steckte es Annie wieder an den Zeigefinger.

»Was soll das?« Annie riss sich das Ding wieder ab. »Ich brauch den Scheiß nicht! Sagen Sie mir lieber, wie lange ich hier schon liege.«

»Aber, Ms. Walker«, erwiderte sie und fummelte am Kabel herum.

»Wie lange!?«

»Drei Tage. Sie liegen seit drei Tagen hier.« Sie stöpselte das Messgerät wieder an Annies Zeigefinger. »Sie müssen das hier tra...!«

»Einen Scheiß muss ich. Ich möchte mit einem Arzt sprechen. Sofort!«, schrie sie und rupfte sich das Gerät erneut von der Hand.

»Aber, Ms. ...«

»Sofort!«, schrie sie der Schwester hinterher, die eiligen Schrittes und kopfschüttelnd das Zimmer verließ.

Annie schmiss die Decke von ihrem Körper und setzte sich auf die Bettkante. In ihren Oberschenkeln loderte ein Feuer. »Haaa...«, wimmerte sie vor Schmerz. Sie blickte an ihrem gepunkteten Schlüpfhemd hinunter und kräuselte die Stirn. Dann sah sie ihre nackten Arme und Beine. Sie lugte unter das Hemd und ein Schrei entrann ihrer Kehle. »Scheiße«, jammerte sie. Ihr ganzer Körper glich einer bunten Farbpalette. Manche Stellen an ihren Beinen und Armen waren tiefrot und blau angeschwollen. Sie berührte eine dieser Stellen und zuckte sofort zusammen. »Fuck«, wimmerte sie.

Stimmen im Flur lenkten ihre Aufmerksamkeit von ihrem Körper ab. »Ja, Mr. Braker, sie ist gerade aufgewacht. Es scheint ihr soweit gutzugehen. Sie ist freundlich wie eh und je!«

Annie lauschte Nick Prestons Stimme. Sie wusste, auch ohne ihn anzusehen, dass er bei diesen Worten in sich hinein griente. »Ja, mache ich«, antwortete er und hinkte auf Annies Tür zu. »Ja, richte ich ihr aus.« Er legte auf, steckte sein Handy in die Hosentasche und betrat das Zimmer.

Beide betrachteten ihre geschundenen Körper. Blutunterlaufene Augen erforschten alle sichtbaren Schürfwunden und gelb-bläulichen Prellungen an Armen und Beinen. Annie wirkte verletzlich, unschuldig und trotz ihrer Verletzungen makellos auf Nick.

»Verschwinden Sie! Ich will nicht, dass Sie mich so sehen!«

Nick lächelte, die Attribute unschuldig und makellos strich er sofort aus seinen Erinnerungen.

»Abgesehen davon, dass Sie das hässlichste Teil tragen, was ich je gesehen habe ...«

Annie blickte an sich herab. »Danke, dass Sie mich daran erinnern«, sagte sie und ein leichtes Lächeln huschte über ihr Gesicht.

»Sie sehen genauso demoliert aus wie ich. Jede Bewegung und jedes Wort schmerzt, nicht wahr?«

Sie nickte. »Sie humpeln?«

»Ja, lässt sich nicht vermeiden.«

»Sie haben viel geblutet. Sie wurden angeschossen. Mit dem Messer verletzt?«

»Ach, alles halb so wild«, sagte er und humpelte zum Stuhl neben ihrer Liege. »Eine Kugel in der Brust. Glatter Durchschuss. Messerstich in der Schulter. Diverse Schnittverletzungen. Ich fühle mich wie ein uralter Mann.« Er lächelte Annie an und setzte sich stöhnend auf den Stuhl.

Annie lachte lautstark auf. »Ich mich wie eine Greisin.«

»Na, da haben wir endlich mal was gemeinsam.«

»In Ihnen steckte ein Korkenzieher?«

»Ja. Irgendwie hat Sump in seinem Wahn wohl die Flasche Wein mit meinem Oberkörper verwechselt.« Er grinste sie an.

»Das ist nicht witzig!«

»Stimmt, ist es nicht. Ms. Walker, also ich finde, wir sehen beide gerade nicht zum Anbeißen aus, von daher interessiert es mich nicht, ob Sie mich nicht sehen wollen. Ich bleibe!«

Annie verdrehte die Augen und nahm die Fernbedienung für das Bett vom Beistelltisch. Sie setzte sich aufs Bett, zog sich die Bettdecke über den Unterkörper und drückte einen Knopf. Ein Brummen hallte durch das Zimmer.

Nick beobachtete sie dabei und spitzte seine Lippen. Er wusste, dass sie Zeit schindete. Sie drückte die Knöpfe so lange und seelenruhig, bis sie ihre gewünschte Sitzposition fand. Dann lehnte sie sich seufzend zurück. »War's das, Ms. Walker? Haben wir es jetzt?« Er grinste. »Ich hab Zeit, so ist das nicht!«

»Ja. Jetzt ist alles bestens.« Sie lächelte ihn künstlich an.

Beide schwiegen sich eine Weile an, wobei Nick sie mit seinem Blick durchbohrte.

»Meinetwegen. Herrgott noch mal. Kommen wir zur Sache. Wie geht es Sump, Cooper und Rose Blake?«

»Wer war dieser Mann?«

» Verdammt Preston! Sie haben meine Frage nicht beantwortet. Was ist mit Sump, Cooper und unserem Opfer?«

»Sie meine ebenfalls nicht. Wer war dieser Mann?«

Annie funkelte ihn wütend an. Der Kloß in ihrem Hals, der gerade wie ein Tumor anwuchs, schnürte ihr die Kehle zu. Sie schluckte ihn herunter. Nick fixierte sie derweil mit seinem intensiven Blick. »Herrgott noch mal«, fluchte sie und schmiss die Bettdecke von ihrem Körper, schwang ihre Beine mit schmerzverzerrtem Blick aus dem Bett, zerrte an ihrem Pflaster in der Armbeuge und zog sich behutsam die Nadel heraus. Blut rann ihren Unterarm entlang.

Nick hörte das Platschen jedes einzelnen Tröpf-
chens, das aufs Linoleum tropfte. Er stand auf und
humpelte zu ihr. »Ms. Walker. Was soll das?«

»Ich begleite Sie zur Tür. Verschwinden Sie«,
zischte sie und hüpfte von der Bettkante. Schwindel packte sie. Sie verharrte und atmete lauter ein
und aus als beabsichtigt.

Nick trat dicht an sie heran, stemmte seine
Handflächen auf ihre Schultern und drückte sie
auf die Bettkante zurück. »Wagen Sie nicht aufzustehen!« Er kramte mit der anderen Hand in seiner Jeanstasche. »Warum sind Sie immer so ...?«

»So was?!«

»So dramatisch!« Er zog ein pastellgrünes
Stofftaschentuch heraus und presste es auf ihre
Armbeuge.

»Sie tun mir weh.«

»Ist mir egal.«

»Lassen Sie das«, sagte sie und versuchte, ihren
Arm wegzuziehen, was ihr allerdings nicht gelang,
da Nick ihren Unterarm mit seiner anderen Hand
festhielt.

»Verdammt noch mal, verschwinden Sie doch
einfach«, plärrte sie wie ein kleines Kind.

Nick reagierte nicht.

»Wenn Sie mir nicht sagen wollen, was mit den
dreien passiert ist, sagt es mir eben wer anders!
Also verpissen Sie sich!«

Wieder reagierte er nicht auf ihre Aussage, verstärkte allerdings den Druck in der Armbeuge.
»Wer war dieser Mann!«

Sie schauten sich in die Augen. Annie hörte
ihren Herzschlag in den Ohren dröhnen und

versank in seinen lodernden Augen, die nichts als Antworten von ihr verlangten. Die Ader, die an seiner Schläfe pulsierte, verstärkte seine Dominanz und raubte ihr den Atem, da er sie mit seinem Blick erdrosselte. Schließlich seufzte sie. »Fuck! Ich weiß es nicht, verdammt noch mal.«

»Sie lügen!«

»Nein, tu ich nicht«, fauchte sie. »Ich weiß nicht, wer dieser Kerl war und was er von mir wollte!«

Nick prüfte ihren Blick und hielt ihrem stand. Seine stummen Blicke prallten wie Peitschenhiebe auf ihr Gesicht.

Annies rechte Augenbraue zuckte. »Herrgott noch mal«, schrie sie, »wahrscheinlich irgendein Spinner, ein Psycho, der zufällig vor Ort war. Und jetzt lassen Sie mich verdammte Scheiße endlich los!«

Nick ignorierte ihre ausfallende Tonlage, nahm wie in Trance das Tuch von der Wunde und strich mit seinem Daumen darüber.

Annies Blick wanderte zu ihrem Arm. »Es hat aufgehört zu bluten. Wunderbar, Mr. Preston!« Sie klatschte in die Hände. »Bravo! Und nun lassen Sie mich allein.«

»Nein«, sagte er scharf, schmiss das Taschentuch aufs Bett und stellte sich breitbeinig vor sie hin.

»Ihr Ernst?« Mit jeder Sekunde, die verstrich und sie in seine zornerfüllten Augen blickte, wusste sie, dass er wie ein Fels in der Brandung bleiben würde. In ihrem Inneren bröckelten die ersten Steine ihrer Fassade, der Putz fiel zu Boden und ihre Mauer bekam Risse. Annie sprang hoch, boxte ihm auf die Brust und huschte an ihm vorbei. »Was spielt das denn für eine verdammt beschissene Rolle? Ich lebe, das zählt. Das Schwein hat mich nicht gekriegt«, brüllte sie. Wieder übernahm der Schwindel die Regie in ihrem Kopf, deshalb klammerte sie sich jetzt am Bett fest.

Nick zuckte nicht einmal mit der Wimper und war vollkommen unbeeindruckt. Er blieb an Ort und Stelle, nur einen Meter von ihr entfernt. »Sie wollen also nicht wissen«, fragte er sanft wie ein Engel, »ob er überlebt hat?«

Annie krallte ihre Hände in das Laken.

»Und wenn er überlebt hat, ob er es geschafft hat, abzuhauen oder ob er am Tatort festgenommen wurde?«

Annie legte ihre Stirn in Falten. Ihre Augen wurden feucht und ihre Unterlippe zitterte. »Lassen Sie mich alleine. Bitte!« Sie hangelte sich am Bettende entlang.

Er bewegte sich langsam auf sie zu, stellte sich vor sie und legte seinen Zeigefinger unter ihr Kinn.

Instinktiv wich sie zurück. »Lassen Sie das«, flüsterte sie. Doch sein Zeigefinger blieb unerbittlich an Ort und Stelle und bohrte sich ins Fleisch.

Er hob ihren Kopf. Annie starrte ihn wie in Trance an. Seine Stimme war nicht mehr als ein Hauch. »Es war also nicht Marc Mason, der ihren Partner Leo Bruckheimer abgeschlachtet hat?« Annies Blick erstarrte. Ihr Körper versteifte. »Nicht der Serienmörder und Vergewaltiger Marc

Mason, der einst Memphis in Angst und Schrecken versetzt hatte – und zwar vor knapp einem Jahr?«

Die ersten Tränen rollten ihr übers Gesicht, tropften auf ihr Hemd. Ihre Hände, die sich jetzt fest in die Matratze krallten, vermochten das Zittern in ihren Armen nicht mehr zu kontrollieren.

»Es war also nicht Marc Mason, der Sie, Annie Walker, vergewaltigt hat?« Er ließ ihr Kinn los, trat einen Schritt zurück und verschränkte die Arme.

Annies Pulsschlag dröhnte jetzt nicht nur in ihren Ohren. Ihr ganzes Blut geriet in Wallung. Sie atmete flacher, öffnete den Mund – doch blieb sprachlos. Sie wischte sich die Tränen mit dem Handrücken ab und schluchzte. »Was soll das, Mr. Preston?«

»Sie haben mir die ganze Zeit vorenthalten, dass jemand in Memphis Frauen ermordet und dabei eine persönliche Botschaft nur für Sie hinterlässt.« Die Bilder der toten Frauen und insbesondere das von Laura, das er am Morgen gesehen hatte, nachdem er Sam heftigst unter Druck gesetzt hatte, ihm alles zu erzählen, hatten ihm einen Schlag in den Magen versetzt. Er holte tief Luft und beobachtete Annie, die versuchte, ihre Fassung wiederzuerlangen, indem sie ihr Gesicht trocken wischte und demonstrativ laut ein- und ausatmete.

»Ich weiß nicht, wer dieser Mann ist. Er sieht aus wie Marc Mason, kann es aber nicht gewesen sein«, wimmerte sie.

»Woher wollen Sie das wissen?«

Sie zögerte und senkte ihren Blick. »Er kann es nicht sein, weil er tot ist«, flüsterte sie.

»Er sah aber genauso aus, wie«, er fasste sich an die Gesäßtasche und zückte ein Foto, »dieser Mann hier. Und das ist ohne Zweifel Marc Mason«, erwiderte Nick mit eiserner Stimme.

Annie fiel vor Schreck aufs Bett, krabbelte stöhnend bis zur Lehne, winkelte ihre Beine an und zog sie sich vor die Brust. »Packen Sie das verdammte Foto weg«, flüsterte sie drohend.

Nick steckte es zurück. »Er sieht ihm aber verdammt ähnlich, finden Sie nicht?« Er hinkte zum Stuhl.

»Er kann es nicht sein! Und ich weiß es, weil …« Sie zögerte.

»Weil?«

»Weil ich ihn mit meinen eigenen Händen umgebracht habe!«, schrie sie ihn an und sprang wie eine Wildkatze auf.

Nick wich erschrocken zurück.

»Weil ich dafür gesorgt habe, dass er nie wieder, aber auch nie wieder irgendeiner Menschenseele etwas zuleide tun kann.« Sie machte einen weiteren Schritt auf ihn zu. »Weil ich es war, die bei seinem Tod höchstpersönlich dabei gewesen ist.« Schleichend näherte sie sich ihm und roch seinen nach Minze riechenden Atem. »Weil ich es war, die in seiner Pisse stand, als ihm klar wurde, dass er sterben würde.« Nick schaute in ihre glühenden Augen. »Vertrauen Sie mir, Mr. Preston, Marc Mason ist tot!«

Nick saugte jedes einzelne Wort gierig auf und verglich es mit den Akten, die er von seinem

Informanten erhalten hatte. Er wusste, dass Mason tot war. Aber er wusste nicht, wie er umgekommen war und wie sie darin verwickelt war. Im Zuge seiner Ermittlungen der letzten 24 Stunden hatte er auch etwas sehr Interessantes erfahren. Er war sich nur nicht sicher, ob Annie Walker davon wusste. »Ms. Walker, wenn Mason tot ist, wer, bitte schön, war dann dieser Mann? Der, ich will Sie nur noch mal daran erinnern, genauso aussieht wie Mason!«

Sie massierte behutsam ihre Schläfen, wobei sie versuchte, unter den Verband zu kommen, und setzte sich wieder aufs Bett. »Ich weiß es nicht«, sagte sie kraftlos. »Und jetzt lassen Sie mich in Frieden. Gehen Sie.«

»Nun«, er holte ein Blatt Papier aus seiner Gesäßtasche und reichte es Annie, »wussten Sie, dass Mason einen Zwillingsbruder hatte.«

Annie starrte fassungslos auf die Geburtsurkunde. Überwältigt von dieser Information zitterte der Zettel in ihren Händen. Sie versuchte, das Ausmaß dieser Enthüllung zu erfassen. Ihr war klar, wenn dieser Mann tatsächlich sein Bruder war, war er nur aus einem einzigen Grund hinter ihr her: Rache.

»Ich ... wusste nicht, dass Mason einen Bruder hatte. Wir hatten doch alles überprüft, auch ob er Angehörige hatte. Aber die gab es nicht. Keine Spur, die auf einen Bruder hätte hinweisen können«, flüsterte sie und schüttelte den Kopf.

»Nun, ich habe glücklicherweise Kontakt zur Hebamme gehabt, die einst die Kinder zur Welt gebracht hatte. Sie liegt derzeit sterbenskrank in einem Hospiz. Sie war sehr redselig. Masons Mutter wusste nicht, dass sie Zwillinge erwartete. Ihr Mann war ein Trinker und Schläger. Sie hatten kaum Geld. Sie meinte, im Leben hätte der Vater nie zwei Bälger durchfüttern können. Und so gab die Mutter einen, Luke Mason, in die Obhut der Hebamme, die das Kind in ein Heim brachte, und der andere, Marc Mason, blieb bei der Mutter.«

»LM?«

»Genau, Luke Mason.«

»Und irgendwann sind sich die Brüder über den Weg gelaufen?«

»Das wissen wir nicht. Aber was ich weiß, ist, dass ich Luke Mason finden und hinter Gitter bringen werde!«

»Sie wollen mich vor ihm schützen?«

Nick überlegte lange, bevor er antwortete. »Ich kannte eines seiner Opfer. Sagen wir, es ist jetzt etwas Persönliches geworden!«

»Es ist persönlich geworden, weil Sie eines der Opfer kannten? Es ist nicht für Sie persönlich, weil der scheiß Kerl mich entführen und töten wollte?«, schnaubte sie ungläubig.

»Dinge sind, wie sie sind, Ms. Walker«, erwiderte er kühl und hinkte zur Tür.

»Na, verwandt war zumindest keines der Opfer mit Ihnen, schätze ich. Sonst würden Sie es sagen. Also kann es ja nur ein Fickflirt oder so was gewesen sein.«

Nick blieb stehen und ballte seine Fäuste.

»Nun, Sie werden den Tod sicherlich gut verkraften. Schließlich sind Sie über den Tod Ihrer

Verlobten auch sehr schnell hinweggekommen. Sie sind ein wahres Naturtalent, wenn es darum geht, Krisen zu bewältigen. Gratulation, Mr. Preston.«

Nick drehte sich schnaubend um und atmete langsam ein und aus, um nicht die Fassung zu verlieren. »Meine Vergangenheit gehört nur mir!«

»Ich könnte danach graben, so wie Sie in meiner Vergangenheit gegraben haben.«

»Graben Sie ruhig. Sie werden nichts weiter finden.«

»Man findet immer Krümel, wenn man genau hinsieht.«

»Ms. Walker, ich recherchierte, weil Sie schlichtweg unzulänglich waren und niemand mir die Wahrheit sagen wollte. Ich werde nicht von meinen beschissenen Ängsten geleitet. Außerdem gab ich jemandem ein Versprechen und ich werde mit aller Kraft dieses Versprechen halten. Nur aus diesem Grund gebe ich Ihnen eine Chance«, sagte er und ging dabei einen Schritt rückwärts. »Und übrigens: Sie werden mir alles erzählen, was ich wissen will, über die Nacht, in der Mason starb, und Sie werden all das tun, was ich Ihnen auferlege, wenn Sie weiter im Dienst bleiben wollen.«

»Ficken Sie sich ins Knie«, brüllte sie und warf ihr Kissen nach ihm, welches kurz vor ihm aufschlug. »Und ich verspreche Ihnen auch etwas. Sie werden an Ihrer Arroganz irgendwann ersticken!«

Nick drehte sich um, ging auf die Tür zu und drückte die Türklinke hinunter. »Schlafen Sie gut, Ms. Walker. Ach so, Cooper ist am Leben. Sump habe ich erschossen und Rose Blake ist elendig erstickt.«

Annies Haare standen augenblicklich zu Berge. »Sie haben Rose Blake nicht gerettet?«, flüsterte sie und hielt sich die Hand vor den Mund.

Er blickte über seine Schulter. »Ich habe *Sie* gerettet, Ms. Walker!« Mit diesen Worten verließ er das Zimmer.

»Sie haben, verdammte Scheiße, die falsche Entscheidung getroffen, Preston«, schrie sie ihm hinterher. Die Tür fiel ins Schloss. »Die falsche Entscheidung, Preston«, kreischte sie in die Nacht hinein.

Schwester Olivia schaffte es jetzt endlich, ihre Pause zu machen. Sie hastete durch den Flur, blieb vor einem Abstellraum stehen und blickte sich vorsichtig um, bevor sie die Tür aufschloss und hineinhuschte. Sie zückte ihr Handy und drückte mit zitternden Händen auf den einzigen Favoriten, den sie abgespeichert hatte.

Es klingelte einmal. Jemand nahm den Hörer ab. »Sie ist aufgewacht?«

»Ja«, flüsterte sie.

»In welchem Zustand ist sie jetzt?«

»Knochenbrüche, leichtes Schädelhirntrauma, Prellungen, Quetschungen. Sie wird's überleben.«

»Sehr gut«, sagte er, schnalzte mit der Zunge und stöhnte, als er sich in seinem Bett aufrecht hinsetzte.

»Ist alles gut, Lexus? Brauchst du noch mehr Morphium?«

»Vergiss das Morphium. Sorg dafür, dass ich gegen Mitternacht in ihr Zimmer komme.«

Er hörte ein Schluchzen am anderen Ende der Leitung. »Lexus, bitte, tu das nicht.«

»Hör auf zu flennen und reiß dich zusammen. Sonst schick ich dich wieder auf den Strich, da, wo du herkommst.«

»Bitte nicht, bitte nicht. Ich flehe dich an«, weinte sie in das Handy hinein. »Ich tu alles, was du sagst. Nur bitte schick mich nie wieder in die Hölle zurück«, wimmerte sie.

»Braves Mädchen«, sagte er und grinste in sich hinein. »Also, was sollst du heute Abend machen?«

»Ich ... Ich mische ihr Schlaftabletten ins Abendbrot«, flüsterte sie.

»Und dann?«

»Dann ...« Sie seufzte. »Ich lasse dich durch den Personaleingang rein und gebe dir Sachen zum Anziehen, damit du dich als Pfleger verkleidest.«

»Genau«, sagte er, zog das Wort in die Länge und legte auf. Unter Schmerzen drapierte er sein Kissen im Rücken und grinste voller Vorfreude in sich hinein.

Annie Walker würde ihm kein zweites Mal entkommen. Und dieses Mal würde er sie endlich bestrafen und vor allem quälen für all das, was sie ihm genommen hatte. Allein der Gedanke daran, wie er sie auspeitschte, bis er auf den schieren Knochen blicken würde, weckte neue Lebensgeister in ihm.

Marge:
Wer sagt, dass es einfach ist? Brenn jedes Stück Kohle nieder, und wenn der letzte Rauch am Horizont verweht ist, dann gehe durch die Asche und blicke nach vorne. Sei dankbar, dass du lebst, und beginne, dich wieder zu lieben. Und vor allem, beginne wieder zu leben!

Annie:
Ein Neuanfang also?

Epilog

Hey, mein kleiner Freund«, krächzte Annie und hob ihren Kopf in die Richtung, wo die Spinne auf ihrem Bein krabbelte. Sie atmete die kohlenschwarze Dunkelheit in sich hinein und freute sich, dass sie endlich wieder ein Gefühl in ihren Beinen wahrnahm.

»Nun komm. Beweg dich«, flüsterte sie und bewegte ihren großen Zeh. Ein Lächeln huschte über ihr Gesicht. Dann konzentrierte sie sich auf die Bewegung jedes einzelnen Zehs, krallte diese mehrmals hintereinander zusammen und pumpte im Geiste Energie und Kraft in ihren geschundenen Körper. Sie drehte sich auf den Rücken, stieß einen leichten Schmerzensschrei aus, beugte ihre Arme und hielt sie vor den Oberkörper. »So, nun seid ihr dran«, murmelte sie an ihre Hände gerichtet. Sie spannte ihre Handfesseln an und lockerte sie anschließend. »Scheiße. Nicht mehr als zwanzig Zentimeter hat das Schwein mir gelassen!«

Sie spreizte ihre Finger, streckte und rollte sie wieder ein. Dann stellte sie sich vor, wie sie ihre Finger auf eine Klaviertastatur legen würde. Sie hob ihren Daumen an und legte ihn in der Luft wieder ab. Dasselbe vollzog sie mit dem Zeigefinger und den anderen Fingern ihrer Hand, wobei sie penibel darauf achtete, dass sie immer nur einen Finger aktiv benutzte, die andern blieben passiv. Diese Fingerübung führte sie so lange aus, bis sich eine wohltuende Wärme in ihrer Hand ausbreitete.

Annie setzte sich aufrecht hin und wischte die Spinne, die sie jetzt am Bauchnabel kitzelte, weg. »Tut mir leid, kleiner Freund«, hauchte sie.

Sie lauschte in die Finsternis hinein. Schritte aus dem Obergeschoss alarmierten unverzüglich all ihre Sinne. Ihre Haare bäumten sich unter der pulsierenden Gänsehaut an ihrem Körper auf und der Herzschlag beschleunigte sich. Sie zog die Schultern nach oben, winkelte ihre Beine an und umschlang sie mit ihren Handfesseln. Erst jetzt bemerkte sie die glitschige Pfütze aus Blut, Sperma und Urin, in der sie saß. Der Gestank legte sich auf ihre Haut, fühlte sich wie Gift an und zog sich in jede Pore. Sie würgte, als sie den beißenden Geruch von Rost auf ihrer Zunge schmeckte. Ihr Magen krampfte. Annie wippte wie ein Kleinkind auf und ab. »Reiß dich zusammen«, sagte sie mit fester Stimme und beruhigte sich, indem sie diese Worte mehrmals hintereinander aussprach.

Nach ein paar Minuten entkrampfte ihr Magen und der Brechreiz schwand. Dafür zittere sie jetzt am ganzen Leib und ihr Magen knurrte so laut wie ein tollwütiger Hund.

Sie wusste nicht, wie lange sie bereits in diesem Keller lag. Aber sie war sich zweier Dinge mit absoluter Gewissheit bewusst. Erstens hatte Mason

sie nicht erneut betäubt und zweitens würde sie
nicht in diesem Keller sterben. Sie würde alle
Kräfte des Universums in ihrem Körper akti-
vieren, um zu überleben. Und dieser Appell an
die Kriegerin in ihr war auf keinen Fall mit der
Furcht, die in ihr entfachte, als die Tür zum Keller von ihm geöffnet wurde, verhandelbar.

Sie spähte in die Finsternis, dort, wo sie die
Tür vermutete, die wie ein kolossaler Vorhang
ihre Lider beschwerte. Sie schüttelte den Kopf,
atmete tief ein und quetschte ihre Angst in die
dunkelste Ecke in den Keller und sprengte Mut
in jede einzelne Faser ihres Körpers.

Dann tastete sie Millimeter für Millimeter
den schlierigen Boden ab. Das erinnerte sie an
Spielzeugschleim, welchen sie als Kind so geliebt
hatte. Für einen kurzen Moment ploppte ein
längst vergrabenes Bild ihrer toten Eltern auf.
Ein Lächeln und das Leuchten in ihren Augen
hauchten ihr zusätzliche Willensstärke ein.

Jemand knipste das Licht an. Sie sah den Licht-
schimmer unter der Tür. Das Knarzen der Kellertreppe aktivierte ihre müden Lider. Sie schluckte
einen dicken Klumpen in ihrem Hals hinunter
und spürte ein Brennen im Oberschenkel, als sie
hastig durch die Blutlache robbte. »Fuck! Los,
wacht auf«, flüsterte sie verzweifelt. Sie klopfte
mehrfach auf ihre Schenkel und pumpte mehr
Blut in die Beine.

Sie rief sich den Keller in Erinnerung. Irgendwo
war ein Tisch. Ein Messer, das Mason in seinem
Blutrausch weggeworfen hatte. Horrorbilder der
letzten Stunden flammten in ihr auf, entfachten

ein Feuer und verbrannten den Nabel ihrer Seele. Sie biss die Zähne aufeinander und presste den Schmerz in ihren Kiefer. Masons Schritte näherten sich der Eisentür.

Er summte feierlich The Police in seinen Gedanken: *Every breath you take.* Jede Stufe steigerte seine Vorfreude auf Annie Walker.

Annie kniff ihre Augen zusammen. Obwohl sie nichts sehen konnte, versuchte sie sich mit pochendem Herzen zu konzentrieren. Ein Erinnerungsflackern, so kurzlebig wie eine Sternschnuppe, weckte ein Geräusch aus ihrem Gedächtnis. Sie hatte gehört, wie das Messer nach dem Aufschlitzen von Leos Oberschenkel rechts von ihr auf dem Boden aufgeschlagen war. Hastig tastete sie den Boden ab, bis sie das Beingestell der Liege berührte. Sie umschloss es, bewegte ihre Hände nach oben, bis sie die Liegefläche berührte. »Scheiße«, flüsterte sie und hielt sich die Hände vor den Mund, als sie Leos kalten Unterschenkel berührte.

Die ihr vertraute Melodie von Police hallte weiter die Treppen hinunter. Er war nur noch ein paar Meter entfernt vor der Tür.

Annies Herzschlag rauschte in ihren Ohren. Sie atmete flacher, während sie den Boden abtastete. Plötzlich berührte sie etwas Kaltes. Metallisches. Sie umschloss den Gegenstand mit ihrer Faust und ignorierte den Schnitt, den sie sich dabei in ihrer Handinnenfläche zuzog.

Theatralisch brüllte Mason immer weiter seine Vorfreude aus dem Leib, als er schließlich vor die Tür trat. Ein Schatten unter dem Türschlitz.

Annie richtete sich auf und kroch durch die Lake in die Richtung, wo sie gelegen hatte. Sie plumpste in der Mitte des Raumes zu Boden, legte sich auf die Seite und rollte sich wie ein Igel zusammen.

»Du gehörst mir«, flüsterte Mason dämonisch und drückte die Türklinke hinunter.

Furcht trommelte gegen Annies Brust und schnürte ihr die Luft zum Atmen ab. Adrenalin schoss durch ihre Venen. Ihr Herz pulsierte und sprengte ihren Brustkorb. Schweißperlen besetzten ihre Stirn. Instinktiv umschloss sie das Skalpell und bewahrte es wie pures Gold in ihrer Hand. Es bohrte sich in ihr zartes Fleisch. Sie roch das warme Blut, das aus ihrer Hand sickerte. Doch nicht nur dieser Schmerz türmte sich wie ein Mammutbaum auf, sondern auch Wut, die mit der Energie eines Reaktors in ihren Adern explodierte. Und diese Energie überschwemmte ihre Angst und vernichtete sie im Keim. Hastig kniff sie ihre Augen zusammen, als Licht den Raum flutete.

Jeden Muskel in ihrem Körper spannte sie an. Sie wartete auf Mason. Ignorierte jeglichen Schmerz, jegliche Müdigkeit und jegliche Aussichtslosigkeit. Der Plan, den sie in dieser Sekunde schmiedete, würde ihre Seele weiter in den Abgrund reißen: Aber er war es wert.

Mason näherte sich ihr schwer atmend, blieb vor ihr stehen und lächelte. Er bewunderte ihren blutbedeckten Körper, schlurfte um sie herum, nahm ihre Füße in seine Hände und spreizte ihre Beine. Er stellte sich dazwischen, kniete sich nieder und zog ihr Becken auf seine Oberschenkel.

Annie unterdrückte einen Würgereiz. Ihr Körper loderte wie ein Feuersturm und ihr Herzschlag schoss wie ein Katapult in die Höhe. Schwindel lähmte sie für einen Moment.

Masons Blick schweifte zu ihrem Po. Sabber bildete sich in seinen Mundwinkeln. Er schnalzte mit der Zunge und neigte seinen Kopf. »Du gehörst mir«, sagte er und streichelte ihre Schultern.

Annie roch seinen stinkenden Atem, riss die Augen auf und blinzelte panisch.

Mason strich ihr über die Wirbelsäule, übte dabei sanften Druck aus und berührte jede einzelne Rippe. »Nur mir«, sagte er neckisch und berührte das Tal ihres Kreuzbeins.

Annie stieß einen Schrei aus, der Mason in seinen Grundfesten erschütterte. Seine Augen und sein Mund weiteten sich wie ein Höllenschlund. Annie schoss hoch und stieß ihren Hinterkopf gegen seinen Kopf.

»Miststück!«, schrie Mason.

Annie kroch blitzschnell um ihn herum, schoss wieder in die Höhe und stellte sich hinter ihn. Sie erhob ihre gefesselten Hände und rammte das Skalpell in seinen Hals. »Stirb!«, schrie sie.

Mason keuchte.

Warmes Blut rann an Annies Hand hinunter. Blitzschnell stach sie ihm jetzt in den Nacken. »Stirb!«, kreischte sie, zog das Messer heraus und stach erneut in die triefende Wunde. »Stirb endlich!«, brüllte sie, während Wahnsinn ihre Augen überschattete.

Mason krachte zu Boden und schlug mit dem Gesicht auf. Er röchelte in die Blutlache hinein.

Dieses Geräusch war wie Säure in Annies Ohren. Von Angst zerfressen, dass er noch einmal aufstehen würde, sprang sie auf seinen Rücken. Wie im Rausch umschloss sie seinen Hals mit ihren Fesseln. Mit einem seelenlosen Blick setzte Annie das blutgetränkte Seil auf seinen Kehlkopf, verstärkte den Druck, indem sie ihren Oberkörper zu einem Hohlkreuz aufbäumte, zog seinen Kopf nach hinten und zerrte die Fesseln fester in sein Fleisch.

Masons Augen quollen, wie die eines Fisches, der um Luft rang, heraus. Sein Atem zischte, als Annie seinen Kehlkopf mit ihren Fesseln zermalmte.

Der letzte Gedanke, der sich in Mason manifestierte, war das Gesicht seines bis vor zwei Tagen noch unbekannten Zwillingsbruders Luke Mason. Hoffnung keimte mit seinem letzten Atemzug in ihm auf. Denn er wusste, Luke hatte Jahre gebraucht, um ihn zu finden, und nun tötete Walker alles, was ihm lieb und teuer war. Mit der Gewissheit, dass Rache seinen Bruder, der so gleich war wie er, beflügeln würde, um Annie Walker zu töten, empfingen ihn die Geister der Hölle mit offenen Armen.

Danksagung

Mein Dank gilt allen, die mir auf meinem Weg zur Veröffentlichung meines Debütthrillers Kraft und Mut zugesprochen haben. Das Schreiben war ein Prozess voller Hingabe, Euphorie, Angst und Zweifel. Und während sich die Seiten meines Buches mit Herzblut füllten, waren so viele Menschen meine treuen Begleiter auf dieser Reise voller Höhen und Tiefen. Jeder auf seine Weise hat mich inspiriert, ermutigt und gestärkt.

Anke Müller, meine Lektorin (www.schreib-mit-anke.de). **Ilka Sommer**, meine Korrektorin (postfach@autorin-ilka-sommer.de). **Mary Kuniz**, meine Buchsatzspezialistin (www.marykuniz.de) und **Laura Newman**, meine Coverdesignerin (www.lauranewman.de). **Herzlichen Dank** für eure exzellente Arbeit.

Diese Frauen haben mit ihrem Können und ihrer Leidenschaft mein Buch zu dem gemacht, was es heute ist – ein Thrillerdebüt, das nun seine Flügel ausbreiten und die Thrillerwelt gerne erobern darf.

Auch **Madeleine de Meijere** möchte ich danken (madeleinedemeijere@gmail.com), die mit ihren beeindruckenden Zeichnungen mein Cover und den Buchsatz bereichert hat.

Ein **besonderer Dank** gebührt **Janet Zentel**, meiner Mentorin, deren Expertise und Unterstützung mich stets begleitet haben (info@janet-zentel.de). Sie ist eine visionäre Frau, der ich den größten Respekt zolle. Ihre Worte und ihre Führung waren für mich oft die leuchtende Fackel im Dunkeln, die mich sicher durch die stürmischen Zeiten geleitet hat. Ihr Rat und ihre Expertise waren mein Kompass.

Während ich das Debüt veröffentlichen wollte, passierten Umstände in meinem Leben, die mich sehr herausforderten. Und gerade in diesen schweren Zeiten wollte ich alles hinwerfen. Mein Glaube an meinen Traum und die Unterstützung von so vielen inspirierenden und **lieben Menschen** aus meinem **»inner circle«** gaben mir die Kraft, meine Wünsche und Ziele zu verwirklichen. Ihr wart mein Fels in der Brandung, wenn die Wellen der Unsicherheit hochschlugen. Der Weg zur Veröffentlichung war wie der mühsame Aufstieg eines Vogels, der endlich lernt, zu fliegen. Doch all die Entbehrungen und Ängste haben sich gelohnt.

Dany Frost

Playlist

Liebe Leserinnen und Leser,
um die düstere Atmosphäre und die emotionale Intensität meines Thrillers noch einmal aufleben zu lassen, habe ich eine spezielle Playlist namens **»Schattenmörder – Trigger by Dany Frost«** auf Spotify für euch zusammengestellt.
Jeder Song auf dieser Liste kommt direkt in der Handlung vor und fängt die Stimmung, Verzweiflung, Wut oder all die anderen Emotionen der Charaktere perfekt ein. Taucht noch tiefer in die Welt des Buches ein und erlebt die Geschichte auf eine ganz neue Weise. Hört rein, genießt und lasst euch von der Musik genauso fesseln wie von den Worten.

Depeche Mode **»Enjoy the Silence«**
Blake Shelton **»God gave me you«**
Jerry Lee Lewis **»Great Balls of Fire«**
Chely Wright **»Shut up and drive«**
Elvis Presley **»(You're The) Devil in disguise«**
Elvis Presley **»I washed my hands in muddy water«**
Leonard Cohen **»Hallelujah«**
J. S. Bach **»Praeludium C-Dur«**
Tina Turner **»I can't stand the rain«**
Mahalia Jackson **»He's got the whole world in his Hands«**
AC/DC **»Highway to hell«**
The Police **»Every breath you take«**

Über die Autorin

Dany Frost – ein neuer, fesselnder Name erobert die Herzen der Spannungsliebhaber mit ihrem Thrillerdebüt. Aufgewachsen in Sachsen-Anhalt, ist sie heute im Herzen von Niedersachsen verwurzelt. Von Jugend an fasziniert von dunklen Erzählungen, setzt sich Frost mit den tiefsten Abgründen der menschlichen Seele auseinander und spürt der Frage nach, was Menschen dazu treibt, Böses zu tun.

Ihr packendes Thrillerdebüt, **»Schattenmörder – Trigger«**, bildet den Auftakt der spannenden Walker-Preston-Trilogie und entführt die Leser*innen nach Memphis, Tennessee.
Der zweite Teil der Trilogie **»Schattenmörder – Schuld«** führt Annie Walker und Nick Preston tiefer in ein Geflecht aus Schuldgefühlen und zerstörerischen Wahrheiten.
Was, wenn das wahre Grauen nicht draußen lauert, sondern tief in uns selbst? Auch **»Schattenmörder – Schuld«** endet mit einem Cliffhanger, der nicht nur erschüttert, sondern nachhallt.

Dany Frost verwebt tiefgründige Charaktere und überraschende Wendungen zu einer fesselnden Geschichte, die ihre Leser*innen bis zur letzten Seite in Atem hält.

Die Autorin schreibt nicht nur über die Schattenseiten des Lebens, sie lebt und vermittelt auch ein lebensbejahendes Motto. Sie verkörpert den Glauben, dass sogar in der Dunkelheit ein Silberstreif zu finden ist und dass aus dem Mut zu handeln, Großartiges entstehen kann. Es ist dieser unerschütterliche Optimismus, dass die schwierigsten Herausforderungen zu den kraftvollsten Antrieben für Veränderung und Erfolg werden können. Sie versteht es das menschliche Durchhaltevermögen und den Glauben an das Gute auch in den düsteren Abgründen eines Thrillers darzustellen.

Ihre Worte sind ein Bekenntnis zur Hoffnung und ein Versprechen an ihre Leser*innen für Geschichten, die sowohl spannend als auch inspirierend sind.

Entdecken Sie Dany Frost und besuchen Sie ihre Webseite unter **www.danyfrost.de**, um mehr über diese aufstrebende Autorin zu erfahren.

Und hier finden Sie Dany Frost in den Sozialen Medien:

Facebook: **Dany Frost**
Tik Tok: **danyfrost.boo.ks**
Instagram: **danyfrost.boo.ks**

Schattenmörder – Schuld
Band 2 der Walker-Preston-Trilogie

**Wie viel Dunkelheit steckt in dir,
bevor du zum Mörder wirst?**

Kinder werden auf bestialische Weise in Memphis, Tennessee, getötet. Ihre leblosen Körper achtlos zurückgelassen, als Mahnung, als Rätsel, als Teil eines perfiden Plans.

Annie Walker und Nick Preston tauchen tiefer in die Abgründe dieser Morde ein, doch während sie den Täter jagen, holt Nicks schuldbelastete Vergangenheit ihn erbarmungslos ein.

Es beginnt ein Wettlauf gegen die Zeit. Die Jagd nach dem Täter, die Suche nach der Wahrheit, das Auflösen von Geheimnissen. Und der Tod ist ihnen dichter auf den Fersen als je zuvor.

Der zweite *nervenzerreißende* Teil der Schattenmörder-Trilogie lüftet Geheimnisse, die niemals ans Licht hätten kommen dürfen: härte, tiefer, verstörender.